2013年度教育部人文社会科学研究青年基金项目
“新时期中国少数民族史诗研究史论（1978–2012）”
资助（项目批准号：13YJC751008）

新时期中国少数民族
史诗研究史论
(1978–2012)

冯文开◎著

中国社会科学出版社

图书在版编目（CIP）数据

新时期中国少数民族史诗研究史论（1978—2012）/冯文开著.
—北京：中国社会科学出版社，2017.5
ISBN 978-7-5203-0188-6

Ⅰ.①新… Ⅱ.①冯… Ⅲ.①少数民族文学—史诗—诗歌研究—中国—当代 Ⅳ.①I207.22

中国版本图书馆 CIP 数据核字(2017)第 081064 号

出 版 人 赵剑英
责任编辑 张 林
特约编辑 宋英杰
责任校对 李 莉
责任印制 戴 宽

出 版 中国社会科学出版社
社 址 北京鼓楼西大街甲 158 号
邮 编 100720
网 址 http://www.csspw.cn
发 行 部 010-84083685
门 市 部 010-84029450
经 销 新华书店及其他书店

印 刷 北京明恒达印务有限公司
装 订 廊坊市广阳区广增装订厂
版 次 2017 年 5 月第 1 版
印 次 2017 年 5 月第 1 次印刷

开 本 710×1000 1/16
印 张 15.25
插 页 2
字 数 249 千字
定 价 68.00 元

目　　录

引　言

20 世纪 50—60 年代，中国学人开始对中国少数民族史诗展开挖掘和整理，成为中国少数民族史诗的第一批搜集者和研究者。20 世纪 80 年代以来，中国少数民族史诗搜集与研究逐渐进入了开拓、创造和反思的新的历史时期。

一

20 世纪 80 年代，中国少数民族史诗研究开始呈现一种兴起的趋势，许多中国学人对它产生了浓厚的学术兴趣，主要围绕中国少数民族史诗的思想内容、人物形象、艺术形式等方面展开研究。

先以中国南方少数民族史诗的研究成果为例描述这一时期中国少数民族史诗研究的趋向。周作秋的《论壮族的创世史诗〈布洛陀〉》介绍了《布洛陀》的内容，涉及礼歌、问答歌、石蛋歌、创造歌、治理歌等，分析了布洛陀这位半神半人的始祖形象，论述了这部史诗所具有的结构宏伟、想象丰富、语言朴实等诸多艺术特色。① 昊渺的《苗族古歌简论》对《苗族古歌》描写的苗族远古先民生活画面进行了简要的概述，包括开天辟地、万物兴起、人类起源和民族迁徙等，以历史唯物主义观点对《苗族古歌》中的兄妹婚姻的故事进行了客观的分析，对《苗族古歌》中体现的苗族远古先民的宇宙认识和人生观进行了初步的探讨，对《苗族古

① 周作秋：《论壮族的创世史诗〈布洛陀〉》，《广西师范大学学报（哲学社会科学版）》1984 年第 4 期。

歌》的艺术特色进行了简要的论述。[①] 刘之侠的《从巨人群像看〈苗族古歌〉的美学价值》通过对《苗族古歌》中开天辟地的巨人群像的分析揭示苗族先民独具特色的美学理想，阐述了《苗族古歌》对巨人群像塑造的方式。刘之侠认为，这些性格鲜明的巨人群像赋予了《苗族古歌》特殊的艺术魅力，体现了苗族先民团结友爱、地位平等和乐观主义精神。[②] 刘紫玲的《布努瑶创世史诗〈密洛陀〉》概述了《密洛陀》的思想内容，简要比较了 A 本（蓝怀昌、蓝京书、蒙通训汉译的《密洛陀》）、B 本（莎红的整理本）、C 本（潘泉脉、蒙冠雄的整理本）之间的异同。[③]

中国北方少数民族史诗研究则显得热闹得多了。《格萨（斯）尔》有了全国性的工作领导小组，主持《格萨（斯）尔》的搜集、记录、整理、翻译、出版以及研究等诸多工作。《格萨（斯）尔》研究还有刊发自己研究成果的刊物。1985 年，中国社会科学院少数民族文学研究所主编的《格萨尔研究》集刊创刊，这是国内第一个以刊发《格萨（斯）尔》研究成果为主，兼发表史诗研究理论文章的刊物。阿沛·阿旺晋美为创刊号题词："加强《格萨尔》研究工作，发扬藏蒙族文学的优秀传统。"[④] 贾芝为创刊号撰写了《发刊词》，指出创刊的目的、性质和意义："为了进一步组织队伍，加强《格萨尔王传》的普查、整理、翻译、出版和研究工作，有必要建立'格萨尔学'。这就是我们创办《格萨尔研究》集刊的原因和目的。我相信，集刊的出版，对完成史诗的抢救工作和理论研究工作会起到组织和推动作用。……《格萨尔研究》是全国第一个史诗研究的大型理论刊物，它将组织'格萨尔学'的研究队伍，汇集并展示我国《格萨尔》研究的新成果、新水平。"[⑤] 至 1989 年，《格萨尔研究》出版了四辑，徐国琼、佟锦华、降边嘉措、王沂暖、杨恩洪、王兴先、却日勒扎布等许多中国学人都在这个刊物上发表过学术论文，涉及《格萨（斯）尔》的内容、人物形象、艺术特色、说唱艺人等诸多方面。

---

① 吴渺：《苗族古歌简论》，《民族文学研究》1987 年第 1 期。

② 刘之侠：《从巨人群像看〈苗族古歌〉的美学价值》，《贵州文史丛刊》1984 年第 1 期。

③ 刘紫玲：《布努瑶创世史诗〈密洛陀〉》，《民族文学研究》1989 年第 6 期。

④ 《格萨尔研究》集刊，第 1 辑，中国民间文艺出版社 1985 年版，

⑤ 贾芝：《发刊词》，《格萨尔研究》集刊，第 1 辑，中国民间文艺出版社 1985 年版，第 4—5 页。

《格萨（斯）尔》的学术讨论会不定期地召开。[①] 1985 年 9 月，全国首届《格萨尔》学术讨论会在赤峰市召开，来自西藏、青海、四川、云南、甘肃、内蒙古、北京的中国学人对《格萨尔》的产生年代、蒙藏《格萨（斯）尔》的关系、说唱艺人等方面展开了学术讨论。1988 年 5 月，蒙古族《格斯尔》学术讨论会在北京举行，安柯钦夫、那顺巴特尔、乌力吉、包玉柱、格日勒扎布等中国学人参加了讨论会。与会者格日勒扎布指出蒙古族《格斯尔》由直接从藏文翻译过来的体系、北京本和鄂尔多斯编译体系以及蒙古族独特体系构成，认为藏族《格萨尔》传入蒙古地区不会早于 1602—1607 年翻译甘珠尔的年代。[②] 1989 年 11 月，首届《格萨尔》国际学术讨论会在成都举行。其间，王兴先的《藏、土、裕固族〈格萨尔〉比较研究》、齐木道吉的《蒙文〈格斯尔〉与藏文〈格萨尔〉异同辨析》、吴均的《论史诗〈岭·格萨尔王传〉是藏族文化熔铸发展过程的反映》、丹珠昂奔的《〈格萨尔王传〉的神灵系统》、若松宽《珠儒与雷神信仰》等论文从不同角度对《格萨尔》进行了不同程度的探讨。这次国际学术讨论会在国内单学科领域的研究中尚属首创，是《格萨尔》研究史上最辉煌的一页，具有里程碑的意义。[③]

《江格尔》研究也开始较为系统地展开。1982 年 8 月，新疆召开《江格尔》学术讨论会。来自北京、内蒙古、甘肃、青海以及新疆地区的中国学人参加了这次讨论会，对《江格尔》的搜集和整理、《江格尔》的主题思想、艺术特色、哲学思想、人物形象、产生年代、美学价值以及在中国文学和世界文学中地位等展开了探讨和研究，仁钦道尔吉、特·贾木查、托·巴德玛、满都夫、贺希格陶克陶、色道尔吉等宣读了各自的学术论文。色道尔吉的《蒙古族英雄史诗〈江格尔〉》对《江格尔》产生的地区、篇幅进行了一定的探讨，对《江格尔》反映的草原奴隶制、爱国

① “引言”部分主要以学术会议和学术论坛的召开为线索回顾 20 世纪 80 年代以来的中国少数民族史诗研究概况。

② 《格萨尔研究》集刊，第四辑，内蒙古大学出版社 1989 年版，第 326 页。

③ 吴伟：《〈格萨尔〉工作的里程碑——首届〈格萨尔〉国际学术讨论会综述》，《西藏研究》1990 年第 2 期，第 159 页。

爱人民的思想以及人物形象和艺术特色进行了阐述。[①] 满都夫的《论史诗〈江格尔〉中蒙古古代美学思想》从蒙古古代神化的马和对马的美学观念、古代蒙古部族对人体美和个性美的认识及其审美观念、兽性艺术类别的美学本质和它在蒙古古代美学史上的地位、蟒古思和英雄在蒙古美学思想史上的地位等方面论述了《江格尔》中的美学观念和美学思想。他认为马、勇士以及蟒古思“不仅是史诗《江格尔》中重要的或不可忽视的美的对象存在，而且它们也是其它古代蒙古史诗所共有的美的对象存在，并且它们是伴随蒙古古代文学艺术的产生、发展过程形成的不可缺少的时代特征和历史风格的一个重要的组成部分”。[②]

1988 年 8 月，《江格尔》国际学术讨论会在乌鲁木齐举行，来自北京、内蒙古、新疆的 40 余位中国学人和来自蒙古国、美国、匈牙利、意大利、芬兰等国家的 16 位外国学人参加了会议，从文学、艺术、历史、宗教、哲学、文化学、美学、民俗学、民族学等方面对《江格尔》展开了讨论，贺希格陶克陶、巴·布林贝赫、仁钦道尔吉、色道尔吉、宝音和希格、满都夫、扎格尔、特古斯巴雅尔、格日勒扎布、塔亚等宣读了论文。巴·布林贝赫的《〈江格尔〉中的大自然》从人与大自然的美学关系的角度在写实化的自然、拟人化的自然和超自然的描写三个层次上阐释了《江格尔》中大自然的形态。[③] 扎格尔的《〈江格尔〉人物形象类型分类》按照人物形象的性格特征、美学理想以及具有的共性与个性，将《江格尔》中的人物形象划分为圣主形象、勇士形象、智士形象、贤勇士形象、妇女形象、平民形象、骏马形象、暴君形象和蟒古思形象九个基本类型，并对它们作了相应的分析。[④]

《玛纳斯》研究也出现了一些研究性论文。刘发俊的《浅论史诗〈玛纳斯〉》描述了《玛纳斯》的流传及其歌手，对《玛纳斯》的产生年代、

---

① 中国民间文艺家协会新疆维吾尔自治区分会编：《〈江格尔〉论文集》，新疆人民出版社 1988 年版，第 257—283 页。

② 同上书，第 237 页。

③ 乔津：《中国新疆〈江格尔〉国际学术讨论会综述》，《民族文学研究》1988 年第 6 期，第 90 页。

④ 同上。

《玛纳斯》的内容和思想性以及艺术性和民族特色进行了一定的分析。[①]张宏超的《〈玛纳斯〉产生的时代与玛纳斯形象》指出，《玛纳斯》“产生于部分柯尔克孜人迁入天山地区之后、伊斯兰化之前，即公元十世纪到十六世纪之间”。[②] 同时，张宏超分析了玛纳斯形象塑造所使用的艺术手法。

20世纪80年代，还有一件需要提及的大事是第一次全国少数民族史诗学术讨论会的召开。这次会议于1983年8月在青海南宁市由中国社会科学院少数民族文学研究所主办，主要议题是《格萨（斯）尔》的研究，兼及国内其他少数民族史诗的研究以及史诗理论问题的探讨等。参会论文中40%都是关于《格萨（斯）尔》研究的，吴均的《唃厮啰与岭·格萨尔》、马岱川和扎西东珠的《岭尕尔与白兰——格萨尔“故乡”探讨》讨论了《格萨尔》的时代及其与藏族历史的关系，哈·丹碧扎拉桑的《试论蒙藏两种〈格斯尔〉的关系以及蒙古〈格斯尔〉的特性》和张文桂的《蒙古族〈格斯尔〉的民族性》探讨了蒙古族《格斯尔》与藏族《格萨尔》的关系等。[③] 糖吉思的《蒙古族英雄史诗产生发展的特点》、刘发俊的《〈凯耐尼木〉浅析》、艾尔西丁·塔特勒克的《试论英雄史诗〈艾米尔·乌古尔乌古里〉》、陶格特根巴雅尔的《论达斡尔民族的两部英雄史诗》、马名超的《从〈满斗莫日根〉记录看赫哲“伊玛堪”的诗体特性》、李子和的《论布依族古歌〈安王和祖王〉》、蓝鸿恩的《壮族英雄性格的颂歌——史诗〈莫一大王〉浅析》、李明的《彝族史诗〈勒俄特依〉初探》、李源的《傣族史诗初探》、杨秉礼的《白族打歌〈创世纪〉源流初探》、王震亚的《试论纳西族创世史诗的基本思想及其形成》、王继英的《试论苗、布“洪水滔天”形成的先后》、王胜先的《〈嘎莎发〉是侗族英雄史诗》等，分别从不同角度讨论了蒙古族、柯尔克孜族、维吾尔族、达斡尔族、赫哲族、布依族、壮族、彝族、傣族、白族、纳西

① 刘发俊：《浅论史诗〈玛纳斯〉》，《新疆师范大学学报（社会科学版）》1984年第4期。

② 张宏超：《〈玛纳斯〉产生的时代与玛纳斯形象》，《民族文学研究》1986年第3期，第55页。

③ 扎拉嘎：《一九八三年全国少数民族史诗学术讨论会述评》，《民族文学研究》1987年第S1期，第91—95页。

族、侗族等许多民族的史诗。①

显然，20世纪80年代国内诸多民族的史诗都得到了不同程度的研究，为往后的中国少数民族史诗研究进一步深入奠定了较为坚实的基础。

二

20世纪90年代，中国少数民族史诗研究进入发展期，研究队伍壮大，老、中、青相结合的队伍基本形成，一批重要的研究成果相继问世。

还是先从南方少数民族史诗的研究成果说起。蒙元耀的《论〈布洛陀经诗〉的语言价值》分析了《布洛陀经诗》的口语特色，对《布洛陀经诗》中保存的大量关于宗教、生产、生活方面的词语及大量的方言词汇进行了阐述，而且结合典型例句对《布洛陀经诗》的语法现象进行了分析。② 徐赣丽的《壮族〈布洛陀经诗〉哲学意蕴初探》考察了《布洛陀经诗》中真伪混淆的朦胧世界观、正误杂陈的原始方法论，认为《布洛陀经诗》中所蕴含的朴素的宇宙结构学说、朦胧的物质意识和辩证方法论思想，折射出壮民族祖先智慧的闪光和人类认识发展进步的历程，显示出它独特的学术价值。③ 杨正伟的《苗族古歌的传承研究》对巫师、理老、寨老三种《苗族古歌》的传承者进行了一定的分析，将主持宗教活动的巫师划分为占卜师、通司、算命师、鬼师四种类型，并给予了相应的说明，对《苗族古歌》的祖先传教、血缘传承、师徒传承等五种传承类型的特点进行了较为系统的论述。④ 石宗仁的《略述〈中国苗族古歌〉的历史和文化》介绍了《苗族古歌》的母语名称与流传形式，阐释了《傩公傩母》、《远古纪源》、《除鳄斗皇》、《部族变迁》、《崇山祭祀》反映出的苗族历史、文化及社会生活。⑤ 陆桂生的《瑶族史诗〈密洛陀〉的创世特点》从"人类创造了自身也创造了万物"、"人是万物之灵，能以智慧

① 扎拉嘎：《一九八三年全国少数民族史诗学术讨论会述评》，《民族文学研究》1987年第S1期，第91—96页。

② 蒙元耀：《论〈布洛陀经诗〉的语言价值》，《民族语文》1995年第1期。

③ 徐赣丽：《壮族〈布洛陀经诗〉哲学意蕴初探》，《广西民族研究》1998年第2期。

④ 杨正伟：《苗族古歌的传承研究》，《贵州民族研究》1990年第1期。

⑤ 石宗仁：《略述〈中国苗族古歌〉的历史和文化》，《民族文学研究》1996年第1期。

战胜一切”、“反映集体力量”、“歌颂民族团结”、“反映了母氏社会的痕迹”、“运用半人半神的表现手法塑造众多创世形象”等方面阐述《密洛陀》的创世特点。[1] 唐楚臣的《〈梅葛〉散论》依据地区和支系将《梅葛》分为“赤梅葛”和“辅梅葛”，并对它们进行了描述，分析了《梅葛》中古文化的珍贵遗存，考察了《梅葛》与彝剧的关系。[2] 很明显，这一时期的南方少数民族史诗研究还未能从整体上突破20世纪80年代内容、思想及人物研究的囿限。

北方少数民族史诗的研究在这一时期更加成熟，收获也更多。1991年8月，中国社会科学院少数民族文学研究所、全国《格萨尔》工作领导小组及西藏社会科学院于拉萨联合主办第二届《格萨尔》国际学术讨论会。来自藏族、蒙古族、白族、汉族等60余位中国学人参会，来自美国、德国、法国、日本、蒙古国和澳大利亚等诸多国家的12位国外学人以及来自港澳台地区的4位学人参加了会议。这次会议的议题涉及《格萨尔》的产生渊源、境外流传、说唱艺人、说唱音乐、图腾、巫术、祭祀、数字等诸多领域，这无疑拓展了《格萨尔》的研究领域。1993年7月，中国社会科学院少数民族文学研究所、全国《格萨尔》工作领导小组在内蒙古锡林浩特市召开了第三届国际《格萨（斯）尔》学术讨论会，来自国内外的70余位学人参加了会议。与会学人对《格萨（斯）尔》研究的历史进行回顾与总结，对《格萨（斯）尔》与宗教的关系以及与神话的关系等进行了广泛的讨论，就蒙藏《格萨（斯）尔》关系达成一致，基本认同藏族《格萨尔》是蒙古族《格斯尔》本源的观点。1996年7月，第四届《格萨尔》国际学术讨论会在西北民族学院举行，由西北民族学院主办，全国《格萨尔》工作领导小组和甘肃省《格萨尔》工作领导小组协办。来自国内以及美国、德国、奥地利、芬兰、捷克、俄罗斯、日本、印度、不丹、蒙古国、新西兰、澳大利亚等国的70余位学人出席了会议。他们对《格萨（斯）尔》在藏族、蒙古族、土族、裕固族、普米族、纳西族等民族以及喜马拉雅山周边地区的流传情况进行了讨论，论

① 陆桂生：《瑶族史诗〈密洛陀〉的创世特点》，《广西大学学报（哲学社会科学版）》1993年第4期。

② 唐楚臣：《〈梅葛〉散论》，《民族文学研究》1993年第1期。

及《格萨尔》在喜马拉雅山周边地区多民族文化圈中的作用与影响。同时，这次会议还对《格萨（斯）尔》的说唱艺人、《格萨（斯）尔》与藏族历史、宗教、古代部落社会的关系等展开了探讨。

《江格尔》研究在这一时期成立了中国《江格尔》研究会。1991年1月，中国《江格尔》研究会成立大会暨首届年会在新疆乌鲁木齐召开。来自北京、内蒙古、甘肃、新疆等省、市、自治区的中国学人参加了这次会议，对《江格尔》的产生年代、说唱艺人以及文化艺术、宗教、民俗等内容展开了讨论，会议论文中出现了扎格尔的《〈江格尔〉盟誓仪式初探》、丹碧的《从〈江格尔〉史诗探讨蒙古族的阿尔扎（酒）文化》、才吾扎布的《关于〈江格尔〉中的宗教》等一批具有较高价值的学术论文。1996年8月，中国《江格尔》研究会和中国社会科学院少数民族文学研究所在北京召开了"《江格尔》研究第二届国际学术讨论会"，德国、意大利、俄罗斯、日本、吉尔吉斯斯坦、蒙古国、中国和中国台北等国家和地区的60余位学者参加了会议，从文学、历史学、美学、艺术学等多学科的角度对《江格尔》研究展开了学术讨论。

《玛纳斯》研究在此时期呈现了迅猛发展的态势。1990年12月，全国首届《玛纳斯》研讨会在新疆乌鲁木齐召开，来自柯尔克孜族、汉族、回族、维吾尔族等不同民族的中国学人参加了会议，讨论的议题非常广泛。郎樱的《〈玛纳斯〉悲剧美》、贺继宏的《试探〈玛纳斯〉的艺术特色》、阿散拜·玛提力的《史诗〈玛纳斯〉中的巫术与占卜》对《玛纳斯》的主题思想、内容和艺术特色进行了分析，居素普·玛玛依的《我是怎样演唱〈玛纳斯〉史诗的》、阿地里·居玛吐尔地的《〈玛纳斯〉史诗变体及情节构成简论》对史诗变体和演唱艺人进行研究，刘发俊的《卡妮凯——一个命运多蹇的妇女形象》、托汗·依萨克的《卡妮凯艺术形象初探》、张彦平的《多民族文化网络中的阿勒曼别特形象》等对《玛纳斯》的人物形象进行了研究，还有一些论文对《玛纳斯》的产生时间、背景、音乐以及与柯尔克孜族历史的关系进行了探讨。1994年9月，首届《玛纳斯》史诗国际学术研讨会在新疆乌鲁木齐召开，吉尔吉斯斯坦、俄罗斯、日本、中国等国家的学人对《玛纳斯》研究的许多问题进行了学术交流，如郎樱的《〈玛纳斯〉与希腊史诗比较》、仁钦道尔吉的《〈玛纳斯〉与〈江格尔〉的一些共性》、潜明兹的《从比较史诗学看

〈玛纳斯〉的艺术层次》等将《玛纳斯》与世界各民族的史诗展开的比较研究，再如马昌仪的《〈玛纳斯〉与灵魂崇拜》、居马卡德尔·加科普的《〈玛纳斯〉中的古代柯尔克孜族森林树木崇拜》、巴合提古丽的《〈玛纳斯〉史诗中的原始宗教》等对《玛纳斯》中的宗教信仰的研究，白多明和张永海的《从说唱艺术角度窥探〈玛纳斯〉的两个特色》、阿散拜·玛提力的《〈玛纳斯〉的韵律结构》、张彦平的《〈玛纳斯〉的语言艺术》等对《玛纳斯》的语言和艺术特色的研究等。

《格萨（斯）尔》、《江格尔》、《玛纳斯》以及其他少数民族史诗研究的学术研讨会不定期的召开在一定程度上推动了20世纪90年代中国少数民族史诗研究，提高了90年代中国少数民族史诗研究水平。与此同时，90年代出现了一批重要的学术著作。

仁钦道尔吉《〈江格尔〉论》[①] 的上编介绍《江格尔》在俄罗斯、蒙古国和中国的搜集、翻译和出版的概况，对活形态史诗《江格尔》的悠久传统、演唱活动和受众的作用等进行了论述，对演唱艺人江格尔奇的职能和地位进行了分析。该书的下篇从神话、萨满文化和佛教文化阐述《江格尔》的文化渊源，从动荡的社会形态、战争的性质和目的、宝木巴的性质、社会军事政治体制、社会结构、社会思想意识等方面探讨了《江格尔》的社会原型，从神话传说、早期英雄史诗、陶兀里奇等方面阐明了《江格尔》的形成条件，从同一部长诗多种异文的出现、新长诗的产生、发展与变异的方式等方面论述《江格尔》的发展与演变的过程。

郎樱《〈玛纳斯〉论》[②] 的上篇从流传地域、流传方式、流传环境等方面阐述了《玛纳斯》的流传特点，对《玛纳斯》产生的历史背景、柯尔克孜族西迁后柯尔克孜族社会生活在《玛纳斯》中的体现、《玛纳斯》的生成年代、《玛纳斯》中的“克塔依”与“北京”等进行了阐述，对《玛纳斯》的“天山流派”和“帕米尔流派”、《玛纳斯》的各种异文、居素普·玛玛依唱本与艾什玛特唱本等进行了描述与比较，分析了受众在《玛纳斯》传承、发展和变异中的能动作用。该书中篇论述了《玛纳斯》的人物形象，包括玛纳斯、赛麦台依、赛依铁克、凯涅尼木、赛依特、卡

---

① 仁钦道尔吉：《〈江格尔〉论》，内蒙古大学出版社1999年版。

② 郎樱：《〈玛纳斯〉论》，内蒙古大学出版社1999年版。

妮凯、阿依曲莱克等，阐释了《玛纳斯》的悲剧美学特征，兼论《玛纳斯》与柯尔克孜族神话、传说、民间叙事诗、民歌等民间文学样式的关系。该书下篇对《玛纳斯》与突厥史诗、《玛纳斯》与《江格尔》、《玛纳斯》与希腊史诗等展开比较研究，阐明它们之间的异同，还探讨了《玛纳斯》与萨满文化和伊斯兰教的关系。

降边嘉措《〈格萨尔〉论》对《格萨尔》的流传演变、赖以产生的历史文化背景、结构艺术、说唱艺人、所反映的巫术文化和民族精神、语言艺术等进行了讨论。[1] 刘亚虎的《南方史诗论》论述了南方彝族、苗族、壮族、傣族等30多个民族的原始性史诗、英雄史诗、迁徙史诗的各种传播形态、源流、文本、类型、形象、艺术特点、文化根基等。[2] 斯钦巴图的《〈江格尔〉与蒙古族宗教文化》剖析了《江格尔》演唱活动的宗教民俗及其特点，揭示史诗在部落社会产生的历史原因和存在理由以及祖先崇拜在部落宗教和部落生活中的核心地位和功能，阐述了古代祖先祭祀歌与《江格尔》的关系。[3] 该书将研究视野放在萨满教神话的时空观对史诗的作用以及萨满观念对史诗人物行为的支配上，深刻地揭示作为本土宗教和蒙古文化原生形态的萨满教对史诗文本的深层作用，同时还探讨了佛教对《江格尔》语言的影响和作用、史诗中的佛教形象与观念及佛教僧侣对《江格尔》的影响与作用等。

这些著作属于《中国史诗研究》丛书。20世纪90年代，为了提高中国史诗研究水平，建立中国史诗研究体系，中国社会科学院少数民族文学研究所课题组承担了国家“七五”社科重点项目“中国少数民族史诗研究”，撰写了一批学术价值较高的中国少数民族史诗研究著作，计划由内蒙古大学出版社在1990—1994年陆续出版，后经过修订在1999年重版。这套丛书显示了中国少数民族史诗研究的重要成就，反映了当时中国少数民族史诗研究的新水平。

除了这些著作之外，乌力吉的《蒙藏〈格萨（斯）尔〉的关系》（民族出版社1991年）、却日勒扎布的《蒙古〈格斯尔〉研究》（内蒙古

① 降边嘉措：《〈格萨尔〉论》，内蒙古大学出版社1999年版。
② 刘亚虎：《南方史诗论》，内蒙古大学出版社1999年版。
③ 斯钦巴图：《〈江格尔〉与蒙古族宗教文化》，内蒙古大学出版社1999年版。

教育出版社 1992 年)、扎格尔《〈江格尔〉史诗研究》(内蒙古教育出版社 1993 年)、格日勒的《十三章本〈江格尔〉的审美意识》(内蒙古教育出版社 1994 年)、杨恩洪的《民间诗神——格萨尔艺人研究》(中国藏学出版社 1995 年)、贾木查的《史诗〈江格尔〉探渊》(新疆人民出版社 1996 年)、金峰的《江格尔黄四国》(内蒙古文化出版社 1996 年) 等对中国少数民族史诗研究的某些问题作出了较为深入的探讨，提出了新的见解。

三

21 世纪初期，中国少数民族史诗研究进入了成熟繁荣期，研究得到拓展，史诗观念和研究范型开始转换。

继续从南方少数民族史诗研究成果谈起。这一时期南方少数民族史诗研究逐渐突破以前单一的研究，多学科研究的趋势已然形成，学术成果也比以前更丰硕。梁庭望的《古壮字结出的硕果——对〈壮族麽经布洛陀影印译注〉的初步研究》①、覃乃昌的《布洛陀文化体系述论》②、牟钟鉴的《从宗教学看壮族布洛陀信仰》③ 是《布洛陀》研究的代表性论文。除此之外，李小文的《壮族麽经布洛陀文本产生的年代及其"当代情境"》将《壮族麽经布洛陀》视为一个历史记忆的文本，从手抄本的原抄者和抄书时间以及收藏者的自述、《壮族麽经布洛陀》的内容等方面，推定《壮族麽经布洛陀》的成书年代在明代晚期至清前期这一段时间，阐释了《壮族麽经布洛陀》隐藏在宗教语言背后的"当代情境"及其所反映的社会变迁和地域文化特征。④ 岑贤安的《论布洛陀神格的形成及演变》讨论了布洛陀始祖神的形成，描述了布洛陀具有世界万物的创造神、壮民族的始祖神、无所不知的智慧神、至善的道德神、法力无边的宗教神

① 梁庭望：《古壮字结出的硕果——对〈壮族麽经布洛陀影印译注〉的初步研究》，《广西民族研究》2005 年第 1 期。

② 覃乃昌：《布洛陀文化体系述论》，《广西民族研究》2003 年第 3 期。

③ 牟钟鉴：《从宗教学看壮族布洛陀信仰》，《广西民族研究》2005 年第 2 期。

④ 李小文：《壮族麽经布洛陀文本产生的年代及其"当代情境"》，《中央民族大学学报(哲学社会科学版)》2005 年第 6 期。

等神格，并从人文宗教信仰的角度对布洛陀神格进行了解析。[①]

《苗族古歌》的研究也走向深化。吴一文的《苗族古歌的演唱方式》在活形态的视野下阐释了《苗族古歌》演唱中的歌骨、歌花、套句和插唱，辨析了套语与歌花的区别，归纳了骨花交替演唱特点，揭示骨花交替产生的原因及其功用。[②] 张勤《“苗族古歌”口传文本的多样性书写——基于古歌基本词汇的语义分析》剖析了《苗族古歌》生成的外部社会文化环境，从语义、语音、词法等层面共时性地描述三大方言区的《苗族古歌》，进而阐述了作为口头艺术表现形式的《苗族古歌》在名称、“天地肇始”题旨等诸多与文本相关层面上呈现出多样性的书写特征。[③] 其他南方少数民族史诗研究趋势亦是如此。郑威的《社会记忆：民族文学作为族群叙事文本——以瑶族创世古歌〈密洛陀〉的族群认同功能为例》以蒙冠雄、蒙海清、蒙松毅搜集翻译整理的《密洛陀》为例，分析了《密洛陀》的认同功能，认为《密洛陀》将族群、族群历史、族群认同和族群边界聚合为一个有机的整体，不断强化着族群中族民的认同和归属意识。[④] 胡立耘的《彝族原始性史诗〈梅葛〉的展演分析》以云南省楚雄彝族自治州“梅葛之乡”马游流传的彝族原始性史诗“梅葛”为个案，描述了《梅葛》在“圣”或“俗”两种场合下演唱呈现的展演方式，考察了吟唱者在接受和转述过程中对《梅葛》的接受，其间有吟唱者的增删、繁简、重构、选择、组织等，分析了受众与《梅葛》展演的关系。[⑤]

北方少数民族史诗研究比以前更加繁荣。2002 年 7 月，第五届《格萨尔》国际学术研讨会在青海西宁召开，来自美国、日本、印度、德国、法国、蒙古国和中国等国的 150 多位学人参加了研讨会，对《格萨尔》的搜集、整理、传播、说唱艺人等诸多问题进行了学术上的交流与探索。2006 年 7 月，西北民族大学主办、玛曲县人民政府承办的第六届《格萨

---

① 岑贤安：《论布洛陀神格的形成及演变》，《广西民族研究》2003 年第 4 期。

② 吴一文：《苗族古歌的演唱方式》，《民族文学研究》2012 年第 2 期。

③ 张勤：《“苗族古歌”口传文本的多样性书写——基于古歌基本词汇的语义分析》，《民族文学研究》2013 年第 2 期。

④ 郑威：《社会记忆：民族文学作为族群叙事文本——以瑶族创世古歌〈密洛陀〉的族群认同功能为例》，《广西民族研究》2006 年第 2 期。

⑤ 胡立耘：《彝族原始性史诗〈梅葛〉的展演分析》，《民族文学研究》2007 年第 1 期。

尔》国际学术研讨会在甘肃省甘南藏族自治州玛曲县举行。来自美国、加拿大、澳大利亚、日本、俄罗斯、中国等国的100余位学人出席了这次研讨会，上千名说唱艺人在玛曲县城格萨尔文化广场上共同演唱了《格萨尔》，其间中国社会科学院民族文学研究所、全国《格萨尔》工作领导小组为“玛曲格萨尔口头传统研究基地”举行了挂牌仪式。

2003年8月，中国《江格尔》研究会、内蒙古师范大学、新疆师范大学、新疆卫拉特蒙古研究会等在青海省西宁市和海西州德令哈市举办“全国第四届卫拉特蒙古历史文化研讨会”暨《江格尔》研究第七届学术年会，来自北京、新疆、内蒙古、甘肃、香港和青海的80余位学者出席了会议，部分学人对《江格尔》、《格斯尔》的产生及其对卫拉特文化发展的影响等问题展开了学术讨论。2006年9月，内蒙古自治区阿拉善盟政协、西北民族大学主办，中国《江格尔》研究会和新疆卫拉特蒙古研究会协办的“全国第五届卫拉特蒙古历史文化研讨会”暨中国《江格尔》研究第八届学术年会在内蒙古自治区阿拉善盟额济纳旗达来库布召开，来自北京、新疆、甘肃、青海和内蒙古的100余位学人出席了会议，其间部分学人参与了《江格尔》研究的学术交流。2012年5月，“中国《江格尔》研究会2012年年会暨蒙古史诗传统学术讨论会”在北京召开，来自新疆、内蒙古、青海、甘肃、北京等地的30余位学人出席本次会议，他们对《江格尔》及蒙古史诗传统的母题研究、宗教研究、民俗研究、文化研究、传承与流布等诸多方面展开了深入探讨。2005年10月，克孜勒苏柯尔克孜自治州人民政府、北京中坤投资集团在新疆阿图什市克州宾馆举办了《玛纳斯》国际研讨会，别克苏里堂·贾克也夫、康艾西·居素甫夫、吾美提·胡力太瓦、塔西波·珠玛苦鲁甫等20余位吉尔吉斯斯坦学人以及郎樱、段宝林、尹虎彬、阿地里·居玛吐尔地、张永海、玛克来克、艾塞体·苏来曼等80余位中国学人参加了会议，对《玛纳斯》的历史渊源、主题思想、艺术风格、人物塑造、史料考证等方面进行学术研讨。2010年1月，“人类非物质文化遗产《玛纳斯》保护和研究”全国学术研讨会在新疆师范大学召开，来自北京、乌鲁木齐等地的学人探讨了《玛纳斯》的传承与保护，兼及玛纳斯奇的研究和培养、《玛纳斯》在世界文化中的价值、《玛纳斯》中的民俗文化等议题，郎樱、胡振华、阿地里·居玛吐尔地、曼拜特·吐尔地等40余位中国学人作了专题报告。

20 世纪 90 年代以来，口头诗学被引介入国内，助推中国少数民族史诗研究由书面范式转向口头范式，取得了许多较高价值且可与国际同行相互借鉴和展开对话的史诗研究成果。在此基础上，在中国社会科学院科研局和国际合作局的支持下，由中国社会科学院民族文学研究所及其口头传统研究中心于 2009 年开始创办跨学科专业长线集训项目“IEL 国际史诗学与口头传统研究讲习班”。2009 年 6 月 9 日至 12 日，中国社会科学院民族文学研究所举办了第一届“IEL 国际史诗学与口头传统研究讲习班”，密苏里大学口头传统中心约翰·弗里（John Miles Foley）、康奈尔大学古典系的阿伦·菲利普·泰特（Aaron Phillip Tate）、内蒙古大学蒙古学院的塔亚、西南民族大学文学院的罗庆春（阿库乌雾）、中国社会科学院民族文学研究所的朝戈金和尹虎彬等作了精彩的报告，与会者超过 80 人，他们是来自中国社会科学院民族文学研究所、中国社会科学院研究生院、北京师范大学、中央民族大学、中山大学、内蒙古大学、西藏大学、西北民族大学、南京师范大学、上海大学、上海师范大学、越南社会科学院等许多国内外著名研究机构、高等院校的专家学者和研究生。

2010 年 10 月 18 日至 22 日，中国社会科学院民族文学研究所及其口头传统研究中心举办了第二期“IEL 国际史诗学与口头传统研究讲习班”，德国波恩大学的卡尔·赖希尔（Karl Reichl），哈佛大学的艾达·维丹（Aida Vidan），中国社会科学院民族文学研究所郎樱、朝戈金、阿地里·居玛吐尔地等作了专题报告，内容涉及中国突厥语民族史诗、南斯拉夫口头传统、中世纪英雄史诗、克罗地亚口头遗产及书写文化等研究主题，学员逾 60 人，他们是来自北京大学、清华大学、中国社会科学院研究生院、北京师范大学、中央民族大学、复旦大学、新疆大学、西北民族大学、山西大学、内蒙古大学等科研机构、高等院校的科研人员、教师与研究生。2011 年 12 月 14 日至 17 日，中国社会科学院民族文学研究所及其口头传统研究中心举办了第三期“IEL 国际史诗学与口头传统研究讲习班”，俄罗斯科学院研究员玛丽娅·斯坦予科维奇，印度奥利萨邦基础教育规划专家、印度史诗专家库玛·米沙，美国佛蒙特大学马克·厄舍尔，中国社会科学院民族文学研究所研究员朝戈金，外国文学研究所研究员黄宝生与陈中梅，北京大学东语系教授拱玉书等学者给学员们作了精彩的报告。

2012 年 5 月 22—25 日，第四期“IEL 国际史诗学与口头传统研究讲习班”由中国社会科学院文哲学部主办，民族文学研究所及其口头传统研究中心承办，主题是东北亚史诗传统与神话研究，俄罗斯卡尔梅克大学哈布诺瓦、日本千叶大学文学部荻原真子、日本千叶大学文学部中川裕以及中国学人朝戈金、陈岗龙、塔亚、斯钦巴图、阿地里·居玛吐尔地等作了专题讲座。2013 年 11 月 28—29 日，由中国社会科学院文哲学部主办，民族文学研究所承办的第五期“IEL 国际史诗学与口头传统研究讲习班”在中国社会科学院举行，来自芬兰文学学会民俗档案馆的劳里·哈维拉提、爱沙尼亚文学博物馆的玛丽·萨弗、拉脱维亚科学院民俗档案馆的阿尔迪斯·普特利斯、美国哈佛大学的戴维·富兰克林·埃尔默、密苏里大学口头传统研究中心的约翰·泽穆克、日本神奈川大学日本民间文化研究所的佐野贤治、大韩民国韩国学中央研究院的金炳善、中国台湾“中央研究院”萧素英以及中国社会科学院民族文学研究所的朝戈金、巴莫曲布嫫、阿地里·居玛吐尔地等围绕着“数字文化遗产和口传史诗数字档案建设”的主题作了精彩的讲座。2014 年 11 月 12—13 日，第六期“IEL 国际史诗学与口头传统研究讲习班”由中国社会科学院文哲学部主办，民族文学研究所及其口头传统研究中心承办，芬兰土尔库大学历史文艺学院的帕卡·哈卡米斯、美国俄亥俄州立大学东亚语言文学系的马克·本德尔，以及国内学人朝戈金、陈岗龙、阿地里·居玛吐尔地等举办了学术讲座。

还有许多与中国少数民族史诗研究相关的国际会议在国内举行。2011 年 5 月 19 日至 20 日，中国社会科学院主办、民族文学研究所承办的“中国社会科学论坛（2011 年·文学）世界濒危语言与口头传统跨学科研究”在北京举行。劳里·哈维拉提、朝戈金等学人发表了讲话。来自文化部、中国社会科学院、北京师范大学、中央民族大学、美国密苏里大学、日本神奈川大学、日本首都大学、芬兰文学学会、法国巴黎国家科学研究中心、荷兰莱顿大学的学人围绕口头传统的采录、归档、整理和数字化，濒危语言抢救和民俗学档案馆建设等议题进行了热烈的讨论和深入交流。[①] 2011 年 11 月 18 日，中国社会科学院民族文学研究所朝戈金、汤晓青、尹虎彬、吴晓东、阿地里·居玛吐尔地、王宪昭、俄日航旦等 20 余位研

① 《中国社会科学报》2011 年 5 月 26 日，第 21 版。

究人员与越南社会科学院到访学者黎鸿李、阮翠鸾、杜兰芳、阮氏芳针等关于史诗搜集、整理与保护工作以及史诗研究若干前沿问题作了深入的探讨。

需要提到的是2012年11月17—18日，由中国社会科学院主办，中国社会科学院国际合作局与民族文学研究所联合承办的“中国社会科学论坛（2012年文学）——史诗研究国际峰会：多样性、创造性及可持续性”在北京召开，来自欧洲、中亚、东亚、北美洲、非洲等地区的22个国家的国外学人以及西藏、青海、新疆、内蒙古、甘肃、北京等地的70余位国内学人参加了会议，围绕史诗的多样性、创造性及可持续性、口头史诗建档的反思以及史诗国际化学术组织的建立等问题展开了学术研讨。在这次国际会议上，来自多个国家和地区的70位代表提议并投票通过，成立“国际史诗研究学会”，共同推举中国社会科学院民族文学研究所所长朝戈金为会长。

这些国内与国际学术会议推动了中国少数民族史诗研究的深入和发展，推进了中国史诗学学科建设，培养了人才，团结和壮大了研究队伍，提高了中国少数民族史诗研究在国内外学界的声誉。

21世纪初期的史诗研究在口头范式的视域下取得了诸多得到学界普遍认可的学术成果，其中尤为突出的是朝戈金的《口传史诗诗学：冉皮勒〈江格尔〉程式句法研究》[①] 和巴莫曲布嫫的《史诗传统的田野研究：以诺苏彝族史诗“勒俄”为个案》[②]，前者为运用口头诗学理论研究中国史诗提供了一个最佳范例，后者提出的“格式化”和“五个在场”对书面范式的弊端和如何对之补救进行了学理性的思考，对田野和文本的关系给予深度的阐释。这方面的学术成果还有尹虎彬的《古代经典与口头传统》[③]、陈岗龙的《口头传统与书面传统的互动和表演文本的形成过

① 朝戈金：《口传史诗诗学：冉皮勒〈江格尔〉程式句法研究》，广西人民出版社2002年版。

② 巴莫曲布嫫：《史诗传统的田野研究：以诺苏彝族史诗“勒俄”为个案》，北京师范大学博士学位论文，2003年。

③ 尹虎彬：《古代经典与口头传统》，中国社会科学出版社2002年版。

程》[1]、斯钦巴图的《蒙古史诗：从程式到隐喻》[2]、阿地里·居玛吐尔地的《〈玛纳斯〉史诗歌手研究》[3] 等。

综上所述，中国少数民族史诗研究的中国学人成百上千，《格萨（斯）尔》、《江格尔》、《玛纳斯》等少数民族史诗研究各有自己的学会组织，而且各自的年会都办得有声有色，具有较高学术价值的研究成果也陆续涌现，中国史诗学不断地向国际化方面迈进。

① 吕微、安德明编：《民间叙事的多样性》，学苑出版社 2006 年版。

② 斯钦巴图：《蒙古史诗：从程式到隐喻》，民族出版社 2006 年版。

③ 阿地里·居玛吐尔地：《〈玛纳斯〉史诗歌手研究》，民族出版社 2006 年版。

第一章

对史诗界定的考察

史诗是一种古老而源远流长的韵文体长篇叙事诗，是一个民族在特定历史阶段创作出来的崇高叙事。一部宏伟的民族史诗是一个民族的圣经，是民族精神的结晶，是人类在特定历史时期创造的高不可及的艺术范本，在一个民族，乃至整个人类文化史上都占据着重要位置。在东西方文化传统中，希腊史诗、印度史诗、巴比伦史诗、芬兰史诗、中国各民族史诗等都成为一种民族或一个国家文化的象征和文明的丰碑。因而每一部宏伟的民族史诗，不仅是一座传统文化的宝库，也是认识一个民族的百科全书，是“一种民族精神标本的展览馆”。

第一节　对亚里士多德规范诗学框架下的史诗界定的考察

亚里士多德对史诗的论述主要集中在《诗学》一书中。该著作认为史诗、悲剧、喜剧以及音乐等一切文艺都是摹仿，只不过是摹仿采用的媒介、对象和方式的不同而已。正是以这三个标准，亚里士多德区别了史诗、悲剧、喜剧等类型，指出它们彼此之间的异同及其相互关联。他在该著作的开篇说道：“关于诗艺本身和诗的类型，每种类型的潜力，应如何组织情节才能写出优秀的诗作，诗的组成部分的数量和性质，这些，以及属于同一范畴的其它问题，都是我们要在此探讨的。”① 显然，亚里士多德的诗学是以阐述作诗的技艺为宗旨，而在分析史诗的创作过程中，亚里

---

① ［古希腊］亚里士多德：《诗学》，陈中梅译，商务印书馆 2005 年版，第 27 页。

士多德又以荷马史诗为例证，为史诗学理论的建构建立了一种科学分析的范例。亚里士多德是柏拉图的高足，但不是柏拉图忠实的追随者。柏拉图认为现实世界是理式世界的摹仿，而史诗、悲剧、抒情诗等文艺作品又是现实世界的摹仿，否定文艺作品能揭示理式世界的真知和最本质的东西。亚里士多德继承了柏拉图的摹仿说，但是摒弃了那种认为文艺作品与真知隔三层的观点，主张“理”在“事”中，离开“事”这个实体，“理”便无所依附。也就是说，文艺作品摹仿的对象是真实的，甚至比现实世界更为真实，而不是柏拉图所说的“影子的影子”，是对现实生活世界的内在本质的揭示，而不只是现实世界的摹本。这种哲学观念上的转换直接使得亚里士多德对史诗的认识和见解与柏拉图呈现不同的图景。

亚里士多德称赞荷马是“严肃作品的最杰出的大师（惟有他不仅精于作诗，而且还通过诗作进行了戏剧化的摹仿），而且还是第一位为喜剧勾勒出轮廓的诗人”。① 他认为诗起源摹仿，而摹仿出于人的本性，它能给人带来一种真知和快感。荷马也不例外，也是一个摹仿者。不过，亚里士多德把柏拉图置于存在物之上的“理念”安置在存在物里，指出荷马创作的诗歌孕含着理念，荷马不仅仅是对现实世界的摹仿，而且是一种积极的创造，即他的诗歌不仅再现现实世界的原貌，而且更具有哲理性和分类价值，关注更普遍的真理。因此，他认为荷马塑造的人物比我们现实生活中的人的品质更加高尚。这种观点可以在亚里士多德区别诗和历史的阐述中得到证明：“诗是一种比历史更富哲学性、更严肃的艺术，因为诗倾向于表现带普遍性的事，而历史却倾向于记载具体事件。所谓‘带普遍性的事’，指根据可然或必然的原则某一类人可能会说的话或会做的事——诗要表现的就是这种普遍性。”②

亚里士多德把诗人视为一种摹仿者，认为诗人创作的诗具有高度的真实性。他把诗人创作诗的摹仿方式分为三种：过去或当今的事，传说或设想中的事，应该是这样或那样的事。③ 荷马创作的诗歌在亚里士多德眼中属于第三类。这就是说，荷马演述的史诗在历史事实上虽然不可信，但是

① ［古希腊］亚里士多德：《诗学》，陈中梅译，商务印书馆 2005 年版，第 48 页。

② 同上书，第 81 页。

③ 同上书，第 177 页。

他所演述的情节和内容却是合情合理的，符合可然性或必然性，不仅揭示了现实世界的普遍性，而且使得受众相信演述的事件具有可信性，从而充分完美地实现了诗歌本身的真实性。

亚里士多德非常重视史诗和悲剧的情节结构，强调有机整体的观念，主张一部优秀的史诗或悲剧应该是体现内在联系的单一完整的有机统一体。他在区分史诗和历史的相异之处时说道："史诗诗人也应编制戏剧化的情节，即着意于一个完整划一、有起始、中段和结尾的行动。这样，它就能像一个完整的动物个体一样，给人一种应该由它引发的快感。史诗不应像历史那样编排事件。历史必须记载的不是一个行动，而是发生在某一时期内的、涉及一个或一些人的所有事件——尽管一件事情和其它事情之间只有偶然的关联。"① 对亚里士多德而言，一位优秀的史诗诗人演述的史诗应该是一个完整的故事，开头、中段和结尾衔接紧密，具有必然的互相因依的关系，呈现出一种能够望见故事发展必然性的秩序。但是，历史以时代为纲，它描写故事或事件的结构比不上史诗的紧密，而且许多事件之间并没有必然关联，彼此之间可以不相互连贯。亚里士多德援引荷马为例，指出荷马在处理情节结构上做得出类拔萃，他没有描述特洛伊战争的全过程，而是选取战争第十年的五十天里发生的事件，把其他的事件和内容穿插其中，从而既有助于让受众一览全貌，又让作品不会因为繁芜的事件而显得过于复杂。亚里士多德也欣赏《奥德赛》的整一结构，赞同荷马没有把奥德修斯在帕耳那索山受伤、装疯避征召以及其他一些与奥德修斯回家故事没有必然因果关联的生活经历和事件收入《奥德赛》中，评价荷马在处理故事的整一性上胜过其他诗人，赞叹荷马这种真知灼见不是得力于技巧，便是凭借天赋。

亚里士多德对史诗的论述另一个显著的特点是把史诗和悲剧并置，讨论史诗和悲剧的特质和规律，以及二者的异同和关系。首先，亚里士多德从摹仿媒介、摹仿对象和摹仿方式等三个角度区别了史诗和悲剧，指出史诗的摹仿媒介是格律文，而悲剧的摹仿媒介是节奏、唱段和格律文。进而言之，史诗的摹仿对象是比一般人好的人，悲剧倾向于表现比今天的人好

① ［古希腊］亚里士多德：《诗学》，陈中梅译，商务印书馆 2005 年版，第 163 页。

的人。[①] 其次，亚里士多德非常重视史诗和悲剧的长度、大小比例，指出把这些形式因素安排处理好才能见出史诗和悲剧的有机整体，才能凸显史诗和悲剧的秩序美与和谐美。他说道："无论是活的动物，还是任何由部分组成的整体，若要显得美，就必须符合以下两个条件，即不仅本体各部分的排列要适当，而且要有一定的、不是得之于偶然的体积，因为美取决于体积和顺序。"[②] 亚里士多德以能够从头至尾一览无遗和不必费力记忆的长度作为史诗和悲剧的适宜长度，着重指出两者在长度上的不同要求，悲剧跨度应该限制在"太阳一周"或稍长于此的时间内，而史诗以"约等于一次看完的几部悲剧的长度的总和为宜"。[③]

史诗容纳性强，只要安排得当便可以把许多同时发生的事件都放进演述中，增加篇幅和容量，从而营造出宏大的气势。这是史诗优于悲剧之处。悲剧是一种舞台艺术，不可能把同时发生的许多事情在同一时间内展演出来，如果这样会让受众烦腻。相反，史诗的演述不会因为不同内容的穿插而遭受受众的反感，反而会由此调节受众的情趣。因此，一些不合情理的事件往往能在史诗中出现，而能包容惊异内容的悲剧则不得不把它们剔除。阿喀琉斯追赶赫克托耳的情节放在舞台上演出便是荒唐的，让人感到滑稽可笑，如果放在史诗中演述，则能引起受众的惊异感，荷马使用史诗演述技巧把这种惊异之事美化，掩盖了事件的荒唐，给人以快感。虽然承认史诗有优于悲剧之处，但是亚里士多德认为悲剧在整体上优于史诗，悲剧是"诗"发展的最终形式，史诗只是悲剧发展中的一个环节。悲剧具有史诗所具备的一切成分，还具有史诗所不具有的成分，如怜悯和恐惧的审美功效以及其他快感等。由此，亚里士多德得出结论："如果悲剧不仅在上述方面优于史诗，而且还能比后者更好地取得此种艺术的功效（它们提供的不应是出于偶然的，而应是上文提及的那种快感），那么，它就显然优于史诗，因为它能比后者更好地达到它们的目的。"[④]

亚里士多德在肯定荷马史诗的同时，也指出了荷马史诗的不足。他认

① ［古希腊］亚里士多德：《诗学》，陈中梅译，商务印书馆 2005 年版，第 27—43 页。
② 同上书，第 74 页。
③ 同上书，第 168 页。
④ 同上书，第 191 页。

为构思精良的史诗的故事情节应该只有单一的结局，双重结局的故事情节结构只能属于第二等。柏拉图以政治道德衡量荷马史诗，认为好人应该幸福，而坏人必须遭殃。与柏拉图不同，亚里士多德从诗艺的本身和创作方式出发认为赏罚分明并不是史诗和悲剧最理想的结局，最完美的悲剧应该避免三种情节结构：一是不应表现好人由顺达之境转入败逆之境；二是不应表现坏人由败逆之境转入顺达之境；三是不应表现极恶之人由顺达之境转入败逆之境。[①] 依此，亚里士多德认为《奥德赛》虽然达到了迎合受众的目的，取悦了受众，但是它产生的快感不是悲剧的快感，不能引起人的哀怜和恐惧。亚里士多德非常强调情节安排要合乎可然性或必然性规律，强烈谴责那种遭遇到无法解决的问题便请神下来解决的情节，对《伊利亚特》中雅典娜出面干预，阻止阿伽门农军队撤军的描述提出了间接的批评。

“发现”是指“从不知到知的转变，即使置身于顺达之境或败逆之境中的人物认识到对方原来是自己的亲人或仇敌”。[②] 亚里士多德把发现分为五种类型，并以艺术性为标准对各种类型进行了评析，其中在评析第一种和第三种发现时涉及荷马史诗。亚里士多德指出第一种发现，即由标记所引起的发现是使用最普遍的，但最缺少艺术性。同时，他也承认使用这种“发现”的手法有高低之分：“保姆以一种方式发现了俄底修斯，而牧猪人以另一种方式发现了他，尽管引出发现的都是伤疤。牧者的发现和所有通过标记证明身份的发现，都比较缺乏艺术性。较好的发现出自情况的突然变化，如‘盥洗’中的发现。”[③] 可见，亚里士多德还是比较认可那种与情节的突转同时发生的发现。第三种发现是通过回忆引起的发现。聆听竖琴师演述他攻打特洛伊的故事，奥德修斯回忆起往事不禁潸然泪下，这引起阿尔基努斯的追问，奥德修斯的身份从而被发现和曝光。亚里士多德把这种发现归结为第三种发现，它的触发因素是所听到的事件。当然，第一、第三种都不是最好的发现，最好的发现在亚里士多德眼中应当是在情节本身中产生、合乎可然律且能引起受众惊奇的发现。

---

① ［古希腊］亚里士多德：《诗学》，陈中梅译，商务印书馆2005年版，第97页。

② 同上书，第89页。

③ 同上书，第118页。

虽然柏拉图曾对史诗有过论述，但是不成系统。直到亚里士多德，史诗才得到系统的阐述。亚里士多德首次运用较为科学的观念和方法对史诗的成分、性质以及规律进行了分析，扼要地总结了史诗创作的原则，提出了一套较为系统和规范的史诗理论，从而对国际史诗学术界的史诗观念、研究范式以及理论建设产生了长久而深远的影响。

第二节 对黑格尔美学视野下的史诗界定的考察

18世纪以后，随着与美学密切相关的唯心主义哲学在德国开始盛行，美学作为一门独立的学科逐渐形成和发展。德国哲学家亚历山大·戈特利布·鲍姆嘉登出版《美学》（*Aesthetica*）一书，标识美学作为一门独立学科的产生。黑格尔在1835年出版了《美学》一书，标识德国古典美学的建立，构建了西方美学学科的形成和发展过程中的一个高峰，他把诗学的形式、法则和本质纳入美学的研究范围，对史诗这一文学样式进行了系统而全面的阐述。

虽然许多德国学者深受沃尔夫（Friedrich August Wolf）观点的影响，但是黑格尔与施莱格尔兄弟和谢林等不同，他坚持荷马史诗是个人创作的，否认荷马史诗起源于民间传唱，甚至在论述史诗时完全没有考虑到集体创作的概念：“尽管史诗须客观地实事求是地描述一个有内在理由的，按照本身的必然规律来实现的世界，尽管诗人自己的观念方式还接近这个世界并且还能使自己和这个世界等同起来，描述这个世界艺术作品却还是他个人的一部自由创作。”[①] 黑格尔把史诗视为一部客观存在的、叙述一件事关民族命运大事的作品，认为完成这部作品理所当然只能是个人而不是民族集体，也只有个人才能创作出一部首尾连贯完整的史诗作品，对荷马史诗的整一性辩解道：“荷马史诗的结构在本质上固然比较松散，不像戏剧体诗那样紧凑，其中各部分不免显得彼此独立，乃至还有一些题外的穿插和异文；但是它们毕竟各自形成一个有内在联系的整体，而这样的整体只能出于一个人的手笔。如果说荷马史诗缺乏整一性，只是由一些用同

① ［德］黑格尔：《美学》下册，商务印书馆1997年版，第111页。

一个语调的史诗片段拼凑成的，这种看法是粗陋的，不符合艺术性质的。”① 他驳斥那种把史诗看成没有必然的开头和结尾以及可以无休止歌唱下去的观点，认为这种观点无异于否认史诗具有的艺术性，因为在他看来史诗能称得上自由艺术的作品是因为它本身便是一个完美的整体。他一再为《伊利亚特》的整一性辩护，论证这部史诗有必然的起点，即阿喀琉斯的愤怒。这也是《伊利亚特》整一性的中心点，所有的叙述便是阿喀琉斯愤怒的后果。黑格尔不赞成将荷马对赫克托耳死后之事的描述视为蛇尾，而是视它们与所有先前的事件环环相扣，最终形成一种至高无上而令人满意的美感：“在帕屈罗克鲁斯墓旁举行的葬礼游戏，普里亚姆哀求还赫克忒的尸体，阿喀琉斯的和解和应允，这就使死亡者获得了葬礼。这是最美的圆满收场。”②

与歌德、席勒、谢林等诸多学者一样，黑格尔也主张客观性是史诗叙事的特征，诗人不应该在史诗里露面，但是他不像歌德和席勒那样强调纯粹的客观，而是承认史诗体现了诗人个人的精神和灵魂：“为着显出整部史诗的客观性，诗人作为主体必须从所写对象退到后台，在对象里见不到他。表现出来的是诗作品而不是诗人本人，可是在诗里表现出来的毕竟还是他自己的，他按照自己的看法写成了这部作品，把他自己的整个灵魂和精神都放进去了。他这样做，并不露痕迹。”③ 这与黑格尔将史诗视为诗人个人创作的观点有关，他指出史诗诗人一方面应该保持客观态度，同时又享有自由创作的权利。以荷马史诗为范例，他阐述这种独立自由的创作创造出的亲切如家常的史诗风格能够激起听众的感情共鸣和愉悦的欣赏心情：“荷马描述他的史诗世界就亲切如道家常，对旁人家常亲切，对我们也就家常亲切，因为我们从这里看到真实情况，看到生活在那个史诗世界里而感到自在的精神，又看到诗人自己和他的全副心思和精神都显现在诗里，这就使我们更感到心情舒畅。”④

另一方面，黑格尔赞成歌德、席勒、谢林等的观点，认为诗人创作出

---

① ［德］黑格尔：《美学》下册，商务印书馆 1997 年版，第 114—115 页。

② 同上书，第 164 页。

③ 同上书，第 113 页。

④ 同上书，第 112 页。

史诗的时间要晚于史诗中事件所发生的时间，断然否决“一个民族在他们的英雄时代即史诗的摇篮期，就已有用诗来描述自己的艺术”的说法，指出“一个在实际生活上已具有诗的性质的民族是一回事”，“而对诗的材料有意识地要去表现而且有艺术本领能去表现”是另一回事。[①] 认识到史诗所发生的事件与史诗的出现相隔一段时间仅是黑格尔对史诗创作认识的一个方面，他还辩证地认识到二者不能相隔得太远，史诗诗人必须与所要讲述的事件有着密切的联系，相隔太远会使得诗人的时代意识和观念世界与史诗所描述的时代意识和观念世界出现本质上的分裂，使得史诗作品不能表现英雄时代的真正的民族精神，从而使得作品失去了原始心灵所特有的生命力，让听众和读者对作品感到其描述不符合时代意识及其起着作用的那个时代的信仰、生活和习惯观念，乃至产生不耐烦和枯燥无味的审美情感。

在诗歌发展的历史道路上，史诗、抒情诗和戏剧按照怎样顺序形成和发展起来的是美学家和文艺理论家非常感兴趣的话题。亚里士多德根据希腊文学发展的事实材料依次排列了三种诗歌类型出现的先后次序：史诗、抒情诗、戏剧。黑格尔进一步阐述和发挥了这种观点，把这一顺序确定为合乎规范的文学现象，并从哲学和美学的视野出发把这一顺序法则化。他阐述了诗歌分化的进程及其间所蕴含的内在规律与原因。黑格尔将史诗的产生放在首位是因为史诗是作为客体所表现的客观世界压倒了诗人个性，民族信仰与精神和诗人个人的信仰与精神没有分裂，诗人个人的意志和情感没有分裂。随着个性的发展，诗人自我意识增强，作为主体的诗歌种类——抒情诗开始出现。随着主体性的日益巩固和加强，人们对自己的行动已经有了自觉性，对周围的世界和身边发生的事件已经具备独立的批判意识。诗人们也不再满足于史诗和抒情诗两种诗歌类型，产生了要在诗歌创作实践中表现个人心灵生活，展示创作中享有个人独立性的愿望，又希图分享史诗在描述客观情境和事迹上享有的独立权。在这种诉求下，客体—主体的诗歌类型——戏剧便出现了。这便是黑格尔对史诗、抒情诗和戏剧的演进顺序的构想，而这种诗歌种类的公式化体系和顺序经由黑格尔的确认便长期在美学领域中占据着主流话语的地位。当然，由于黑格尔阐

① ［德］黑格尔：《美学》下册，商务印书馆 1997 年版，第 110 页。

述这一体系和顺序依据的材料拘囿于希腊文学，因此不可避免地带有片面性，不少欧洲，乃至世界各地的诗歌形成和发展所呈现的体系和顺序都与黑格尔的构想相左，亚·尼·维谢洛夫斯基便坚决排斥这一观点。[①]

在讨论史诗作为统一整体的这个特征时，黑格尔分析了史诗、抒情诗、戏剧各自采用何种内容和形式来表现这一个特征，比较了三者之间的相互关系。抒情诗的主体把一定情境中的各种各样的内容都纳入情感和观感里，抒写主体的内心生活；戏剧侧重描述与人物和行动的内在动机和目的相关的事迹、情节、事物等，与之无关的事件、生活世界、具体情境等则尽量不予考虑；史诗则不同，既要表现内心世界，还要表现外在世界，乃至广泛的民族现实生活和自然的全貌。黑格尔强调史诗的进展方式不同于抒情诗与戏剧，史诗能够容纳广泛的派生枝节，这些派生枝节表面看起来互相独立，结构松散，但是仍有内在本质的联系，与史诗主要情节一起组成了一个有机的整体。

黑格尔没有完全排除史诗中存在抒情诗和戏剧题材的可能，指出二者在史诗中是以史诗为导向作为组成部分而发生作用，史诗不会因为它们而失去本身固有的特性。因此，史诗中的抒情诗的情感和观感应“像客观事物一样，当作已经发生过的事，已经说过的话和已经想过的思想来叙述，不应破坏史诗所应有的平静的稳步前进的语调”。[②] 史诗中的戏剧的对话也不像戏剧中的对话那样生动，而是人物按照当前直接现实情况辩论、说服、吩咐、胁迫、陈述理由等。也就是说，不管是抒情诗题材，还是戏剧题材，一旦要进入史诗里都要转化为客观事物的形式。与歌德、席勒和施莱格尔兄弟一样，黑格尔严格强调史诗与抒情诗和戏剧之间的界限：“凡所发生的事既不应只导源于主体的心情，也不应只导源于人物的个性，因而侵犯到抒情诗和戏剧体诗的领域。”[③] 除了抒情诗和戏剧的题材可进入史诗，史诗中某些题材也会以抒情诗和戏剧的表达方式呈现。以荷马史诗为例，黑格尔指出了史诗中许多可作为抒情诗和戏剧题材的内容：“特洛伊的老王后赫库巴对她的儿子赫克忒的哀悼，阿喀琉斯对他的

---

① ［俄］维谢洛夫斯基：《历史诗学》，刘宁译，百花文艺出版社 2003 年版。

② ［德］黑格尔：《美学》下册，商务印书馆 1997 年版，第 151 页。

③ 同上书，第 155 页。

挚友帕屈罗克鲁斯的哀悼之类在内容完全可以用抒情诗的方式去处理，荷马却从来不离开史诗的语调。荷马史诗中也有许多情境可以用戏剧的方式去表现，例如将领会议中阿迦门农和阿喀琉斯的争吵，赫克忒向他的妻子安竺若玛克的告别之类，可是荷马在这些场合从来不用戏剧的风格。”[①] 也就是说，史诗、抒情诗和戏剧的差异在于使用的方式和审美效果的不同。

黑格尔高度评价了史诗的民族性，指出史诗反映的是某一个确定民族的整体——生活世界和精神世界，将史诗视为一个民族的“圣经”和“一种民族精神标本的展览馆”,[②] 甚至认为如果把各个民族的史诗汇集起来，便是一部生动活泼的世界史：“要对史诗进行评价，钻研和分析，就等于用心灵的眼睛去检阅各民族的各具个性的精神。如果把各民族史诗都结集在一起，那就成了一部世界史，而且是一部把生命力、成就和勋绩都表现得最优美、自由和明确的世界史。”[③] 但是，黑格尔否定世界史诗的存在。根据精神是第一性的理念，黑格尔认为世界史诗的创作不符合史诗艺术所要求的个别具体化和实体化。也就是说，不存在能够表现世界精神的具体事迹的活动场所，不存在那个能够体现世界永恒的绝对理念的具体个人：“精神的最高动作就会是世界史本身，人们就可以把普遍精神的战场上所发生的普遍行动写成绝对的（包罗万象的）史诗，其中主角就会是全人类的精神，就会是全人类从意识的浑沌状态把自己提升到世界史里去。不过正由于这种抽象的人类普遍性，这种材料就不能达到艺术所要求的个别具体化。因为这种史诗根本就缺乏一种确定的背景和世界情况，既没有外在的活动场所，又没有道德习俗之类情况。”[④] 虽然肯定没有世界史诗，但黑格尔肯定有使得其他民族和其他时代都感兴趣的民族史诗，关键在于这样一部史诗必须在民族性中表现出普遍的人性：“它所描绘的世界就不能专属某一特殊民族，而是要使这一特殊民族和它的英雄的品质和事迹能深刻地反映出一般人类的东西。”[⑤]

① ［德］黑格尔：《美学》下册，商务印书馆 1997 年版，第 156 页。
② 同上书，第 108 页。
③ 同上书，第 122 页。
④ 同上书，第 132—133 页。
⑤ 同上书，第 124 页。

民族史诗虽然是一个民族精神和文化的象征，乃至一个民族的荣耀，但并不是每一个伟大的民族都有史诗。黑格尔也认识到这一点。在论述史诗与民族宗教意识的关系时，黑格尔辩证地指出一个民族的史诗是一个民族的圣经，而拥有史诗的民族未必就有基本的宗教经典，就像希腊人；拥有宗教经典的民族也未必有史诗，就像犹太人。值得注意的是，他还是较早否认中国有史诗的学者。他说道："他们的观照方式基本上是散文性的，从有史以来最早的时期就已形成一种以散文形式安排的井井有条的历史实际情况，他们的宗教观点也不适宜于艺术表现，这对史诗的发展也是一个大障碍。"① 虽然黑格尔在作出这个论断前没有读过《诗经》，因为《诗经》最早的德文译本是在黑格尔逝世一年后的1833年出版的，但是黑格尔的阐释却并非全无道理。汉族在上古时代历史意识就已经很发达了，商代已经有了史官，甲骨卜辞中的"作册"、"史"、"尹"等便是史官的名称，同时商代制定了官方记事制度。西周，史官制度更加繁复，并有了细致的分工，按照《周礼·春官宗伯》的说法，分为大、小、内、外、御五史，各有职掌。这种尚简、用晦的散文性历史写作对汉族史诗的形成和发展必然会产生一定的影响。相反，在古希腊的史学中，则难以找到这类制度的痕迹。如此说来，黑格尔把散文性的观照方式作为汉文学没有史诗的原因之一的说法并不是完全出于臆断。其实，史诗与宗教思想也是分不开的，荷马史诗中有着十分强烈的宗教感，其中"神人一体化"的倾向特别明显。周朝的汉民族更注重那些能感知的世界，虽然在《生民》诸篇中提出"上帝"和"天神"的概念，但已是人神分离的宗教思想，对鬼神持"敬而远之"的态度。周人这种理性主义多多少少决定了他们对史诗中那些"怪""力""乱""神"的要素采取拒斥的做法。这大概与黑格尔所说的汉族宗教思想不适宜史诗形成和发展的原因很相似。不过，黑格尔所说的中国没有史诗显然不是专指汉族，而是把中国诸多少数民族也包括在内。如此，这种说法便站不住脚。20世纪50—60年代，在党和国家以及有关地方政府的高度重视和支持下，中国民间文艺研究会的领导和推动下，民间文学的搜集和整理工作在各个地方有组织地按照科学的原则展开了，《格萨（斯）尔》、《江格尔》、《玛纳斯》、《苗族古

① ［德］黑格尔：《美学》下册，商务印书馆1997年版，第170页。

歌》、《布洛陀》等诸多中国少数民族史诗陆续被发现和挖掘，对它们的搜集、记录、整理、翻译和出版都取得了显著的成就。这从客观上拨正了黑格尔关于中国没有史诗的论断，一定程度上缓解中国学者对中国文学没有史诗这个问题而造成的焦虑，把中国的“史诗问题”精确为汉文学的“史诗问题”。

1803 年，黑格尔与谢林的哲学和美学观点产生了分歧。1806 年，二者彻底决裂。这种决裂在他们对史诗的论述上呈现出来。谢林坚持史诗不存在命运，只有戏剧才存在命运；而黑格尔却主张命运统治着整个史诗事件，史诗中所发生的一切包括个别人物都是在必然完整的客观存在的环境里由命运决定的，注意到史诗人物性格的一般性质和人物的整一性是史诗之所以成为史诗的必要条件。当然，仅有人物的整一性，那么这种作品将是英雄人物的传记，而不是史诗。对史诗人物性格的客观性，黑格尔提出类似“典型”的概念，即史诗人物身上集中了许多分散在同一民族中的其他人身上的光辉性格，成为一个能够代表全民族精神的完整的、个别的个体。正是因为史诗人物代表着他所属民族的思想和行动的方式，他的个性完全由他的民族与他所处的环境决定，因此黑格尔主张对史诗人物的评价也不能用现代道德的眼光去衡量，不应该一味指责阿喀琉斯的狂怒，应该看到这种狂怒无损阿喀琉斯的伟大。黑格尔认为史诗表现英雄的主要性格是英勇，而最适宜表现英雄的情境便是战争，因为“在战争中整个民族都被动员起来，在集体情况中经历着一种新鲜的激情和活动，因为这里的动因是全民族作为整体去保卫自己”。① 同时，黑格尔也并不认为所有的战争题材都能适用于史诗创作，指出只有一个民族对另一个民族发动的战争才具有史诗性质。

黑格尔论述的是广义的史诗，他将荷马史诗、欧洲其他民族国家的史诗和印度史诗都纳入讨论的视野，扩大了史诗这一文类涵盖的范围，将写或刻在石柱、器具、纪念碑、礼品等上面的箴铭，用书写语言写下来的格言，赫西俄德的《工作与时日》和《神谱》之类的教科诗、宇宙谱与神谱等视为雏形史诗。黑格尔认为，它们不能被称为正式的史诗是因为它们没有像史诗那样在个别事迹或动作上拥有一个中心，并以这个中心形成了

---

① ［德］黑格尔：《美学》下册，商务印书馆 1997 年版，第 126 页。

统一和完整的圆满刻画，而且神力的统治也有通过人类的现实生活得以人格化。同时，黑格尔又将田园诗、传奇故事、小说归入史诗变种的范畴，原因在于它们都像史诗那样偏重客观性的形式，而黑格尔对自己的这种分类方法也相当不自信，这在他对民歌究竟归属史诗还是抒情诗的问题上持模棱两可的观点便可以看出来。黑格尔推崇以荷马史诗为典范的原始史诗，批评维吉尔的《埃涅阿斯纪》、塔索的《被解放的耶路撒冷》、弥尔顿的《失乐园》等后世人工造作史诗。在黑格尔看来，原始史诗风格朴素自然，诗人的观照方式与所描述的世界处在和谐的状态，而人工造作史诗则将二者完全脱节，风格矫揉造作。当然，也有例外，黑格尔高度评价了人工造作史诗《神曲》，将它与荷马史诗相提并论，认为这部作品是中世纪宗教诗这一领域中“最纯真，内容最丰富，表现中世纪天主教特色这一伟大题材的最伟大的史诗”。①

黑格尔将世界艺术的演化进程归纳为象征型、古典型和浪漫型的更迭，并把它推广到史诗的演进。第一阶段是东方象征型史诗，如《罗摩衍那》和《摩诃婆罗多》；第二阶段是希腊罗马的古典型史诗，如荷马史诗；第三阶段是浪漫型史诗，即基督教的各民族的半史诗半传奇故事式诗歌的丰富发展，如《熙德之歌》和《罗兰之歌》。他贬低《埃达》，指责它讲述的神话故事空洞芜杂，东拼西凑，野蛮混乱和让人费解。虽然许多学者都赞成塞缪尔·约翰逊（Samuel Johnson）和威廉·肖（William Shaw）所提出的《莪相诗集》是麦克菲森（James Macpherson）的伪造品的观点，而黑格尔肯定麦克菲森对口头诗歌的运用：“任何现代诗人也不能凭空杜撰出那样古老的民族情况和事迹，所以这里必有一些原始诗做基础，尽管其中所表现的整个语调和观感方式很可能在许多世纪过程中遭到了近代化。”② 同时，黑格尔批评《莪相诗篇》含混的、缺乏人物形象的坚实性和鲜明性。

与奥·威·施莱格尔将《尼伯龙根之歌》比作德国的《伊利亚特》不同，黑格尔特别贬毁《尼伯龙根之歌》，认为它比不上《熙德之歌》，更不用说比得上荷马史诗，指责其人物形象木然、僵硬和冷酷，且缺乏鲜明个性：“表现方式尽管很详细，却缺乏人物性格的丰满性和鲜明性。同

① ［德］黑格尔：《美学》下册，商务印书馆 1997 年版，第 179 页。

② 同上书，第 176 页。

时这些歌往往迷失在对野蛮残暴场面的描述中，人们在行动中虽然显得勇敢坚定，他们的抽象的粗豪却使他们象木偶而不象荷马所写的在精神上具有个性的男女们。”[①] 当然，黑格尔也不是唯荷马史诗是论，他对但丁的《神曲》十分满意，曾热情地赞赏《熙德之歌》的主题内容高尚纯洁，展现了“最高贵的人类图景的丰富性”，认为应当把它“摆在古代最优秀作品的行列”。[②] 黑格尔一再坚持史诗这一文学样式已经成为过去，如果硬要创作史诗，创作出来的史诗也是枯燥的，没有持久的生命力。因为近代世界的情境和生活已经不适宜作为史诗的题材，国家政权、国家法律、司法机构、行政部门以及工业化等呈现出来的世界态势使得个人与社会完全对立和分裂，也使得史诗失去了产生的土壤和条件。但是，深受“西方中心”论影响的黑格尔对这种观点也不是那么坚持，对欧洲的失望使得他用推量的语气假定史诗的未来和出现将在美洲，丝毫没有考量亚洲和非洲出现史诗的可能，这不可避免地具有严重的片面性：“如果我们根据这些过去的史诗去设想欧洲未来可能出现的史诗，那就很可能是描述未来的美洲人的生动活泼的理性对禁锢在永无休止的衡量计算和向特殊分配之中的那种精神的胜利。”[③] 不过，黑格尔还是在近代世界找到了史诗的替身，那便是小说，即史诗让位于小说。但是，黑格尔对史诗与小说之间的转换没有作出较为深刻的论述，只是简略地谈及。这与当时小说只是初露头角，没有大规模出现的情况有关。

黑格尔对史诗的阐述吸收了德国古典学和美学的主要思想，并对之作了进一步的阐发和创新，构建当时最令人瞩目的美学体系。这一体系不仅清晰地界说了史诗的艺术本质和特征，划定了其领域的界限，而且撇开经济基础的变革和社会形态的发展，从精神与思想的时代变化考察了史诗的演进过程，从而对史诗学界产生了深远的影响。

第三节　对中国学人史诗界定的考察

随着中国少数民族史诗被陆续发现，史诗成为中国文艺理论界关注的

① ［德］黑格尔：《美学》下册，商务印书馆1997年版，第178页。

② 同上。

③ 同上书，第130页。

一种文学种类和体裁。1979年出版的《辞海·文学分册》是这样界定史诗的："指古代叙事诗中的长篇作品。反映具有重大意义的历史事件或以古代传说为内容，塑造著名英雄的形象，结构宏大，充满着幻想和神话色彩。著名史诗如古代希腊的《伊里亚特》和《奥德赛》。"[①] 同时，将史诗的定义做了引申："比较全面地反映一个历史时期社会面貌和人民群众多方面生活的优秀长篇叙事作品（如长篇小说），有时也称为史诗，或史诗式的作品。"[②] 严格上讲，这种引申义上的史诗不是史诗，将史诗与长篇小说相较，史诗表现的是一种非个性的、客观的世界，描写的人物是英雄，而小说充分表现了作家个人的心态，描写的是主观的世界。再就形式而言，史诗是韵文体的，而小说是散文体。沃尔夫冈·凯塞尔在《语言的艺术作品——文艺学引论》中指出"全部世界（在崇高的声调中）的叙述叫做史诗；私人世界在私人声调中的叙述叫做'长篇小说'"。[③] 沃尔夫冈·凯塞尔认为史诗的衰退是因为史诗诗人不能运用被人相信的神话与传说对世界进行散文式的安排，他的世界作为依照经验认识出来的现实已经没有神话了，同时没有了听众，这直接导致了他的叙述态度的变化。这种变化直接催生了小说的兴起，也就是说，小说的作者不是像史诗诗人那样站在崇高的立场上描述世界，而是"以个人叙述者的身份"来描写世界，而这个世界也变成了私人的世界，读者也具有个人的、私人的特点。对此，沃尔夫冈·凯塞尔说道："读者采取了个人的身份，作者所叙述的是关于个人经验的事情。就是当叙述的材料——如象在许多历史长篇小说中的材料那样——还是一个伟大的、包括许多民族的历史事件，在这个观点之下它仍然只会变成为个人创造的经验……现在人物再也没有世界的意义了。……最后空间是个人经验的世界部分；就算它象在史诗中那样广阔，它仍然是个人在其中生活的空间，在最好的情况之下也是包含或者产生也许是伟大事件的空间。"[④] 因此，将小说划入史诗的范畴是不合理的，18世纪的学人大多主张将小说这一当时新兴的作品文类另立为一种新文

① 《辞海·文学分册》，上海辞书出版社1981年版，第15页。

② 同上。

③ ［瑞士］沃尔夫冈·凯塞尔：《语言的艺术作品——文艺学引论》，上海译文出版社1984年版，第474页。

④ 同上书，第473—474页。

类，纠正将史诗与小说混为一谈的偏颇。

中国民间文学界将史诗与小说严格地区分开来了，它所谓的史诗不再包含如长篇小说的那些史诗式作品。钟敬文主编的《民间文学概论》将史诗界定为“民间叙事体长诗中一种规模比较宏大的古老作品。它用诗的语言，记叙各民族有关天地形成、人类起源的传说，以及关于民族迁徙、民族战争和民族英雄的光辉业绩等重大事件，所以，它是伴随着民族的历史一起生长的。从某种意义上来说，一部民族史诗，往往就是该民族在特定时期的一部形象化的历史”。[①] 这个界定是根据中国少数民族史诗的现实而作出的。中国少数民族史诗已经不再局限于英雄史诗，而西方的史诗定义主要是针对英雄史诗，因此钟敬文主编的《民间文学概论》突破了西方的史诗观念对史诗作出界定。由于马克思主义文艺观和美学观占据着当时中国学术界的主流，学术研究无不受其影响，钟敬文主编的《民间文学概论》论述史诗也不例外。马克思、恩格斯、高尔基等马克思主义学者对史诗的相关论述不仅成为钟敬文主编的《民间文学概论》阐述史诗的参照标准，而且它在论述史诗时注重其主题内容和思想性，把思想性放在第一位，把艺术性放在第二位。事实上，把思想性放在艺术性的前面有待商榷，因为史诗能够在自身的传统里传诵千古，听众能够百听不厌，思想性是一个不可或缺的因素。但是更重要的是史诗所具有的艺术性及歌手演唱史诗时呈现的演唱技巧。如果没有艺术性，史诗的思想不管如何高、如何正确、如何伟大，它都不可能成为艺术品，只能沦为一种纯粹的宣传工具。

姜彬主编的《中国民间文学大辞典》是这样定义英雄史诗，说道：“它是以民族战争中的民族英雄为主题的史诗，是早期人类的一种艺术创造。产生年代略晚于创世史诗。它描写民族英雄们斩妖降魔、除暴安良的光辉业绩。”[②] 随后出版的马名超和王彩云主编的《中国民间文学大辞典》也对史诗给出了定义，以英雄史诗的定义为例，特兹录如下：“是以氏族和部落之间的战争为中心题材，以本民族和本部落英雄人物为主人公并作为第一歌颂对象的史诗。英雄史诗的产生略晚于创世史诗。一般说来，它

---

① 钟敬文主编：《民间文学概论》，上海文艺出版社 1980 年版，第 282 页。

② 姜彬主编：《中国民间文学大辞典》，上海文艺出版社 1992 年版，第 9 页。

产生于原始社会的末期和奴隶社会的初期，即恩格斯所称的‘英雄时代’。这一时期，社会是以氏族和部落为基本单位，母权制让位于父权制，私有制逐渐产生，氏族和部落间经常爆发战争。人类对自然力的崇拜让位于对氏族祖先和本部落英雄人物的崇拜。也就是说，由于生产力的发展，人类集体的力量逐渐发展到可以同大自然及异族敌人、其他国家对抗，于是英雄史诗的主人公应运而生。‘征服大自然的初步胜利，唤起了人们的安全感、自豪心和对新胜利的希望，并且激发他们去创作英雄史诗’（高尔基：《个性的毁灭》）。英雄史诗以描写民族与部落间的战争，以及与之相联系的民族迁徙等重大事件为主要内容，歌颂英雄人物的英勇征战，斩妖降魔，除暴安良等英雄业绩。史诗中的英雄人物是本民族集体利益、意志的象征。英雄史诗一般是以一定的历史真实事件为基础的，因而可以较为真实的反映该民族的主要历史进程，展现广阔的社会生活画面。特别是原始的宗教信仰，婚姻制度的演变，妇女地位的变化，以及民族风俗、文化史等，都有形象化的映现。英雄史诗规模巨大，气势磅礴，百万行的长诗，并不少见。由于它产生的时代与神话产生的时代相当接近，一般都受到神话的影响，具有神话、幻想与现实交织的艺术特点。史诗中的英雄人物，既是神奇的，又是现实的；既是真实的，又是理想的。往往是人间天上、地狱天堂都可以纵横驰骋，英雄行为与神话传说融为一体，强烈地体现了民族精神。人物形象的生动鲜明，情节的丰富曲折，也是英雄史诗的一大特点。英雄史诗的语言吸取了民间口语的精华，准确、鲜明、生动，具有表现力；民间格言、谚语的运用，具有哲理性。韵散相间的说唱体形式，便于叙事和抒情。”①

与姜彬主编的《中国民间文学大辞典》比较，马名超和王彩云主编的《中国民间文学大辞典》涉及了史诗的艺术特色，对史诗的内容也描述得更为详尽。不过，他们都没有超越钟敬文主编的《民间文学概论》对史诗的论述。与之相应，除了《格萨（斯）尔》、《江格尔》、《玛纳斯》之外，其他中国少数民族史诗都相继得到认定，土族、哈萨克族、维吾尔族、满族、达斡尔族、羌族、彝族、纳西族、普米族、白族、哈尼

① 马名超、王彩云主编：《中国民间文学大辞典》，黑龙江人民出版社1996年版，第40—41页。

族、傣族、基诺族、拉祜族、佤族、布朗族、景颇族、德昂族、阿昌族、傈僳族、怒族、独龙族、苗族、侗族、布依族、仡佬族、水族、土家族、壮族、仫佬族、瑶族、毛南族、京族、畲族、高山族、黎族等都有史诗，或为创世史诗，或为迁徙史诗，或为英雄史诗，或以口耳相传的方式传唱着，或被记录在本民族或本支系的各种经籍和唱本里。[1]

20世纪90年代中期以后，中国学者开始接受口头诗学理论与方法，并将它引介入国内，将它本土化。同时，一些在口头诗学方面具有代表性的国外学人所持有的史诗定义也深深影响了中国学人，朝戈金是这方面较早的醒觉者，对史诗的长度问题有过专文论述。[2] 结合国际史诗研究的理论成果，朝戈金对史诗作出过这样的定义："史诗是长篇叙事诗。它叙述某个或某些英雄，并关注历史事件，如战争或征服，或英雄追求某些壮丽的神话性和传奇性功名——这些要素构成了传统的核心或文化信念。史诗常在口头文化的社会里得到发展，其时该民族正在形成其历史的文化的宗教的传统。史诗的中心是英雄，他有时是半神性的，从事艰巨的正义的事业。他经常卷入神与人类的纷争。史诗中事件往往影响到普通人类的日常生活，并往往改变该民族的历史进程。典型的史诗是篇幅宏大，细节描述充盈，并依照顺序结构的。史诗中大量使用程式化人物，扩展的明喻和其他风格化的描述，例如对武器和铠甲的细节描述、献祭和其他仪式的描述等。重复性叙事特征包括：以交相夸耀自己为序幕的勇士间正规的格斗，游戏或是竞赛规则的说明，难以置信的冒险，有时有超自然力量的介入，并往往需要超人的力量和计谋。史诗自身不仅使用叙事诗歌的方法，也会使用抒情诗或戏剧诗歌的方法。……史诗多以历史事件为背景，但作用却不在于记载历史。史诗中还包括有大量的知识。风格庄严、崇高、雄伟、规模宏大、结构严谨是其一般特点。"[3] 这个定义比姜彬主编的《中国民间文学大辞典》、马名超和王彩云主编的《中国民间文学大辞典》包含的

---

① 朝戈金、尹虎彬、巴莫曲布嫫：《中国史诗传统：文化多样性与民族精神的"博物馆"（代序）》，《国际博物馆》2010年第1期。

② 朝戈金：《"多长算是长"：论史诗的长度问题》，《中央民族大学学报（哲学社会科学版）》2015年第5期。

③ 朝戈金：《口传史诗诗学：冉皮勒〈江格尔〉程式句法研究》，广西人民出版社2000年版，第12页。

维度都多，涉及史诗的主人公、长度、叙事风格、思想内容、演述传统的表达技巧等诸多维度。

随后，通过对劳里·杭柯（Lauri Honko）、约翰·弗里（John M. Foley）等国际学人的史诗定义的评述，朝戈金归纳出史诗的一些核心尺度，认为它们是史诗之所以能称之为史诗必须持有的基本维度：其一，在形式上，史诗以韵文体为常见形式，篇幅巨大（不见得要规定诗行数量，但须有故事的完整性）；其二，在内容上，史诗的主角为英雄甚或是神祇，故事内容为重大事件，往往涉及一个民族乃至全人类的命运；其三，在功能上，史诗构成特定社区的范例，具有广泛的文化包容性，并具有多重社会功能。其四，在语境上，史诗的形成历史悠久，往往在无文字社会中得到发展，在形成和发展中与其他文类形成交错互渗关系。① 当然，这不能说史诗的界定便一劳永逸地得到了解答，随着世界各地不同民族史诗的不断发现，史诗的定义也会不断受到挑战，而史诗的多样性也决定了要对史诗做一个放之四海皆准的定义是不容易的。

① 参见朝戈金在国家社科基金项目《口传史诗文本研究》中对史诗界定的思考。

第二章

史诗传承人与史诗研究

史诗传承人不仅仅是具有创造性的史诗演唱者，也是史诗传统的积极携带者和传承者。随着大量推进性或拓展性研究的深入以及学科规范意识的加强，从学理角度对史诗传承人的考察也日益迫切。

第一节　荷马与荷马史诗研究

古希腊史诗传统以手稿形态遗存，活生生的歌手已近消失。因此，对古希腊的歌手的研究，我们只能通过书面的文字探讨其中的“端倪”，作出一些尽可能接近传统的推测。首先要追问的是“谁是荷马”？答案莫衷一是：荷马可能是一个人，可能是几个人，或可能根本不存在。这个问题可以说贯穿了19—20世纪国际史诗学术史。历史上是否确曾有过荷马其人，希腊人的回答是肯定的。生活在公元前7世纪上半叶的厄菲索斯诗人卡利诺斯（Callinos）曾提及史诗《塞拜德》，认为它是荷马的作品；生活在前6世纪的色谱法奈斯（Xenophanes）和开俄斯诗人西摩尼得斯（Simonides，约前556—前468年）也曾提及荷马的名字。另外，柏拉图和亚里士多德、色诺芬尼、希罗多德和修昔底德等都认为荷马在历史上真有其人。18世纪意大利哲学家维柯认为荷马史诗不是一个人的创作，而是整个希腊民族的群体创作。1769年英国考古学者伍德（Robert Wood）发表《论荷马的原创性天才》（*An Essay on the Original Genius of Homer*）更径直地提出荷马目不识丁，史诗一直是口耳相传的。1795年，德国学者沃尔夫（Friedrich August Wolf）刊印了一篇论文《荷马引论》（*Prolegomena ad Homerum*），引发了19世纪“分辨派”（Analysts）和“统一派”（Unitarians）之间的论战，进而贯穿了19世纪“荷马问题”的始终。[①]“分辨派”主张“荷马多人说”，认为荷马史诗出自多人之手；“统一派”也即“荷马一人说”，认为荷马史诗是由一个天才作者独自完成的。亲身经历这场论争的最后一幕的帕里（Milman Parry）把19世纪以来民族志方法纳入语文学领域，对“荷马问题”作出了当代的回答：荷马史诗不仅是口头的，而且是传统的。回顾“谁是荷马”的学术史，我们可以在一定程度上确认，荷马是一个史诗歌手，是古希腊史诗传统的一个象征，是一个具有玄奥智慧的歌手。

接下来，我们要追问荷马周围是否存在歌手群体？色诺芬尼据说是一个以背诵荷马史诗为业的人，[②] 柏拉图的《伊安》篇也提到一位自称精通荷马史诗的人物。[③] 由此，我们大抵上可以断定，古希腊拥有歌手群体，他们像荷马一样在演唱中创作，荷马不过是其中最为优秀和杰出的一位歌手。其次，他们的社会地位不高，多为王公贵族吟唱英雄故事，演唱的曲目也半分由不得自己，甚至命运也掌握在这些人的手中。菲弥俄斯内心很不情愿为那些向裴奈罗佩求婚的王公贵族们演唱，但是他不得不向他们屈服，最后还是因为奥德修斯的赦免，才侥幸活命。德摩道科斯虽然受到主人的礼遇，但是他对演唱的曲目没有任何自主权，他不得不根据主人的意愿调整自己的演唱。结合学者从菲弥俄斯（Phēmios）和德摩道科斯（Dēmodokos）本义推测出歌手是受到民众尊敬的人的观点，我们可以这样认为，古希腊歌手社会地位低，但是因为他们歌唱英雄的业绩，凭借自己的精湛的技艺而受到民众的尊重。再次，古希腊出现职业化的史诗歌手，他们大多为盲人。荷马就是其中的一位，荷马在伊阿尼土语里就是盲人的意思。德摩道科斯是法伊阿基亚人中的盲歌手，荷马对此歌唱道：“缪斯宠爱他，给他幸福，也给他不幸，夺去了他的视力，却让他甜美地歌唱。”[④] 或许因为他们是盲人，为了生存不得不苦练演唱技艺，所以盲人在歌手群体中显得更为优秀。那么歌手演唱的乐器是什么呢？荷马史诗

① ［美］约翰·迈尔斯·弗里（John Miles Foley）：《口头诗学：帕里—洛德理论》，朝戈金译，社会科学文献出版社2000年版，第8页。

② 汪子嵩、范明生等：《希腊哲学史》第一卷，人民出版社1988年版，第534—536页。

③ 柏拉图：《柏拉图全集》第一卷，王晓朝译，人民出版社2002年版。

④ ［古希腊］荷马：《奥德赛》，王焕生译，人民文学出版社2000年版，第147页。

中的菲弥俄斯和德摩道科斯都是弹着竖琴歌唱的。竖琴又名里拉琴，由七个弦组成，故有时被称为七弦琴。相传它首先由宙斯之子赫尔墨斯把琴弦缠绕在乌龟壳上制成，随后他把琴赠给太阳神阿波罗，阿波罗又把琴赠给了他的儿子奥尔甫斯（Orpheus），使他成为一位著名琴师。他的琴声可使忧伤的人们忘忧，使高兴的人们更加快乐，使劳动的人们力量无穷，使奔腾的大河停流，使静止的山峦趋步，使凶顽的猛兽驯服，使沉默的树木与石头开口。只要他一开始弹奏七弦琴，万物都会静静地聆听并为他美妙的琴声所打动。荷马们正是弹奏着竖琴，引领世人追忆那段属于绝色美女海伦和特洛伊战争的悲欢岁月。

至于古希腊歌手是如何创作和演述的，以荷马为例，他生活在一个无文字社会，如果说荷马仅凭记忆演唱一万五千余行的《伊利亚特》和一万两千余行的《奥德赛》，那显然很勉强。帕里和洛德（Albert B. Lord）很好地回答了荷马是如何即兴创编成千上万的诗行。他们认为荷马是通过程式化的语言创作和演述史诗，也就是说荷马在演述之前就拥有足够多的程式，可以利用它们即兴创作和适应各种演述语境。我们可以在荷马史诗中读到“沉雷远播的”宙斯、“白臂膀的”赫拉、“军队的统帅”（或“万众之王”）的阿伽门农、“足智多谋的”奥德修斯、“头盔闪亮的”赫克托耳、“捷足的”阿喀琉斯和“胫甲坚固的”阿开亚人等程式化诗行。这些特性形容词总是按照固定的格式，出现在诗行中的特定位置。除了神灵和英雄之外，经常出现的自然现象也有固定的特性形容词修饰，如“酒蓝色的”大海和“土地肥沃的”特洛伊、“长着翅膀的”语言和“玫瑰红的”朝霞等。这些程式化用语不仅有助于减轻诗人即兴创作的压力，而且可以增加史诗的篇幅，深化听众对某些内容的印象。更重要的是它们不仅点出了被修饰者（人或物）的某个或某些特点、属性和品类，而且有助于渲染史诗凝重、宏伟和肃穆的诗性特征。

荷马除了对这些程式化诗行了然于胸之外，手中还握有大量的典型场景，如归返、劫夺、战斗、婚礼、宴会、集会、英雄的武器装备、挽歌等。它们在荷马史诗中反复出现，开头和结尾总是那几个诗行，而且过程大同小异。例如在《奥德赛》中，宴客每次出现都包含着四个可变通的部分：客人就座、上菜肴酒水、食客的评论以及进餐结束，难题的调停或者有了解决的办法。因此，在描绘宴客的场景中，诗人只要根据客人的不同，对其中个别诗行作一些调整就可以。再如《伊利亚特》里的挽歌，其过程也有一套固定的程式，几乎都是先向阵亡勇士致词，然后陈述他们共处的历程和他的死去给未来生活带来的影响，最后是对勇士致以亲密的致词。

仅掌握程式化诗行和典型场景是不够的，荷马还必须拥有诸多的叙事范型，以此来建构各种故事。比如奥德修斯的“回归”的故事范型涉及其缺席、劫难、重归、复仇和婚礼等五个要素序列。洛德认为，“《奥德赛》是荷马时代的许许多多的回归歌之一，这些回归歌中的一些作品属于荷马的演唱篇目。显然，荷马在创作《奥德赛》时，他已经熟知阿伽门农的回归故事和莫奈劳斯的回归故事”。①

综上所述，依凭口头诗学理论阅读仅以手稿本形式存留的荷马史诗，可以发现荷马是一个口头诗人，荷马史诗是一部口头作品，是在传统的基础上逐步形成的。也可以推断出荷马是在演述中创作，演述和创作是同一行为的两个方面。但是因为语境的缺失，我们不可能复原荷马演述的现场，也不可能详尽地知道他是如何学习、演唱、传承史诗的。仅凭书面资料，我们只能是接近真实。

第二节　阿夫多与塞尔维亚—克罗地亚史诗研究

塞尔维亚—克罗地亚史诗传统，现在大多以活形态方式存在，因而歌手的情况可以通过田野作业直接获得。塞尔维亚—克罗地亚口头史诗传统是由不同地区、不同民族的史诗传统聚合而成的，它可以大略地分为穆斯林史诗传统和基督教史诗传统两个部分。帕里和洛德通过对塞尔维亚—克罗地亚地区穆斯林口头史诗大量的田野调查，证实了帕里的精辟论断——荷马史诗既是传统的，也是口头的，同时推定史诗歌手不是在逐字逐句地背诵并演唱史诗，而是运用程式片语、典型场景和故事范型创编史诗。

在塞尔维亚—克罗地亚地区穆斯林口头史诗的歌手中，阿夫多·梅迭多维奇（Avdo Medjedović）是最优秀的塞尔维亚—克罗地亚歌手，他有

① ［美］阿尔伯特·贝茨·洛德：《故事的歌手》，尹虎彬译，中华书局2004年版，第228页。

很高的演唱技巧和水平，被誉为“当代的荷马”。根据洛德的介绍，在1935年时，没有受过学校教育的阿夫多，在记忆中贮存了大约58首史诗，其中经他口述而被记录的一首歌共有12323诗行（《斯麦拉基齐·梅霍的婚礼》，*The Wedding of Smailagic Meho*，见“英雄歌”卷3—4）。这首歌是他从一个歌本中学到的，因为自己是一个文盲，阿夫多让海夫佐把歌本一点一点读给他听，然后把这个由2200个诗行构成的故事敷演成长达12000余行的史诗。另外，洛德描述了阿夫多和帕里曾经做过的一次试验：帕里邀请了另一位叫穆明·弗拉霍夫利亚克（Mumin Vlahovljak）的歌手演唱史诗，阿夫多在演唱现场。帕里发现穆明演唱的曲目中，有一首史诗是阿夫多所不知道的。所以帕里请穆明把这首史诗演唱了一遍，当时阿夫多也不知道自己随后会被邀请再演唱一遍。当穆明演唱完毕，帕里问阿夫多能否把这首史诗演唱一遍，阿夫多接受了这个挑战，并许诺自己能唱得更好。结果，阿夫多就对着他的同行穆明演唱起刚学来的歌了。最后，这个故事的学唱版本，也就是阿夫多的首次演唱版本，达到了6313诗行，竟然几近“原作”（2294行）长度的三倍。[①] 如此精湛的演唱技艺，以致帕里和洛德的田野作业助手尼考拉·武依诺维奇（Nikola Vujnović）曾恰如其分地赞誉这位堪称“荷马式”的歌手说：“在阿夫多谢世之后，再也没有人能像他那样演唱了。”[②]

要揭开阿夫多高超的演唱技艺的面纱，我们必须顺着歌手的学艺过程去考察。在帕里特藏第12391号文本中，我们可以看到对歌手学艺过程的描绘。它是歌手塞科·科利奇（Šećo Kolić）的自述，内容如下：“当我还是牧童时，他们常到我家过夜，有时也到村里的另一家过夜。这时会有一位歌手带着古斯莱到这里，此时我会聆听他的演唱。第二天我和羊群在一起时，我会一句一句地将这些歌编织到一起，没有古斯莱的伴奏，但是我可以凭记忆去演唱，一字一句地像歌手那样演唱……然后我慢慢地学会弹乐器，尽量使弹奏与词语合拍，我的弹奏配合得越来越好……直到我已

---

① ［美］阿尔伯特·贝茨·洛德：《故事的歌手》，尹虎彬译，中华书局2004年版，第111—178页。

② 转引自［美］约翰·迈尔斯·弗里《口头诗学：帕里—洛德理论》，朝戈金译，社会科学文献出版社2000年版，第95页。

经练好了歌才在男人们面前演唱，但也只是在年轻人的圈子以内，而不是在年长者和唱得更好的人面前演唱。”[①] 在此，歌手塞科把学艺过程大致分为三个阶段：首先，聆听和吸收阶段；其次，运用阶段；最后，在更为挑剔的观众和同行面前演唱。[②]

第一阶段始于聆听，直至歌手第一次开口演唱结束。在这个过程，歌手全神贯注地聆听他人演唱，熟悉并记忆英雄的名字、英雄的故事、远古的地方风俗，以及那些反复出现的程式化诗行、典型场景和故事范型；另外，他也从其他歌手的演唱中感受节奏和韵律。但是歌手开始学歌的年龄不一。阿里亚·菲尤利亚宁 10 岁或 12 岁，苏莱曼·马基奇 15 岁，沙班·拉赫曼诺维奇 28 岁，弗朗尼耶·武克维奇 29 岁左右。拜师的情况也各异。通常情况下，学歌的人选择某一位歌手并紧随他，这个歌手可能是他的父亲、叔叔，或附近乡里有名的歌手。有时，学歌的人会选择两位到三位歌手作为学习对象，如阿里亚·菲尤利亚宁；有时，学歌的人听谁的演唱就以谁为榜样，如塞科·科利奇；有时，学歌的人以歌本为师，如沙班·拉赫曼诺维奇和老穆拉特·茹尼奇。

第二阶段始于歌手首次开口演唱，终于歌手在挑剔的听众面前，从头至尾唱完一部史诗。这个阶段是年轻的歌手学歌阶段，也即是歌手的模仿过程，其间学习乐器的弹奏和传统的程式与主题。整个过程，年轻的歌手都在为第一次完整演唱一部史诗掌握足够的程式而努力。第一次的演唱无论充分展开与否或好坏与否，歌手都会把史诗从头到尾演唱一遍，而且演唱深深烙有模仿演唱的痕迹。如果年轻歌手师承多人，那么他的第一次演唱形式可能是混合的，故事可能是拼合的。

第三阶段始于歌手在更为挑剔的听众或同行面前首次完整地唱完一部史诗，大抵终于听众视之为一个可以接受的歌手。这个阶段是一个无限的过程，一些歌手可以在听众的宽容下通过第二个阶段，但是可能永远停留在此。要超越第二阶段，歌手必须能独自创作或再创作史诗。同时，这个阶段也是歌手增加演唱编目和提高演技的过程，他为娱乐观众不断扩充老

---

① ［美］阿尔伯特·贝茨·洛德：《故事的歌手》，尹虎彬译，中华书局 2004 年版，第 28 页。

② 同上。

歌，学习新歌，直至他能在传统中游刃有余。只有当歌手胸中有足够的主题，能够熟练地驾驭程式化的技法，可以根据各种语境进行相应的创作，才标志歌手训练阶段的结束。

现在我们可以很好地回答阿夫多为什么能即兴创作出一部与《奥德赛》和《伊利亚特》相媲美的长篇史诗。首先，一方面不断积累、组合和修正程式与主题；另一方面不断完善和丰富自己的演唱技艺。其次，他永远处于学习状态。一方面不断提炼自己已有的演唱曲目，另一方面不断学习新歌。再次，一方面他拥有丰富的、可供选用的程式、主题和故事范型，可以像摆弄纸牌一样来组合和装配这些承袭自传统的结构单元，另一方面他具备了建构程式和主题以及把一部史诗艺术地编织起来的才气。

歌手与普通民众在职业上没有什么特殊之处。大部分歌手都是半职业化的，并不以演唱为生。例如，阿里亚·菲尤利亚宁是一个农夫；苏莱曼·福日季奇是一个咖啡馆里的员工；德马伊尔·佐基奇是一个咖啡馆的业主。仅有那些乞丐或盲人歌手才以演唱为谋生之道，但是他们并非很好的歌手。以来自加茨科（Gacko）的尼古拉·亚纽舍维奇（Nikola Janjušević）和比哈奇（Bihać）的斯捷潘·麦斯托罗维奇（Stjepan Majstorović）为例，他们俩虽然都是盲歌手，但是演唱水平并不优秀，没有显示出什么特色，不属于那种积极的传统携带者。其次，歌手演唱的场所和时间也没有什么限制，他们可以在各种场合演唱。在宫廷中演唱的现象在土耳其人统治时期十分常见，斋月节期间土耳其贵族把歌手邀请到宫廷演唱，并赐予歌手很贵重的礼品。20 世纪 30 年代这种情形依然存在，随着土耳其贵族被推翻就销声匿迹了。现在斋月节庆典常在咖啡馆举行，业主经常会为了生意提前邀请有名的歌手每天晚上演唱一部史诗。平时，咖啡馆业主也会邀请歌手演唱以招徕和娱乐顾客。此外，在乡村，歌手就给聚集在村舍的听众演唱史诗，在小镇，歌手就给聚集在咖啡屋或小酒馆的听众演唱。只不过，演唱史诗的歌手和听众大多时候都为男人，而没有女人。特别是歌手在咖啡屋和小酒馆内演唱史诗，妇女更是不允许进入。

第三节　扎巴与《格萨尔》研究

《格萨尔》是一座“矗立在群峰中的珠穆朗玛雪峰，以其巍峨高耸、晶莹剔透、圣洁超群的伟姿，辉映古今，令人仰止，成为藏族文学史上，乃至中国和世界文学史上的无价之宝。受到全世界的瞩目和珍视，被视为‘东方的伊里亚特’”①，但是它又与《伊利亚特》不同，后者现在以稿本形式流传，只是一种目视之学，传播和接受只能通过被抽干了旺盛生命力和剥除了语境的纸质文字来完成。《格萨尔》是口耳之学，它由不同时代、不同地区、不同文化层次结构的无数说唱艺人共同完成了传承。正是这些说唱艺人，《格萨尔》代代相传，历经沧桑而弥久不衰，至今仍然在艺人们口头传唱着。这也是《格萨尔》与《伊利亚特》的主要区别所在。《伊利亚特》的演唱传统已经逝去了，它的演唱语境荡然无存了，而《格萨尔》还在艺人们的说唱中活着，许多艺人可以唱上几十部甚至几百部。据杨恩洪的保守估计，扎巴、玉梅和桑珠等“神授”艺人一般可以流利地说一二十部，即十万诗行的篇幅。那二十部以上，甚至上百部呢？这些艺人是如何能说唱长达几十万行的诗行呢？他们是否有师承经历或背诵记忆的过程？当抱着这个问题请教说唱艺人的时候，得到的答案是“没有”。对于这个问题，学者们也是众说纷纭。是否如某些艺人所称属的梦中神授？抑或是如某些学者归结于艺人所具有的特异功能，或者纯属师承家传？何种结论更为接近客观事实呢？

雪域国宝扎巴老人说，有一天，他梦见菩萨把他的肚子剖开，将五脏六腑全部掏干净，装进了《格萨尔》的书，告诉他今后要不辞辛苦，到处传唱《格萨尔》，让雪域西藏的僧俗百姓以及六道众生都能听见佛祖的声音，知道雄狮大王格萨尔的英雄业绩。浪迹草原的说唱艺人玉珠说，他经常做梦，梦见格萨尔打仗的种种故事。不久他得了一场重病，肩背部疼痛难忍。他的父亲请来达隆寺（现当雄附近）的喇嘛玛居仁波切，为玉珠祈祷念经，开启说唱《格萨尔》的智门。这位喇嘛还赠送玉珠一顶说唱《格萨尔》时戴的帽子（仲夏）。说唱艺人桑珠说，他梦见格萨尔后，

① 佟锦华：《藏族文学研究》，中国藏学出版社2002年版，第225页。

得了一场大病，父亲把他送到终互日寺院。病痊愈后，在回家途中，他在一棵大树下休息，不知不觉地进入梦乡，梦中他不知道自己到了什么地方，也不知道坐在什么东西上，大声地读着《格萨尔》。说唱艺人们这些神灵附体的非实证之说很难科学地解释他们如何能创作几十万诗行的奥秘，相反给他们的说唱增添了传奇的色彩和神秘的面纱。说唱艺人召请鬼神附身而进入幻境时，所有这些幻觉都是他曾经经历的、学习的以及领会的东西，应该将史诗演唱与艺人的记忆和经历结合起来考虑“神授”的观点。无论扎巴、玉珠，还是桑珠，在“神授”之前，他们都有深厚的说唱《格萨尔》的基本功。扎巴老人从小就爱听说唱艺人说唱《格萨尔》，一听就像着了魔似的，把吃饭、干活等什么事都忘得一干二净。到十一二岁时，他就能说唱一些有关格萨尔的故事。玉珠从小听他父亲班觉普日说唱《格萨尔》，并模仿仲肯说唱。桑珠是在祖父罗桑格来怀抱中聆听着《格萨尔》长大的，而且他对《格萨尔》非常痴迷。一有人说唱《格萨尔》，他便不管手里有多少活，总要去听。在“神授”之后，说唱艺人也并不是故步自封，而是积极吸纳其他艺人的说唱技艺和内容。扎巴经常到巴边寺参与说唱《格萨尔》，并聆听一些优秀艺人的说唱，这对他说唱水平的提高具有很大的启发和影响。如此优美的语言，如此之多的诗行，一个人对《格萨尔》说唱没有积淀而在一夜之间通过“神授”就可以无碍地说唱，这种解释难以让人信服。说唱艺人们的说唱经历至少告诉我们他们在“神授”之前多少都具有一点关于《格萨尔》说唱的基本知识，都有过聆听的阶段。没有一个从来没有听过《格萨尔》三言两语的人，可以经过一个梦而能说唱数部《格萨尔》。其次，“神授”之后，说唱艺人要不断训练，提高自己的技艺，形成自己的说唱风格。如此，他才能成为一个受到民众喜爱的说唱艺人。

《格萨尔》纯属“神授”，是说唱艺人之言。学者应该做的不是简单地罗列事实，而是要从中抽绎出规律，发现事实的真相。“神授”之说，漏洞甚多，并非解开创作之谜的钥匙。何况还有许多艺人不是由“神授”而能说唱《格萨尔》。20 世纪 80 年代，尚有一百多位不同类型的说唱艺人。据统计其中有 26 位艺人自称在童年或少年时期做过梦，梦见《格萨尔》中的若干情节，或者是史诗中的某位神、某位英雄指示他们终身说唱《格萨尔》。那么说唱艺人为何要说“神授”呢？在西藏，说唱艺人一般分为三个等级：一为“曲仲”，意为佛传授的；二为“包仲”，意为神传授的；三为“退仲”，意为学来的。“退仲”艺人演唱的部数较少，而且说唱形式和方法比较平淡，不大受人尊重。“曲仲”和“包仲”说唱部数多，语言丰富，而且还有自己特殊的说唱方法，得到听众极大的认同。听众认为他们如此精湛的说唱技艺非神灵授予是不可能达到的，也认为神授中学会《格萨尔》的人是唯一会精彩说唱的人。另外，说唱艺人们的“神授说”一方面使他们与格萨尔大王、与史诗《格萨尔》的渊源神圣化，使史诗的传承具有了神圣性，也更加神秘化；[①] 另一方面，也抬高了自己说唱的地位，增强了自己说唱的话语权，这也是为什么许多说唱艺人否认自己是向前辈学会说唱《格萨尔》的原因之一。

是否师承家传可以解答说唱艺人创作上万行史诗之谜呢？确实，一些著名的说唱艺人有着良好的家学渊源，如桑珠的祖父罗桑格来是一位富有传奇色彩的《格萨尔》说唱艺人，玉珠的父亲是一位经常为牧民演唱《格萨尔》的说唱艺人，玉梅的父亲是一位经常为活佛说唱《格萨尔》的著名艺人。但是也有一些著名艺人没有家传关系，扎巴老人就是如此。这样看来，依靠它也不能找到谜底。特异功能之说更是虚幻。口头诗学或许能为我们揭开《格萨尔》说唱艺人如何说唱几十万行的史诗之谜提供一把钥匙。

由于地域不同、传承方式各异，说唱艺人的说唱形式也呈现出多样性。通过对活跃在中国境内140多位《格萨尔》说唱艺人的考察，角巴东主将他们分为神授说艺人、撰写艺人、圆光说艺人、吟诵艺人、闻知说艺人、传承说艺人、掘藏说艺人、艺人帽说和唐卡说艺人。[②] 帽子（仲夏）是《格萨尔》说唱艺人特有的一种道具。它是一个说唱艺人获得人们认同的标志之一。这个帽子经常是活佛赐予的。扎巴和才让旺堆手中都有一顶喇嘛活佛赐予的艺人帽。达隆寺（现当雄附近）的喇嘛玛居仁波切曾为艺人玉珠开启说唱《格萨尔》的“智门”，并送给他一个帽子。而

---

① 周爱明：《〈格萨尔〉神授艺人说唱传统中的认同表达——兼谈〈格萨尔〉精选本的社会认同》，《格萨尔研究研究集刊》第六辑，民族出版社2003年版。

② 角巴东主：《〈格萨尔〉说唱艺人研究》，《青海社会科学》2006年第1期，第74—78页。

且在说唱仪式上，帽子经常是必不可少的。说唱艺人在演述之前，先沐浴净身，同时要焚烧香料，尤其是刺柏枝。这一切都被默默无语地完成了。随后，戴上招请格萨尔所必不可缺的帽子，呈上净化供品。桑珠在《格萨尔》演唱时，曾经为了招引人们的注意，有一段时间用过一顶“仲夏”，但是他对“仲夏”不像别的艺人那么爱惜。在演唱时，除了他那串宝贝念珠之外，不需要任何道具。提到桑珠，他还有一个与别的神授艺人不同之处：别的神授艺人讲授时会兴奋得狂舞，或者变颜变色，出现一种痉挛的表情，全身颤抖，而桑珠在说唱时手和身子的动作很小，微闭双眼，重在意念上。

艺人说唱《格萨尔》具有一定的时间限制。秋季和冬季不能诵读，否则会引起风暴和雪暴。又有一说，在蒙古说唱一段《格斯尔》的做法只能是于夜间和冬季或在昴星团明显可见时举行。① 另外，《格萨尔》经常在狩猎和战争时被说唱，以保证获得丰厚的报酬和战争的胜利。有一传说，如果说唱艺人能准确无误地说唱《格萨尔》，那么天神会送一匹白马给艺人，或通过烟囱把两只野山羊抛到说唱房间。

随着现代化的发展，书写和大众传媒的普及，说唱艺人的传承受到了严峻的挑战。近年来，一批著名的老艺人相继去世，年轻的艺人后继无力，说唱艺人的传承已经出现了青黄不接的局面。究其原因，在于四点：一是生活环境的改变、外来文化的冲击、生活节奏的加快等对史诗说唱传统的延续产生影响。二是游牧生活方式转为定居或半定居状态，使史诗说唱环境发生了改变。三是标准化教育在年轻人中逐步普及，他们对传统文化的兴趣逐渐淡薄。四是旅游业的兴起对传统文化造成冲击。② 近年来，旅游产业在藏区悄然而起，越来越多的外来人进入西藏，使过去相对封闭的社会敞开大门。内地人及外国人的到来促进了当地经济的繁荣，同时也带来了外来文化，这对于年轻人是极大的诱惑。那种慢节奏的闲散式欣赏的古老韵律——史诗的说唱——正在失去年轻的受众。因此，我们不仅要

① ［法］石泰安：《西藏史诗与说唱艺人》，耿昇译，中国藏学出版社 2005 年版，第 352—353 页。

② 杨恩洪：《史诗〈格萨尔〉说唱艺人的抢救与保护》，《西北民族研究》2005 年第 2 期，第 189—190 页。

抢救和保护现有的说唱艺人，还要挖掘和培养年轻的说唱艺人，保证薪火相传。其次，我们要保护独特的口头传统以及说唱艺人，必须要保证一个良性的口头传统生态环境。

第四节　冉皮勒与蒙古史诗研究

蒙古族是一个具有悠久的英雄史诗传统的民族，《江格尔》享誉全球，江格尔奇也依然在辽阔的草原上演唱《江格尔》。据20多年前的普查，在新疆境内的江格尔奇（会演唱一部以上史诗的艺人）一共有106位。[①] 其中最为学界知晓和提及的是坡·冉皮勒（P. Arimpil，1923—1994），他是20世纪90年代确切知道能唱最多《江格尔》诗章的文盲歌手，是当代最伟大的史诗歌手之一。

冉皮勒七八岁时受胡里巴尔·巴雅尔影响，对他的技艺非常敬重，常在窗外聆听他的演唱，并开始复诵一些史诗片段。随后，胡里巴尔·巴雅尔知道了冉皮勒想成为江格尔奇的愿望，了解他记忆力很强的特点，正式收他为徒，传授《江格尔》。在学艺过程中，冉皮勒不断地学习，从呼和衮真那里学会了《阿里亚·芒霍来之部》、《铁臂萨布尔》、《残暴的哈尔·萨纳拉之部》等短篇史诗，又从伊吉尔·阿里亚那学会《洪古尔娶亲之部》。从18岁开始，冉皮勒就在孩子们聚集的地方和邻居家演唱《江格尔》。[②] 冉皮勒学艺过程或许可从鲍·雅·符拉基米尔佐夫对青年江格尔奇学艺过程的描述中找到答案。[③] 一般而言，江格尔奇的学习有两种途径：一是家传。如著名的老江格尔奇加甫·朱乃继承了祖父——有名的江格尔奇额尔赫太的《江格尔》演唱传统；再如，博尔塔拉蒙古自治州博尔塔拉市的江格尔奇巴岱从小跟父亲——著名的江格尔奇普尔布加甫学习《江格尔》，模仿父亲演唱。二是从家庭以外的成员那里学习演唱的。

---

① 朝戈金：《口传史诗诗学：冉皮勒〈江格尔〉程式句法研究》，广西人民出版社2000年版，第47页。

② 朝戈金：《千年绝唱英雄歌——卫拉特蒙古史诗传统田野笔记》，广西人民出版社2004年版，第47—48页。

③ 转引朝戈金：《口传史诗诗学：冉皮勒〈江格尔〉程式句法研究》，广西人民出版社2000年版，第38—39页。

如冉皮勒，他不但师从胡里巴尔·巴雅尔，而且通过聆听其他的江格尔奇演唱学习《江格尔》；再如，江格尔奇钟高洛甫是从洪古尔那里学会演唱《江格尔》的。当然其中不排除有一些是从背诵印刷文本开始其演唱实践的。与玛纳斯奇和《格萨尔》说唱艺人不同，在江格尔奇中，“神灵梦授”的说法不是很多，甚至没有。江格尔奇钟高洛甫便说江格尔奇不具有治病、占卜的神力，也没有神灵在梦中传诵史诗的经历，学艺过程没有充满那种神秘的色彩。①

过去，这种弹奏着陶卜舒尔，高声吟唱的江格尔奇时常可以见到，但是现在的新疆卫拉特地区已经很难遇到了。② 根据对新疆的《江格尔》的田野调查，江格尔奇基本上是不使用任何乐器的，如冉皮勒、朝勒坦、钟高洛甫都是唱着讲的。③ 一般而言，江格尔奇中有些用乐器陶卜舒尔，有些用弦琴、四胡，也有些用马头琴。但是也有不用任何乐器的，例如鄂利扬·奥夫拉演唱《江格尔》不用任何乐器伴奏。④ 在塞尔维亚—克罗地亚地区穆斯林史诗传统中歌手使用古斯莱伴奏，“很多人离开了古斯莱的伴奏就不能背诵歌词，即使是来自维索科的托多尔·弗拉科维奇，他在没有古斯莱时也说不上两行诗；离开乐器他就会迷失。”⑤ 但是也有不使用古斯莱的特例，弗朗尼耶·武克维奇（Franje Vuković）在大火烧了自己的古斯莱之后，就再也没有用古斯莱伴奏演唱。⑥ 还有柯尔克孜族的玛纳斯奇从来不用任何乐器伴奏演唱《玛纳斯》。

史诗传统是否发展得比较成熟，应通过两个显著的标志来判断，一个是看作品的篇幅是否比较宏大，另一个是看是否有一批出色的、极富创造

---

① 朝戈金：《口传史诗诗学：冉皮勒〈江格尔〉程式句法研究》，广西人民出版社 2000 年版，第 309 页。

② 斯钦巴图：《〈江格尔〉与蒙古族宗教文化》，内蒙古大学出版社 1999 年版，第 35 页。

③ 朝戈金：《千年绝唱英雄歌——卫拉特蒙古史诗传统田野笔记》，广西人民出版社 2004 年版，第 48—82 页。

④ 中国社会科学院少数民族文学所编：《民族文学译丛》第二集（史诗专集），1984 年，第 157 页。

⑤ ［美］阿尔伯特·贝茨·洛德：《故事的歌手》，尹虎彬译，中华书局 2004 年版，第 183 页。

⑥ 同上书，第 31—32 页。

力的歌手。[①] 以新疆卫拉特地区为例，在整个20世纪的前半叶，江格尔奇较多，演唱的诗章数量也多，而且经常有演唱《江格尔》的活动。但通过从1979年开始到20世纪90年代的艺人展开的跟踪调查，我们将会发现情况很不乐观。《江格尔》传承人数量锐减，累计发现并记录在案的江格尔奇——会演唱一个或一个以上完整《江格尔》诗章的艺人——总共有106位。《江格尔》传承出现了断层现象，一部分江格尔奇已经谢世，绝大部分江格尔奇都已经步入老年，年轻的江格尔奇寥寥无几，《江格尔》传统濒临消亡。江格尔奇分布很不均匀，土尔扈特的江格尔奇占去了总数的一半还多。真正的《江格尔》演唱好手，只占会演唱《江格尔》的人中很小的一部分，绝大多数的《江格尔》演唱者，还停留在业余爱好者的水平上。[②]

就《江格尔》而言，江格尔奇的状况决定了它的命运。《江格尔》史诗传统正在走向衰落，或许从歌手自身的立场出发能找出一些答案。

其一，听《江格尔》演唱的人多，但希望学演唱的人极少。而且个别人即使学会了一点也没有经常演唱的机会。这是史诗传统式微的原因之一。而且许多江格尔奇经常在家里唱给家人和孩子听，很少外出演唱和参加大型演唱会。这在一定程度上不利于史诗传统的传承，使得史诗传承具有一定的封闭性。[③]

其二，随着书写和大众传媒的普及，《江格尔》的演唱越来越受到冲击。演唱活动与从前相比大大减少，甚至没有。[④] 听众是史诗传统的生命，没有了听众，传统就失去了生命。随着电视、影像等多媒体技术的出现，人们的娱乐变得更加丰富多彩，可以不必单一地依靠聆听《江格尔》度过漫漫长夜，更不必辛苦地站着聆听演唱，人们可以舒适地通过影视媒介享受各种文艺娱乐节目。因此，让《江格尔》的演唱与人们的日常生活联系起来，让它的演唱成为社会生活中的重要节日和活动中必不可少的

---

① 朝戈金：《口传史诗诗学：冉皮勒〈江格尔〉程式句法研究》，广西人民出版社2000年版，第46页。

② 同上书，第47—48页。

③ 朝戈金：《千年绝唱英雄歌——卫拉特蒙古史诗传统田野笔记》，广西人民出版社2004年版，第60页。

④ 同上书，第72页。

节目，进而保证《江格尔》的演唱具有一定的听众，这是保护《江格尔》史诗传统面临的一大课题。

其三，《江格尔》史诗传统要世代永传，必然要保证薪火相传。但是在传承人的环节上，有些江格尔奇囿于家传的偏见，不授他人。[①] 另外，有些江格尔奇还没有想过收徒传艺，如老江格尔奇钟高洛甫。同时，我们不应该把传承的责任完全放在江格尔奇身上。还有两个因素需要考虑：一是可能因为《江格尔》演唱具有一定的难度，特别是用陶卜尔舒伴奏，导致一些年轻人不愿学；二是具有很强记忆力而又有学习《江格尔》演唱强烈愿望的年轻人比较难觅。当下，保护非物质文化遗产的呼声日益高涨，各地政府也纷纷出台各种保护当地非物质文化遗产的政策和措施，新疆卫拉特史诗传统的保护也在其中。新疆博尔塔拉蒙古自治州举办各种史诗演唱培训班，并安排各种演出活动；和布克赛尔蒙古自治县把《江格尔》作为当地的一项标志性文化项目，并成立“中国社会科学院民族文学研究所和布克赛尔《江格尔》田野研究基地”。这些举措在一定程度上为当下《江格尔》史诗传统的传承提供了一个良好的生态环境。

江格尔奇演唱《江格尔》也有一些禁忌，而且同样的禁忌，在民间可能出现不同的解释，出于不同的理由。例如一般而言，演唱《江格尔》在晚上，而不在黑夜。博州江格尔奇相信《江格尔》具有某种法力，而且神灵们也喜欢听演唱。因此他们的解释是，神灵们白天都要各司其职，没空儿听演唱，他们不能听到歌手的演唱会不高兴，就会给歌手带来麻烦。所以，不能在白天演唱。但是老江格尔奇钟高洛甫却说白天演唱《江格尔》人会变穷。[②] 也就是说，禁忌的建立关键是在那个禁忌的本身，至于遵守它的理由，有时候反倒可以是多种多样。[③] 但是也有遵守禁忌的理由是同一的，例如每一次演唱《江格尔》都必须唱完一个完整的部分，不能半途而废，否则歌手会折寿。

---

① 朝戈金：《千年绝唱英雄歌——卫拉特蒙古史诗传统田野笔记》，广西人民出版社 2004 年版，第 97 页。

② 朝戈金：《口传史诗诗学：冉皮勒〈江格尔〉程式句法研究》，广西人民出版社 2000 年版，第 306 页。

③ 朝戈金：《千年绝唱英雄歌——卫拉特蒙古史诗传统田野笔记》，广西人民出版社 2004 年版，第 91 页。

除此之外，一些时候是不能演唱的《江格尔》的。在祭祀敖包、祭火或其他祭祀的时候，不能演唱《江格尔》。演唱《江格尔》不能太多，否则对子女不好，这类说法在和布克赛尔地区较为流行。另外，演唱《江格尔》也有不须忌讳的地方，如女性也可以演唱《江格尔》。虽然《江格尔》传承没有性别方面的禁忌，但还是以男性传承为主。[①] 对演唱的季节和天气没有什么禁忌，也不因有人去世或出生而忌讳。

第五节　居素普·玛玛依与《玛纳斯》研究

柯尔克孜族是一个非常富有音乐天赋和口头艺术创造能力的民族，它拥有丰富的口头艺术作品，《玛纳斯》是柯尔克孜族最具有代表性的口头文学之一。这部史诗主要依靠玛纳斯奇群体的口头创作，代代相传。当今世界上最为优秀的玛纳斯奇、柯尔克孜族的“荷马”——居素普·玛玛依生活在中国新疆阿合奇县，他是世界上唯一一位能够完整演唱《玛纳斯》、《塞买台》、《塞依铁克》、《凯耐尼木》、《塞依特》、《阿斯勒巴恰—别克巴恰》、《索木比莱克》、《奇格台》八部史诗的玛纳斯奇，被誉为“当代的荷马”。

要真正解读居素普·玛玛依的演唱奥秘，我们首先要知道柯尔克孜族的玛纳斯奇们的学艺过程。“玛纳斯奇”是指能够演唱八部《玛纳斯》史诗中的一部或某一诗章的歌手群体的总称。他们的学艺过程都有一个循序渐进的过程，大抵可以分为两个阶段。第一个阶段是聆听阶段，终于首次面对听众演唱自己记忆和背诵的史诗。这个学艺过程的时限因人而异，一般而言需要三到四年。通常情况下，学歌的人会找一位有名气的玛纳斯奇为师，因为跟谁学艺、学些什么，对初学者的未来发展至关重要。很多时候我们会发现初学者的师傅是他的父亲、叔叔、哥哥或家族的其他成员。在他们的指导下，初学者开始熟悉故事情节，掌握史诗的一些演唱技巧和规律。最后，初学者以演唱自己比较喜爱以及熟练掌握的诗章而结束。这个过程被称为“学习过程中的玛纳斯奇”的阶段。第二阶段始于首次在

① 朝戈金：《口传史诗诗学：冉皮勒〈江格尔〉程式句法研究》，广西人民出版社2000年版，第49页。

听众面前演唱史诗，终于学歌者能完整地掌握史诗的内容，并形成自己特色的表演风格。这个阶段是学歌者创作自己的“歌”的过程，它决定了学歌者是否能成为真正的玛纳斯奇。一些学歌者虽然掌握了许多传统诗章并能运用演唱技艺，但是对演唱史诗不能收放自如，不能脱离师傅授予的蓝本，只能循规蹈矩地依靠记忆，进行背诵式的演唱。这类学歌者被称为“不完整的玛纳斯奇”。一些人具有一定的音乐天分和悟性，他们在继承传统的基础上，在不断的演唱中融合百家之长形成自己的演唱风格，成为“真正的玛纳斯奇”。如果一个玛纳斯奇能够熟练地驾驭各种程式、主题和故事范型，加上自己的艺术才气，那么他就可能成为“大玛纳斯奇”。居素普·玛玛依就是“大玛纳斯奇”代表之一，他不仅创作出独具艺术魅力的史诗唱本，而且还以其罕见的艺术才能和传奇经历征服听众，成为一个划时代的神圣艺术符号，永驻在人们心中。他的唱本成为史诗的经典范例，对民众意识产生深远的影响，甚至指引人们对先辈历史进行反思和思考。[①] 随着书写文化的普及，在学艺过程中，一些初学者不但聆听和观摩玛纳斯奇的现场演唱，而且通过书写文本记忆和背诵史诗内容。特别是20世纪中叶以后出现的玛纳斯奇，他们绝大部分都是根据手抄本学唱史诗。[②] 但是他们并不是停滞于文本，而是用熟练的技艺演唱文本，把史诗文本的内容重新复原到活形态的史诗传统中，阿合奇县的居素普·玛玛依和曼别特阿勒·阿勒曼就是如此。

另外，“神灵梦授”的观念与玛纳斯奇的学艺过程密切地联系在一起，很多著名的玛纳斯奇都把自己的演唱以及才能归于神灵的启示。大玛纳斯奇居素普·玛玛依在10岁时就梦到《玛纳斯》史诗中的人物额尔奇吾勒领着他学唱《玛纳斯》史诗。[③] 大玛纳斯奇特尼别克也有此经历，18岁那年，他梦见《玛纳斯》史诗中的一个勇士，告诉他要演唱《玛纳斯》，否则就会变成残废。后来，当他要给主人演唱《托亚那》时，总觉得背后有一个看不见的身影似乎挥着大刀逼迫他演唱《玛纳斯》。在这种情况下，他只得演唱自己从来没有唱过的，也不会唱的《玛纳斯》。没想

---

① 阿地里·居玛吐尔地：《〈玛纳斯〉史诗歌手研究》，民族出版社2006年版，第34页。

② 同上书，第113页。

③ 郎樱：《〈玛纳斯〉论》，内蒙古大学出版社1999年版，第153—154页。

到，一唱起来，他口中自然地发出诗歌旋律。唱了数小时后，他就昏厥过去。从那以后，特尼别克就成了远近闻名的玛纳斯奇了[①]。

"神灵梦授"是玛纳斯奇的一种传统观念，但是玛纳斯奇获得神启的方式各异，综合起来大致有两种。第一，传授史诗的神灵一般是《玛纳斯》史诗中的英雄人物或柯尔克孜族神话中经常出现的白胡子老人。居素普·玛玛依和特尼别克都梦见额尔奇吾勒，朱素普阿昆·阿帕伊、萨特瓦勒德和吉尔吉斯斯坦著名玛纳斯奇乔尤凯都梦见一位神秘的白胡子老人。其中一些获得神灵青睐的人，由从来没有当众演唱《玛纳斯》史诗的少年一夜之间成为玛纳斯奇，比如特尼别克；一些则经过长期的演唱，不断揣摩和练习而成为玛纳斯奇，比如居素普·玛玛依。第二，吃了神灵赐予的小米、糜子或喝了神灵赐予的马奶、蜂蜜，如加尼拜·阔介考夫。但是，不论是经过神灵的点化还是吃过神灵赐予的食物，获得"神启"之后的绝大多数玛纳斯奇都会得一场大病，最后通过演唱《玛纳斯》慢慢痊愈。

"神灵梦授"的观念在很大程度上与柯尔克孜族的原始萨满文化密切相关。这种"梦授"方式与萨满的"神启"有着相同的背景和相似之处，许多玛纳斯奇既是歌手又是萨满。传说居素普·玛玛依收藏有求雨用的"贾达"石，又传说他演唱《玛纳斯》医治好了一个失魂落魄的病人。阿合奇的另外一位著名的玛纳斯奇满别特阿勒·阿拉曼（Manbetale laman）使用他专门用来占卜的41块石头预测天气状况。[②] 由此看来，"梦授"也如同萨满一样，赋予玛纳斯奇演唱史诗的话语权和一种被全社会普遍承认的现实权力，增加演唱的神圣性。对史诗演唱而言，"梦授"可以唤起未来玛纳斯奇学习《玛纳斯》的激情，促使他们更好地掌握史诗的演唱技艺。同时，"梦授"告诉玛纳斯奇要遵守传统，要保持史诗的原始风格，不得无限度地去改编史诗，这样有利于史诗故事主干和传统章节的保存和传承。

现在我们可以解读"当代荷马"居素普·玛玛依成为大玛纳斯奇的

---

① 阿地里·居玛吐尔地：《〈玛纳斯〉史诗歌手研究》，民族出版社2006年版，第45页。

② 朝戈金主编：《中国西部的文化多样性与族群认同——沿丝绸之路的少数民族口头传统现状报告》，社会科学文献出版社2008年版，第83页。

必备条件。第一，对史诗有浓厚的兴趣。据传居素普·玛玛依在放牧时，因为专心阅读和记忆《玛纳斯》，连羊羔被河水冲走都没有注意到，甚至导致母马踩死新生小马驹的意外事件发生。第二，具有超常的记忆力。他从 8 岁开始记忆和背诵《玛纳斯》，到了 18 岁时就能背诵并演唱 20 多万行的《玛纳斯》史诗。第三，很强的演唱才能和即兴创编能力。第四，得益于家传。居素普·玛玛依父亲和母亲都是史诗的爱好者和热心听众；他的哥哥巴勒瓦依则是当时著名的玛纳斯奇。巴勒瓦依不仅教他在演唱时如何调用字词句以及使用音律、母题、程式、主题的技巧等，而且告诉他手势的动作、表情的变化以及演唱的语调要根据不同的情况作出相应的调整。第五，他无例外地将自己的学艺过程同某种超自然的干预联系在一起。事实上，这些特征在绝大多数玛纳斯奇身上都可以发现。值得一提的是，在无文字时代以及印刷和电子传媒没有普及之前，玛纳斯奇的地位在民众中占有显赫的位置，他们被视为神的代言人或人神之间的中介，在柯尔克孜族社会具有神圣不可侵犯的地位以及不可动摇的话语权。但是，随着大众传媒的到来，他们的神圣性越来越受到冲击，不断被边缘化和世俗化，许多职业化的玛纳斯奇也慢慢走向半职业化的道路。可是，这并没有阻碍年轻人学唱《玛纳斯》的热情。在柯尔克孜族社会，学《玛纳斯》已经成为一种时尚，后起之秀层出不穷。①

玛纳斯奇最主要的演唱空间是毡房，听众围成一个圆形，玛纳斯奇坐在圆心，腾出足够的空间让歌手自由演唱。在户外演唱时，玛纳斯奇常坐在一个凸起的地方或者是在坡地上进行演唱，以便让听众看得更清楚。如果在露天平原上，听众席地而坐，构建圆形的场域聆听玛纳斯奇声情并茂的演唱。《玛纳斯》可以任何时候演唱，没有什么禁忌。但是演唱的内容和规模受到歌手、听众、时间、地点等因素的限制。比如歌手的体力和能力决定了他不可能一次把所有的史诗从头至尾全部唱完。在小型的家庭聚会以及冬天的漫漫长夜里，玛纳斯奇演唱的时间一般在一个晚上或大半夜。在夏季比较闲暇的季节里，如果史诗的演唱在白天举办，那么通常情

① 朝戈金主编：《中国西部的文化多样性与族群认同——沿丝绸之路的少数民族口头传统现状报告》，社会科学文献出版社 2008 年版，第 81—91 页。

况下是从晌午延续到傍晚。如果在一些专门安排的大型史诗演唱竞赛上，参加竞赛的玛纳斯奇们会轮流进行演唱，演唱活动要延续数天时间。另外，在一些比较大型的正式场合，玛纳斯奇演唱的篇目要由听众指定。在一般的非正式的小型场合，如果听众没有特殊要求，那么玛纳斯奇演唱的内容可以由自己来决定。①

在世界许多民族的口头史诗演唱传统中，史诗歌手在演唱时往往有一些乐器，但是玛纳斯奇在演唱史诗时从来不用任何乐器伴奏。只有19世纪末20世纪初生活在吉尔吉斯斯坦境内的玛纳斯奇坎杰·卡拉（Kenje Kara）是一个特例，他在演唱《玛纳斯》时用柯尔克孜族传统民族乐器“克雅克”琴伴奏进行演唱。玛纳斯奇不仅不用乐器伴奏，而且对于演唱时的服装也没有过多的讲究，只要穿上平时稍微干净整洁的衣服，或者穿上柯尔克孜族妇女用手工编制的骆绒大衣，头戴平时的白色高顶毡帽，腰部配上腰带就可以了。过去是这样，在生活水平改善的今天依然是这样。② 但是玛纳斯奇的非语言因素非常丰富，他们从来不是简单地用韵律演述史诗，他们在演唱时会使用大量的身体动作，面部表情以及传神的声调传达史诗的传统信息。此外，玛纳斯奇演唱也有一定的限制和禁忌。男女情爱的内容在异性或隔代听众在场时，玛纳斯奇不能演唱；少年玛纳斯奇不能演唱玛纳斯之死、一些比较惨烈的战斗和生离死别的场景；一般而言，柯尔克孜族社会反对女性学《玛纳斯》，即使有也极少，而且她们不能演唱激烈战斗场面的情节，只能演唱一些比较平和的情节。

对史诗传承人的研究和史诗传承人在史诗传统中的地位，朝戈金有着精辟的论述，从20世纪末到21世纪初，中国的史诗研究由集体性转向个人才艺，打破了以往的民间文艺学的学科典律——民间叙事的“集体性、匿名性”的藩篱，关注史诗传承人学习、创作、演述和传承的一系列问题。那些技艺精湛、承载深厚传统底蕴的史诗歌手，对于传统的发展，具有某种特殊的作用。在今天的中国活形态史诗演述传统中，不

---

① 阿地里·居玛吐尔地：《〈玛纳斯〉史诗歌手研究》，民族出版社2006年版，第70—74页。

② 同上书，第98页。

乏这样伟大的个人，像藏族的扎巴、桑珠，柯尔克孜族的居素普·玛玛依，蒙古族的琶杰和金巴扎木苏，朱乃和冉皮勒等。他们都以极为鲜明的演述个性和风格，为传统文类的发展作出了可见的推动。[①]

① 朝戈金：《从荷马到冉皮勒：反思国际史诗学术的范式转换》，载《多元文化格局中的民族文学研究》，中国社会科学出版社 2010 年版，第 33 页。

第三章

中国少数民族史诗搜集、整理、出版的检讨与反思

中国学人对中国少数民族史诗展开有目的、有组织的大规模的搜集、整理与出版始于20世纪50—60年代。20世纪50—60年代，中国少数民族史诗开始陆续被发现，中国文学没有史诗这一恼人的问题随之得到消解，中国少数民族史诗的搜集、记录、整理、翻译、出版得以初步的开展。20世纪80—90年代以后，中国少数民族史诗搜集、整理和出版步入一个新的阶段，围绕《格萨（斯）尔》、《江格尔》、《玛纳斯》等诸多北方英雄史诗和《创世纪》、《布洛陀》、《梅葛》等许多南方史诗的资料学建设全面展开，中国少数民族史诗研究的南北格局逐步确立，而且朝着更广阔的学术视野拓展。为了促使中国少数民族史诗的搜集、出版等在今后获得更大的发展，检讨与反思20世纪中国少数民族史诗搜集、整理、出版的得失便成为了题中应有之义。

第一节　20世纪50—60年代重点性地记录、整理与出版

20世纪50—60年代，中国学人开始对国内少数民族史诗展开有目的的、有计划的搜集，《格萨（斯）尔》、《江格尔》、《玛纳斯》、《苗族古歌》、《阿细的先基》、《梅葛》等许多中国少数民族史诗被陆续发现，与之相应的记录、搜集、整理、翻译、出版、存档等工作有了一定的规模，但也有着一些不足。

1. 记录、整理与出版的成果

国内《格萨（斯）尔》搜集、整理与出版始于对说唱艺人华甲在青海省贵德县发现的琅克加保存的《格萨尔王传（贵德分章本）》的翻译与发表。至20世纪60年代，青海地区已经搜集《格萨尔》19部74个异文本，[①] 由藏文汉译过来的《格萨尔》有29部53个异文本。[②] 青海民族出版社于1962年出版了藏文版的《霍岭大战》（上），内蒙古人民出版社于1956年出版了《十方圣主格斯尔可汗传》（上、下）等。

中国学人对蒙古族英雄史诗也展开了相应的搜集、整理与出版，以对《江格尔》尤为突出。1950年，边垣编写的《洪古尔》由上海商务印书馆出版，且于1958年由作家出版社再版。1958年，莫尔根巴特尔和铁木耳杜希合作将俄国出版的13部《江格尔》由托忒蒙古文转写成回鹘式蒙古文，交由内蒙古人民出版社出版。1961年春，新疆《玛纳斯》工作组成立，集合了作协新疆分会、科学院新疆分院语言文学研究所、克孜勒苏柯尔克孜自治州州委宣传部以及中央民族学院等单位的学人，至1961年底前对克孜勒苏柯尔克孜自治州的史诗进行了较为全面的搜集，记录了《玛纳斯》的各种变体，约有25万行。1961年12月14、15日的汉文版《新疆日报》发表了居素普·玛玛依演唱的片断《阔阔托依的祭奠》。1962年，新疆《玛纳斯》工作组搜集翻译整理了居素普·玛玛依演唱的《玛纳斯》第四部《凯耐尼木》的一节，刊发在《民间文学》第5期上。

20世纪50—60年代，中国学人开始搜集南方少数民族史诗，如《阿细的先基》于1959年由云南人民出版社出版，云南省民族民间文学楚雄调查队搜集整理翻译的《梅葛》于1959年由云南人民出版社出版，《布伯》于1959年9月由广西人民出版社出版。

显然，20世纪50—60年代中国少数民族史诗的搜集、记录、整理和出版已经取得了较为可喜的成绩，在中国学界形成了一定的反响。

2. 记录、整理与出版的检讨

因为20世纪50—60年代的意识形态、学科意识和工作方法等诸多原

① 李连荣：《中国〈格萨尔〉史诗学的形成与发展（1959—1996）》，中国社会科学院研究生院博士学位论文，2000年。

② 同上。

因，大多中国学人在当时大都对中国民间文学展开有重点、有选择的记录或基本忠实的记录，对中国少数民族史诗的整理与出版亦是如此，这直接导致了史诗歌手的相关情况以及演唱环境等诸多资料在许多搜集者记录、整理与出版中处于缺失的状态，还导致许多搜集者在记录、整理与出版过程中对中国少数民族史诗做出增添、删除、改动等诸多不科学、不规范的学术行为。

这种对搜集记录下来的中国少数民族史诗进行不同程度的增添、删除、改编加工，且予以出版的学术行为与20世纪50—60时代的政治意识形态和时代特色有着紧密关联。人民性是这一时期评价民间文学的标准，学人普遍主张取其精华，弃其糟粕。蓝鸿恩、莎红等学人在整理和出版《布伯》的过程中保留了那些富有人民性的要素，删掉那些颂神请神的词句以及其他含有封建糟粕的要素，对有损于刻画人物的形象而显然又带有糟粕倾向的地方作了改动。[①] 云南民族民间文学丽江调查队在整理和出版《创世纪》时，将宣扬东巴“消灾禳祸”威力以及封建迷信的诗行删掉了，[②] 云南省民族民间文学红河调查队在整理与出版《阿细的先基》时对《阿细的先基》进行了精华与糟粕的鉴别，将祭神拜佛等一些混杂着迷信色彩的内容删掉了。[③] 其次，将歌手演唱史诗时呈现的重复性词句和内容剔除也是20世纪50—60年代中国学人常用的处理方式，如仰星整理和出版的《蝴蝶歌》删去了他认为不必要的重复，云南省民族民间文学红河调查队在整理和出版《阿细的先基》也删掉了许多重复的诗行。[④] 再次，综合数次搜集记录下来的同名口头史诗材料，整理和出版搜集者认为完整的一首口头史诗，如云南民族民间文学丽江调查队整理和出版的《创世纪》；或者以某一次他们认为比较完整的材料为主，吸取其他材料作为补充整理和出版一首口头史诗，如云南省民族民间文学红河调查队整理和出版的《阿细的先基》。一些中国学人在整理、出版过程中还改动搜集记录

① 蓝鸿恩、莎红：《关于〈布伯〉的整理》，《民间文学》，1959年8月号，第83—87页。

② 云南省民族民间文学丽江调查队搜集整理翻译：《创世纪》，云南人民出版社1978年版，第96—97页。

③ 云南省民族民间文学红河调查队搜集整理翻译：《阿细的先基》，云南人民出版社1978年版，第228页。

④ 仰星搜集整理：《蝴蝶歌》，《民间文学》，1955年第8月号，第42页。

下来的口头史诗的故事情节，莎红、蓝鸿恩等对《布伯》的整理便是如此。这些学术行为使得整理和出版的中国少数民族史诗的研究价值和学术价值大打折扣。

但是，一些中国学人较为忠实地记录演唱的少数民族史诗。袁家骅于20世纪40年代进入云南路南境内的彝族聚居地进行调查，使用国际音标记录歌手演唱的《阿细的先基》，并予以出版。他主张在现场演述中记录口头诗歌，以光未然的《阿细人的歌》为例指出凭记忆记录口头诗歌是不科学的："光未然先生写定的汉译，给我们介绍了这部长诗的内容，但是他凭歌者的解释，对于'原文'难以兼顾，所以译文在润饰上有卓越的功绩，而于原文的真相和细节也许不能完全传达。歌词并不太固定，歌者所凭的是记忆和兴会，所以光译和我的记录并不能完全符合，更不可能句句符合。"[①] 20世纪50年代，马学良到贵州黔东清水江地区搜集《苗族古歌》，强调应该现场记录演唱着的口头诗歌，指出记录诗歌和记录故事存在着不同，说道："记录故事可以一字一句地记，而诗歌最好是从歌唱中记录。因为诗歌有的是传统的古歌，有的却是即兴的诗歌。诗歌句式短，格律性强，而且比较定型，变异性小。若要记下诗歌的全貌，必须从现场对歌中记录。"[②] 他根据苗语音系拟订了一套拉丁字母记音符号，使用它忠实地记录了《苗族古歌》，并予以翻译出版。[③] 这些学人对中国少数民族史诗的记录给当时与往后的中国少数民族史诗记录提供了较为科学的参照，较大程度上保留住了当时少数民族史诗演唱的声音。

需要指出的是，袁家骅于1953年以一次特定的《阿细的先基》的演唱为样本，使用国际音标将一次特定的《阿细的先基》的演唱记录下来，然后根据的歌手的理解逐字逐句将它译为汉文，即在记音下逐字附以汉义，又按大意将每个诗行译成汉语。应当说，这种中国少数民族史诗文本制作方法是较为科学和规范的，应当是当时文本制作的一种典范，但是当时使用这种方法整理中国少数民族史诗乃至民间文学的学人非常少，这与

① 袁家骅：《阿细民歌及其语言》，科学出版社1956年版，第4页。

② 马学良：《苗族史诗·古代苗族人民生活的瑰丽画卷（代序）》，中国民间文艺出版社1983年版，第10页。

③ 同上书，第9—10页。

当时中国少数民族史诗乃至民间文学的搜集整理者在语言学方面的不足有着直接的关联。

毋庸置疑，20 世纪 50—60 年代的中国少数民族史诗搜集、整理、出版等存在许多问题，钟敬文曾说："建国后，我们这方面的工作，是有成绩的。但是，不可讳言，它也存在着明显的缺点或不足之处。在搜集、整理方面，我们有较大的成就，特别是发现和刊行了许多兄弟民族的民族史诗。这是世界文学史上的一宗新收获。但是，在记录、整理的忠实性方面，始终存在着一些问题。"① 不过，他们的学术实践仍然给往后的少数民族史诗的搜集整理提供了值得借鉴的经验，马学良、袁家骅等对有关少数民族史诗的搜集、整理、出版的学术实践无疑有益于往后少数民族史诗乃至民间文学的搜集整理、出版。

第二节　20 世纪 70—80 年代较为忠实地搜集、整理与出版

"文革"期间，中国少数民族史诗的搜集、整理、出版等诸多工作停滞了。但是，20 世纪 50—60 年代中国少数民族史诗的搜集、整理、出版的成绩是不可忽视的，它是 20 世纪 80 年代以来中国少数民族史诗搜集、整理、出版等诸多工作继续开展的基础，许多从事 20 世纪 50—60 年代中国少数民族史诗搜集、整理与出版的中国学人成为 20 世纪 80 年代搜集、整理与出版中国少数民族史诗的中坚力量。"文革"结束后，中国少数民族史诗的搜集、整理与出版得到了恢复和重视，各地中国少数民族史诗搜集、整理与出版的工作组也陆续成立。自此，中国少数民族史诗的搜集、整理与出版进入一个崭新的时期，呈现良好的发展势头，取得了许多可喜成绩。

1. 搜集、整理与出版的成绩

截止到 20 世纪 90 年代中期，西藏、青海、四川、甘肃、云南等省区共搜集到了《格萨尔》手抄本、木刻本 289 部，除去异文共有 80 部，录音 5000 多个小时。迄今为止，国内出版藏文《格萨尔》105 部，主要由

① 钟敬文：《钟敬文民间文学论集》（上），上海文艺出版社 1982 年版，第 406 页。

中国藏学出版社、青海民族出版社、甘肃民族出版社、四川民族出版社出版。[①] 许多地方性的蒙古族英雄史诗专集出版，如《肃北蒙古族英雄史诗》（民族出版社 1998 年版）、《卫拉特蒙古史诗选》（民族出版社 1987 年版）等。不同地区的蒙古族英雄史诗合集出版，如《英雄希林嘎拉珠》（黑龙江人民出版社 1978 年版）、《蒙古族英雄史诗选》（内蒙古人民出版社 1988 年版）等。1985—1995 年，居素普·玛玛依的唱本八部 18 册全部用柯尔克孜文由新疆人民出版社出版。

"文革"结束后，南方少数民族史诗也重新得到中国学人的搜集、整理和出版。1978 年，许多在 20 世纪 50—60 年代已经出版的南方少数民族史诗得以再版，如纳西族的《创世纪》、彝族的《梅葛》和《阿细的先基》、瑶族的《密洛陀》等。一些新的搜集成果也相继问世，如马学良和今旦译注的《苗族史诗》于 1983 年由中国民间文艺出版社出版。1988 年，蓝怀昌、蓝京书、蒙通训搜集记录了学桑布郎、仙布瑶、蒙东元、蒙王开、蒙金贵等歌手演唱的《密洛陀》，将它翻译和整理出来，交由中国民间文艺出版社出版。

这些中国少数民族史诗的出版无疑推动了中国少数民族史诗在海内外的传播，扩大了中国少数民族史诗在国际史诗学界的影响力。

2. 对搜集、整理与出版的原则与方法的反思

20 世纪 80—90 年代，中国学人基本忠实地对中国少数民族史诗进行搜集、整理、出版。钟敬文指出供学术研究还是供一般读者阅读的整理目标必然会导致学人对民间文学的整理持有不同的态度和操作，说道："作为多种人文科学研究材料的民间故事、传说的记录，必须是按照民众的口头讲述忠实地记录下来，并且不加任何改变地提供出去（当然，它也必须经过一定的科学方法的整理过程）。即使原讲述中有形式残缺或含有显然错误的内容等，也不要随便加以删除或改动。最好把对它判断和弃取之权留给它的各种研究者。这种资料，虽在性质上十分宝贵，但是，一般作为普通读物大量印行，是不大适宜的。"[②] 但是，一些学人在整理和出版时将史诗之所以成为史诗的特性给剔除了，口头创作、演述、流布等一系

① 赵秉理主编：《格萨尔学集成》第一卷，甘肃民族出版社 1990 年版。

② 钟敬文：《钟敬文文集·民间文艺学卷》，安徽教育出版社 2002 年版，第 144 页。

列与口承性相关的要素被忽视了，从而使得整理出版的中国少数民族史诗的学术价值大打折扣。1983 年版的《江格尔》汉译本考虑到书面文学的阅读习惯，把频繁重复的程式化描写删掉，以求行文的紧凑。例如洪古尔出征前的武装和其他勇士相同，译者就把歌手描绘洪古尔如何武装自己的细节删掉；歌手对每个勇士手中的皮鞭描写也是程式化的，译者也没有把每个勇士的皮鞭一一译出。① 事实上，这些书面文学视为笨拙的重复正是口头文学独有的特征，使用作家文学的理论体系和审美标准剖析和评价这一特征必然会抹杀程式在口传史诗的创编、演述、流布中的功能和它的美学特征。

20 世纪 80 年代中期，“田野作业”进入了民俗学和民间文学的学术领域。1985 年 5 月，《民间文学论坛》在江苏南通召开了“田野作业与研究方法”的座谈会。自此，田野作业成为搜集、整理和出版民间文学的科学方法，中国学人开始将它作为研究方法进行深入的研究，进而对原来还没有正式纳入学术研究或仅视为学术研究的初步阶段的搜集、整理、出版等展开学理性的研究。作为一种研究方法，甚或一种认识论和方法论，田野作业丰富了史诗学的研究视野，推动了 20 世纪 90 年代中期以后中国学人对中国少数民族史诗的搜集、整理和出版的反思。

第三节　20 世纪 90 年代中期以来科学地搜集、整理与出版

20 世纪 90 年代中期以后，中国学人对口头程式理论、民族志诗学、演述理论的引介、转化以及本土化实践对中国少数民族史诗，乃至民间文学的搜集整理产生了深远的影响。它们纠正了将同一歌手不同时间演唱的同名史诗汇编成一首史诗或将不同歌手演唱的同名史诗汇编成一首史诗的做法，不再以书面文本的眼光观照口传史诗的搜集整理，阐述了口传史诗没有“权威本”或“标准本”的观点，强调口头史诗的每一次演述具有的诗学价值，要求科学地不加以改动地记录与整理歌手每一次演唱的口头史诗。它们还纠正了将口头史诗中许多程式化的词句和段落剔除的做法，

① 色道尔吉：《江格尔·译后记》，人民文学出版社 1983 年版，第 525—534 页。

要求对史诗歌手及其演唱背景进行科学描述，要求尊重歌手演唱史诗时使用的方言和体现的个性，在学理上给国内搜集、整理、出版中国少数民族史诗提供了一种切实可行而又规范的指导。

1. 口头诗学的引入

口头程式理论、民族志诗学、演述理论等诸多国际上晚近的史诗学理论与方法促使中国学人进一步反思田野作业中记录什么的问题，使得学人们深刻地意识到记录、整理和出版的史诗与现场演唱的史诗之间存在着一定的距离，朝戈金曾明确地指出："表演本身包含着许多文字以外的因素。有经验的歌手就会充分地利用这种与听众面对面地交流所带来的便利，他的眼神、表情、手势、身体动作、嗓音变化、乐器技巧等等，都会帮助他传达某些含义。这些却不能体现在文本之中。通过文本阅读来欣赏史诗的人，也无从去体会那些话语以外的信息。"① 但是，要将口头史诗演述过程中的视觉、听觉、语境等诸多与演述相关的要素全方位地记录下来是难以完成的工作，任何一首口头史诗的演述都是一个非常复杂的事件，涉及的范围极其广泛，许多演述手段都随着演述的逝去而永远不可能考究了，现代化的记录设备要完美地记录一次演述也是不可能的，这促使学人们不断地追求记录和出版的史诗文本能够较为真确与全面地再现演唱的史诗以及整个演唱事件。

由此，如何记录和出版演唱的口头史诗的讨论成为这一时期中国史诗学界的热门话题。将一首口头史诗的演唱整理、出版非常复杂，远比学人想象的要复杂得多。如何将一首口头史诗的演唱具有的诸多维度和要素捕捉住和传递给读者，记录、整理和出版的史诗保留了演述中的哪些要素，丢失了哪些要素，一首演述的口头史诗如何转换成书面文本，这些问题都深深地困扰着学人。泰德洛克（Dennis Tedlock）着力于使用各种各样可视的印刷字体符号呈现某一特定演述事件，如大写字母表示音重的词语、细小的字体指称音低的词语、句子的中断表示演述中的停顿、印刷符号中的长线表示拉长的声调等，以求将一个口头传统的演述事件完整真实地誊写到书面文本，使得受众能够从书面文本上阅读到更为完整的口头演述事

① 朝戈金：《口传史诗诗学：冉皮勒〈江格尔〉程式句法研究》，广西人民出版社2000年版，第236页。

件。他对祖尼印第安人的口传诗歌进行了深入的调查，设计出能够尽可能多地记录和誊写演述事件具有的语言及非语言特征的书面文本。[①] 如果说泰德洛克侧重对口头传统演述事件的“声音再发现”，那么海默斯（Dell Hymes）便侧重对演述事件的“形式再发现”。海默斯提出一种较为系统的、与口头叙事结构单元相关联的诗学观念，专注于口语的范型、平行式、修辞结构等许多与口头演述相关的诗学特质，认为口头叙事通常由诗行（line）、小诗（versicle）、诗节（verse）、诗段（stanza）、场景（scene）、行为（act）、诗章（part）等结构单元构成。[②] 他关注整理和出版的口头史诗的结构单元、口头演述的语言、叙事结构以及修辞与审美特征等。

2. 对田野作业中搜集、记录与出版口头史诗的学理性反思

许多具有较高水平的中国少数民族史诗在这一时期被整理出版。2011年，角巴东主、索南卓玛、多杰才让等十余位藏学家参与翻译、整理的《格萨尔王传》汉译本系列丛书由高等教育出版社出版，包括了《丹玛青稞宗》、《辛丹内讧》、《大食财宝宗》、《卡切玉宗》、《象雄珍珠宗》、《歇日珊瑚宗》、《雪山水晶宗》、《阿达拉姆》等八个部本。《格萨尔精选本》丛书出版，全套丛书40卷，包括《英雄诞生》、《赛马称王》、《魔岭大战》、《霍岭大战》、《嘉绒粮食宗》等。这对《格萨尔》的抢救、保护与传承有着重要的现实意义，能够促进《格萨尔》搜集和研究的进一步深入。《格斯尔全书》是《格斯尔》搜集出版史上的一项重大工程，它观照了北京木刻本影印本、北京隆福寺抄本校勘本等，它的注释涉及语言、文字、文化、历史、宗教等诸多学科，具有较高的学术价值。张声震主编的《壮族麽经布洛陀影印译注》于2004年出版，推动了学术界更全面地了解布洛陀文化，为壮学研究提供丰富而扎实的资料基础。

更为重要的是，许多中国学人对田野作业中搜集、记录、整理与出版中国少数民族史诗进行了学理性的反思。巴莫曲布嫫对整理和出版的中国少数民族史诗进行了较为透彻的反思，检讨了史诗汉译本《勒俄特依》

① 巴莫曲布嫫、朝戈金：《民族志诗学》，《民间文化论坛》2004年第6期。

② 同上。

的文本化及其工作流程中存在的主要问题，提炼出“民间叙事传统格式化”的概念，以“史诗演述传统的‘在场’”、“演述事件的‘在场’”、“受众的‘在场’”、“演述人的‘在场’”、“研究者的‘在场’”五个要素及其联动的同构关系确定史诗演述的场域，在研究对象与研究者之间搭建起一种可资操作的田野工作模型，探索一条正确处理史诗文本及文本背后的史诗传统信息的田野研究之路。[①] 随着对中国少数民族史诗搜集、记录、整理、出版展开的全方位反思，中国少数民族史诗的搜集、记录、整理、出版逐步科学化，制作能够真实完整地再现史诗演唱的记录文本也成为学人努力的学术方向。在这种学术理念的指导下，仁钦道尔吉、朝戈金、丹布尔加甫、斯钦巴图等主编的《蒙古英雄史诗大系》（四卷）由民族出版社于2007—2009年出版，这是中国史诗资料学建设的重要举措，为中国史诗研究提供了珍贵的资料和文献。阿地里·居玛吐尔地汉译的《玛纳斯》第一部于2009年由新疆人民出版社出版，在国际史诗学界产生巨大的反响。

总之，20世纪50—60年代的中国少数民族史诗的搜集是中国少数民族史诗搜集、出版史上的一个黄金时期，中国少数民族史诗的搜集、整理、出版工作在各个地方有组织地展开了，许多中国少数民族史诗也由此被陆续发现了，而且对它们的搜集、记录、整理、翻译和出版取得了一定的成就。20世纪80年代以后，中国少数民族史诗的搜集、整理和出版的深度和广度都胜于以前，新的成果不断出现，更为丰富，更为全面。这些搜集、记录、整理、翻译和出版的成果给中国少数民族史诗的学术研究和理论建设带来了蓬勃的生机和难得的机遇，为中国少数民族史诗的研究奠定了坚实的基础和提供了极大的便利。另外，中国少数民族史诗的搜集、整理和出版是抢救和保护人类宝贵文化遗产的重要举措，对弘扬民族文化、丰富各民族人民的生活具有重要的学术价值和现实意义，对推动祖国56个民族的文化发展，保持中华文化的多样性，也富有重要的学术借鉴意义。

---

① 巴莫曲布嫫：《叙事语境与演述场域——以诺苏彝族的口头论辩和史诗传统为例》，《文学评论》2004年第1期，第147—155页。

第四章

多学科的理论与方法在中国少数民族史诗研究中的实践

20世纪80年代以来，中国少数民族史诗研究逐渐突破了单一研究的拘囿，民族学、民俗学、语言学等多学科研究的趋势已然形成。

第一节　抗战时期多学科参与及其学术影响——以《格萨尔》研究为例

随着日军的大举入侵，中国东南内地大部分沦陷，西部边疆地区成为抗日的大后方。为了抗日和国家统治的需要，国民党中央组织部于1941年向国民党八中全会提交了“请设置边疆语文系与西北、西南边疆文化研究所，培植筹边人才，而利边政实施案”,[①] 国民党政府慨然接受这些提议，并相应制定了一些建设边疆的施政方案。这给中国民族学学者在西北和西南等边疆地区开展田野作业提供了一个良好的社会和政治环境。此时，一大批中国民族学学者与民族学的教学机构和研究机构也因避战乱而纷纷离开敌占区，迁移到西部，投身边疆的建设。广袤的西部给他们提供了验证本学科理论的实验基地，社会政治现实又促使民族学学者们更主动地把自己所学知识和实践结合起来。在这种大的政治时势和民族学的学术背景下，《格萨尔》得到了开拓性的探讨，而且其中一些开创性的观点为后来国内《格萨尔》的研究打下了重要的基础。

---

① 王建民:《中国民族学史》(上)，云南教育出版社1997年版，第223页。

研究中国少数民族史诗的中国学人都知道，抗战时期的《格萨尔》研究是中国《格萨尔》研究的初创时期，其主要参加者和代表人物是任乃强、王光壁、韩儒林和陈宗祥等。任乃强是最早将《格萨尔》汉译推介于国内的学者，1929 年他记录和整理了其妻姐寂墨卓玛说唱的《格萨尔》，并于 1930 年 12 月在《四川月报》上以“藏三国”和“藏三国举例”为标题刊登发表。这一个学术创举揭开了现当代中国学者关注《格萨尔》的序幕，一批学者开始以各种方式或介绍或研究《格萨尔》。最先响应任乃强的学者或许是韩儒林，1941 年他在《成都华西大杂志》第 2 期发表了《罗马凯撒与关羽在西藏》一文，总结了国内外对《格萨尔》的研究，纠正了一些错误的观点，指出汉藏文化交流中对格萨尔产生误解的原因。1943 年，马长寿在《钵教源流》一文指出传说中的格萨尔是一个具有法术的巫师，使用地方材料和文献典籍将岭地考证为 4 世纪到 7 世纪的猛共，认为格萨尔是钵教的忠实信徒。1944 年，通过自己调查和搜集，任乃强在《边政公论》第四卷第 4、5、6 期上发表了《“藏三国”的初步介绍》。1945 年，他又在《康导月刊》第六卷第 9、10 期上发表了《关于“藏三国”》。这两篇文章是抗战时期较早系统地研究《格萨尔》的论文，得到了国内外学者高度的重视和评价。此一时期，中国学者也开始对国外学者的《格萨尔》研究著作进行翻译，最具有影响的是陈宗祥翻译大卫·尼尔的《超人岭格萨尔传》，于 1944 年在《康导月刊》第六卷第 9、10 期上发表。1945 年，李安宅在《康导月刊》的第六卷第 5、6 期上发表《介绍两位藏学专家》一文，介绍大卫·尼尔和孟喇嘛庸顿的身世以及当年搜集整理《格萨尔》的活动。另外，彭功侯在任乃强的指导下，开始翻译弗兰克英译拉达克本《格萨尔》，刘立千着手将《天界会商》、《诞生岭国》、《赛马登位》3 部林葱土司家藏木刻本译成汉文。

抗战时期《格萨尔》研究兴起的原因之一在于它具有一个范围不大的相互提携、团结合作的学术团体。1942 年陈宗祥把汉译好的《超人岭格萨尔传》请任乃强审阅，任乃强读后立即写了一篇序言，并把译文推荐给《康导月刊》发表。彭功侯就业无门，任乃强便把他留在自己主办的康藏研究社工作以维持生计，并把自己珍藏的弗兰克英译拉达克本《格萨尔》送给彭功侯阅读，指导他把此书翻译成汉文。王光壁亦是如此，他把英译本《超人岭格萨尔传》赠给陈宗祥，请他翻译，译文发表之后，他立即给陈氏写了一封热情洋溢的短评并刊登在《康导月刊》上，公之于世。此外，王光壁又把自己珍藏的《天界会商》、《诞生岭国》、《赛马登位》3部林葱土司家藏木刻本赠予刘立千，嘱之汉译。正是在任乃强和王光壁的带动下，《格萨尔》研究起初就呈现出一种良好开放的学术风气。原因之二在于《格萨尔》研究具有自身的学术阵地。有关《格萨尔》的论文多在《边政公论》、《康导月刊》和《康藏研究》上发表，《康藏研究》的发起者和领导者是任乃强，《康导月刊》的主编是王光壁。这两个刊物给抗战时期的《格萨尔》研究提供了一个便利的学术交流平台，任乃强、王光壁除了自己撰写有关《格萨尔》文章外，还积极支持国内《格萨尔》研究者在这两个刊物上发表文章，并刊登汉译过来的国外学者的研究成果。

抗战时期《格萨尔》研究的一个特点是跨学科的性质。任乃强、韩儒林、王光壁、陈宗祥都有来自史诗学以外的学科背景。任乃强初学农学，后转地理学，再入历史学和民族学研究，故不但具有深厚的史地知识造诣，而且视野开阔。他多使用历史学和民族学方法研究《格萨尔》，欲探讨为何听众能够通宵达旦乃至连日不断地聆听艺人演唱《格萨尔》，“藏三国”与“蛮三国”是否为同一个故事等。韩儒林从事史学的研究，既继承中国考据的传统，又吸收欧洲东方学者的研究成果和研究方法。马长寿毕业于社会学系，长期致力于民族史研究，又涉猎宗教学。他对《格萨尔》的认识多以史观为指导，从宗教学的视野论述格萨尔其人。李安宅一生专治民族学、宗教学和藏学等，他大多研究格萨尔与藏族宗教派系的关系。陈宗祥从事社会学、民族学研究，对《格萨尔》产生兴趣是因为在北京时被《格萨尔》内容情节所感动。正如其他学科一样，《格萨尔》研究开创时，也不是由史诗学科的专业人员倡导和推动的，而是由从事民族学、宗教学、历史学和社会学的中国学人发起的。这些经过不同学术训练的学者各有侧重地介绍和探讨了《格萨尔》，在促进《格萨尔》研究学术发展上贡献了自己的力量，为《格萨尔》史诗学的建立奠定了基础。这里试着以几个具有代表性的学者为例，考察他们对《格萨尔》的认识及其研究在《格萨尔》学术史上的地位。

在任乃强的带动和影响下，韩儒林、刘立千、彭公侯、陈宗祥等一批学者也开始关注《格萨尔》，他们对《格萨尔》的文类属性提出各自的看法。韩儒林对《格萨尔》文类归属甚是混乱，其云："藏人称格萨尔曰战主（Dmag gi rgyal-po）。称《格萨尔野史》曰 ge-sar sgrungs，此云《格萨尔传说》。"① 又云："昔唐·吉诃德（Don Quichotte）喜读英雄故事，而变为武士迷，令幼年人狂笑，中年人深思，老年人伤悲。明末张岱演《及时雨》剧，遣使四出，访求貌类三十六人之角色。《格萨尔故事》之引人入胜，当不下《水浒传》等英雄小说。故《格萨尔故事》之读者，亦不让张岱辈专美于前也。"② 可见，韩儒林把《格萨尔》视为野史、小说、传说或故事。韩儒林把《格萨尔》视为小说和故事是因为他受汉文化的影响，以《格萨尔》内容与汉文小说及故事相仿而得出此看法。也有学者把《格萨尔》归入神话之类，例如马长寿，他接受了大卫·尼尔（Alexandra David-Neel）的《超人岭格萨尔传》（*The Superhuman Life of Geser of Ling*）的观点，把《格萨尔》列为神话。经历一段时间的田野作业，任乃强提出《格萨尔》诗史之说，其言："记载林格萨尔事迹之书，汉人叫作'藏三国'，藏语曰'格萨尔郎特'，译为格萨尔传。或译格萨尔诗史，因其全部多用诗歌叙述，有似我国之宣卷弹词也。"③ 细考这些学者对《格萨尔》的讨论，可以发现不管是"野史"、"传说"、"故事"、"小说"，还是"诗史"，乃至"神话"，他们皆注意到《格萨尔》历史方面的内容。韩儒林把《格萨尔》说成传说和野史，其观照《格萨尔》中的历史因素不可否认。马长寿虽说《格萨尔》是神话，但随后补上"亦有不少史略流布其间"④ 一语。这些都在一定程度上将《格萨尔》视为历史书写的一种文学。这些学者无一例外地提及《格萨尔》的历史书写，原因在于他们更多地受到中国传统治史方法的影响。此一时期《格萨尔》的研究带有浓厚的历史学考据的烙印，这是当时学风的反映。但是，对于《格萨尔》文类属性，任乃强属其中论述较当的一位。虽然他与其他学者一样都强调《格萨尔》的历史内容，但是，他指出《格萨尔》是一种诗体叙事。这已把《格萨尔》与小说、故事、野史区分开来了。至于他把

---

① 韩儒林：《韩儒林文集》，江苏古籍出版社 1985 年版，第 665 页。

② 同上。

③ 任乃强：《任乃强民族研究文集》，民族出版社 1990 年版，第 181 页。

④ 马长寿：《马长寿民族学论集》，人民出版社 2003 年版，第 308 页。

《格萨尔》视为诗史，这个“诗史”是否即为西方文艺理论的“史诗”，也即是否把《格萨尔》划为荷马史诗一类的作品，这需要进一步探讨。荷马史诗早期传入中国时，确乎被称呼为“诗史”。但是到了抗战时期，中国学界已经不用“诗史”一词称呼荷马史诗之类的文学作品，大多使用“史诗”一词。严格说，任乃强使用“诗史”不是西方的“史诗”，而更多取自中国古典叙事文学传统中的诗史，也即以诗咏史、以史纪事之意。不过，任乃强确已论及史诗的两个基本内核：一是韵文体的叙事；二是讲述英雄的业绩，具有历史、传说、故事的特性。简而言之，抗战时期的学者对《格萨尔》的文类属性作出了尝试性的探讨，虽然未能完全准确地定性《格萨尔》的文类归属，却为以后《格萨尔》研究打下了一定的基础。

当时内地汉人常把叙述格萨尔事迹的书称之为“藏三国”，其与《三国演义》及三国故事究竟有何异同，时人多无考证。至 20 世纪 30 年代起，中国学者纷纷入康藏地区考察，这个问题遂而得解，其中对此贡献最大的是任乃强和韩儒林。任乃强早在 1930 年 12 月的《四川日报》副刊及 1934 年出版的《西康图经·民俗篇》中谈到此问题，他说道：“第二次再宿此家，已与此女子熟识，请其夜间来说蛮三国，令通事逐段翻译；乃所载尽仙佛故事，与三国演义无涉。始知草地称说故事为‘蛮三国’，犹内地之称‘说聊斋’、‘摆龙门阵’，事实不必真说《聊斋》说《征东》也。”[①] 继而韩儒林在《关羽在西藏》一文中亦简要地讲述到“蛮三国”的内容，其云：“蒙古野史除由汉文翻译之《三国演义》（蒙文译名 ghurbanulus-un teüke）外，尚有《三国志》一书，叙述格萨尔（gesar）征讨白帐突厥（Horgur dkar）、黑帐突厥（Hor gur nag）及黄帐突厥（Hor gur ser）三族故事，蒙藏诸地，均甚流行，俗称《蛮三国》。”[②] 这指出《格萨尔》与《三国演义》相同之处，在于它们都讲述三个国家或部族的故事。可见，韩儒林把《格萨尔》和《三国演义》并置，认为它们性质上是相同的，故而没有把二者截然分开。

随后，任乃强的《“藏三国”的初步介绍》刊登在《边政公论》，否

① 任乃强：《西康图经·民俗篇》，南天书局有限公司 1987 年版，第 190 页。

② 韩儒林：《韩儒林文集》，江苏古籍出版社 1985 年版，第 664 页。

定《格萨尔》是《三国演义》的译本或摹拟三国故事的作品。根据能辨识格萨尔像的藏僧的口述和寺庙内的壁画，任乃强弄清了《格萨尔》与《三国演义》的关系，其言："在炉霍格聪活佛私寺中，见此故事壁画一巨幅：楼窗内有男妇相逼，一红脸武士导人援梯而上，似欲争之。通事依格聪活佛指，孰为藏曹操，孰为藏关公，谓关公之妻为曹操所夺，关公往夺回也。此其事与古今本《三国演义》皆不合，故知其书非译三国故事。"① 既然如此，时人为何将《格萨尔》称为"藏三国"？任乃强赞成韩儒林之说，指出"格萨尔传叙事，以平定霍尔三国为中坚，此亦为被呼作藏三国之一原因"。除此之外，任乃强还提出两点原因：一是《格萨尔》在藏族社会中，脍炙人口，任何人皆能道其一二，有似《三国演义》在汉族社会中成为普及读物。汉人闲话，必指奸人为曹操，鲁莽人为张飞。藏人闲话，必涉及格萨尔的故事，故亦呼之为"说三国"；二是最初听说格萨尔故事的汉人，就其人物性情，随意比附，遂谓格萨尔为藏关公，贾察为藏关平，超同为藏周仓，格噶为曹操。② 这从汉藏文化交流的角度解释了《格萨尔》与《三国演义》之所以混同的原因。

对于格萨尔其人的考证，以任乃强和韩儒林用力最勤，论述最为精当。韩儒林通过对历史文献的爬梳和田野作业厘清了关羽和格萨尔的混同，他认为二者混同是民众思想情感，也即英雄崇拜所致，其云："民间说书人宿喜'崇拜英雄'，故不惟为格萨尔建立庙宇，香火供奉，且往往张冠李戴，竟以关圣帝君呼之。于是蒙藏民间传说中之英雄，一变而为唐代北方战将，再变而为三国汉寿亭侯。"③ 又从汉藏文化交流的关系，他认为汉人实是以自身民间崇拜的关羽称呼格萨尔，也正如同藏人以自身民间崇拜的格萨尔称呼汉人的关羽。

任乃强依据藏汉文献典籍，结合其在康藏地区的田野调查，指出格萨尔是林葱土司的先祖，即《宋史·吐蕃传》中的唃厮罗，再以西夏史参证推知唃厮罗生于宋太宗至道三年（公元997年）。任乃强这一观点得到王沂暖、佟锦华、上官剑壁、徐国琼等学者的肯定，他们都认为岭氏家族

① 任乃强：《任乃强民族研究文集》，民族出版社1990年版，第181页。

② 同上书，第182页。

③ 韩儒林：《韩儒林文集》，江苏古籍出版社1985年版，第664页。

（林葱土司家族）与岭·格萨尔有关。至于格萨尔的关羽说，任乃强赞同韩儒林。他认为，西藏拉萨的关帝庙所祭祀的神并不是格萨尔，而是汉人的关羽。乾隆时满清官员对关羽的崇拜以及感于关羽的灵圣而在拉萨各地建立关帝庙。据《卫藏通志》记载，满清政府曾在札什城之南、磨盘山顶、札什伦布营官寨前和噶勒丹青山等处建造关帝庙，大臣和琳与福康安等曾撰写碑文。[1] 其实，此时的汉人不知道格萨尔是何人，而格萨尔塑像与关羽塑像的造型甚是相同，除了盔与武器不同外，其他赤脸、绿袍、赤马、金甲、绿靴都吻合，任乃强推断这是格萨尔被呼为"藏关公"原因之一。由于如此相像，任乃强说道："真正之塑格萨尔像，在拉萨大昭寺内，虽至今日，汉人尚不识之，只藏僧能辨其为格萨尔耳。"[2]

另一个关于格萨尔其人的观点，即格萨尔外借说不得不提到。韩儒林批评了外借说，批评外国学者根据格萨尔和凯撒语音相近而提出的"凯撒说"，其文云："罗马大将凯撒声威无远弗届，东欧与西亚诸土，或以其名作皇帝一字用，如德国皇帝曰 kaiser，俄帝称 car' o 皆凯撒一音之转，或以其名名其城（Cesaree）。有人以格萨尔与凯撒音近，遂望文生义，妄加附会，认为格萨尔即宁作阿尔卑斯中三家村村长而不甘当罗马副执政之凯撒，且以为西藏喇嘛为印度玄想和尚之高足，于凯撒故事辗转传说，迭加渲染，遂成今日之《蛮三国》矣。"[3] 这个问题直接关联东西方学术对《格萨尔》研究持有的根本不同观点。韩儒林的观点与其个人学识甚是相关，韩儒林长于史学，又充分涉猎国外东方学家的著作，专于中西交流史，故而能够创见性地纠正西方学者研究《格萨尔》持有的学术观点。此一论题在 20 世纪 80 年代成为格萨尔研究的焦点话题，导火索是石泰安在其专著中主张格萨尔是西方外借而来的观点。由此，中国学者发起了针对此论点的反驳，形成了 20 世纪 80 年代研究《格萨尔》的一个重要关注点——"格萨尔论"。

抗战时期，中国民族学者相继走入田野，介绍格萨尔遗迹和寺庙的文章也纷纷见诸学术刊物。除了任乃强介绍了格萨尔寺庙和塑像外，还有夺

---

① 松筠撰：《卫藏通志》，中国藏学出版社 1982 年版，第 273—290 页。

② 任乃强：《任乃强民族研究文集》，民族出版社 1990 年版，第 182 页。

③ 韩儒林：《韩儒林文集》，江苏古籍出版社 1985 年版，第 665 页。

节、庄学本、谢国安等人。此一时期，对于格萨尔说唱的关注，任乃强当推是第一人。他既探讨了《格萨尔》引人入胜的原因以及文本的情况，又描写了《格萨尔》说唱中说唱艺人和受众："环听者如山，喜笑悦乐，或愠或噱，万态毕呈，恍如灵魂为书声所夺。……后至桑珠寺夜宿无聊，嘱杂科保正觅此书。其人即有全部写本而读之烂熟者，闻余等嗜此，甚喜，归取书，遂披被来，拟作长夜讲述。县府谢科员任翻译，亦素嗜此书者。二人讲述已半夜，余等倦眼欲合，讽以辍讲，彼如酒徒临饮，期期不肯止。直至余等已入梦，始自罢辍。"①

以上对抗战时期一些具有代表性学者的《格萨尔》研究进行介绍和分析，了解了他们是如何从不同的思想观念和学术兴趣出发，涉猎《格萨尔》研究。或许在抗战时期他们的研究是为了抗日救国和边疆的实政建设，但客观上开创了中国学者研究活形态史诗《格萨尔》的新天地；或许他们并没有确认《格萨尔》是一种史诗，但是这并不影响他们在《格萨尔》学术史上，乃至整个中国史诗学术史上的开拓之功。

或许这个时期的《格萨尔》研究还不很充分，有许多谈论《格萨尔》的资料多是零碎地夹杂在一些谈论其他学术问题的论文中，其中只有任乃强和韩儒林对《格萨尔》形式和内容有了专篇专论，澄清并纠正了一些知识界对《格萨尔》的误读。以现在《格萨尔》研究乃至国内外史诗研究的学术成果反观抗战时期的《格萨尔》研究，可能会发现他们研究中的不足，毕竟那个时候的史诗的理论研究还相当薄弱，基本上属于民族学的副业。例如，冠在《格萨尔》头上的"诗史"、"野史"、"传说"等确实没能抓住《格萨尔》的内在本质，过多地探寻史诗主人公格萨尔的历史真实性。但是无论如何，我们必须承认他们所取得的有价值的成就，他们对《格萨尔》的产生年代、人物原型、史诗部本结构、内容和艺术价值、民间影响以及纠正文化交流中的误解等方面作了开拓性的探讨，而且抗战时期《格萨尔》研究注重"史"的研究传统一直延续到20世纪80年代乃至以后，成为《格萨尔》研究的一种重要范式。

① 任乃强：《任乃强民族研究文集》，民族出版社1990年版，第184页。

第二节　民俗学视野下的史诗研究——以史诗演述中歌手的身体语言为例

书写把演述（performance）从活形态的语境中剥离出来，演述本质上是一种瞬间而逝的行为，但又通过书写，这种流动的行为被固存下来。书写保存了演述，但失去的是具有传递传统意义的非语言要素，其中就包括歌手的身体语言。我们稍微留意一些口头史诗的誊写本，就可以发现誊写者已经把演述中歌手呈现出来的身体语言格式化了，誊写者们从歌手的演述中抽取出诗行，并把它诉诸纸页。而在演述语境中，歌手也通过身体语言传达史诗的传统意义。丢失了歌手的身体语言，就等于掐断了更完整理解史诗演述传统的一个线索。为了能够更好地理解和阅读史诗演述中歌手的身体语言，这里把它并置于南斯拉夫、芬兰和柯尔克孜族的史诗传统里进行界定，阐述它具有的多重标识：它不仅标识着自身的演述传统和自身的文类，而且也是史诗演述中的意义符码。

任何一次史诗的口头演述都是在一定的演述场域中发生的。约翰·弗里（John M. Foley）指出："演述场域是指歌手和受众演述和聆听史诗的场所，这个场所通常是一个特定的空间。与其说它是一个地理上的界定，毋宁说它是特定行为反复出现的空间，更为重要的是它是一个设定史诗演述的框架。"① 事实上，演述场域不仅仅是由空间构成，而且需要史诗歌手的身体语言来构造。因为演述场域与歌手演述的语言和非语言要素密切联系在一起，歌手演述中呈现的身体语言直接影响着演述场域的框架。史诗作为一种文类，是一个漫长发展演变的结果，各种史诗传统的发展是很不相同的。因而在不同的文化和社会语境下，史诗呈现出不同演述传统。如何在海量的史诗演述传统里把自身所处的史诗演述与"他者"的史诗演述传统区别开来，史诗演述中歌手的身体语言是可以作为一种区别手段。不可否认，在同一史诗演述传统里，不同歌手之间身体语言的使用表现各不相同，任何歌手在每一次演述中身体语言的使用也呈现出不同。但

① John Miles Foley: *The Singer of Tales in Performance*. Bloomington: Indiana University Press, 1995, pp. 47 – 48.

是，我们也得承认同一史诗演述传统里歌手呈现的身体语言具有相似之处，具有强烈演述的惯例，这就为歌手的身体语言成为标识自身所处的演述传统提供了可能。我们就可以在这种相似性和惯例的基础上，对不同演述传统中的歌手身体语言进行一番比较和认识，以此开拓我们的视野，提高我们的分析能力，能够在全球化的语境下观照不同的史诗演述传统。

提到史诗演述中的歌手，我们不可避免地要谈及创立口头程式理论（Oral Formulaic Theory）的美国学者帕里（Milman Parry）和洛德（Albert B. Lord），他们从学理的角度创造性地探讨了史诗歌手的学习、演述和流布的过程，并且开创了一种综合一体的、极具创造力的研究方法。20世纪30年代，为了验证荷马文本背后有一个强大的口头史诗演述传统，帕里和洛德来到当时还存在活形态口头史诗演述传统的南斯拉夫进行田野调查。在帕里的田野笔记和报告中，他为我们了解歌手演述中的身体语言提供了一种活生生的印象："我们听着，对这位身材矮小、朴实的农民越来越感兴趣，他的喉咙因为巨大的甲状腺肿而变形。他两腿交叉地坐在凳子上，拉起古斯莱（gusle），伴着乐曲的旋律摇动身体。他唱得很快，有时顾不得音调，随着琴弓在弦上来回轻轻地滑动，阿夫多以最快的速度口述诗行。"① 在南斯拉夫地区穆斯林口头史诗的歌手中，阿夫多·梅迭多维奇（Avdo Medjedović）是最优秀的前南斯拉夫歌手，他有很高的演唱技巧和水平，被誉为"当代的荷马"。帕里和洛德的田野作业助手尼考拉·武依诺维奇（Nikola Vujnovic）曾恰如其分地赞誉这位堪称"荷马式"的歌手说："在阿夫多谢世之后，再也没有人能像他那样演唱了。"②帕里对阿夫多的描写极为鲜明，十分生动，而且富有现场感和逼真感。

鉴于区别不同史诗演述传统里身体语言的需要，试着把身体语言分为两种类型：一种是有标识的语言，另一种是无标识的语言。有标识的身体语言是具有某一区别性特征的，如果缺乏这一特征的就是无标识的身体语言，也就是说有标识的身体语言拥有一个更狭小的情境范围，而无标识的

① 斯蒂芬·米切尔、戈雷格里·纳吉：《故事的歌手·再版序言》，尹虎彬译，中华书局2004年版，"再版序言"第8页。

② ［美］约翰·迈尔斯·弗里：《口头诗学：帕里—洛德理论》，朝戈金译，社会科学文献出版社2000年版，第95页。

身体语言可以用来表示一个更宽泛的情境范围。在上述身体语言的描绘中，音调和双腿做的姿势属于无标识的身体语言，因为它们不具备把自身史诗演述传统与其他演述传统区别开来的特征。而“拉起古斯莱，伴着乐曲的旋律摇动身体”则是有标识的身体的语言，因为它是南斯拉夫史诗演述传统独有的。看到这种演述场景，传统的局内人和局外人都不会把它与其他传统的史诗演述混淆在一起。

芬兰歌手在演述史诗时也具有独特的身体语言。在隆伦特（Elias Lönnrot）的田野笔记中，他记载最伟大的歌手阿尔希巴·贝尔杜宁对史诗演述过程的讲述：“这位老者很激动地谈到他的儿时和他的早已死去的父亲，就是他传给他这些歌曲的。他对我说道：‘当我们撒网捕鱼之后，在拉布卡湖边的柴火旁休息，你如果在场多好！我们有一个从拉卡布来的帮手。他也是一个很好的歌手，却又跟我的父亲不同。他们整夜在火边歌唱，手牵着手，同样的歌不唱第二遍。’”① 阿尔希巴·贝尔杜宁谈到了歌手演唱的身体语言，讲述了歌手之间的演唱是具有身体接触，而且是手拉着手演述。

为了更好地说明这种身体语言具有标识传统的意义，我们可以再看看隆伦特的另一则关于歌手现场演述的田野笔记：“或许一些人可能很有兴趣知道一个优秀的歌手如何在演唱中表现的。当这里没有其他歌手在场，歌手将个人独唱。但是要是这里有两个歌手，正如节日上的演唱所要求的那样，他们将面对面坐着或者挨着坐着，互相抓紧对方的手，然后开始演唱他们的歌。在演唱歌的期间，身体来回摇晃，以致两个人都能轮流拉着对方让对方更靠近自己。一个歌手首先演唱这首诗歌的第一个诗行，另一个歌手在这个诗行的最后一部分加入演唱，并重复演唱完整的第一个诗行。因为这个重复的出现，第一个歌手有时间来思考下一个诗行以及演唱的进程，或者演唱这个已经被创作的诗歌或者创造一些完全新的东西。”② 通过这则对身体语言的描绘，我们可以大致勾勒出两个具有标识着传统的身体语言：一是芬兰史诗演述歌手之间的空间位置，他们是面对面的或挨

① 孙用：《卡勒瓦拉·译本序》，人民文学出版社 1981 年版，第 4—5 页。

② Elias Lönnrot: *Elias Lönnrotin matkat*, *I osa*. Vuosina 1828 – 1839. Helsinki: Suomalaisen-Kirjallisuuden Seura (FinnishLiterature Society), 1902, pp. 223 – 224.

着坐的，这也表明了芬兰史诗的演述更多的时候是合唱，其中有一个歌手是领唱者。二是歌手之间的身体接触与动作具有一定的惯例，这种惯例就是拉着手，摇晃着身体。这些都是芬兰史诗演述中歌手持有的具有标识性的身体语言。

接下来我们看柯尔克孜族的玛纳斯奇居素普·玛玛依演述时呈现的身体语言："他当时年富力强，声音也十分洪亮，音调也不断地变化，身体随着演唱声调的变化而不停地晃动，两个手一会儿做出劈砍的架势，一会儿又做出用矛枪刺杀的姿态，随着史诗歌词内容的变化不停地晃动着。唱了一会儿之后，他更是激情高涨，就像发情的公驼一样晃动，口中不停地喷出白沫。我当时正好坐在他的对面，只见他眼睛不停地闪动，那目光犹如猎隼的一样，再加上他不停晃动的双手，那架势就像一个猎鹰要把我当成猎物捕获而去。"① 与南斯拉夫演述传统相较，玛纳斯奇不用乐器伴奏。这两种演述传统都存在着个别例外的现象。南斯拉夫史诗歌手弗朗尼耶·武克维奇（Franje Vuković）在十九二十岁之前，他一直忙于农活，结婚后太太揽下了不少活计，他有了空闲，可以听歌手演唱或自己演唱。令人吃惊的是弗朗尼耶·武克维奇唱起歌来不借助任何乐器。他告诉我们自己曾以古斯莱伴唱，但自从房子和作坊被烧光之后，他失去了古斯莱，从此他便开始无伴奏地演唱。② 19 世纪末 20 世纪初生活在吉尔吉斯斯坦境内的玛纳斯奇坎杰·卡拉在演唱史诗时使用柯尔克孜族传统民族乐器"克雅克"琴伴奏。这些例外并不妨碍这种身体语言——拉着古斯莱摇晃着身体——成为南斯拉夫史诗演述传统的标识，也不妨碍无乐器伴唱下的身体语言——两只手独具特色的动作——成为柯尔克孜族史诗演述传统的标识。因为例外现象毕竟只是整个史诗演唱传统的一种微小的变体。与芬兰史诗演述中歌手的身体语言相考量，玛纳斯奇是腾出两只手，并在演述中使得这两只手沉浸在一种高度运动和表演状态里。也正是因为玛纳斯奇腾出了两只手，舍弃了任何弹奏乐器，才能以丰富的手势和身体动作来传达史诗的内容以及增加史诗演述的生动性。因此，可以说玛纳斯奇演述中的

① 阿地里·居玛吐尔地：《〈玛纳斯〉史诗歌手研究》，民族出版社 2006 年版，第 99 页。

② ［美］阿尔伯特·贝茨·洛德：《故事的歌手》，尹虎彬译，中华书局 2004 年版，第 31 页。

两只手呈现的动作标识着玛纳斯的演述传统。

演述中歌手的身体语言标识着史诗演述传统，也是口头史诗成为可辨识的类别所特有的一种标识。文学理论界在确定口头史诗这个文类之时，经常把演述中歌手身体语言的维度弃之不顾，而是通常考虑史诗演述在语言使用上表现出一些可辨认的特点，特别跟内容、目的（如叙述、讽喻、讽刺）、篇章结构等有关的特点。事实上，演述中歌手的身体语言也是史诗之所以成为史诗所持有的特殊方式。在史诗演述里，这种身体语言特征在形式上可以区分，而且也得到了一定程度的公认。因此，把史诗演述中歌手的身体语言作为活形态史诗文类特有的一种界定维度无论如何都是不过分的。

在南斯拉夫口头诗歌的生态系统内，有史诗、咒语、挽歌、家谱和其他未分类的种类。检视这些文类，我们会发现，歌手在史诗演述中的身体语言是史诗区别于其他文类的一个重要维度。这种身体语言特征是歌手拉着古斯莱（gusle），伴着乐曲的旋律摇动身体，它是史诗特有的身体语言。那么歌手为何会呈现这种身体语言特征呢？究其原因，歌手是通过弹奏古斯莱发出的曲调可以协助完成一个诗行。例如：

A：Niko da se nafati knjige.（9 个音节）

没有谁想去接那封信。

B：Ta put Meho reče：（6 个音节）

于是梅霍说道：[①]

例子 A 九个音节，事实上歌手利用古斯莱奏出的曲调完成了一个音节，也就是说，歌手在演述这个诗行的开头来了声音停顿，他让乐器的声音填补了这个十音节诗行的第一个音节，然后才开始演唱。例子 B 是歌手用乐器的声音填补这个十音节诗行的前四个音节，在此之后歌手才接着演唱。因此，很多歌手离开了古斯莱的伴奏就不能背诵歌词，即使是来自维索科的托多尔·弗拉科维奇，他在没有古斯莱时也说不上两行诗，离开

① ［美］阿尔伯特·贝茨·洛德：《故事的歌手》，尹虎彬译，中华书局 2004 年版，第 182 页。

乐器他就会迷失。[①] 南斯拉夫咒语演述在诗行上采用了八音节，受众应当跪在地上，演述者通常是对着受众的耳朵施咒语的。在演述挽歌时，演述者呈现出的身体语言是经常把逝世的亲人的照片贴在胸口上。受众虽然手头没有死者的照片，但是也象征性地做出与演述者一样的动作。家谱的演述也是没有乐器伴奏。由此，在南斯拉夫口头诗歌生态学中，我们可以在一定程度上通过史诗演述中歌手呈现的身体语言把史诗与其他的文类区别开来。

芬兰歌手在演述史诗中呈现的身体语言也具有标识文类的特征。第一个注意到了芬兰歌手演述史诗之时的身体动作、位置以及歌手身体之间接触的学者是波奇（Henrik Gabriel Porthan），以下是他在 1778 年对歌手演述的描绘："歌手们并排坐着，或者面对面坐着，一个歌手抓住另一个歌手的右手，膝盖也是挨着的，一个膝盖挨着右边的，另一个膝盖挨着左边的，他们把手臂放在膝盖上。当演唱时，他们慢慢摇晃着身体，好像每一个歌手都想用自己的头去靠着另一个人，他们的脸部表情是严肃而虔诚的。当他们站起来时，几乎不演唱。要是偶尔这样做了，那么仿佛是受缪斯的驱动，开始站起来唱歌。但是随着演唱继续，他们互相抓住右手，坐下来，以惯有的方式继续演唱。"[②] 这是对歌手身体语言最经典的描绘，它深深地影响了隆伦特、汉克斯（William Hanks）、杭柯（Lauri Honko）等一批芬兰民俗学者对史诗演述中身体语言的认识。在整个芬兰口头诗歌文类里，我们可以发现歌手在演述史诗中持有的身体语言也把史诗这个文类与其他的文类区别开来了。虽然其他文类的演述之时，演述者的身体动作、手势和装饰也都参与了整个演述过程，但是《卡勒瓦拉》歌手在演述中惯常持有的身体语言与史诗演述密切联系在一起，在芬兰的民间文类中，只有史诗演述持有这种身体语言。为了能够更好地认识这种具有可区分性的身体语言，试着分析芬兰治病咒语的施咒者在运作中呈现的身体语言。治病咒语的运作与史诗的演述最大的区别在于，前者的演述场域只限

---

① ［美］阿尔伯特·贝茨·洛德：《故事的歌手》，尹虎彬译，中华书局 2004 年版，第 183 页。

② Henrik Gabriel Porthan: *Suomalaisesta runoudesta*. 1778. Vaasa: Suomalaisen Kirjallisuuden Seura (Finnish Literature Society), 1983, p. 80.

定私人场合，它是在一个让局外人远离演述场域的民间文类，它的演述场域是封闭的空间，而史诗的演述私人场合和公众场合两者皆可。其次，施咒者演述咒语时，身体进入了迷狂状态，身体非常僵硬地跳跃着，而且嘴巴里吐着唾液。很明显，这与歌手在演述史诗呈现的身体语言特征截然不同，史诗歌手的身体语言是欢快而灵活的，它的目的是娱乐，而施咒者的身体语言是对病人施加超自然的神秘力量。

柯尔克孜族口头传统具有儿歌、民间故事、谜语、绕口令、情歌、生活仪式歌等，与之相对应的演唱传统有阿肯对唱、《玛纳斯》演唱、考姆兹弹唱等。在众多的学者田野资料中我们可以发现玛纳斯奇演唱史诗时从来就不用任何乐器伴奏，他们总是以自己特有身体语言配合着音调和旋律完成演述。玛纳斯奇演述史诗的身体语言极富有戏剧化色彩，其中具有可区分性的身体语言是手中不持有任何乐器，而且两只手始终处在不停的运动状态中。19 世纪末 20 世纪初期的著名玛纳斯奇居素普阿洪·阿帕依演述史诗的情形是："他演唱时嗓音十分洪亮，音调也不断地有变化和起伏，在演唱时不停地配以手势、动作和表情，十分吸引听众。人们为他的演唱所陶醉。他演唱到高潮时，身体不停地晃动，手舞足蹈，口吐白沫，从毡房的上席位置移动到火塘边，然后又慢慢回到原位去。"① 而演述柯尔克孜族的劳动歌、考肖克、生活歌、即兴歌、情歌、儿歌等民歌的歌手以及阿肯对唱的歌手持有的身体语言都不如玛纳斯奇在演述中身体语言表现得那样热情而入戏。而且这些文类的演述者在演述中的身体语言是身体动作伴着考姆兹发出的旋律而摇晃着，这也就决定了两只手不能像史诗演述那样自由而灵活地使用，来营造一种戏剧性的现场演述效果。

歌手的身体语言参与了口头演述的过程，以演述场域中的一个建构维度设定歌手演述言语的参照框架，并以特殊的方式影响着听众的接受。歌手齿缝间透出的歌声是演述的，它把设定演述情境的工作留给了演述中的身体语言。史诗演述的语境化很大程度上归功于身体语言，我们可以在演述场域中描绘出这种身体语言。在演述英雄时，歌手经常力求以最完美的形式创造一个英雄的符码，力求以言语共同体内一种共有的声音传达一种共享的英雄气质。学术界对于这种英雄符码和英雄气质经常自觉或不自觉

① 阿地里·居玛吐尔地：《〈玛纳斯〉史诗歌手研究》，民族出版社 2006 年版，第 127 页。

地从非身体语言层面考虑英雄的诗性化，而很少把它们延伸到身体语言上。事实上，当一个歌手在演述史诗英雄的行为时，歌手的身体语言或多或少地与英雄的“英雄”行为呈现一致。例如，玛纳斯奇在演唱英雄时，会根据英雄的行为用两只手模仿英雄劈砍的架势和矛枪刺杀的姿态。依照传统的惯例，歌手在演述中呈现的身体语言是在特定演述语境下解读史诗的关键。通过歌手的身体语言，我们可以更好地了解英雄是如何消灭那些表面看起来不可战胜的敌对力量的。

在柯尔克孜族的史诗演述传统里，玛纳斯奇的两只手是最富有表现力的工具，玛纳斯奇使用两只手模拟各种各样的英雄行为。比如在表现人物刀劈的动作时，将右手臂伸直并住五指作出战刀劈砍的姿势；表现英雄斧砍的动作时，就作出双手紧握斧柄往下砍去的动作；表现英雄用矛枪刺杀的动作时，则身体向前倾作出双手握住矛杆刺向对手的动作；描绘战场的士兵混战、火花飞溅等情景时摊开手掌，手心向下画出圆形轨迹；等等。[①] 其实，玛纳斯奇的演述还有其他身体语言，例如眼神、面部表情等，只是手势动作的运用相对而言比较突出。不过这些身体语言都是一种具有意义的符码，是歌手和受众共享的意义传递手段。歌手使用这些身体语言正是为了唤起受众更好地理解自己所演述内容的含义。此外，这些身体言语也展示了《玛纳斯》演述是以一种英雄体的风格呈现的，玛纳斯奇在演述中成为英雄的代言人，他使用特有的身体语言让英雄的业绩和名声永垂不朽。同时，玛纳斯奇在演述也成了柯尔克孜人的英雄。虽然他嘴唇流出的唱词和身体语言具有的力量比不上枪矛，但是两种手段结合在一起呈现的力量却能穿越时空，像鹰隼拍击长空的声音一样永远响彻在柯尔克孜人草原的上空。

歌手在演述中呈现的身体语言使演述行为获得了意义和社会力量。上文提到了波奇（Henrik Gabriel Porthan）描绘歌手身体语言，这种身体语言是歌手在一种欢快而公众化的演述场域中呈现的。很明显，歌手和伴唱者用身体传达力量，传达史诗中英雄所具有的崇高的品质。随着演唱的进行，歌手们手拉着手，膝盖互相碰撞着，身体慢慢配合着拍子摇晃。这些身体语言在演述中有助于表现歌手的情感力量。萨尔米纳（Väinö Salmin-

① 阿地里·居玛吐尔地：《〈玛纳斯〉史诗歌手研究》，民族出版社2006年版，第157页。

en）曾经通过田野作业提出歌手这种身体语言给受众带来的情感冲击："人们仍然能够回忆，当男人们拉着手开始演唱万奈摩宁（Väinämöinen），领唱者、伴唱者以及整个听众，如何被感动得落泪：'它是太感人了。'"[①]在演述史诗时，领唱和伴唱明显表现出歌手之间存在一种等级秩序的关系。但是歌手们在演述时身体相互靠近，手拉着手，又象征着一种团结，象征着兄弟关系。这种身体语言表现出来的团结和友爱不仅仅象征着男性之间的友谊，它更多的是体现了演述史诗在传统言语共同体内所具有的崇高的名声。的确，歌手在演述史诗中表现出身体语言是呈现同一传统言语共同体内的神话事件和历史事件的一个可视的传播中介。这种不同于日常生活的身体语言设定了人们应该按照史诗的传统含义对其作出相应的解读。在《卡勒瓦拉》里，一个社会资历深而性格刚毅的歌手是受到人们高度尊重的。文化英雄万奈摩宁就是这样一个英雄，他是歌手的原型，老成持重而又充满智慧，他的对手尤卡海宁（Joukahainen）是一个年轻而缺乏智慧的歌手。领唱的歌手是万奈摩宁的一个化身，他的年龄一般比伴唱者要大，而且那些伴唱者总是那些刚学演述的歌手或演唱技艺不如他的歌手。特别值得注意的是在演述中通常是由领唱者先伸出手抓紧伴唱者的手，这表明了神话传统和历史传统仍然强有力地设定了整个演述框架。另外，歌手们也通过手拉着手的身体语言把史诗中那种追求仁爱的思想表达出来了，使得歌手和受众都深深体验到友爱的气氛。

对于演述中歌手的身体语言的研究面临着巨大的挑战，其一是因为它只能在歌手的演述中才能观察和捕捉，一旦将其剥离出来使用书写语言符号将其文本化，那么一定程度上就会将它具有的口头特征格式化了，况且任何高明的记录手段都不可能将全部的身体语言都呈现在文本上；其二是演述中歌手的身体语言存活于各自所处的史诗演述传统中。在不同史诗演述传统里，歌手的身体语言也呈现出不同。甚至在同一传统内歌手的身体语言也会以不同的方式建构。根据许多学者可靠的民族志资料和田野笔记，在一定程度上，我们能够说，在每一种史诗演唱传统里歌手应当具有某种惯常的身体语言，或者说身体语言的某些模式应当存在。也许有些细

---

① Väinö Salminen：*Mekrijärven runolaulajia*. Kalevalaseuran vuosikirja，1. Helsinki：Suomalaisen Kirjallisuuden Seura（Finnish Literature Society），1921，p. 114.

节不能完全得到证实，但是我们不能以此为由拒绝去发掘一个史诗演述传统内那些具有标识性的身体语言，毕竟可靠翔实的民族志资料和田野笔记赫然地摆在那里。其实，除了具有某些惯常的行为之外，演述中歌手的身体语言还具有大量变化着的身体语言，它们也影响着歌手的史诗演述和受众对史诗演述的解读，这些都值得我们研究和探讨。

第三节　口头诗学视野下的史诗研究——以对口头史诗口承性特征的思考为例

1982 年，瓦尔特·翁（Walter J. Ong）出版了《口头性和书写性：词的技术化》（*Orality and Literacy: The Technologizing of the Word*）一书，以书写的印刷作品为参照，提出了口头文学“添加而非递进”、“聚合而非分析”、“冗赘或复言”、“保守或传统化”、“动态平衡性”、“贴近人文生活世界”、“对抗的格调”、“设身处地和参与而非保持客观距离”、“情境而非抽象”在思维和表述上不同于书面文学的典型特征。[①] 这些特征在口头文学的思维与表述里具有一定的普适性，可以直接用来解释一些与之相关的口头诗歌的创作、演述与流布。结合塞尔维亚—克罗地亚史诗与冉皮勒演唱的蒙古史诗《铁臂萨布尔》，这里试图进一步阐述瓦尔特·翁提出的一些口传思维与表述的特征，反思与检讨它们在口传文学，特别是在口传史诗研究中的普适性。

“添加而非递进”是瓦尔特·翁提出的口传思维和表述的第一个特征。取例于《圣经·创世纪》的第一章，他阐述了这一特征主要表现在口传文学的结构单元倾向于一种平行并列的关系，语言结构也不像书面文学那样精细而固定以及严格符合话语本身组织的句法。这一个特征在塞尔维亚—克罗地亚口头史诗里比比皆是。下面是从口传史诗《阿里耶·德耶莱兹的执行令状》（*Katal ferman na Djerdjelez Aliju*）中选取的七个诗行：

Ta’ put tatar ferman dofatijo,　　信使拿起勒令，

① 瓦尔特·翁：《基于口传的思维和表述的特点》，张海洋译，《民族文学研究》2000 年增刊。

Pa istera carskogo mezila,	于是骑上帝国的驿马，
Pa on krenu zemlji carevini.	于是穿过帝国。
Lak' polako Bosnu pogazijo.	轻松地穿越了波斯尼亚，
Bosnu prodje, do Kajnidja dodje.	他经过了波斯尼亚，找到卡尼耶。
Pa ga vide kajnidjki muftija,	于是穿着便装的卡尼耶看到了他，
Pa on zovnu bajraktara svoga:	于是他喊叫了收信的领导人：①

连接词“Pa”的意义相当于“那（and 或 then）”的意义。这种类型的诗行常用的句法是以一个连接词开始，即连接词 + 动词。通过这种句法模式，口头诗人将史诗里的行为和事件交相铺排开来。这种句法模式在塞尔维亚—克罗地亚史诗传统里十分常见，口头诗人在使用动词的非复合形式时倾向使用这种句法。

有时，塞尔维亚—克罗地亚口传史诗的添加风格并没有出现“Pa”之类的连接词。1934 年，德马伊尔·佐基奇（Demail Zogić）演唱的《博伊契奇·阿利亚营救阿里贝伊的孩子》（*Bojčić Alija Rescues the Children of Alibey*）第 8—11 行诗便可证明：②

Studena je rosa udarila	寒霜化为露滴，
Zeljena je bašča beherala	绿色的田园鲜花开放，
Ljeskovina mlada preljistala	幼嫩的榛子树啊枝繁叶茂，
E svakoja pilad prepevala	所有的小鸟开始吟唱。

冉皮勒在演唱的《铁臂萨布尔》整个 653 个诗行中没有使用相当于“and /and then”之类意义的连接词，而是直接添加相应的诗行。例如演唱勇士萨布尔身世的诗行：

bagaturdalai abu tai	巴特尔达赖父亲有的	-17
bayandalai eji tei	巴音达赖母亲有的	-18③

再如形容勇士阿利雅·双胡尔勇猛的诗行：

utulhula	横切的时候	-225

① Albert B. Lord: *Characteristics of Orality*, Oral Tradition, 2/1 (1987), p. 54.

② ［美］阿尔伯特·贝茨·洛德：《故事的歌手》，尹虎彬译，中华书局 2004 年版，第 98 页。

③ 朝戈金：《口传史诗诗学：冉皮勒〈江格尔〉程式句法研究》，广西人民出版社 2000 年版，第 245 页。

ulagan chilagun boldag	变成红石头	
chabchihula	竖切的时候	
chagan chilagun boldag	变成白石头的	-228①

前一组例子是通过相邻诗行构成平行完成添加，后一组是通过两个诗行构成的一个单元与另一个类似单元构成的平行实现添加。这种以平行式完成添加风格的程式在《铁臂萨布尔》，甚至整个《江格尔》史诗演唱传统中都普遍存在，而且它们是口头诗人创造新语词的基础，是他们即兴创作中的“常备片语”。

口头诗歌的典型特征虽说是“添加的”，但并不意味着口头诗歌呈现的思维和表达没有“递进的”这一特征。在《铁臂萨布尔》里，通过递进平行地推动叙事流程的诗行也不少见，它是口头诗人即兴演述的重要技巧之一。例如，对萨布尔身世的描述：

guna orodag nasun du ni	三岁到的时候	-26
eji ni önggeregsen	母亲就去世了	
düne orodag nasun du n	四岁到的时候	
abu ni önggeregsen	父亲就去世了	-29②

冉皮勒构筑的这一组织单元既形成并列关系，又带有时间和动作的先后递进关系。再如，对阿利雅·双胡尔的旗套的描述：

dugtui dotora baihula	旗套里面在着的时候	-220
dolbing sira in önggetei	发射出黄色的光芒	
dugtui eche ban garhula	旗套里面拿出来的时候	
dologan naran nu gereltei	发射出七个太阳的光芒	-223③

这一组诗行与前者相似，结构上表现为平行式，而内涵上则有着递进的关系。萨利赫·乌戈利亚宁（Salih Ugljanin）演唱的《科索沃战争》（*The Battle of Kosovo*）对女王米莉卡（Milica）不祥预感的描述也呈现一种递进的关系：

---

① 朝戈金：《口传史诗诗学：冉皮勒〈江格尔〉程式句法研究》，广西人民出版社 2000 年版，第 253 页。

② 同上书，第 246 页。

③ 同上书，第 253 页。

Noj prolazi, sabah zora dodje.	夜晚过来，天亮了。	-30
Lazar proti popa dozovnuo.	莱兹传召牧师。	
A kad dodje pope u odaju,	于是牧师来到房间，	
A rastvori debela indjila,	于是打开这个厚厚的福音书，	
Pa pogljeda knjige viječnice.	于是他看着这些福音书。	
Pa kraljica sad priča Milica,	于是女王米莉卡说话了，	
A sve pope gljeda po knjigama.	于是牧师开始查阅这些书。	
Pa kad beše knjige pregljedao,	于是当他逐一检阅这些书之时，	
IMilica sve mu iskazala	于是米莉卡告诉他每一件事情，	
Pa mu stade pope govoriti:	于是牧师开始说话了。	-39[①]

在这些诗行里，“A”和“Pa”是连接词，它们引导一个时间分句，介绍另外一个新的行为或新的场景。第32诗行的“A”不同于第33诗行的“A”和第34行的“Pa”，前者表示要描述另一个场景，而后二者则表示要描述同一个场景里的不同动作，呈现一种主从递进关系。第35诗行和第39诗行的“Pa”连接的都是一个时间分句，标识着新的行为的呈现，具有明显的从属递进关系。

在即兴创作里，口头诗人没有时间去从容不迫地构思精致的平衡和对比，不得不以添加的方式来遣词造句，亦即这样的方式给予他更大的自由度，是他能在故事或诗行需要之际安排句子顺序，或将句子抻长。[②] 也就是说，添加的风格是口头创作的特点，它以并列、同位语和平行式等手段呈现。但是，在创作、演述与流布过程中，口头诗人也会构筑一些具有递进关系或分析性缜密的主从关系的单元组织。

“聚合而非分析”指口传思维和表述不是简单的整数而是整数群。[③] 当演述到洪古尔时，冉皮勒总是要说“asar ulagan honggor”（阿萨尔·乌

① Albert B. Lord: *Characteristics of Orality*, Oral Tradition, 2/1 (1987), p. 55.

② ［美］约翰·迈尔斯·弗里：《口头诗学：帕里—洛德理论》，朝戈金译，社会科学文献出版社2000年版，第63页。

③ 瓦尔特·翁：《基于口传的思维和表述的特点》，张海洋译，《民族文学研究》2000年增刊，第19页。

兰·洪古尔)。[1] 这是一种基本程式，但是冉皮勒经常还要在前面添加不同的扩展程式，常见的是“aguu yehe hüchütei”（伟大的力量拥有着的)”与之形成对句。[2] 在演述萨布尔时，冉皮勒是说他“hündü gartai sabar i”(铁臂的萨布尔)，常与它形成对句的是“hümün nu nachin”（人们中的鹰隼)。[3] 这些都是两个勇士所专有的，无论在任何语境，这些特性修饰语对于他们而言都是有意义的，因为这是他们的特性。再如江格尔，冉皮勒使用的“aldar noyan janggar ni”（英名盖世的诺谚江格尔）在整个《铁臂萨布尔》中相同或相似地出现了36次。“英名盖世”这一特性形容词并非指江格尔在每个场合中都表现得如何英名盖世，也不是指江格尔在某一特定时刻表现出来的品质，而是在于告诉受众“英名盖世”是江格尔永远的特征之一，更为重要的是这一特性形容词有助于口头诗人流畅地构筑诗行。换句换说，这些修饰英雄的特性形容词或者诗行是在漫长的口头演述和流布的历史发展过程中形成的，用于表达某种反复出现的基本观念的相对固定的句法和词语模式。[4]

需要指出的是，口头诗歌里的程式或者特性形容词不同于口语积淀里的口号式的套语。瓦尔特·翁把荷马史诗里的特性形容词“英明的智者涅斯托耳”、“聪明的奥德修斯”与“光荣的10月26日革命”之类的口号式的套语相提并论，这显然在某种程度上忽视了特性形容词在演述中创作的必要性。不可否认，在话语和思维的层面上，两者都是口头特征的组成部分。如果把两者并置在一起，口头诗学里的术语“程式”的使用就会模糊起来。因为口头诗歌的程式绝非被剥夺了意义，口头诗人和受众在一定程度都理解它的意义。口头诗人在每次使用程式之时，意义不需要他和受众每次去分析，它的意义存在于传统语境中的特定故事。例如“铁臂萨布尔”不仅仅是便利的标签，而且还是特殊的提示，一个传统中的受众一听到它立即就会联想到萨布尔的整体特征而不需要像书面文学那样去刻意分析。“旗套里面在着的时候，发射出黄色的光芒。旗套里面拿出

---

① 朝戈金:《口传史诗诗学：冉皮勒〈江格尔〉程式句法研究》，广西人民出版社2000年版，第246页。

② 同上书，第248页。

③ 同上书，第253页。

④ 同上书，第173页。

来的时候，发射出七个太阳的光芒”看上去是描绘旗帜放在套子里和拿出套子之时的不同状况，无涉其他。其实，它的意义要宽泛得多，重要得多。它也毫无例外地指涉江格尔和他手下的六千零一十二或者八千勇士的伟大军队，进而指涉军队的位置和战阵。[①] 这些都是口号式的套语和日常生活中的口头习语所不具有的。而且口头诗人构筑诗行以缓解快速编织诗歌产生的压力而使用的程式或特性形容词，具备的创作、演述和流布功能也不同于口号式的套语和日常生活中的口头习语。

特性形容词、程式化的表达以及主题等的重复出现在一定程度上是出于帮助人们记忆以前获得的思想。对于瓦尔特·翁而言，重复是口头诗人担心受众可能忘记前20行、前40行或多行诗所描述的内容而使用的一种技巧。翁的这些推论也许能够很好地解释政治演讲中出现的重复，也许更适用于解释一般语境交流中出现的重复，但不能非常有效地解释口头诗歌创作中出现的重复。洛德认为重复在口头诗歌的创作中扮演着重要的角色，它并非完全源于提醒受众的必要，而是仪式的重复：“这些属性形容词看起来指的是女神们的显灵，因此，通过不同的方式重复女神以此来加强向女神祈祷的力量……其重复最初有两种形式，不是因为格律，也不是为了构筑诗行的方便，而是为了双倍地强化祈祷，以期更为稳妥地完成这种祈祷。”[②]

下面是《铁臂萨布尔》中典型场景“疗救英雄”：

altan chegeji babai abaga ni	阿拉谭策吉大伯	-547
rasiyan bilig un hura gi orogulagad	甘霖呼唤来使得下雨	
möngge in rasiyan eche	永生的圣水	
rasiyalagulugad	饮用了	
bilig un rasiyan eche	在智慧的圣水里	
gar nigur i ni uhiyalgagad	手和脸濯洗过	-552

① 朝戈金、弗里：《口头诗学五题：四大传统的比较研究》，收入《东方文学：从浪漫主义到神秘主义》，湖南文艺出版社2003年版，第82页。

② ［美］阿尔伯特·贝茨·洛德：《故事的歌手》，尹虎彬译，中华书局2004年版，第94页。

……

honin chagan em i higed	浩宁查干药放上
	-565
möngge in rasiyan eche rasiyalagulugad	永生的圣水饮用了
bilig un rasiyan eche	智慧的圣水
gar nigur i ni uhiyalgagad	手和脸濯洗了
ene hündü gartai sabar i	这个铁臂的萨布尔
sergüged abugsan chag tu	使得苏醒过来的时候
	-570①

这个典型场景在江格尔手下英雄阵亡时经常使用，施行法术都是阿拉谭策吉大伯，它包括三道疗程：甘霖降落、圣水濯洗、涂抹药膏。细看上述诗行，第547—552诗行阿拉谭策吉大伯施法让江格尔手下的勇士恢复活力，第565—570诗行是救治萨布尔的。重复使用的诗行是第549—552诗行，唯一的差别是歌手在后面把第549诗行和第550诗行合并为第567诗行“möngge in rasiyan eche rasiyalagulugad”，另外还增添了涂抹药膏的诗行。如果按照洛德的解释，可以推想，这些诗行源自原初的拯救英雄的仪式，起初它们是相对简单的叙事咒语，消融到史诗之中逐渐成为创作的手段。在史诗里，这些重复的仪式的功能可能失去了，但是重复这一表述手段被保留下来，而且成为口头诗歌创作的一种传统风格。其次，它也并非仅仅成为创作的手段，其意义、声音和模式也随之而生。“疗救英雄”的场景与蒙古史诗传统的英雄主义观念——英雄永远不死——有着更深层的关联，它的多次重复的出现不仅仅是对疗救英雄的一种逼真的描绘，而且是对仪式的强调，在一个更加广阔的意义上，它的根并不是艺术而是宗教。

英雄武装这一常见于许多史诗演述传统的场景也具有仪式含义。冉皮勒演唱的《铁臂萨布尔》便有对洪古尔出征前的武装的详尽描述，包括

① 朝戈金：《口传史诗诗学：冉皮勒〈江格尔〉程式句法研究》，广西人民出版社2000年版，第265—266页。

马匹的装饰、武器的非同寻常。[①] 洪古尔的武装这一典型场景标识着他将要出征去完成重大的使命，拯救江格尔和勇士们的生命，而对英雄武装的修饰铺张便是英雄作用的一种标志，既是仪式的，也是艺术的。因此，英雄武装的重复是出征仪式的遗留，从最初充满仪式意义的装饰发展成为失去仪式功能的典型场景，这种推测并非没有可能。公共演说家不能在演讲中停止下来而思考下一句的内容，以免削弱自己强调的论点，因此冗赘或重复成为必然。但是在口头诗歌的即兴创作中，重复和详尽的描述固然可以让口头诗人轻松自如地应付各种现场演述，但一种浓厚的仪式意蕴也显然隐藏其间。

史诗演述传统不是一个普通的公约数，而是犹如一个图书馆或武库，给歌手提供演述需要的不同建筑部件。它既包括口头诗人演述过的史诗歌，也包括口头诗人尚未演述过的史诗歌；既有被演述得非常出色的史诗歌，也有被演述得不那么好的史诗歌；既包括技艺超群的天才口头诗人，又包括那些技艺不那么娴熟的口头诗人。但是传统也有甄别的特性。技艺超群的口头诗人及其演述的史诗总是摆在这个武库或图书馆的显赫位置，他们在史诗演述的传统长河中较其他技艺不高的口头诗人烙下的印记更深。冉皮勒与荷马都是杰出的歌手，都是在自身的传统内呈现一首史诗，都属于生活在史诗演述传统里的人，他们不能离开各自的传统而创作出最有艺术价值的口头诗歌。这种口头诗歌的艺术价值与书面文学提倡的美学是有差别的，这种差别之一便是瓦尔特·翁提出的口头诗歌具有“保守或传统化”的性质。

依据瓦尔特·翁的理论，口传文化里的人们通过反复述说的方式以保存世世代代得来不易的某些知识。推而言之，史诗演述传统是一种固定不变的东西，以这样那样的方式一代一代传递下来。事实上，史诗演述传统不仅包括程式、主题和故事范型等结构单元，而且囊括了口头诗人演述史诗的个人技能。口头诗人继承的传统是一个构筑诗行技巧的传统，而不单是记忆程式化的组织单元。在接受史诗演述传统的过程中，口头诗人逐渐形成自己固有的程式。冉皮勒的《江格尔》便经常使用一种高度定型的

① 朝戈金：《口传史诗诗学：冉皮勒〈江格尔〉程式句法研究》，广西人民出版社 2000 年版，第 258—259 页。

诗行，即“通用程式”。例如，阿拉谭策吉专有特性修饰语：

irehü yeren yisün jil i	未来的九十九年［的事情］
ailadchu mededeg	预测着就知道
önggeregsen yeren yesün jil i	过去的九十九年［的事情］
tagaju mededeg	追忆着就知道[①]

其实，任何一个口头诗人在保持自身“通用程式”之时，也接受周围的新东西。史诗演述传统本质上是一种动态的过程，承继过去，存活当下，进入将来。只有当史诗演述传统消亡时，程式或主题等结构单元才开始和当下失去联系，成为一种不具备传承功能的遗留物。

在肯定口传文化保守或传统化同时，瓦尔特·翁也承认口头文化有其创新方式。“叙事的原创性不在于编造新故事，而是在于面对现场和听众时操作一种特殊的互动……重复的次数无限，变异的数量也无限。”[②] 歌手虽然在长期的演述过程中形成了自己最喜欢使用的程式和典型场景，或多或少地尽力保持它们的稳定性。但是，它们在歌手的每一次的演述中都呈现不同程度的变异，甚至在同一次演述里它们也有变异。例如，冉皮勒在《铁臂萨布尔》中对喊声的三次描述：

baragun chihi ber ni orogad	右边耳朵进入	-286
jegün chihi ber ni	左边耳朵	
chüngginen odba	轰响着出去	-288
chihi ber mini orogad	耳朵我的进来	-301
chüngginen garba geged	轰响着出来	-302
baragun chihi ber ni orogad	从右边的耳朵进来	-333
jegün chihi ber mini	从左边的耳朵我的	

① 朝戈金：《口传史诗诗学：冉皮勒〈江格尔〉程式句法研究》，广西人民出版社 2000 年版，第 148 页。

② 瓦尔特·翁：《基于口传的思维和表述的特点》，张海洋译，《民族文学研究》2000 年增刊，第 21 页。

chüngginen garba　　　　轰响着出来　　　　-335[①]

一眼就可以看出来，即使对同一固定的场景的描述使用的诗行也呈现不同的差异。虽然在反复出现中保持基本的词汇搭配原则和基本的意象，但是在动词的时态以及形态上表现出细微的差别。史诗演述是一个传统，它没有一个固定的文本，歌手在演述时根据需要对传统的要素进行重新的组合。口传史诗是保守而传统化的，但是它允许歌手较为自由地运用自身熟练掌握的艺术结构和表述方式。口传史诗的保守或传统化特征固然帮助歌手记住或多或少的固定核心诗行，但是这并不表示一首口传史诗有一个固定文本的存在。只要留心到同一首史诗里的同一程式或典型场景如此不同，便会知道口传史诗的演述是如何的多样。

与书面文学不同，口传史诗里的一些词语不能借助字典解读，而必须放在口传史诗的演述传统里探求其意义。在荷马史诗中，最短小片语"all' ge"（复数"all' agete"）出现了一百四十九次，一般出现在诗行的句首，占据该诗行的一个考伦。[②] 它的作用不仅是填补韵律的空当，对史诗的创编产生结构上的功能，而且具有词的意义。如果我们从字典中翻检，将会发现它几乎不出现在字典中，任何字典都没有规定它的意义。如果将它放入整个史诗的结构和场景中，它具有的提示作用便显而易见：一是标识口头诗人的演述要转换，提醒受众注意。比如，在演述涅斯托耳告诉阿伽门农不要尽说话，应该赶快行动起来的时候，诗人插入了这个片语。二是引入一个命令或祈祷。如阿基琉斯要撤兵回返时，诗人用了这个片语，引导一个向神祈祷的仪式。再如冉皮勒的《铁臂萨布尔》对戈壁风景的描述：

ermen chagan hödege　　　　无边无际的白色荒原　　　　-70
ejen ügei chagan büürüg tü　　　　没有人烟的白色戈壁
elesün sira tohoi du　　　　漫漫黄沙的湾沟里　　　　-72[③]

---

① 朝戈金：《口传史诗诗学：冉皮勒〈江格尔〉程式句法研究》，广西人民出版社 2000 年版，第 255—257 页。

② 朝戈金、弗里：《口头诗学五题：四大传统的比较研究》，收入《东方文学：从浪漫主义到神秘主义》，湖南文艺出版社 2003 年版，第 75—77 页。

③ 朝戈金：《口传史诗诗学：冉皮勒〈江格尔〉程式句法研究》，广西人民出版社 2000 年版，第 247 页。

一个在行的受众知道歌手目的不是在于描绘像字典指涉的戈壁风景，而是在于引出战争的发生场所，或是引出英雄思考下一步要采取的行动。

口传文化是动态平衡的，在发展过程中会淘汰一些与当前不合时宜的词语。但是口传史诗仍然保留着一些古老词汇，人们在日常生活话语中已经不使用它们了，它们只存活在史诗歌手的当下演述中。在冉皮勒演述的《铁臂萨布尔》里便存在这种现象：

horin tabun bere gajar	从二十五波尔远的地方	-471
arban taban bal gal i	十五“巴勒”的火焰	-592
arban hoyar alta esitei	十二庹长的	-389①

例子中的“bere”是一种古代的长度单位，一个“bere”约合两公里；“bal”是形容火焰的等级单位；“alta”是古代的度量单位，约为成人两臂平伸间的距离。随着时光的流逝，这些词指涉的度量单位已经不再是当下的存在或经历的一部分。但是因为史诗的演述是人们社会生活的组成部分，所以它们也随着史诗的演述一再呈现，不过它们的使用也仅限制在史诗的当下演述中。但是我们会继续追问，歌手为什么会保留下这些在现实生活中已经失去指涉意义的词呢？究其原因，歌手并不在乎这些词所代表的度量是多少，关键是它们能恰如其分地表达史诗所要传达的距离。其次，它们是史诗语域的组成部分，是为歌手和听众所认可的空间距离。所以，只要史诗传统没有消亡，这些词的古形和古义就不会成为一种遗留物，而是活在当下的演述中，并且具有一定的耐久性。

参考与借鉴古典学、人类学、口头诗学等多学科的成就，以不同的历史一族群经验为支撑，瓦尔特·翁捕捉住口传文化里个体思维和表述的特征，归纳出口传文化里信息交流传播的九个典型特征。他的这一理论一直是口头传统研究领域里的最重要的成果之一，被学者们广泛征引。它对分析口头诗人如何组织史诗，如何按照实用的方式将史诗演述出来具有一定的阐释力，但它并不是学者们研究口传史诗创作、演述与流布的唯一方法，口传史诗呈现的某些口承性也不是完全可以用瓦尔特·翁提出的口传思维和表述的特征解释得清楚，毕竟口传史诗有着自身特有的运作机制。

① 朝戈金：《口传史诗诗学：冉皮勒〈江格尔〉程式句法研究》，广西人民出版社 2000 年版，第 259—267 页。

第四节 马克思主义文艺观、语言学及其他学科的理论和方法在史诗研究中的实践

20世纪50—60年代，中国少数民族史诗研究主要是在马克思主义的文艺观和美学观的总框架下展开的，始终为阶级斗争左右，苏联的史诗研究理论和方法成为中国学者学习和借鉴的唯一对象。20世纪80年代后，马克思主义文艺观仍然是中国少数民族史诗研究的重要话语。在它的理论指导下，对中国少数民族史诗的思想内容、艺术成就等方面的研究取得许多成就。

潜明兹的《〈格萨尔〉的社会背景与思想倾向》从结构、思想内容、艺术特色等确认霍岭大战是《格萨尔》的中心主干，认为岭国生产关系呈现的阶级关系不是原始社会末期的阶级差别，而是阶级社会的压迫剥削与被压迫剥削的关系，基本状况是“属于人身依附于土地（牧场），土地（牧场）又为领主所占有的新兴的封建领主制的社会”。[①] 同时，潜明兹从霍岭大战中呈现的战争观分析《格萨尔》的阶级倾向，即“毫不含糊地宣扬反侵略、爱国家、爱乡土的思想感情”，[②] 对格萨尔热情的赞颂，对霍尔国的君王无情的鞭挞。雷廷梓的《简论〈格萨尔〉人民性》以霍岭战争中的神魔之争为例分析了格萨尔的形象，认为他不是奴隶主，而是奴隶制末期的新兴封建主，平民和奴隶共同尊敬的人民英雄。该文对《格萨尔》的人民性评价道：“在奴隶制末期这个年代，它就非常准确地反映了新兴封建主的思想，既对人们有镇压的一面，又对人们有慈悲的一面，即给予人们一定的人权和自由，今天看当然是少得可怜了，但当时却是一个巨大的进步。”[③] 对于宗教，雷廷梓认为《格萨尔》持有两重性，人民对它既拥护和相信，又有害怕与反对，这“非常真实地，历史地反映了人民的观点”，是“强烈的人民性的一个侧面”。[④] 索代的《试谈〈格萨

---

① 潜明兹：《史诗探幽》，中国民间文艺出版社1986年版，第139页。

② 同上书，第146页。

③ 雷廷梓：《简论〈格萨尔〉人民性》，《青海社会科学》1985年第2期，第74页。

④ 同上。

尔王传〉的社会内容》，从《格萨尔》本身反映的倾向出发，分析了史诗中格萨尔为统一四方进行的斗争和佛教战胜苯教的斗争，认为它们都是适应了历史发展的趋势，具有积极的社会意义。[①] 李学琴的《〈格萨尔〉史诗中的姻婚与家庭》受到恩格斯将荷马史诗作为希腊从野蛮时代进入文明时代的重要遗产和研究人类婚姻史活化石的启发，考察了《格萨尔》的婚姻家庭形式，得出一个结论："从对偶婚制向一夫一妻制过渡之间，还存在着一妻多夫和一夫多妻两种婚姻家庭形式，以及群婚制的残余。在整个过渡阶段，两种婚姻家庭形式处于不断的变化发展之中，最初盛行多夫制，尔后，随着经济的发展及私有制的确立，女子越来越依附于男子，多妻制就越来越占居主导的地位。"[②] 该文还分析了抢婚、罚婚、赠婚、赐婚、收继婚等婚姻形式以及妇女在这些婚姻形式中的社会地位。

别林斯基在《诗底分类与类型》里说道："史诗是在民族意识刚刚觉醒时，诗领域中的第一颗成熟的果实。史诗只能在一个民族的幼年期出现，在那时期，民族生活还没有分为两个对立面——诗和散文，民族的历史还只是传说，它对世界所抱的概念还是宗教的概念，而它的精力和朝气勃勃的活动只呈现在英雄的业绩中。"[③] 他在《亚历山大·普希金的作品》中对史诗说道："它是这样一种历史事件的理想化的表现，这种历史事件必须有全民族参与其中，它和民族的宗教、道德和政治生活融汇一起，并对民族命运有着重大的影响。"[④] 哈斯朝鲁《蒙古族的英雄史诗〈江格尔〉》接受了别林斯基的这些观点，指出江格尔的历史便是蒙古民族的历史。江格尔依凭着无比顽强的勇气和意志以及超人的武艺，在洪古尔、萨布尔等英雄的辅佐下，统一了各部，打败了各种侵略者和黑暗势力，缔造了幸福美满的宝木巴国。哈斯朝鲁认为江格尔体现了蒙古族的民族精神，凝聚了蒙古族人们的理想和愿望。对于洪古尔，哈斯朝鲁分析了他的善良、勇敢、顽强，热爱家乡、热爱人民以及为人民和宝木巴国勇于献身的

① 索代：《试谈〈格萨尔王传〉的社会内容》，《格萨尔研究集刊》第1辑，中国民间文艺出版社1985年版，第134—147页。

② 李学琴：《〈格萨尔〉史诗中的姻婚与家庭》，《民族文学研究》1989年第6期，第7页。

③ 别林斯基：《别林斯基论文学》，梁真译，新文艺出版社1958年版，第179页。

④ 同上书，第197页。

精神，指出他的形象是“古代蒙古族人民的理想和希望的化身”。[①]《江格尔》中战争的胜利方获得了数不尽的牛马羊、美女和奴隶，奴隶完全没有自由。色道尔吉的《蒙古族英雄史诗〈江格尔〉》认为这些都是草原奴隶制的反映，进而从家内奴隶、生产奴隶和奴隶部落等方面分析《江格尔》呈现的完整的草原奴隶社会。对于抢婚，色道尔吉将它视为社会历史发展阶段上的产物，是草原奴隶社会的一个重要侧面，说道：“抢亲的行为反映了草原奴隶社会的又一个特征。那个时代，一个男人东奔西驰，动刀动枪追求他所看中的理想配偶是正当的，甚至抢来别人的妻子做自己的伴侣，也是极其自然的合乎情理的英雄行为。抢婚，在当时的社会条件下却是合乎风尚的无可非议的现象，不能用现代道德观念来谴责奴隶社会的婚姻制度。”[②] 高尔基说过：“民间创作是与悲观主义完全绝缘的，虽然民间创作的作者们生活得很艰苦，他们的奴隶劳动由于剥削者的剥削而失去了意义，而个人的生活则是无权利和无保障的。但是尽管有这一切，这个集体却似乎出于本能而意识到了自己的不朽并且深信他们能战胜一切和他们敌对的力量。”[③] 色道尔吉以此分析《江格尔》中英雄的坚强意志和乐观主义精神，高度评价这种精神的可贵和时代意义：“史诗中勇士和魔鬼进行了多次令人可怕的搏斗，甚至被拖到马尾上受刑。但是始终洋溢着振奋人心的豪壮气概，洋溢着英雄为宝木巴‘埋白骨洒热血’的牺牲精神。”[④] 在色道尔吉看来，《江格尔》的中心思想是歌颂宝木巴国及其英雄们，歌颂他们的爱国思想、高尚情操以及英雄主义和乐观主义精神。

刘发俊的《论史诗〈玛纳斯〉》从玛纳斯与卡勒玛克的斗争、玛纳斯的形象等方面探讨了《玛纳斯》具有的人民性，表达的被奴役的人民群众不可战胜的精神面貌。刘发俊还论及了《玛纳斯》民族团结的主题和爱情主题，认为《玛纳斯》对爱情生活的描写“也不是游离于人民对敌

① 哈斯朝鲁：《蒙古族的英雄史诗〈江格尔〉》，《中南民族学院学报（哲学社会科学版）》1984年第4期，第99页。

② 中国民间文艺家协会新疆维吾尔自治区分会编：《〈江格尔〉论文集》，新疆人民出版社1988年版，第264页。

③ 周扬编：《马克思主义与文艺》，作家出版社1984年版，第37页。

④ 中国民间文艺家协会新疆维吾尔自治区分会编：《〈江格尔〉论文集》，新疆人民出版社1988年版，第270页。

斗争之外，而是紧密地联系着斗争的主题，男女主人公们有共同的愿望和理想，有一致的信念”。[①] 马克思说道：“就某些艺术形式，例如史诗来说，甚至谁都承认：当艺术生产一旦作为艺术生产出现，它们就再不能以那种在世界史上划时代的、古典的形式创造出来；因此，在艺术本身的领域内，某些有重大意义的艺术形式只有在艺术发展的不发达阶段上才是可能的。”[②] 依据这种观点，周作秋的《论壮族的创世史诗〈布洛陀〉》将《布洛陀》视为壮族先民在人类童年时创作出来的作品，是在布洛陀神话、盘古神话以及其他神话中发育起来的。周作秋介绍了《布洛陀》的内容，肯定了《布洛陀》运用朴素的唯物主义观点解释自然，歌颂壮族先民对大自然的探索以及征服自然的愿望，同时又指出这种解释的幼稚和非科学性。[③] 张晓的《从苗族古歌看其原始思维》认为“苗族古歌以其内容作为一个积累、创作、传承、发展的流动体，相应地留下苗族先民原始思维发展过程的遗迹”。[④] 为了发掘苗族古歌里存留下来的这些遗迹，张晓选取了具有代表性的、流传于黔东南地区的苗族古歌（田兵编选《苗族古歌》，贵州人民出版社 1979 年），从直观行动思维、具体形象思维、初步逻辑思维等角度阐述了《苗族古歌》中表现出的原始思维的一般发展规律。祝注先《〈中国苗族古歌〉简论》赞同马克思所说的“任何神话都是用想象和借助想象以征服自然力，支配自然力，把自然力加以形象化”以及神话“是已经通过人民的幻想用一种不自觉的艺术方式加工过的自然和社会形式本身”，[⑤] 对《苗族古歌》里的神话进行了介绍，认为“苗族古歌所描述的远古时代先民同大自然斗争的情景，正是充满天真奇幻想象的人类童年的创作”。[⑥] 陈鸿志的《苗族古歌里的朴素唯物主义思想》从云雾假说、卵生神话、天地同一、人定胜天、劳动创世等方面分

① 刘发俊：《论史诗〈玛纳斯〉》，《民族文学研究》1986 年第 3 期，第 42 页。

② 中共中央马克思恩格斯列宁斯大林著作编译局编译：《马克思恩格斯选集·〈政治经济学批判〉导言》第二卷，人民出版社 2001 年版，第 28 页。

③ 周作秋：《论壮族的创世史诗〈布洛陀〉》，《广西师范大学学报（哲学社会科学版）》1984 年第 4 期。

④ 张晓：《从苗族古歌看其原始思维》，《贵州民族研究》1987 年第 3 期，第 152 页。

⑤ 中共中央马克思恩格斯列宁斯大林著作编译局编译：《马克思恩格斯选集·〈政治经济学批判〉导言》第二卷，人民出版社 2001 年版，第 29 页。

⑥ 祝注先：《〈中国苗族古歌〉简论》，《民间文学论坛》1994 年第 4 期，第 43 页。

析《苗族古歌》里所含有的人类征服自然和改造自然以及劳动创造等朴素唯物主义思想。[①] 韦英思的《广西瑶族神话〈密洛陀〉的思想价值》认为《密洛陀》用神开创了天地来解释自然界现象和万物的起源具有朴素的唯物论思想，从阴阳作用和万物的来源等方面分析了《密洛陀》具有的朴素的辩证法思想的萌芽，以及汉、壮、苗、瑶同出一源的思想。[②]

中国少数民族史诗的语言学研究得到拓展，这在《格萨尔》研究中特别突出。王兴先的《再论当代艺人说唱的藏语口传本〈格萨尔〉语言研究的科学价值》鼓励从事藏族语言研究的学者对《格萨尔》展开语言学研究，指出《格萨尔》语言学研究是格萨学体系的分支和重要组成部分。[③] 他将《格萨尔》语言学研究的不足归纳为研究者对当代说唱的藏语口传本《格萨尔》没有一个直观的认识和对口传本《格萨尔》提供的语言资料没有充分的了解这两个原因，提出《格萨尔》语言学研究的展开必须有科学的《格萨尔》版本，说道："首先要把当代藏语口传本《格萨尔》用国际音标原原本本地记录下来，然后按记音对译成藏文，从而完成一套各具藏族三大方言、次方言甚至土语特色的当代艺人说唱的藏语口传本《格萨尔》。在此基础上对译出汉文（有条件时还可对译出英文），作为全方位研究藏语言的科学版本。"[④] 为此，他主张先要从掌握当代《格萨尔》说唱艺人的分布情况及其说唱特点、选择性地对当代说唱的藏语口传本《格萨尔》进行录音和必要的录像，把握当代说唱的藏语口传本《格萨尔》所能提供给我们研究藏族语言的全部资料及其价值等方面展开工作，提高学界对《格萨尔》语言学研究的认识。

随后，张武江《递归结构与语言格萨尔研究》运用语言学中语言认知的递归结构的理论分析《格萨尔》语言，认为《格萨尔》语篇的主位推进模式是递归结构，将这种递归结构归纳为主位同一型、述位同一型、延续型、交叉型四种模式，将它们用递归公式抽绎出来了，总结出了较为

---

① 陈鸿志：《苗族古歌里的朴素唯物主义思想》，《贵阳师院学报（社会科学版）》1982年第1期。

② 韦英思：《广西瑶族神话〈密洛陀〉的思想价值》，《民族论坛》1989年第2期。

③ 王兴先：《再论当代艺人说唱的藏语口传本〈格萨尔〉语言研究的科学价值》，《西北民族学院学报（哲学社会科学版）》1997年第4期。

④ 同上书，第21页。

科学的规律[①]他从《格萨尔》结构上的开放性和不受时间限制、《格萨尔》虚构性言语行为的递归结构、叙述者相互之间的无限递归嵌套等方面探讨了《格萨尔》语篇递归结构的无限性特征，从《格萨尔》递归的部分成分在语篇的结构中的作用和地位分析了《格萨尔》语篇递归结构的可选性特征。王国明着力于土族《格萨尔》的语言学研究。他的《土族〈格萨尔〉中的语言特点及其学术价值》指出土族语与藏语是土族《格萨尔》的共同用语和土族《格萨尔》研究的必要工具，以及土族《格萨尔》是研究土族语和藏语的语料库，并指出使用国际音标将口传本土族《格萨尔》中的土族语和藏语记录下来，总结与归纳它们在同一部史诗中交错使用的特点具有重要的学术价值。[②] 他的《土族〈格萨尔〉中土族语与藏语词汇的变异形式及其特点》分析了同化、增音、减音等土族《格萨尔》中常见的音变现象以及自由音变和不自由音变两种语音变化，并从语言内部和外部探讨了语音变化的原因。[③]

中国少数民族史诗的艺术研究也得到了重视，其中《格萨尔》的说唱音乐得到较为深入的研究。扎西达杰在《格萨尔》音乐研究上用力较勤。说唱艺人使用韵散结合的形式说唱《格萨尔》，使用散文描述故事的背景和故事情节，使用韵文描述人物的感情。但是不论散文和韵文都极富有音乐性。扎西达杰在他的《〈格萨尔〉的音乐性——史诗文字对其音乐的表述之研究》中将《格萨尔》这种“韵散说唱体”称为“音乐诗剧式”的独特文体结构，并将《格萨尔》与藏戏、汉族戏剧比较以阐明这种独特的文体结构。[④] 通过对《格萨尔》的阅读，他发现了《格萨尔》存在所谓的以“歌唱”形成的连环套形式，即说唱艺人每次在使用散文描述了一段故事情节或背景后，便用韵文说唱某一个人物，接下去便又用散文描述一个故事情节或背景，再引用一个人的唱辞，如此循环往复，构

---

① 张武江：《递归结构与语言格萨尔研究》，《西藏大学学报》2008 年第 2 期，第 47 页。

② 王国明：《土族〈格萨尔〉中的语言特点及其学术价值》，《西北民族大学学报（哲学社会科学版）》2007 年第 6 期。

③ 王国明：《土族〈格萨尔〉中土族语与藏语词汇的变异形式及其特点》，《西北民族大学学报（哲学社会科学版）》2005 年第 2 期。

④ 扎西达杰：《〈格萨尔〉的音乐性——史诗文字对其音乐的表述之研究》，《中国藏学》1993 年第 2 期。

成连环套，贯穿整首史诗。扎西达杰的《蒙藏〈格萨尔〉音乐艺术之比较》就流传系统与音乐形态、艺人和表演、版本与曲名、曲调与旋法、曲调类型、音乐结构、伴奏艺术、音乐的吸收性、音乐的扩展性对蒙藏《格萨尔》音乐作了比较，得出了一些较为客观的结论：藏族的转调手法更为复杂，藏族的曲调数量更多，而蒙古族单曲的规模更大；藏族的曲调类型的运用更为复杂玄妙，蒙古族的曲调种类更为丰富全面；藏族的音乐结构艺术更为原始简单，整体布局较为松散，变化不够灵敏，而蒙古族音乐结构艺术整体布局较为紧凑多变；藏族说唱《格萨尔》一直较为完整地保留着说唱不伴奏的原始风貌，而蒙古族则用马头琴、四胡琴伴奏说唱《格萨尔》。①

边多的《论格萨尔说唱音乐的历史演变及其艺术特色》分析了古代藏族民间说唱歌曲"古尔鲁"的历史演变过程及其与格萨尔说唱音乐之间的基本关系，认为从唱词结构、音乐旋律、标题名称及说与唱的结合等方面讲"古尔鲁"与《格萨尔》属于同一个艺术种类。而且通过曲名的比较，他阐明了"古尔鲁"与《格萨尔》之间的历史渊源。② 他对西藏地区《格萨尔》专业性较强的单人说唱形式、合唱单说的《格萨尔》说唱表演艺术形式、流动性说唱《格萨尔》的表演形式等说唱形式进行了描述，旁及《格萨尔》说唱音乐的基本艺术特征。卢国文的《史诗〈格萨尔〉说唱音乐的艺术性与社会功能》阐述了《格萨尔》的"宗"与说唱曲牌的关系，指出每一宗都有固定的曲牌，这些曲牌"分别在曲牌名称、曲调旋律、音乐节奏及演唱上有着不同的特点"，"与史诗中不同的人物、不同的图腾标记有关"。③ 他还探讨了《格萨尔》说说唱唱、唱唱说说、半说半唱、唱中加说、说中有唱、似说似唱等说唱音乐结构和特征，阐述了《格萨尔》音乐的社会功能。

对蒙古英雄史诗的音乐进行较为系统研究的是博特乐图、哈斯巴特尔

① 扎西达杰：《蒙藏〈格萨尔〉音乐艺术之比较》，《中国藏学》1996 年第 3 期，第 53—57 页。

② 边多：《论格萨尔说唱音乐的历史演变及其艺术特色》，《西藏研究》1991 年第 4 期。

③ 卢国文：《史诗〈格萨尔〉说唱音乐的艺术性与社会功能》，《中央民族大学学报》1994 年第 3 期，第 74 页。

的《蒙古族英雄史诗音乐研究》。[①] 该著作描述了蒙古族英雄史诗音乐的形成、历史变迁和区域风格，从蒙古史诗的唱词段落、乐器和唱腔、曲调归类、旋律形态、音乐的衔接程式等方面阐述了蒙古英雄史诗的形态特征。该著作既将蒙古族英雄史诗音乐与萨满音乐、藏传佛教音乐、呼麦以及近代科尔沁叙事音乐进行了比较，也将中蒙两国蒙古族英雄史诗音乐进行了比较，阐述了中蒙两国蒙古史诗的主要形式及其联系。

21 世纪初，中国少数民族史诗的抢救与保护，甚或开发也为学界所关注。杨恩洪的《格萨尔口头传承与民族文化保护》回顾了《格萨尔》抢救与保护取得的重大成就，总结了这个过程中的经验和存在的不足，从政府、学者及理论问题等诸多层面探讨了《格萨尔》口头传统的可持续保护与发展。[②] 岗·坚赞才让《格萨尔文化遗产的保护与发展思路》从拓宽以格萨尔文化为背景的文化空间、保护以格萨尔说唱谋生的民间艺人、拓展以格萨尔学科为主题的研究领域、扶持以格萨尔文化为重点的民间团体、打造以格萨尔文化为命名的品牌文化、开发以格萨尔文化为主体的特色文化产业等方面阐述了《格萨尔》文化遗产的传承、保护与开发。[③] 王国明的《土族〈格萨尔〉说唱艺人调查及保护对策研究》介绍了土族《格萨尔》的流布情况及说唱艺人的传承谱系，描绘了土族《格萨尔》的说唱形式和内容，对土族《格萨尔》的保护提出了继续搜集资料、加强对说唱艺人的研究、动员更多的学者以多学科方法参与研究等保护对策。[④] 博特乐图、哈斯巴特尔的《蒙古族英雄史诗音乐研究》谈及蒙古族英雄史诗生存面临的严峻挑战，将其原因归结为社会文化变迁所引起的英雄史诗及其生存环境的改变、多元音乐文化的建立所引起的英雄史诗的边缘化等，检讨了文化政策和文化话语对英雄史诗生存的影响，论及了英雄史诗抢救、保护、传承及重建。[⑤]

中国少数民族史诗的抢救、保护和传承是一项长期的、浩繁的工程，

---

① 博特乐图、哈斯巴特尔：《蒙古族英雄史诗音乐研究》，中国社会科学出版社 2012 年版。

② 杨恩洪：《格萨尔口头传承与民族文化保护》，《青海社会科学》2012 年第 1 期。

③ 岗·坚赞才让：《格萨尔文化遗产的保护与发展思路》，《西藏研究》2009 年第 3 期。

④ 王国明：《土族〈格萨尔〉说唱艺人调查及保护对策研究》，《北方民族大学学报（哲学社会科学版）》2009 年第 3 期。

⑤ 博特乐图、哈斯巴特尔：《蒙古族英雄史诗音乐研究》，中国社会科学出版社 2012 年版。

没有政府的导向与组织，抢救、保护和传承中国少数民族史诗只能是一句空话。政府在中国少数民族史诗的抢救、保护和传承上具有不可推卸的法定责任。它应该给中国少数民族史诗的抢救、保护和传承提供政策保障与法律依据，在经费投入上给予主导性的支持。中国少数民族史诗的抢救、保护和传承并非短期，而是长久持续的行为，需要长远规划与持续运作。中国少数民族史诗的抢救、保护和传承涉及诸多方面，政府应该正确处理好方方面面的关系，做好组织协调工作。这些关系包括政府部门与政府部门之间，政府部门与社会力量之间，政府部门与学者之间，政府与民间等各种关系。只有处理与协调好这些关系，中国少数民族史诗的抢救、保护和传承才能有效而有序地开展下去。中国少数民族史诗的抢救、保护和传承是一项重大的工程，需要地方社会的大力关注与投入，是多部门、多群体、多机构参与的有序行为，这便要求政府部门对这一保护与传承的系统工程施行有效的评审与监督。实地调研、项目论证、申报、规划制定以及经费投入等与中国少数民族史诗的抢救、保护和传承相关的环节都需要纳入政府部门的宏观指导之下，政府部门也应该为此制定相应合理的政策，防止与杜绝无序行为的发生，避免因为过度开发或把握尺寸不好而对中国少数民族史诗的保护造成了不可修复的破坏。

社会参与是中国少数民族史诗的抢救、保护和传承的一条重要渠道。在借鉴国内外文化保护先进经验的基础上，政府应积极开展各种交流与合作，充分调动社会各界的积极性，配合政府机构工作，整合社会的优势资源，吸纳社会力量参与其中，建构良好的保护运作机制。中国少数民族史诗的抢救、保护和传承需要通过宣传来争取社会的广泛关注与大力支持，政府在这一宣传工作中应该把握好舆论导向。要充分利用报刊、广播、电视、网络等现代传媒，发挥它们的资源优势与积极性为中国少数民族史诗的抢救、保护和传承鸣锣开道。要重视图书馆、博物馆等一些公共文化设施，积极开展对中国少数民族史诗的抢救、保护和传承的传播与展示。

中国少数民族史诗的抢救、保护和传承需要学术研究，需要通过学术研究引起社会对中国少数民族史诗的抢救、保护和传承的重视。因此，学者的积极参与在中国少数民族史诗的抢救、保护和传承中起着非常重要的作用，直接为后者提供有益的智力支持，促进其积极健康的发展。抢救、保护和传承一定要以研究论证为前提，学人们对中国少数民族史诗研究的大量成果，是中国少数民族史诗的抢救、保护和传承政策制定与实施的主要依据。而在当下文化保护的大背景下，学者参与到政府主导的保护工作也是责无旁贷，况且这也是学术研究走出“象牙塔”，“经世致用”的一个契机。中国少数民族史诗的抢救、保护和传承过程中的许多环节都需要学者参与，他们的知识资源、智力资源、研究积累、理论眼光、学术涵养、视野与眼界、学术智慧等都可能会在这一个过程中起到至关重要的作用。他们能够把一些国际上在文化保护方面做得非常出色的范例介绍到国内，给我们开展的相关工作提供可资借鉴的东西。同时，他们也能够帮助我们提高保护中国少数民族史诗的水平，能够提供其有关的发展与建设方面的信息与数据，最大限度地减少盲目性。

中国少数民族史诗的抢救、保护和传承是一种文化自觉，对促进经济、社会、文化的全面协调发展，构建社会主义和谐社会，都起着重要的作用，意义深远，责任重大。但是，要将这一工程做得成功，需要正确处理其间保护与开发的关系，需要“长远规划，分步实施”，需要充分调动政府、社会力量、学者等各个方面的力量，共同努力形成一种合力，最大限度地完成对中国少数民族史诗的抢救、保护和传承。

需要指出的是，除了民族学、民俗学、语言学、音乐学的理论与方法外，比较文学、神话学、宗教学等诸多学科的理论与方法也被运用于中国少数民族史诗研究，这些都有待日后从容地总结与归纳。

第五章

仁钦道尔吉、郎樱的史诗研究

新时期以来，中国少数民族史诗搜集、整理、翻译、出版得到空前发展，其研究也突飞猛进，学术论文和学术专著也不断地出现，一批在这一领域内得到普遍认同的、见解独特且影响力持久的学者也相继涌现，他们的研究越来越得到国际国内学界的重视，成为其中一支重要的学术力量。

第一节　仁钦道尔吉的《江格尔》研究

仁钦道尔吉生于内蒙古的巴林右旗牧民家庭，从小在蒙古族民间文学的氛围里耳濡目染。高中毕业后，仁钦道尔吉留学于当时的蒙古人民共和国乔巴山大学，攻读蒙古语言文学专业，聆听了策·达木丁苏伦和沙·罗布桑旺丹等人的授课。在这一学习期间，仁钦道尔吉不仅初步系统地掌握了蒙古语言文学知识，了解前苏联、蒙古国以及西方蒙古学研究概况，而且培养了他对民间文学的兴趣，为他日后走向研究蒙古英雄史诗的道路打下了扎实的基础。回国后，他得到了何其芳和季羡林的亲身指导，选择民间文学作为自己的学术方向。

20 世纪 70 年代末，仁钦道尔吉开始专攻蒙古英雄史诗及相关的其他民族的史诗，数十年的学术积累和对本民族史诗传统的深刻体认使他在这一领域得心应手，先后在国内外发表了数十篇有价值的论文，一时声名鹊起，成为蒙古英雄史诗研究的学术权威。仁钦道尔吉在专注自己学术研究的同时，积极参与国际史诗学术活动。自 1980 年起他先后参加了海西希教授和夏嘉斯教授主持召开的四次国际蒙古英雄史诗讨论会，并在每次会议上都宣读了相关的论文。1990 年，他应邀参加了在卡尔梅克自治共和国首都厄利斯塔为纪念《江格尔》诞生550周年而召开的“《江格尔》与叙事创作问题”国际学术讨论会，宣读了论文。另外，仁钦道尔吉和许多著名的国际史诗学者建立了长期的学术交流和友谊，与海西希合作研究蒙古英雄史诗和蒙古民间说书，而海西希、李福清、策·达木丁苏伦等人都曾给仁钦道尔吉提供过不少与蒙古英雄史诗研究相关的资料。正是因为与国际史诗研究长期保持着高层次的对话，仁钦道尔吉的蒙古英雄史诗研究具有广阔的国际史诗学术视野，也更加引起了中国乃至国际史诗学术界的关注，从而为他赢得了一定的国际声望。

仁钦道尔吉对蒙古英雄史诗的搜集、记录、整理和出版始于1962年，这一年是国内蒙古族巴尔虎英雄史诗搜集的黄金时期，也是最丰收的一年。正是在这一年的6—8月，仁钦道尔吉和祁连休下乡到陈巴尔虎旗和新巴尔虎右旗着手民间文学调查，记录了11部史诗的24种异文：1.《阿贵乌兰汗》或《阿贵乌兰汗的儿子阿拉坦嘎鲁》、《阿拉坦嘎鲁诺谚》等名称的史诗的七种异文，演唱者是陈巴尔虎旗人乌尔根毕力格、达木丁苏伦、呼和勒、巴尔嘎宝、宝尼以及新巴尔虎右旗的罕达和巴扎尔；2.《巴彦宝力德老人》或《巴彦宝力德老人的三个儿子》等名称的史诗的六种异文，演唱者是陈巴尔虎旗的扎哈塔、道尔吉昭都巴、本豪、宝尼、达木丁苏伦和新巴尔虎右旗的好尔劳。实际上它们是同名不同内容的史诗；3. 新巴尔虎右旗图布岱演唱的《宝彦斯尔古冷》；4. 新巴尔虎右旗僧德玛演唱的《不会劳动的十来户人家》；5.《阿布拉尔图博克多汗》的讲述者是陈巴尔虎旗潘布伦（其木德的母亲）和新巴尔虎右旗的宝吉格；6. 新巴尔虎右旗的图布岱演唱的《乌孙扎里布汗》；7.《希林嘎拉珠巴托尔》的演唱者是陈巴尔虎旗潘布伦和新巴尔虎右旗的米德格；8. 新巴尔虎右旗米德格讲述的《古纳罕乌兰巴托尔》；9. 陈巴尔虎旗拉玛岱讲述的《珠盖米吉德夫》；10. 新巴尔虎右旗罕达演唱的《陶干希尔门汗》；11. 新巴尔虎右旗丹金扎布讲述的《阿拉坦曾布莫尔根夫》。仁钦道尔吉对其中一些史诗进行整理并出版，情况大致如下：1978年黑龙江出版社出版的蒙文版《英雄希林嘎拉珠》收入了《阿拉坦曾布莫尔根夫》（汉译为《英雄希林嘎拉珠》）、《阿布拉尔图汗》、《珠盖米吉德夫》和《阿拉坦嘎鲁夫》四部史诗；1978年，仁钦道尔吉与祁连休、丁守璞一起把其中的三部史诗翻译成汉文，编入中国社会科学院文学研究所各民族民间文学组编印的内部资料《民间文学资料》第一集《蒙古族英雄史诗专辑》，仁钦道尔吉、祁连休整理翻译的《阿拉坦嘎鲁》发表在《民间文学》1978 年第 6 期上；1979 年，仁钦道尔吉记录、整理和出版的《蒙古民间故事集》编入了巴尔虎史诗《阿拉坦曾布莫尔根夫》；1981 年，民族出版社出版的仁钦道尔吉、道尼日布扎木苏搜集整理的史诗集《那仁汗传》收入了巴尔虎史诗《陶干希尔门汗》和《巴彦宝力德老人》的两种不同内容的文本。[①] 1978 年，中国对《江格尔》有组织的搜集、记录和整理的工作开始了。这一年，仁钦道尔吉和道尼日布扎木苏来到新疆巴州，记录了八桑、乌尔图那生和额仁策演唱的四部《江格尔》。1981 年 8—9 月，仁钦道尔吉和贾木查一起去博尔塔拉、伊犁二州的六个县访问了额仁策、李・普尔拜、加・巴图那生、巴桑・哈尔、巴桑・杜格尔等十多位著名的江格尔奇，除录制过去未录音的《江格尔》的章节外，还了解到不少有关古今江格尔奇的生平事迹和《江格尔》演唱方面的珍贵资料，其中新疆巴州和静县江格尔奇额仁策在 1978 年 8 月演唱的三部中型史诗《那仁汗传》、《钢哈尔特勃格》和《骑红沙马的额尔古古南哈尔》经过仁钦道尔吉和道尼日布扎木苏整理由民族出版社出版。

正是通过对中国境内的蒙古英雄史诗的长期追踪调查和研究，仁钦道尔吉指出中国蒙古英雄史诗分布的三大中心：内蒙古呼伦贝尔盟巴尔虎地区，哲里木盟扎鲁特—科尔沁地区及新疆一带的卫拉特地区。在此基础上，结合中国以外的蒙古英雄史诗分布的四大中心，即布里亚特、卡尔梅克以及蒙古国的喀尔喀和西蒙古的卫拉特等地区，仁钦道尔吉把世界上现有蒙古英雄史诗的分布格局归纳为七个流传中心和三大体系。这三大体系之一是布里亚特体系的英雄史诗，它包括贝加尔湖周围居住的布里亚特人的史诗、蒙古国境内布里亚特人的史诗以及中国呼伦贝尔盟布里亚特人及其毗邻鄂温克人向他们学唱的英雄史诗；体系之二是卫拉特体系的英雄史诗，其中除了新疆、青海和甘肃卫拉特人的史诗外，还包括俄罗斯的伏尔加河下游居住的卡尔梅克人的史诗和蒙古国西部各省卫拉特人的史诗。体系之三是喀尔喀—巴尔虎体系的英雄史诗，其中包括喀尔喀、巴尔虎、扎鲁特—科尔沁三大中心的英雄史诗，它们的分支察哈尔、阿巴嘎、乌拉

---

① 仁钦道尔吉：《蒙古英雄史诗源流》，内蒙古大学出版社 2001 年版，第 17—19 页。

特、鄂尔多斯等地的史诗也属此系统。[①] 这种分类得到了大多数国内外学者的认同和引用。仁钦道尔吉没有仅仅停留在对中、俄、蒙三国的蒙古语族英雄史诗分布进行分类上，而是以三大体系和七个流传中心为基础具体详细地论述了中、俄、蒙三国的蒙古英雄史诗的蕴藏、分布、演唱学派、史诗类型特征等问题，尤其是第一次分析了中国各蒙古部族史诗的部族特征和地域特点。仁钦道尔吉得出这些论点的一个重要特点是阅读和引用了比前人和同辈学者更为厚实的第一手材料，既有他自己通过田野作业获得的材料，也有通过阅读得来的间接材料；既有国内的材料，也有国外的材料；既有蒙文本、德文本、俄文本，也有汉文本；既有出版和发表的，也有未出版和发表的手抄本。仁钦道尔吉正是在丰富而翔实的材料基础上，借鉴古今中外著名史诗学者的相关论述，对中国，乃至世界蒙古英雄史诗的现有整体面貌本着由表及里、去粗取精、去伪存真、取舍得当的原则加以分析，从而得出达到或接近与蒙古英雄史诗现有整体面貌的客观实际相一致的论断，做出比较科学的或接近科学的结论。

对《江格尔》的形成条件，不少学者提出过各自的看法，如俄罗斯的卡尔梅克学者阿·科契克夫将《江格尔》的渊源假定为起初有过一个关于孤儿江格尔的传说故事，蒙古国学者娜仁托娅将《江格尔》推断为可能是通过一个反映江格尔与蟒古思（恶魔）斗争的传说而逐渐发展成为史诗。[②] 但是，系统地考证过这一问题并取得一定成果的学者当属仁钦道尔吉，他起初在1994年版的《〈江格尔〉论》中考证了《江格尔》与蒙古族卫拉特人的传说和古老史诗的传承问题，接着又在1999年版的《〈江格尔〉论》列出一章专门讨论《江格尔》的“形成条件”，对这一个问题作了进一步的探讨。首先，他具体分析了《江格尔》中巨人、大力士、三仙女、飞毛腿、妖精、孤儿成汗王等诸多母题，力证它们来自蒙古族、汉族及世界各民族中普遍流传的神话、传说和民间故事，阐明《江格尔》是在长期发展和演变过程中消化了多种民间口头表达形式的产物。其次，在整个蒙古英雄史诗的框架内，仁钦道尔吉阐述了《江格尔》如何继承和运用了在它之前产生的单篇型史诗和串连复合型史诗的题材、

① 仁钦道尔吉：《〈江格尔〉论》，内蒙古大学出版社1999年版，第115—117页。

② 同上书，第215—216页。

结构、母题、人物形象和艺术表现手法等，尤其详细地分析了《江格尔》如何采用了早期史诗的母题系列和借用其母题的内容以及固定的程式化诗句。再次，仁钦道尔吉肯定了陶兀里奇（史诗演唱艺人）在《江格尔》形成中的作用，指出卫拉特和卡尔梅克的史诗演唱艺人具有史诗创作能力，他们既是史诗的演唱者，又是创作者。经过这样的条分缕析之后，仁钦道尔吉概括出三个结论性的观点，即《江格尔》初具长篇英雄史诗规模时具有以下三个基本特征：一是有汗国宝木巴及江格尔、洪古尔等一批正面英雄人物；二是有描绘以江格尔为首的宝木巴汗国的英雄们及其军队同其他一些汗国军队之间进行较大规模的军事斗争、个别勇士婚姻斗争的故事；三是有一系列如同鄂利扬·奥夫拉演唱的那样若干独立的长诗。这些观点无疑是慎重而较为全面的，符合文学艺术创作规律和《江格尔》的实际情况，拓展了《江格尔》研究的视域。

对《江格尔》社会原型的探讨是一个复杂的问题，因为缺乏文字证据，只能依据《江格尔》的内容。但是《江格尔》的内容是极其丰富和复杂的，在其形成与发展的过程中，它吸收了在其形成之前便存在的神话、传说以及中小型英雄史诗中的材料，在形成之后又吸收了佛教、印度文化、西藏文化中的各种材料。通过对分散的小汗国之间的军事斗争、社会斗争及其斗争性质的细致分析，仁钦道尔吉指出史诗中各个汗国之间战争不断、互相进攻、彼此征服与明代卫拉特地区不断的战乱和纷争的局势非常相似。从消灭敌对势力，掠夺财产和美女及奴仆，争夺领地和附属国，迫使敌人承认宝木巴汗国的独立和尊严以及建立军事同盟等方面论证《江格尔》中战争的性质和目的与封建割据时代卫拉特的内讧和外战相似。另外，还从宝木巴地方的性质、社会军事政治体制、社会结构和社会意识等方面入手阐述《江格尔》社会原型与明代蒙古族封建割据时期卫拉特地区的社会现实相符。这样的分析论述使得仁钦道尔吉的论点具有了理论和社会实际的支撑，令人信服，从而把这一基本性的重大课题向前推进了一大步，同时也使得仁钦道尔吉在寻索这一问题的学术史上具有了一个重要的位置。

《江格尔》中的许多诗章都有着不同的异文，一些诗章的异文甚至多达十种。仁钦道尔吉选取了洪古尔婚事的九种异文即和静县江格尔奇李·普尔拜演唱的《洪古尔抛弃道木布汗之女杜布日·沙尔娜钦，聘娶阿拉奇汗之女阿拉坦·登珠叶之部》、和静县巴桑说唱的《洪古尔的婚礼》、和静县宝苏高木吉讲的《洪古尔的第二次婚礼》、托·巴德玛整理的《洪古尔的婚礼》、和静县浩·巴赛说唱的《洪古尔娶杜布日·沙尔那钦，打败道木布·巴尔汗》、博湖县布·瓦其尔演唱的《洪古尔智取葛棱·占巴拉汗的首级，聘娶阿拉奇汗之女》、精县安加演唱的《洪古尔智取葛棱·占巴拉汗的首级，聘娶阿拉奇汗之女》、鄂利扬·奥夫拉演唱的《雄狮洪古尔的婚礼》、朱乃整理的《洪古尔抛弃道木布·巴尔汗之女，聘娶布日勒·占巴拉汗之女珠拉姗姮》为分析对象，对它们的母题进行分析和比较，揭示它们之间的不同与相同，说明它们之间是同源异流的关系。将冉皮勒演唱的江格尔童年故事、朱乃演唱的江格尔童年故事以及卡尔梅克江格尔奇演唱的江格尔童年故事进行分析与比较，仁钦道尔吉发现“江格尔童年时代的遭遇和英雄事迹的情节，处于不断地发展和演变形态之中，在原有的基础上出现了一批新长诗和情节，其中有的接近于原来内容，有的则改变或远离了原来的面貌”。[①] 以人物变化和情节变化为对象，仁钦道尔吉对《江格尔》发展与变异的方式进行了分析，认为人物变化主要表现在正面主角或英雄人物不断增加、英雄人物结构中存在着由同一代人向三代人发展的趋向、反面人物增加，情节的变化主要表现在那些固定的共同性的各个母题之间嵌入了新的母题、在母题系列的前后增加了新母题、在一个史诗母题系列嵌入了个别母题或整个史诗母题系列和母题群。[②]

《江格尔》各个诗章的序诗长短不一，仁钦道尔吉将它们的母题提炼出来，指出它们有着固定的模式，基本上是由时间、地点、江格尔、汗宫、妻子、众勇士、酒宴等七个母题构成，进而探究《江格尔》各个诗章的基本情节，认为其核心是婚事母题系列和征战母题系列。以《江格尔》中的“萨里亨·塔布嘎的婚事之部”、“乌琼·阿拉达尔汗的婚事之部”为例，仁钦道尔吉分析了《江格尔》中婚事诗的情节结构。《江格尔》中征战类型多样，按照起因、地点、方式等不同，仁钦道尔吉将它划分为追击战、迎敌战、守卫战、收复战、进攻战、突围战，认为这些不

① 仁钦道尔吉：《〈江格尔〉论》，内蒙古大学出版社 1999 年版，第 263 页。

② 同上书，第 273—278 页。

同类型是由征战母题系列组成的要素不同而决定的。这些不同类型的征战母题又有着一批共同的母题，仁钦道尔吉将其总结为 14 个母题，认为它们构成了征战母题系列的框架和基本情节。在对婚事母题系列和征战母题系列分析的基础上，他发现《江格尔》各个诗章采用蒙古古老单篇型史诗和串联复合型史诗中原有的情节结构类型，而《江格尔》的总体结构则是以英雄人物形象贯串的在情节上独立的 200 多个诗章的并列复合体。[①] 此外，仁钦道尔吉还对《江格尔》的产生年代、蒙古史诗的三大类型作出了细致的研究。

综上所述，在研究蒙古英雄史诗时，仁钦道尔吉不但运用了自己在新疆、内蒙古各地田野作业获得的大量第一手资料，而且阅读了许多国内外蒙古英雄史诗文本，借鉴了各国著名学者的主要研究成果。在此基础上，他将蒙古英雄史诗放在整个蒙古语族的民间文学和社会历史文化背景下，乃至放在北方民族英雄史诗和世界史诗的大背景下展开了精密而细致的学术研究。他的《江格尔》研究在国际蒙古史诗学领域享有声誉，得到各国著名学者的好评，瓦·海西希、涅克留多夫、若松宽等曾多次引用和评价他相关论著。在国内，仁钦道尔吉是《江格尔》研究领域里最有权威的学者之一，钟敬文和季羡林都曾对《〈江格尔〉论》给予了极高的学术评价。仁钦道尔吉的另一部著作《蒙古英雄史诗源流》[②] 对蒙古英雄史诗的起源、形成和发展作出的系统而深入的研究，不但填补了蒙古英雄史诗源流这一研究领域的空白，而且又不乏自己独到的创见和新义，尤其是他对婚姻型史诗、征战型史诗、家庭斗争型史诗在蒙古英雄史诗三大类型中呈现的不同组合的分析和对蒙古英雄史诗情节结构类型的形成与发展规律的总结自成一说。可以说，《蒙古英雄史诗源流》有着重要的学术价值和学术贡献，它既给蒙古英雄史诗和中国多民族史诗的研究提供了理论借鉴，又运用中国的活形态史诗实例充实和丰富了国际史诗理论文库。

---

① 仁钦道尔吉：《〈江格尔〉论》，内蒙古大学出版社 1999 年版，第 304 页。

② 仁钦道尔吉：《蒙古英雄史诗源流》，内蒙古大学出版社 2001 年版。

第二节　郎樱的《玛纳斯》研究

郎樱是20世纪60年代以来少有的从一开始就投身中国《玛纳斯》研究，并一直在这个领域中耕耘的学者之一。因为具有良好的维吾尔语文基础，郎樱于1965年在中央民族大学毕业后就远赴新疆阿图什县参加《玛纳斯》的搜集、记录、整理和翻译工作，自此一生与《玛纳斯》紧密联系在一起。在广泛而深入的田野调查和厚实的第一手资料的基础上，郎樱自20世纪80年代开始专注《玛纳斯》的研究工作，先后撰写发表了数十篇具有开拓性意义的学术论文，具有代表性的是三部著作：一是1990年出版的《中国少数民族英雄史诗〈玛纳斯〉》[①]，这是中国出版的第一部关于《玛纳斯》研究的汉文专著，被中国《玛纳斯》研究学界誉称为中国"玛纳斯学"的奠基作；二是1991年的《〈玛纳斯〉论析》[②]，这是她在史诗研究方面所取得又一个重大成果，对国内外《玛纳斯》学界产生了深远的影响，许多《玛纳斯》研究者都把它视为了解和研究《玛纳斯》的必读书目；三是1999年出版的《〈玛纳斯〉论》[③]，有学者评价这一部著作是世界"玛纳斯学"诞生一百多年以来论述面最广、分量最重的成果之一，认为它把《玛纳斯》研究推上了一个高峰，是该学科具有重要学术指导性的标志性文献。[④] 总的来看，这三部著作一脉相承，后一部著作都是对前一部著作的修改和完善，研究的内容进一步拓宽和深入，尤其是第三部著作，它可以算得上前两部著作的加强版和集大成之作，无论理论和方法，还是学术观点都比前二者更加成熟。郎樱的《〈玛纳斯〉论》较为系统而全面地对《玛纳斯》的产生时代、流传、发展和变异、玛纳斯奇、受众、人物形象、美学特征、叙事结构、与柯尔克孜民间文学关系、与突厥史诗和世界各类史诗的异同、与萨满教的关系等问题进行了深入的探讨和研究。

---

① 郎樱：《中国少数民族英雄史诗〈玛纳斯〉》，浙江教育出版社1990年版。

② 郎樱：《〈玛纳斯〉论析》，内蒙古大学出版社1991年版。

③ 郎樱：《〈玛纳斯〉论》，内蒙古大学出版社1999年版。

④ 阿地里·居玛吐尔地：《口头传统与英雄史诗》，中央民族大学出版社2009年版，第65页。

《玛纳斯》是一部活形态的口头史诗，口头传承是它的主要流传方式，虽然有一些手抄本流传在柯尔克孜族民间，但它们往往还是从属于《玛纳斯》的口头传承。《玛纳斯》的流传方式决定了变异性是《玛纳斯》创作、演述和流布过程中的显著特征之一。郎樱从玛纳斯奇的角度出发阐述了《玛纳斯》的变异，她把不同玛纳斯奇的唱本并置，归纳了由于师承不同、个人经历和学识的不同、不同玛纳斯奇演唱的史诗在人物与情节方面都会出现差异的客观规律。又以居素普·玛玛依先后三次演唱过的《玛纳斯》为个案，说明同一位歌手在不同年代、不同环境下所演唱的同一史诗，在人物、情节上亦会出现差异，个别章节的差异还相当大。基于更深入地了解和认识《玛纳斯》流传变异的目的，郎樱把艾什玛特和居素普·玛玛依的唱本做了饶有兴味的比较研究。因为郎樱曾是两位玛纳斯奇唱本的搜集者和翻译者之一，因此深谙两者的异同，分析两人的唱本时便尤显得游刃有余。在比较过程中，郎樱以居素普·玛玛依的唱本为主要参照系，从篇章、内容、情节、人物直至语言、艺术风格、表现手法等方面指出艾什玛特唱本与之相同、相异之处。把比较研究限定在两个唱本之间而进行科学的观察，撇开对两个唱本的纵向继承和横向传播的考虑，毋庸置疑，郎樱的这种研究方法是可行的。但是，它也不由得引发其他研究者思考一系列与之相关的问题：两个唱本在《玛纳斯》发生学上有何种关联？既然郎樱强调艾什玛特唱本显得更为古老，那么是否它的唱本更接近《玛纳斯》的原型，是否应该以它为依据探讨柯尔克孜人的审美观？居素普·玛玛依在多大的程度上借助了书写的力量？郎樱在比较过程中重点阐述的是两者的不同之处，那么这些不同之处在往后的玛纳斯奇那里继承的情况如何？习见的母题、情节、结构类型和程式句法等是《玛纳斯》能够传唱千年和保持历史文化连续性的关键，它们在二者唱本中又是何种情况？

玛纳斯奇是《玛纳斯》的传承者和创作者，研究《玛纳斯》就离不开对玛纳斯奇的研究。对玛纳斯奇的关注始于拉德洛夫，而后对玛纳斯奇的研究贯穿了20世纪的“玛纳斯学”。中国的《玛纳斯》搜集和研究也是从玛纳斯奇开始的，其中最为著名的玛纳斯奇是被誉为当代“活的荷马”的居素普·玛玛依，中国的《玛纳斯》搜集与研究主要是围绕他及其唱本展开的。郎樱是这方面的权威，她运用对居素普·玛玛依、艾什玛特·买买提、萨特瓦勒德·阿勒等玛纳斯奇长期跟踪调查获得的第一手资料，阐述了一些玛纳斯奇的生平、学唱经历、演唱风格以及唱本特色。尤其值得一提的是，郎樱对玛纳斯奇的“梦授说”的解释。“梦授说”是史诗演唱艺人对自己为何能够演唱上万行的史诗作出的一种解释。一般来讲，这种说法是艺人们为了提高自身的社会地位而把自己的说唱过程加以神圣化、神秘化的结果。在《玛纳斯》演述传统里，这种“梦授说”不仅存在于萨根拜·奥罗兹巴科夫、铁尼拜克、居素普阿洪、居素普·玛玛依等许多著名的大玛纳斯奇之间，而且也存在于一般的玛纳斯奇之中。因为“梦授说”的研究直接关涉着破译玛纳斯奇为何能演唱数万行的难题，因此它一直是《玛纳斯》研究的一个重要方面。对“梦授说”，中国学者一般持不可信的态度，摒弃那种运用玄而又玄的神秘理论解释它的方法，而是运用辩证唯物主义观对它进行科学的分析，郎樱亦是其中代表人物之一。她在肯定玛纳斯奇的演唱一般得益于家传或师传两种方式的前提下，对玛纳斯奇的“梦授说”如何形成及其文化背景和实质作了深入的探讨。郎樱阐释“梦授说”含义的第一个层面是传统文化，萨满教中那种崇拜诗歌神力的观念是柯尔克孜族传统文化深层结构中的积淀之一，它很强的渗透力使得玛纳斯奇和一般的听众都难以彻底摆脱这种浸入民族血脉深处的民族文化传统与民族文化心理。郎樱认为它是“梦授说”能够在柯尔克孜族的史诗演唱传统中得以长久而普遍存在的原因，也即“梦授说”是柯尔克孜族古老的萨满文化留下的遗迹。郎樱所阐释的第二个层面是心理学上的，她引用居素普·玛玛依对德国学者卡尔·赖歇尔说的“我每天背诵《玛纳斯》，天长日久，自然就会梦见《玛纳斯》中的人物”以及一些“释梦”理论为依据解释玛纳斯奇们“在睡眠中做梦，梦见史诗中的英雄，史诗中的事件，也是极为可能之事”。[①] 郎樱没有简单地否定“梦授说”，而是在肯定玛纳斯奇的确梦到与史诗相关内容的同时，反对那种先有梦而后能演唱史诗的“神授说”，主张梦是玛纳斯奇长期演唱积累的结果和创作中的灵感。郎樱的这些阐述给“梦授说”的解释提供了一种难得的启迪和引导，它们与郎樱对玛纳斯奇的其他诸多方面的研究一起成为以后玛纳斯奇研究的基础，阿地里·居玛吐尔地的《〈玛纳斯〉史

---

① 郎樱：《〈玛纳斯〉论》，内蒙古大学出版社 1999 年版，第 159 页。

诗歌手研究》和曼拜特·图尔迪的《〈玛纳斯〉史诗的多种变体及其说唱艺术》中的许多学术观点都参考了郎樱的论述。

史诗的接受者——听众是《玛纳斯》能够存活在柯尔克孜族民间的决定性因素之一，没有了听众，《玛纳斯》的演唱就不可能持续下去，《玛纳斯》就会像希腊史诗和印度史诗那样在柯尔克孜族民间消失。与听众对《玛纳斯》重要性相比，《玛纳斯》研究者对听众的关注程度远远不够，甚至被学者们所忽视。只有到了20世纪80年代中期以后，随着中国史诗学术界对史诗歌手的日益重视，才开始有一些学者试着对史诗的接受者进行研究。郎樱是这方面研究的先行者。她能够对听众在《玛纳斯》演唱中的角色和作用进行探讨是因为她具备了三个必要条件：一是《玛纳斯》还在柯尔克孜族民间传唱着，这使得在史诗演唱传统的语境中观察听众的诸多侧面成为可能；二是郎樱具有数年的田野工作经验，掌握了科学的田野作业方法，能够搜集、记录和整理非常有学术价值的关于听众反应及其与玛纳斯奇互动的信息；三是20世纪60年代后期德国康士坦茨大学教授姚斯和伊瑟尔首创的“接受美学”在20世纪80年代传入中国，引起了文学界、美学界的普遍重视，传统研究中将作家和作品视为重点的研究范式逐渐转向把受众置于文学研究中心的研究范式。这种美学理论成为了郎樱分析和研究史诗听众的一把利器。正是在这些条件下，郎樱对听众与史诗文本产生的关系，听众在《玛纳斯》传承、发展、变异中的能动作用，《玛纳斯》接受群体的文化心理结构等方面作了比较深入而系统的探讨。当然，其中亦有反思的地方。接受美学是一种书面文学的文艺理论，把它运用到永远处于未完成状态的史诗演唱中是否有那么强的阐释力？接受美学把文本视为一种独立完足的对象，认为文学的存在由作者、作品和读者三个环节组成，而依据这种理论把史诗的存在也相应看成是由史诗作者、史诗作品和史诗听众三个环节构成是否可行？活形态史诗的存在是由一次次的演唱事件组成，而不是由一个个文本构成，把史诗的接受分成三个环节的观点还是把史诗看作一种书面文学，这可能遮蔽了史诗在演唱时具有的其他一些环节和因素。其中时间和空间就是史诗存在必须考虑的决定性因素，歌手的任何一次演唱都是在共时态里把历时的共享传统知识在特定的空间中呈现给听众，并形成一种互动关系。而且史诗的听众与书面文学的读者有着本质的区别，郎樱指出了史诗听众的独立价值与能动职能比书面文学的读者更为鲜明、更为突出，他们对史诗演唱者的影响以及参与史诗创作的深度与广度要远远大于作家文学的读者。[①] 这种观点时刻让郎樱突破接受美学的理论框架将听众放在史诗演唱的传统和语境中进行研究，从而得出了一些符合口传史诗诗学规律的结论。对史诗的接受者——听众的研究的确是一个非常复杂的课题，它不仅涉及听众的情绪、反应和态度，而且涉及听众的数量、年龄结构和性别，对史诗传统认知的程度，甚至还应该考虑到那些非传统中的听众。这些因素都直接影响任何一次史诗演唱活动的完成和史诗意义的构造，要把它们都系统地阐述出来仅凭接受美学是不够的，还需要更广阔的学术视野。郎樱从传播学和接受美学的角度对史诗听众的研究可谓是为这一领域的研究开了一个良好的头，使史诗研究中这一薄弱环节开始得到重视。

柯尔克孜族的许多习俗都保留在《玛纳斯》里，最为突出的是柯尔克孜族的“萨达阿”习俗。“萨达阿”仪式经常在英雄出征或归来时举行，目的在于祈福禳灾。郎樱介绍了《玛纳斯》中的“萨达阿”仪式以及这种仪式对祭物的讲究、祭祀的功能以及使用的范围。盟誓在《玛纳斯》里也常见。汉族的盟誓常和上天、雷电相关，《玛纳斯》里的盟誓常与鲜血、柳枝相关。郎樱对《玛纳斯》里征战前的发誓仪式、英雄结义的盟誓等进行了介绍，认为它们体现了柯尔克孜族朴素的自然崇拜观念、原始信仰以及对英雄玛纳斯敬畏的情感。另外，郎樱对《玛纳斯》中“血染战旗”和英雄的祭典仪式、婚礼等古老民俗也都有不同程度的探讨。

玛纳斯是柯尔克孜族《玛纳斯》的主人公，他贯穿着史诗的始终。他的形象经历了漫长的演变和发展的过程，郎樱认为玛纳斯是由《阿勒普玛纳什》中的神话英雄玛纳什逐渐演化成为柯尔克孜族史诗英雄玛纳斯，由半神半人的英雄演化成人格化的部落联盟首领。对玛纳斯嗜血，一些人难以接受，而郎樱主张根据初民思维逻辑对它进行科学的分析。在初民看来，喝敌对部族的英雄的血越多，表明玛纳斯战功越显赫，对玛纳斯喝英雄的血的描述是对玛纳斯的夸赞，也是玛纳斯武力的象征。而且在原始先民的思维里，喝了英雄的血，那么英雄的力量和英雄的品质便会转移

① 郎樱：《〈玛纳斯〉论》，内蒙古大学出版社 1999 年版，第 191—192 页。

到喝血者的身上。郎樱对此说道："玛纳斯把肖茹克、玛德库尔视为敌方的英雄，他才喝他们的血。显然，玛纳斯这样做同样亦是以求吸取玛德库尔的力量和勇敢的素质，使自己变得更为有力，更为勇敢。"①郎樱还对赛麦台依、赛依铁克、凯涅尼木、赛依特、巴卡依汗、阿勒曼别特等英雄作出了精彩的论析，准确把握住了人物的性格、内涵及其人物之间的关系。

对《玛纳斯》的美学特征，郎樱认为悲剧美是其中一个重要的特征。在她看来，玛纳斯、玛纳斯的子孙以及勇士都是悲剧人物，他们高尚的情操、悲剧的结局让《玛纳斯》的风格显得更为庄严和悲壮。对玛纳斯及其悲剧性的遭遇和结局，郎樱将其原因归纳为敌人势力强大、阴险狡猾，家族成员和勇士的叛变以及英雄自身的某些弱点和错误，指出这种悲剧美与柯尔克孜族的审美理想、审美情趣有关。它是《玛纳斯》区别于其他东方民族史诗的重要美学特征之一，对柯尔克孜族英雄史诗、英雄叙事诗悲剧美的传统的形成有着直接的影响。对《玛纳斯》的崇高美，郎樱从《玛纳斯》中英雄的力量、崇高的行为、崇高的品德和情操、崇高的心灵等方面进行了解析。

不同于《伊利亚特》、《罗兰之歌》等英雄史诗，《玛纳斯》的叙事结构是以人物为结构中心，所有的情节和事件都是围绕着玛纳斯及其子孙八代展开的。郎樱指出《玛纳斯》叙事结构的另一个特点是构成《玛纳斯》的八部史诗在人物、事件、艺术风格上都有着内在关联，存在着一种独立而又统一的结构关系。第三个特点是《玛纳斯》的八部史诗虽然能够独立成篇，但是叙事结构上具有基本相同的叙事模式，都由英雄的身世、征战以及和平时期的生活三个基本情节构成。同时，郎樱对《玛纳斯》的叙事视角、叙事语言、叙事手法也有论及。

除上述以外，郎樱还对《玛纳斯》的产生时代、与柯尔克孜族民间文学的关系、与突厥史诗和世界各类史诗的异同等都有着深入的阐述。所有这些问题中有些是郎樱首次谈起的，有些是郎樱在前人论述的基础上进一步深入讨论的，但不管如何，郎樱都言之有物、持之有据地发表了许多令人注意的见解，推动了《玛纳斯》研究的深化。

① 郎樱：《〈玛纳斯〉论》，内蒙古大学出版社1999年版，第230页。

郎樱一生都与《玛纳斯》的搜集、记录、整理、翻译、出版和研究相伴在一起，她以扎实的田野作业为基点，参考前人和同时代学者的研究成果，借鉴与史诗相关的国际理论和研究方法，运用多学科的理论和方法对《玛纳斯》展开较为系统而全面的研究，不仅从传统研究的视角对《玛纳斯》的产生年代、主题、内容、人物形象、艺术特色和宗教信仰等进行研究，而且借鉴域外理论和方法探讨《玛纳斯》的美学特征、母题和叙事结构，更有把《玛纳斯》作为一种活形态的口头史诗从歌手和听众的角度分析它的传承发展规律。郎樱的这些研究促进了中国乃至世界“玛纳斯学”的发展，她提出的学术观点给往后的学者研究《玛纳斯》提供了重要的参考和启迪。可以说，郎樱是中国“玛纳斯学”中最具权威和影响力的学者之一，她取得的显著研究成果不仅是中国《玛纳斯》史诗学科研究的重大学术贡献，也是中国“玛纳斯学”形成与发展的坚实基础。

第六章

口头诗学在史诗研究中的学术实践——以朝戈金为例

朝戈金是当下民间文学与民俗学界知名的学人，其研究领域非常广泛，涉及民族文学、文艺学、史诗学、口头传统研究等，且卓有建树，自成一家之言，在中国民间文学与民俗学，乃至国际学界中都有着重要的地位。最为学界称道的是他在史诗学与口头传统研究上的贡献。在中国民间文学和民俗学的研究由书写范式转向口头范式的过程中，朝戈金将口头诗学理论引介入国内，成功地将它运用到蒙古英雄史诗研究上，创建史诗研究的新范例，助推了民间文学与民俗学研究范式转换的完成。朝戈金对口头诗学的引介、实践、反思与建构引领了中国民间文学与民俗学研究的深入开展，时至今日，这一理论依然在这些领域，乃至其他相邻学科的研究中发挥着强大的影响力和阐释力。

第一节　朝戈金的学术转向

朝戈金的治学方向、关注的领域以及相关学术成果在他公开出版和发表的论著、媒体访谈与报道、新闻报纸以及书评序跋中清楚地表现出来了。[①] 从 1985 年至 1998 年，少数民族文学是朝戈金学术研究的重心，几乎所有的论文与专著都是关于少数民族文学研究，特别是关于少数民族作家文学研究的话题。毋庸置疑，他在与关纪新合著的《多重选择的世

---

① 可参见 http：//www. chinesefolklore. org. cn/expert/index. php？ExpertID = 54。

界——当代少数民族作家文学的理论描述》中对“民族作家与民族文学”、“少数民族文学创作的双语问题”、“民族文学的审美意识”的理论探索对于20世纪90年代中后期以来少数民族作家文学的理论生产和学理性研究具有开拓作用，对20世纪90年代中后期以来少数民族文学学科的建设和发展产生积极健康的影响，至今时常为中国学人提及和引用。他在《中国少数民族文学学科的概念、对象和范围》等系列论文中阐述的观点和见解也被采纳和引用到《中国大百科全书》第二版相关词条的撰写，成为编撰这些词条的基础。

1999年，朝戈金的研究重心已经转向史诗学与口头传统研究，而且这一重心持续到现在，乃至将来。其实，这并不奇怪，朝戈金青年时期便有过两次学术转向。本科时期，他钟爱外国文学，阅读了许多外国诗人和作家的文学作品，具备了一定的外国文学阅读积累，且在此基础上，完成了学士论文《斯巴达克斯与欧洲历史小说》。硕士时期，朝戈金攻读丁正彬先生的研究生，转而研究现代文学，撰写了硕士学位论文《老舍小说形式结构的分析》。1986年，朝戈金进入中国社会科学院少数民族文学研究所工作，开始大量接触中国少数民族作家和民间文学研究，学术旨趣又转向了当代少数民族文学批评，且提出了许多独到的理论见解。1999年，朝戈金由文学转向口头传统与民俗学研究的趋势非常明显，这是他的第三次学术转向。学术转向并不是抛弃以往的学术旨趣，而是学术研究重心的转移。他于1999年之后在侧重对史诗学、民间文学与民俗学展开研究的同时，对少数民族文学的研究仍然在进行，依然关注着少数民族文学研究的现状与未来，对“中华多民族史观”、“多元文化格局中的少数民族文学研究”、“少数民族文学研究的前沿话题”，以及少数民族文学理论建构等诸多问题作了前瞻性的思考，提出了许多影响力持久，且得到普遍认同的观点和见解，有力地推动了中国少数民族文学研究的进一步深入。

21世纪初，非物质文化遗产保护逐渐得到中国政府的重视，而且逐渐成为中国政府工作的重要内容之一。2003年，中国民族民间文化保护工程启动。2004年，中国正式加入联合国教科文组织《保护非物质文化遗产公约》。2005年3月，国务院办公厅下发《关于加强我国非物质文化遗产保护工作意见》。2005年6月，《关于运用传统节日弘扬民族文化的优秀传统的意见》出笼。2011年6月，中国正式颁布实施《非物质文化遗产法》。另外，学者、民众以及其他诸多社会力量也逐渐自觉地意识到中国非物质文化遗产保护的重要性与必要性，并且积极参与到中国非物质文化遗产的抢救与保护工作中。朝戈金是较早自觉倡导抢救与保护中国少数民族口头传统的学者之一。作为国家非物质文化遗产工作专家委员会委员与中国民间文化遗产抢救工程专家委员会委员，朝戈金在中国非物质文化遗产的抢救和保护中扮演着重要的角色。2003 年，朝戈金开始在期刊杂志上撰文探讨中国非物质文化遗产保护中需要解决的理论和实践问题，为“非遗”保护提供理论和智力支持；同时，通过媒体访谈、报纸等许多传播介质，朝戈金一以贯之地倡导文化多样性，竭力推动中国“非遗”保护工作，呼吁“非遗”保护的科学研究和学术交流以及“非遗”保护的立法。

在 1999 年之后，朝戈金虽然关注少数民族文学研究和参与“非遗”保护，但是总体上还是以民间文学与民俗学研究为主，而且治学和研究方法等许多方面都已经有了很大的转变，与 1999 年以前的治学和研究方法不可同日而语了，阅读与对比他在 1999 年前后时期撰写的相关论文便一目了然。当然，这种转向有着深层的缘由。换句话说，如果将他的这一次转向放在他的学术经历与当时的学术环境中考察，那么便不会将这次转向视为随机的，而能清楚地观察到支撑他这一次转向背后所蕴藏着的坚实厚重的学术积累与学术素养。

朝戈金出身于书香门第，自小接受民间文学和诗学的熏陶，在这两个领域有着很好的幼功。进入中国社会科学院少数民族文学研究所之后，受到刘魁立等诸多所里民间文学研究佼佼者的影响，朝戈金开始思考民间文学的一些学术问题。1988 年，朝戈金正式接触民间文学研究。这始于他对国外神话理论的译介，随后是对国外史诗理论的译介，而在神话与史诗之间，他又更钟情于史诗，这或许与至今仍然吟唱在草原上空的蒙古英雄史诗演述传统对他潜移默化的影响有着直接关系。

对朝戈金而言，1989 年是他第一次亲身经历民俗学田野作业与萌生作出第三次学术转向的第一个关捩点。这年深秋，他陪同德国突厥学家卡尔·赖歇尔（Karl Reichl）到新疆对柯尔克孜族史诗进行田野调查。这次田野作业使得他由对史诗和民间文学的兴趣爱好逐渐转向对它们的学术思考。同时，这次田野经历不仅让他对田野作业的规程、手段和方法以及田野中所遭遇的某些现实的困境与尴尬有了初步的认识，而且通过直接接触口头诗学的翘楚卡尔·赖歇尔，朝戈金开始对口头诗学理论有了初步的了解，并在第二年，即 1990 年，翻译了卡尔·赖歇尔的《南斯拉夫和突厥英雄史诗中的平行式：程式化句法的诗学探索》，刊登在同年的《民族文学研究》第二期上。

1995 年是促使朝戈金作出第三次学术转向的第二个关捩点。这年夏天，他参加芬兰民俗学暑期研修班，真正迈进了民俗学的大门。通过聆听劳里·杭柯、劳里·哈日维拉提、约翰·弗里、理查德·鲍曼等许多国际民俗学界名家的授课，以及参与他们的讨论，朝戈金开始对将史诗作为一般文学作品来研究产生的偏颇进行理论反思，有心纠正中国史诗学界长期以来那种对史诗进行一般文学和社会历史阐述的学术路数，对国际学术界先进的理论成就和方法格外注意，萌生了引进国际民俗学理论，特别是口头诗学来补正中国史诗学建设的念头。同年夏末，朝戈金远赴口头诗学的发祥地哈佛求学，开始将口头诗学作为主攻方向进行研习，且与同在哈佛访学的尹虎彬“共谋”将口头诗学引介入国内，以拓展中国少数民族史诗研究的学术视野。

哈佛访学结束的第二年，即 1997 年，朝戈金投入钟敬文先生门下继续深造。这次求学经历是促使朝戈金作出第三次学术转向的第三个关捩点。在北京师范大学，朝戈金系统地学习民俗学理论与方法，且以它充实和调整已有的知识框架，同时广泛参照国际民俗学与史诗学晚近的相关理论成果，对中国史诗学和民俗学界的书面研究范式进行反思。在攻读博士期间，他开始将一部分的时间和精力放在对与口头诗学相关的国际民俗学理论的译介上，先后翻译了托马斯·杜波依斯的《民族志诗学》和约翰·迈尔斯·弗里的《口头诗学：帕里—洛德理论》等。而最有学术贡献的译作是《口头诗学：帕里—洛德理论》，《美洲民俗学学刊》评价该著作是口头诗学领域中参考书的典范，是这一领域后续著述的指南。钟敬文先生称这一著作能够对中国民俗学界大有裨益，将给民俗学研究带来一个新的学术视野。2000 年，朝戈金完成了博士学位论文《口传史诗诗学：冉皮勒〈江格尔〉程式句法研究》的撰写。这部著作是朝戈金在学术上不断追求自我突破的结果，它标志着他的学术重心正式由书面文学转向口头传统与民俗学。同时，对希望跻身国际学术前列的民间文学与民俗学，乃至中国学术来说，他将国际史诗学和民俗学理论与本土口头传统结合的新尝试又无疑具有不可忽视的示范意义。

第二节　朝戈金对口头诗学的本土化实践

口头诗学肇始于20世纪30年代美国学者米尔曼·帕里（Milman Parry），成形于其弟子艾伯特·洛德（Albert Lord）。20世纪60年代后，约翰·弗里（John Miles Foley）、格雷戈里·纳吉（Gregory Nagy）、卡尔·赖歇尔（Karl Reichl）等一批学者完成了国际口头诗学学科的建构。[①] 中国口头诗学起步较晚，较早把与这一国际理论相关的著作引介到国内的是王靖献的《钟与鼓——〈诗经〉的套语及其创作方式》。译者的主要目的是把它推介给古典文学和比较文学领域的学者，遗憾的是，这部译著没有在中国学界产生影响，回应者寥寥无几，当时的民间文学和民俗学界也没有关注到它。值得一提的是，虽然在20世纪90年代中期以前没有中国学者提出"程式"、"典型场景"、"故事范型"等一系列口头诗学的术语，但是有不少学者注意到了民间文学的口承性，马学良是这一方面较早的醒觉者，他对《苗族史诗》的演述人如何即兴演述史诗和史诗的口头传承规律作出了较为质朴的概括。不过，当时民俗学和民间文学的主流话语是书面范式，马学良和其他一些学者对民间文学口承性的片断式理论概括没有得到应有的重视。直至朝戈金、尹虎彬、巴莫曲布嫫以及其他学者的大力引介，口头诗学才逐渐为中国学界所关注。

陈寅恪曾说过："其真能于思想上自成系统，有所创获者，必须一方面吸收输入外来之学说，一方面不忘本来民族之地位。"[②] 如果仅仅是把口头诗学输入国内，那么朝戈金也就不能成为中国，乃至国际口头诗学的领军人物。如果不立足本民族文学而空谈口头诗学，就有可能使得自身的研究成为国外理论的例证与注脚。反之，则能够发现许多用原来的理论和方法不能看到的新东西，而且能够看得更全面、更深入和更透彻。朝戈金

---

① ［美］约翰·迈尔斯·弗里（John Miles Foley）：《口头诗学：帕里—洛德理论》，社会科学文献出版社2000年版。

② 陈寅恪：《金明馆丛稿二编》，生活·读书·新知三联书店2001年版，第284—285页。

引介口头诗学的价值和贡献固不待言。重要的是他能够立足“不忘本来民族之地位”，能够对口头诗学理论进行吸纳、转化和本土化，创造性地解决本民族的问题，乃至“中国问题”。1997 年，朝戈金师从钟敬文专攻民俗学，将口头诗学和民俗学有机地结合起来，重新审视本民族的史诗传统，发现本民族史诗传统中固有的但是在此之前没有得到充分注意和全面研究的可能性，运用“口头程式理论”对史诗文本进行精密的句法研究，用民俗学的眼光关注史诗演述过程，重新审视长期以来用书面文学理论研究史诗带来的诸多囿限。1999 年，他与廖明君合作撰写的《口传史诗的误读——朝戈金访谈录》在同年的《民族艺术》第 1 期刊发，该文是朝戈金读博期间撰写的一篇得到学界普遍认同和赞许的学术论文。他指出使用研究书面文学的方法研究口传史诗与脱离口头传统解读口承作品的范式和惯例将口传史诗与口头文学研究带入一种学术阐述的“误区”，分析了这种“误读”遮蔽了口传史诗的演述传统，提出阐释口传史诗的特质所应该注意的方方面面。该文体现了朝戈金对史诗研究方法论持有的强烈的自觉意识，也凸显了他对史诗研究所作出的一种积极严肃的学术思考。

读博期间，朝戈金的《口传史诗诗学：冉皮勒〈江格尔〉程式句法研究》是运用口头诗学研究本民族文学的一个成功范例。它是中国口头传统研究的奠基之作，也直接奠定了朝戈金在中国学界的学术地位。钟敬文、杨义、郎樱都曾高度评价该著作在中国史诗学术史上的学术价值，肯定了其理论方法和分型模型的创新性。[①] 该著作第一个应该提及的是对口头诗学的概念和术语进行了梳理。对口头诗学这一领域通行的术语作出正确而又符合学理的中文译介是借鉴口头诗学的前提，使中西学术批评能够更好地对话和沟通，也是中国口头诗学研究和理论构建的第一步。朝戈金对“（口传）史诗”、“史诗创编”、“史诗集群”、“诗章”、“歌与歌手”、“口头传统”、“文本”、“语境”、“语域”、“口承性”、“文本性”、“互文性”、“程式”、“程式句法”、“程式频密度”、“特性修饰语”、“头韵”、“步格”、“平行式”、“跨行”、“主题或典型场景”和“故事范型”等概念和术语的汉译，不仅方便国内学界对口头诗学的参考和借鉴，更有助于

① 朝戈金：《口传史诗诗学：冉皮勒〈江格尔〉程式句法研究·附录》，广西人民出版社 2000 年版，第 1 页。

国内学界对某些基本理论、基本概念和术语形成共识，以及有裨益于中国史诗学理论和方法的建设和发展。

第二特点是扎实的田野作业。田野作业的艰辛和收获可以参见他的《千年绝唱英雄歌——卫拉特蒙古英雄史诗传统田野散记》和《新疆〈江格尔〉田野访谈录》。在田野作业中，他检验了自己归纳出来的口头史诗演唱中的一些理论问题，同时又结合《江格尔》相关的学术史对口头诗学理论进行新的思考。通过田野作业，朝戈金开始有意识地不把自己束缚在研究者的立场上阐释史诗文本，而是更加重视对地方性和民众知识的考察。这种站在民众的立场体现了朝戈金的一种文化自觉。

该著作的第三个特点是以"口头性"和"文本性"为问题导向，借鉴口头诗学理论和实地的田野观察从"没有'权威本'或'标准本'"、"'一个'诗章和'这一个'诗章"、"从个别到一般：文本间的互涉关联"、"表演中的创作：口头诗学的文本阐释"、"文本与语境的关联"等五个方面全面地阐述了口传史诗的文本属性，革新了以往民俗学界的文本概念，对民俗学界的"文本理论"的讨论具有革命性的意义。同时，该著作指出从整体研究走向个案研究的可行性，证明个案研究的普遍性意义，即通过它可以从理论上观照整个史诗传统中某些规律性的问题。

第四个特点是精密的诗学分析。朝戈金以口头诗学理论为依托，以冉皮勒演唱的《江格尔》中的一章——《铁臂萨布尔》的现场录音整理本为样例，对其"语词程式"、"程式化传统句法"、"程式的类型、系统及功能"进行了精密的诗学分析，得出结论：程式是口承史诗的核心要素，它制约着史诗从创作、传播到接受的各个环节，而程式化的根源是它的口头性。[①] 这个论断是通过严谨实证的研究和精审深细的分析得出来的，是能站得住脚的。可以说，该著作充实而有光辉，精细而能见其大。它对蒙古史诗诗学的开拓性探讨，给往后的蒙古史诗研究，乃至中国史诗研究提供了一种理论启示。它根据蒙古史诗传统而创用了实证性的、可操作性的分析模型，给中国史诗学界、民间文学和民俗学界在学术方法上带来了一种范式性的变革。

---

① 朝戈金：《口传史诗诗学：冉皮勒〈江格尔〉程式句法研究》，广西人民出版社 2000 年版，第 1 页。

在成功运用口头诗学理论解决“中国问题”后，朝戈金开始着手中国口头诗学理论建设和学科建构，开始对国内外口头诗学研究进行反思和总结。《从荷马到冉皮勒：反思国际史诗学术的范式转换》是其中的代表作。这篇长文的价值之一如文中所言：“今天回顾国际史诗学术史，我们在很大的程度上也是为了反思中国史诗研究自身的问题，回应本土史诗传统所面临的现实遭际，进而更好地参与国际学术对话。”[①] 价值和意义之二在于“选取了从古希腊荷马到当代中国冉皮勒共六位史诗歌手，通过聚焦于围绕他们而生的‘问题’，描摹史诗学术演进中的若干标志性转折”。[②] 两段话虽然寥寥百字左右，但撰写的意义、目的及其任务已经宣发无遗，而能具有此种眼光讨论国际口头诗学和史诗学学术史的中国学者更是不多。其研究方法没有采用以时间为线索考察各个阶段不同材料和观点的常见做法，而是以古希腊的荷马、南斯拉夫的阿夫多、芬兰的伦洛特、古印度的毗耶娑、爱尔兰的莪相，以及中国的冉皮勒为点，透射整个学术史嬗替演进的草图。如果朝戈金没有极高的识力和眼光以及深厚的国际学术背景，断不敢用这种研究方法。他选择的六位歌手皆是口头诗学和史诗学上至关重要的人物，许多与口头诗学和史诗学相关的理论都是从他们身上生发出来的。换句话说，他们关乎口头诗学和史诗学的变化和发展，乃至重大的理论突破。朝戈金选取了这六位歌手等于找到了口头诗学和史诗学的关键，把握住了其关捩，从而能够扼要生动地纵论长达数千年的史诗学术流脉。如果后续著述想摹仿这一研究方法撰写口头诗学和史诗学学术史，恐怕很难超越这一长文。

《从荷马到冉皮勒：反思国际史诗学术的范式转换》的主要内容由“荷马问题”与史诗作者身份的讨论和口传文本的衍成，阿夫多等歌手的研究与“口头程式理论”到“口头诗学”的建构，伦洛特与“以传统为导向的”史诗文本类型，毗耶娑与大型口传史诗的传承、流布和编订，莪相“伪作”公案与如何吸收和化用传统遗产，冉皮勒演述本及其口头性与中国学者的史诗理论探索等六个问题组成，并以这些问题的提出和解

---

① 朝戈金：《从荷马到冉皮勒：反思国际史诗学术的范式转换》，收入《多元文化格局中的民族文学研究》，中国社会科学出版社 2010 年版，第 3 页。

② 同上。

答为线索对重大国际史诗理论进行了学理性的反思。在叙述这些内容时，其文风格扼要生动，其述评气魄大开大合、纵横捭阖、收放自如，千年学术的流变豁然在目。阅读此文，口头诗学和史诗学的研究者当受益匪浅，足可加深对这两个领域学术史的认识，也可拓展自身的学术视野。

在口头诗学的推进上，朝戈金也多有贡献。他和美国密苏里大学口头诗学专家弗里合作的《口头诗学五题：四大传统的比较研究》是一篇很有分量的学术论文，只是刊登在《东方文学研究集刊》里，不太容易找到。2000 年，朝戈金赴美国密苏里大学研修博士后，师从弗里。在研修期间，他与弗里并肩而坐，使用两台手提电脑撰写了这篇专论。该文讨论了当今国际口头诗学领域较为前沿的话题，将“一首诗”、“主题或典型场景”、“诗行”、“程式”和“语域”五个概念并置在蒙古、南斯拉夫、古英语和古希腊的史诗传统中进行界定和阐述，没有盯住史诗的一般概念不放，而是以“全球化”的观照、开放的态度以及多样的参照框架有效地阐述了多样和具体的史诗传统。可以说，这种厘定凸显了口头诗学研究的学术视野和基本观照，这种并置继承了跨文化、跨学科的比较口头诗学的学术传统。一直以来，学者从不同的角度出发，对口头诗歌，特别是对篇幅巨大的口头史诗的组合方式提出了种种见解，例如认为那些较短小的故事可否应看作某个较大故事的局部，就像那些玲珑的切割面最终属于整块的宝石？抑或它们只是一些独立的叙事，是收集者按照书面文学的规范将它们汇聚为一个“文集”?① 而且任何口头史诗研究最终都要以“一首口头史诗”为预先前提。基于这些问题，该文提出“何谓一首诗”的学术论题，指出在活形态的《江格尔》史诗传统里，“一首诗”是一个变动着的和相对的术语，而那些构成蒙古史诗传统的每一次具体演述，都指向一个尚未文本化的全体。也就是说，一个诗章当然是“一首诗”，而单个的诗所汇聚成的整体或集群，也同样是“一首诗”。② 又根据这种活形态的史诗演述传统，结合历史和诗歌自身的证据，他们初步确定《伊利亚特》、《奥德赛》、《贝奥武甫》等以手稿存留下来的诗歌源于口头传统，

① 朝戈金、弗里：《口头诗学五题：四大传统的比较研究》，收入《东方文学：从浪漫主义到神秘主义》，湖南文艺出版社 2003 年版，第 34 页。

② 同上书，第 41 页。

是一首口头诗歌或者是由众多的一首口头诗歌组成的一首口头诗歌。这是《口头诗学五题》解决的第一个学术问题。

一般而言，诗行（line）是根据韵律与语义规则将其作为一个单元来排列的一组词。它经常由音节的数目决定，最常用的音节数目已经成为相应行列的固定名称（如恩德卡西拉波，塞腾纳雷奥等等）。① 但每一种史诗传统有它自己的一套诗学体系，因而诗行在不同的史诗传统中呈现不同的形态。假如我们把诗行定义得太窄，它的功能和概念就不能存活。《口头诗学五题》突破古希腊—罗马的狭隘诗歌步格的基准，创造性地提出"演述中的诗行"的概念；以蒙古、南斯拉夫、古希腊、古英语史诗传统为并置分析对象，除了从格律、韵律和节奏之外，还从音乐、呼吸间歇等维度分析史诗的诗行，从而提高了我们对诗行界定的多样性的认识。这种观点没有把音乐或无声视为诗行的附属，而是把它们视为诗行的一部分。以书面文本的视角来定义一个口头诗歌的诗行，那太文本化了。这样得出来的、誊写在纸张上的诗行脱离了演述，虽然满足了视觉消费，但是扭曲了演述中诗行的真实形状。"演述中的诗行"的提出，有力地扭转了对口头诗行格式化的做法，重新定义了史诗最基本的单元——诗行。通过两位学者对四种传统中诗行的界定及比较，在阅读口头诗歌时，读者不会因为诗行的或长或短而无所适从；同时他们对诗行本质的提问不仅仅是理论的探索，更多的是为真正地读懂一首诗而恢复诗行原貌。这是《口头诗学五题》的学术价值之二。

《口头诗学五题》的第三个亮点是基于歌手的立场提出"大词"的概念。"大词"是在歌手设定的参照框架内的"说话单元"，在他者眼中，它可能是诗行；但是在歌手眼中，它是一个"大词"。"大词"是传统的，不是由任何一个歌手创造，而是在漫长的岁月里从一个歌手传播到另一个歌手。歌手像学习任何一种语言一样学习它们。在这个程度上，所有的"大词"都是反复出现的单元，它们存活在任何一个特殊的歌或演述之中。进而言之，"大词"是一个符码，它组成了歌手共享的史诗语汇、片语和叙述模式。通过"大词"，歌手们讲述他们的故事、演述他们的传

---

① ［瑞士］沃尔夫冈·凯塞尔：《语言的艺术作品——文艺学引论》，陈铨译，上海译文出版社1984年版，第99页。

统。“大词”的提出有利于更好地理解歌手口头创编的过程以及歌手如何利用“大词”进行思维，有利于更好地阅读一首口头诗歌。通常情况下，“大词”承载着的意义远比它们的各个部分相加的字面意义要更大、更复杂，而且这些传统意义丰富了一首口头诗歌的内涵。例如在南斯拉夫史诗中，称呼一个妇女为“黑色的布谷鸟”，那么我们可以确定她是一位已经失去丈夫或即将失去丈夫的妇女。在叙述层面上，大词“他正在冰冷的牢房里大喊大叫”（“Pocmilijo u lednu zindanu”），这个典型场景蕴含了囚禁英雄的统治者将释放英雄，然后英雄以伪装的形式回归，打败那些向他妻子求婚的对手。这个“大词”像一幅地图，直接指向了一个南斯拉夫的“奥德赛”。因此，假如不知道歌手使用的“大词”，假如不能读出“大词”的传统意义，那么必然丢失诗歌中一些东西。

上述的三个方面足以证明《口头诗学五题》为如何阅读一首口头诗歌提供了一把钥匙，注重从局内的因素分析一首口头诗歌，为成为更好的、更在行的读者和听众指出了努力的方向。而且，该专论在蒙古、南斯拉夫、古希腊和古英语口传史诗传统之间进行的比较研究，对语文学一些狭隘的概念提出了挑战，为人类学和民俗学的口头诗学研究提供了一个系列化的比较参证。

2010年12月，朝戈金出席“21世纪的歌手和故事：帕里—洛德遗产”国际学术研讨会，宣读了论文《创立口头传统研究“中国学派”》。与朝戈金的其他论文相较，该文突出的地方之一在于它自觉地反思了口头诗学，特别是口头程式理论在中国本土化的实践过程，即由口头诗学的“消费者”转换成口头诗学的“生产者”的过程。更为重要的是，在对中国日益勃兴的口头传统研究概括性归纳的基础上，朝戈金提出了未来中国口头传统研究应该关注的话题与新的学术生长点，提出创立口头传统研究的“中国学派”的美好愿景，且对这一愿景的可能性和所要面临的挑战作出了前瞻性的评估。具而言之，朝戈金从传承人、文本、理论建设、学术格局、学科制度化建设、史诗学术共同体等方面给出的若干建议将可以成为研究者的参考，纵然不能代为进一步证明和研究，但不可否认其有启发作用。他提出的口头传统研究的“中国学派”离真正的实现固然还有一段漫长的路要走，但是它至少给中国口头传统研究树立了一个长远目标。

第三节　朝戈金口头传统研究的学术史意义

朝戈金在中国口头传统研究中作出了不凡的贡献，既有对国际口头诗学的译介和借鉴，又有对国际口头诗学的本土化实践，更有对国际口头诗学理论的自觉反思与口头诗学和口头传统研究“中国学派”的建构。诚然，朝戈金的口头传统研究并非创立某种新的理论和新的观念，但是他的研究提出了一个全新的学术关注中心。卡西尔在评价苏格拉底在古希腊哲学思想转换中扮演的角色时说道：“苏格拉底从不攻击或批判他的前人们的各种理论，他也不打算引入一个新的哲学学说。然而在他那里，以往的一切问题都用一种新的眼光来看待了，因为这些问题都指向一个新的理智中心。希腊自然哲学和希腊形而上学的各种问题突然被一个新问题所遮蔽，从此以后这个新问题似乎吸引了人的全部理论兴趣。”① 当然，这个学术关注中心的形成还应该记住尹虎彬、巴莫曲布嫫、陈岗龙、刘宗迪、塔亚等许多学者的共同努力。

在他们之后便有许多中国学者相继响应，开始运用或借鉴口头诗学理论研究中国少数民族史诗，斯钦巴图、阿地里·居玛吐尔地、丹布尔加甫、黄中祥等都有相关的专著问世。还有不少中国学者以口头诗学理论阐述域外史诗，施爱东便作过这一方面的尝试。黄宝生肯定了口头诗学理论是检测口头史诗语言创作特点的有效手段，指出《摩诃婆罗多》中存在大量程式化的片语、词组和场景描写。

在对朝戈金口头传统研究作学术史的观照时，不能将他的研究具有的学术史意义仅仅限制在口头传统研究这一范畴，它辐射的领域已经超越了口头传统，近的波及中国少数民族文学、民间文学与民俗学研究，远的波及古典学、音乐学、艺术学等领域的研究。因此，考察朝戈金口头传统研究的学术史意义还应当关注它在中国学术史上的意义。20 世纪 90 年代，许多中国学者开始热衷译介国际理论，以图与国际学术加强沟通交流，在理论与方法上也尽可能地与国际学术接轨，形成对话。在这种学术格局和学术潮流下，朝戈金转变自己的学术重心，致力于口头传统研究，加强与

① ［德］恩斯特·卡西尔：《人论》，甘阳译，上海译文出版社 2009 年版，第 7 页。

国际学术的交流与沟通。他不仅译介国外的学术论文和专著，而且陆续在不同国家的刊物杂志上发表学术成果，其中专著《口传史诗诗学》在蒙古国被译成西里尔蒙古文出版。

朝戈金还积极参与国际会议和国际论坛，在每一次活动中都宣读了相关的论文。这些高水平、高层次的对话与交流使得他的口头传统研究具有了更加广阔的国际学术视野，同时将中国史诗学术推向世界，引起了国际学术界的关注，促进了中国史诗学术的进一步发展，从而为他赢得了国内与国际学术声望。因此，他的成功所具有的意义不仅停留在口头传统这一坐标之内，而且对中国口头传统研究的建设和发展以及与国际学术的对话和接轨而言都是一种有益的探索。

他的研究方法也无疑具有启发意义，纠正口头传统书面研究范式的偏颇，将口头传统研究带出了书面研究范式的窘境，确立了口头传统研究口头范式的主流地位。同时，他的研究彰显了中国学术的独立品格，表明在立足本土资源的基础上借鉴和应用国际学术的理论成果，以及发挥个人的开拓创新精神可以创造出具有国际学术水平的成果，从而在国际学术赢得一席之地和足够分量的话语权。因此，朝戈金的口头传统研究在一定程度上可以说是为中国口头传统研究的发展提供了一条可资借鉴的道路。

结　语

20 世纪 50 年代后，中国史诗学开始进入一个崭新的时代，主要是由于中国少数民族史诗的陆续发掘和整理。这一发现不仅驳斥了中国没有史诗的悖论，把中国文学“史诗问题”的讨论定格为汉文学“史诗问题”的讨论，而且拓宽了中国学者的学术视野，史诗研究对象不再局限于外国史诗和以其反观中国文学。最值得书写的是，这一发现直接促成了 20 世纪中国史诗学学科的建立及其格局的构建，而中国少数民族史诗研究便是其中最为重要的组成部分。至 20 世纪 80 年代，史诗学加入中国现代学术的行列，逐渐成为中国学界中一门新兴学科。史诗研究，作为一门学科及其格局的建构在 20 世纪 90 年代中期以前得以完成。

自 20 世纪 90 年代中期起，中国史诗研究走上一条由书面范式转向口头范式的学术道路。直到今天，这条学术道路还不能说已经完成，对口头诗学的吸纳、转化和本土化等都还在摸索着前进。但是，回顾十来年口头诗学在国内的发展进程，不得不承认今日中国学者的史诗观念和研究范式与20世纪90年代中期相比较，确实有着很大的不同。

任何一门学术都不是静态的，而是呈现出一种动态的发展态势，中国史诗研究亦是如此。但是，20世纪90年代中期以后呈现的口头范式是中国史诗研究范式在一种本质意义上的变化，从学术旨趣、问题意识到研究方法，中国史诗研究都面目一新。这种新的学术范式归根结底在于史诗观念发生了根本性的变化。20世纪50年代后，中国少数民族史诗随着民间文学的搜集、记录、整理、翻译和出版等工作全面大规模的展开而被陆续发现，它理所当然地被界定为民间文学的一种体裁样式。20世纪80年代后，中国学界把民间文学纳入民俗学范畴，中国学者开始使用民俗学的学术视野对中国少数民族史诗展开研究。但是，不管是民间文学，还是民俗学，20世纪90年代中期以前的中国少数民族史诗研究都是被作为一种书面文学作品进行研究，这与这一时期的民俗学和民间文学的学术研究范式有着密切关联。

自胡愈之在《论民间文学》一文中提出民间文学是“口述的文学”开始，或许还更早，民间文学是口头文学已经成为不刊之论，口头性成为了民间文学区别于书面文学的质的规定性。可是，20世纪90年代中期以前，民间文学几乎没有被作为一种口头文学来研究。其间，虽有运用田野研究的范式努力拓宽民间文学研究视野，效果却不是很好，仍然没有摆脱书面研究的范式，学者们只不过是借用田野的手段搜集相关的民间文学资料，最终的目的还是将这些活生生的口头资料整理成书面文学，使用书面文学理论对它们进行解读。当然，这一时期的一些学者有意识地根据歌手的即兴创作概括出民间文学的口承性，马学良是这一方面较早的醒觉者。他对《苗族史诗》的歌手如何即兴演述史诗和史诗的口头传承规律作出了较为质朴的概括。[①] 遗憾的是，当时民俗学和民间文学的主流研究范式是书面范式，马学良和其他一些学者对民间文学口承性的片断式理论概括没有得到应有的重视。

---

① 钟敬文：《口传史诗诗学：冉皮勒〈江格尔〉程式句法研究·序》，广西人民出版社2000年版，第15页。

20世纪90年代中期以前民俗学和民间文学的研究范式决定了同一时期的中国少数民族史诗研究必然是走书面范式的学术道路。许多中国少数民族史诗研究者的研究方法大都是首先以各种手段，包括田野调查在内搜集尽可能多的史诗书面文本，或把田野调查得来的声音资料誊写翻译成纸质文本。然后，或从历史的角度探讨史诗的产生年代、形成和发展规律，或从文艺学的角度探讨史诗的主题思想、情节结构、艺术特点、语言特色，或从社会制度文化的角度分析史诗所体现的社会组织结构、婚姻家庭、民族关系、经济思想、战争与军事思想、民俗文化等，或从结构层面对史诗进行母题、类型和叙事特点的研究。当然，这些研究直接奠定了中国少数民族史诗的研究格局，助推了中国史诗学学科的确立和发展。但是，这些研究都是以书面文学理论为参照框架展开的，很大程度上没有阐释出中国少数民族史诗具有的独特的美学价值，把那些无法用书面文学理论衡量而又恰恰是史诗之所以成为史诗的特性给剔除出去了，口头创作、演述、流布等一系列与口承性相关的要素被忽视了。正是这种书面范式使得中国少数民族史诗，乃至民间文学长期被置于作家文学之下，被视为一种口头创作的、即兴的、随意的语言艺术。甚至史诗歌手在即兴创编中使用的“程式”也被贴上陈词滥调的标签，一些学者甚至把它视为陈腐、重复的代名词，在整理、翻译和出版过程中尽可能地剔除它。1983年版的《江格尔》汉译本对程式作出了类似的处理，译者考虑到书面文学的阅读习惯，把频繁重复的程式化描写删掉，以求行文的紧凑。例如洪古尔出征前的武装和其他勇士相同，译者就把歌手描绘洪古尔如何武装自己的细节删掉；歌手对每个勇士手中的皮鞭描写也是程式化的，译者也没有把每个勇士的皮鞭一一译出。[①] 事实上，这些书面文学视为笨拙的重复正是口头文学独有的特征，使用作家文学的理论体系和审美标准剖析和评价这一特征必然会抹杀了程式在口传史诗的创编、演述、流布中的功能和它的美学特征。

20世纪90年代中期以后，中国学者开始对民俗学和民间文学以往的学术范式和具体结论展开理论反思，田野和文本的关系一度成为民俗学和民间文学两个领域讨论的热门话题。这些讨论和反思使得书面范式和田野

① 色道尔吉：《江格尔·译后记》，人民文学出版社1983年版，第525—534页。

范式这两种学术取向的优势和不足愈发彰显，由此引发“民俗学向何处去”、“民间文学向何处去”的追问日益得到了关注学科建设的民俗学学者和民间文学学者的重视。困境往往酝酿着变革的历史契机。一些在民俗学和民间文学方面有着深厚学术积累的学者开始有意识地把民间文学当作口头文学进行研究，希冀在原有书面范式和田野范式的常态研究上寻求突破，建立口头范式以消解民俗学和民间文学的学科危机，试图在新的学科格局下探索新的自我定位。要强调口头范式在民俗学和民间文学两个领域的真正确立与发挥示范作用，20 世纪 90 年代中期以来的中国少数民族史诗研究范式和史诗观念的转换是其中最值得书写的一环，因为由书面范式转向口头范式很大程度上导源于中国史诗学界新学术范式转型的成功。

学术范式的转换是一个非常复杂的话题，要对它的前因后果进行详细的描绘是一件很不容易的事情，原因在于它呈现出一种多面相的图景。不过，自“西学东渐”以来，中国许多学术范式的转换都与“输入外来之学说”密切相关，口头范式也是如此。陈寅恪曾说过：“其真能于思想上自成系统，有所创获者，必须一方面吸收输入外来之学说，一方面不忘本来民族之地位。此二种相反而适相成之态度，乃道教之真精神，新儒家之旧途径，而二千年吾民族与他民族思想接触史之所昭示者也。”① “口头程式理论”、“民族志诗学”、“演述理论”等一些与口头诗学相关的国外理论的引入对书面范式转向口头范式的价值和意义自不待言，更重要的是新范式下的诸多先行者能够立足“不忘本来民族之地位”，能够对口头诗学理论进行吸纳、转化和本土化，创造性地解决本民族的问题，乃至“中国问题”。

朝戈金、尹虎彬、巴莫曲布嫫、陈岗龙、塔亚等一大批中国少数民族史诗研究者是较早介绍和运用口头诗学的中国学者，其中朝戈金、尹虎彬、巴莫曲布嫫都曾亲往口头诗学重镇哈佛大学求学，他们都试图为中国少数民族史诗，乃至民间文学和民俗学研究开创一条新路，不约而同地提出了史诗研究关注的中心要由书面转向口头。20 世纪 90 年代中期至 21 世纪初期中国史诗观念和研究范式由书面向口头的成功转换，虽然主要是

① 陈寅恪：《金明馆丛稿二编·冯友兰中国哲学史下册审查报告》，生活·读书·新知三联书店 2001 年版，第 284—285 页。

长期学术演进的必然，但也是朝戈金、尹虎彬、巴莫曲布嫫及其他学者于书面范式中努力创新的结果，特别是与建立新范式并把它诉诸本土史诗传统的朝戈金直接相关。朝戈金的《口传史诗诗学：冉皮勒〈江格尔〉程式句法研究》给口头范式和学术转型提供了一个最佳的特定范例。此著作在对口头程式理论吸收、消化和融会贯通的基础上，运用它重新审视蒙古民族的史诗传统，发现蒙古民族史诗传统中固有的，但是在此之前没有得到充分注意和全面研究的可能性。钟敬文曾高度评价这部著作在立足于中国蒙古英雄史诗的当前客观实际基础上，创造性地运用西方的口头程式理论解决本土学术问题的学术贡献，一再强调这部著作实证研究的学术理路。[①] 的确如此，这部著作以多年的田野调查和理论思考为基础，广泛参照口头程式理论、民族志诗学和演述理论等国际晚近的史诗学理论成果，对蒙古英雄史诗诗学进行了开拓性的探讨，给往后的蒙古英雄史诗研究，乃至中国史诗研究提供了一种理论启示。更为重要的是他以前面的理论探究为基点，根据蒙古英雄史诗传统创用了实证性的、可操作性的分析模型，给中国史诗学界、民间文学和民俗学界在学术研究方法上带来了一种范式性的变革。

尹虎彬对口头诗学的关注始于哈佛留学期间，朝戈金与他在这里“共谋”把口头诗学理论引介到国内以拓展中国少数民族史诗研究的学术视野，他们敏锐地觉察到了这一理论对口传史诗乃至口头文学具有较强的、系统的阐释力，可以补正一直以来中国少数民族史诗书面研究范式的偏颇，可以给中国少数民族史诗的研究增添许多新的内容，将一些没有说清楚的问题说得更明白。也就是说，通过口头诗学的引入来激发中国少数民族史诗研究新的学术关注点和生长点是他们共同的学术立场。可以说，朝戈金和尹虎彬的共同努力很大程度上助推了20世纪末至21世纪初中国少数民族史诗，乃至口头文学的学术转型。尹虎彬侧重国际口头诗学的学术史，倡导运用口头诗学的理论与方法重新解读古代经典。

巴莫曲布嫫剖析和批评了史诗汉译本《勒俄特依》的文本化及其工作流程中存在的主要问题，提炼出“民间叙事传统格式化”的概念，从

---

① 钟敬文：《口传史诗诗学：冉皮勒〈江格尔〉程式句法研究·序》，广西人民出版社2000年版，第4—12页。

认识论的角度引入“叙事语境——演述场域”这一实现田野主体性的研究视界，主张以“五个在场”及其联动的同构关系确定史诗演述的场域，在研究对象与研究者之间搭建起一种可资操作的田野工作模型，探索一条正确处理史诗文本及文本背后的史诗传统信息的田野研究之路，从而廓清了史诗学、民间文学与民俗学在田野—文本之间产生的一些模糊认识，重新确立了田野—文本互动与关联的关系，论证了活形态的史诗演述传统权威的合理性。①

毋庸置疑，朝戈金、巴莫曲布嫫的理论视角、个案研究的技术路线以及田野工作模型已经赢得了国际国内同行的普遍赞誉，推动了中国史诗学、民间文学、民俗学等学科反思和研究的深入，给与之相关学科的研究与田野工作提供了一定的学理性参考和借鉴。它的研究模型给中国口传史诗研究提供了一个无可辩驳的学术研究范例，在一定程度上引发了国内学者对史诗田野研究和史诗文本化的进一步讨论。

随着朝戈金、尹虎彬、巴莫曲布嫫对口头诗学相关理论的介绍、翻译和应用，以口头诗学为参照框架，以民俗学个案研究为技术路线，立足本土传统的中国史诗学术的内在理路逐渐清晰，而且形成了一个巨大的学术关注中心，吸引了许多中国学者的研究兴趣。当然，正如上文所述，这个学术关注点并非朝、尹、巴莫三人便能营造出来的，它还与其他诸多学者对这种学术关注中心高度契合有关，其中较为突出的学者是陈岗龙关于东蒙古蟒古思故事和说书艺术的系列研究，他们属于中国口头诗学研究的第一梯队。陈岗龙撰写了《口头传统与书面传统的互动和表演文本的形成过程——以蟒古思故事说唱艺人的田野研究为个案》②，该文对说书艺人齐宝德表演的蟒古思故事《铁木尔·森德尔·巴图尔》进行田野调查和个案研究，探究了齐宝德的演述活动及其所依赖的演述传统，考察《铁木尔·森德尔·巴图尔》演述文本的形成过程，分析了蟒古思故事演唱传统与本子故事演唱传统以及口头传统与书面传统的互动对齐宝德演述文本产生的重大影响。

① 巴莫曲布嫫：《叙事语境与演述场域——以诺苏彝族的口头论辩和史诗传统为例》，《文学评论》2004 年第 1 期，第 147—155 页。

② 吕微、安德明编：《民间叙事的多样性》，学苑出版社 2004 年版。

之后，许多中国学者相继响应，开始运用或借鉴口头诗学理论研究中国少数民族史诗。斯钦巴图的《蒙古史诗：从程式到隐喻》最大的创新在于以《那仁汗克布恩》为分析样例，把隐喻认知语言学理论和方法、结构主义诗学和口头诗学理论结合起来探讨了史诗深层结构的意义。[①] 阿地里·居玛吐尔地的《〈玛纳斯〉史诗歌手研究》运用民俗学、民族志诗学和口头诗学理论分析了《玛纳斯》演唱规律。该著作的创新之处在于把《玛纳斯》置于"演述中创编"的口头生态中，揭示了《玛纳斯》演述文本的生成过程，立体式地考察了这种文本形成的复杂性和多样性。[②] 一些中国学者尝试以口头诗学理论阐述域外史诗，如施爱东的《史诗叠加单元的结构及其功能——以〈罗摩衍那·战斗篇〉（季羡林译本）为中心的虚拟模型》，他以《罗摩衍那·战斗篇》（季羡林译本）为示范性个案，科学合理地解析出《战斗篇》的情节基干与叠加单元，构拟出可持续叠加的结构模型，且展开模型分析。[③]

显然，史诗研究范式的转换取决于社会思潮、学术思潮、个人和群体、学术演进的内在理路、相邻学科的学术思想等许多因素的作用，关键在于如何协调和维持常态研究范式与新呈现的研究范式之间的必要张力。20 世纪 90 年代中期以后到 21 世纪初期的这种学术转型主要是通过学术关注中心的转换体现的。最突出的一个特点是逐渐突破那种把史诗当作书面文学作品进行文学研究的模式，纠正了传统学术对史诗产生的根深蒂固的偏见，开始以史诗的"口头性"和"文本性"之间的鉴别和联系为切入点观察和分析口头史诗。另一个特点是不再纠缠于探寻史诗的产生年代、形成和发展规律以及历史原型，摆脱那种认为专注于记录在纸张上的一首口头史诗就完全可以理解整个史诗传统的观点，开始接受口头史诗是一个复数名词的观点。"一首口头史诗"逐渐演进成一个变动着的和相对的术语，专指一次特定的演述和史诗演述传统中一首具体的诗。又一个特点是逐渐突破了那种把史诗作为书面文本研究其母题、类型和结构功能的

---

① 斯钦巴图：《蒙古史诗：从程式到隐喻》，民族出版社 2006 年版。

② 阿地里·居玛吐尔地：《〈玛纳斯〉史诗歌手研究》，民族出版社 2006 年版。

③ 施爱东：《史诗叠加单元的结构及其功能——以〈罗摩衍那·战斗篇〉（季羡林译本）为中心的虚拟模型》，《民族文学研究》2003 年第 4 期。

模式，开始把口头史诗放在创编、演述、流布的过程中分析其程式句法、典型场景和故事范型等内部叙事法则，从而揭示一部史诗的内部运作机制，阐述一部史诗的创作、演述、流布是同一过程的不同侧面的客观实际。再一个特点是逐渐改变了以往在田野作业中过分关注搜集史诗文本而忽视史诗演述的语境、场域和仪式等诸多演述因素的学术做法，开始对田野与文本的关系进行学理上的反思，逐步建立以“演述中的创作”、“演述与文本”、“演述与语境”为导向的田野研究观念。史诗歌手一直是中国，乃至国际史诗学界关注的课题。20世纪90年代中期以前，郎樱、杨恩洪等许多中国学者都曾长期跟踪史诗歌手，并在歌手研究方面取得了一定的成绩，而且对歌手的认识由集体性向个人才艺的转换已初露端倪，受众也得到一定程度的关注。但是，真正把史诗歌手与语境、史诗传统、受众综合起来放在口头传统的学术视野下考察则是20世纪90年代中期以后的事情。

综上所述，20世纪90年代中期以后中国史诗研究呈现的这些学术新方向直接标示着昔日曾长期占据史诗学术界的书面范式已经不再像原来那样独领风骚，而是逐渐由一种主流话语转换成一家之言的研究范式，学术范式的天平逐渐倾向于口头范式。而口头范式在天平慢慢的倾斜中于21世纪初期确立，逐渐取代书面范式的主流地位，成为21世纪初期乃至将来很长一个时期内的学术研究范式。应该注意的是，这并非意味着书面范式已经退出了史诗研究的学术舞台，建立在书面文本基础上的文学、历史、母题、结构和功能等诸多研究范式仍然能够在一定领域里发挥着口头范式不能替代的作用，它们与口头范式各有其特有的学术价值，前者是外部描绘，后者是内部分析，走着不同的学术路径和内在理路，共同编织了20世纪90年代中期以来的中国史诗学术那种纷纭复杂的图景，只不过口头范式的范围和幅度在这幅图景里胜过于书面范式，但是它们都给21世纪中国史诗学术的发展提供了各种可能。

附录一

国内中国少数民族史诗研究重要著作目录

安柯钦夫主编：《中国少数民族三大英雄史诗论稿》，敦煌文艺出版社1991年版。

阿地里·居玛吐尔地：《〈玛纳斯〉史诗歌手研究》，民族出版社2006年版。

阿地里·居玛吐尔地：《口头传统与英雄史诗》，中央民族大学出版社2009年版。

阿地力·朱玛吐尔地、托汗·依莎克：《当代荷马〈玛纳斯〉演唱大师居素普·玛玛依评传》，内蒙古大学出版社2002年版。

巴·布林贝赫：《蒙古英雄史诗的诗学》，内蒙古教育出版社1997年版。

巴雅尔图：《蒙古族第一部长篇神话小说——北京版〈格斯尔〉研究》，内蒙古大学出版社1989年版。

巴雅尔图：《〈格斯尔〉研究》，内蒙古教育出版社2006年版。

博特乐图、哈斯巴特尔：《蒙古族英雄史诗音乐研究》，中国社会科学出版社2012年版。

布·孟克：《加·朱乃〈江格尔〉研究》，民族出版社2011年版。

班果主编：《多元视野下的〈格萨尔〉文化》，青海民族出版社2013年版。

巴莫曲布嫫：《神图与鬼板——凉山彝族祝咒文学与宗教绘画考察》，广西人民出版社2004年版。

朝戈金：《口传史诗诗学：冉皮勒〈江格尔〉程式句法研究》，广西人民出版社 2000 年版。
朝戈金：《千年绝唱英雄歌——卫拉特蒙古史诗传统田野散记》，广西人民出版社 2004 年版。
朝戈金主编：《中国史诗学读本》，中国社会科学出版社 2013 年版。
陈岗龙：《蒙古英雄史诗锡林嘎拉珠巴图尔——比较研究与文本汇编》，内蒙古人民出版社 2001 年版。
陈岗龙：《蟒古思故事论》，北京师范大学出版社 2003 年版。
丹布尔加甫：《卫拉特英雄故事研究》，民族出版社 2006 年版。
丹碧、那仁毕力格、王桂兰：《卫拉特蒙古英雄史诗研究》，新疆人民出版社 2006 年版。
冯文开：《中国史诗学史论（1840—2010）》，中国社会科学出版社 2016 年版。
格日勒：《十三章本〈江格尔〉的审美意识》，内蒙古教育出版社 1994 年版。
哈顺图雅：《蒙古格斯尔文化渊源性研究》，内蒙古人民出版社 2005 年版。
何峰：《〈格萨尔〉与藏族部落》，青海民族出版社 1995 年版。
黄中祥：《哈萨克英雄史诗与草原文化》，中央编译出版社 2007 年版。
金峰：《江格尔黄四国》，内蒙古文化出版社 1996 年版。
贾木查：《史诗〈江格尔〉探渊》，新疆人民出版社 1996 年版。
降边嘉措：《〈格萨尔〉论》，内蒙古大学出版社 1999 年版。
降边嘉措：《〈格萨尔〉与藏族文化》，内蒙古大学出版社 1994 年版。
岗·坚赞才让：《〈格萨尔〉民俗研究》，甘肃民族出版社 2002 年版。
九月：《蒙古英雄史诗中考验婚的文化解读》，内蒙古人民出版社 2005 年版。
角巴东主、恰嘎·旦正：《〈格萨尔〉新探》，青海民族出版社 1994 年版。
郎樱：《〈玛纳斯〉论析》，内蒙古大学出版社 1994 年版。
郎樱：《〈玛纳斯〉论》，内蒙古大学出版社 1999 年版。
李云峰、李子贤、杨甫旺主编：《〈梅葛〉的文化学解读》，云南大学出版社 2007 年版。
刘亚虎：《南方史诗论》，内蒙古大学出版社 1999 年版。

李连荣：《格萨尔学刍论》，中国藏学出版社 2008 年版。
玛·乌尼乌兰编：《卫拉特格斯尔研究》，民族出版社 2004 年版。
玛·乌尼乌兰编：《格斯尔西蒙古变异本研究》，民族出版社 2006 年版。
曼拜特·吐尔地：《〈玛纳斯〉的多种变体与说唱艺术》，新疆人民出版社 1998 年版。
［荷兰］米尼克·希珀、尹虎彬主编：《中国少数民族文化中的史诗与英雄》，广西师范大学出版社 2004 年版。
纳·赛西雅拉图：《蒙古诗歌史诗研究》，内蒙古教育出版社 2000 年版。
内蒙古社会科学院文学研究所、自治区《格斯尔》工作办公室编：《格斯尔传研究论集》，赤峰第一印刷厂印刷 1985 年版。
潜明兹：《史诗探幽》，中国民间文艺出版社 1986 年版。
却日勒扎布：《蒙古〈格斯尔〉研究》，内蒙古教育出版社 1992 年版。
诺布旺丹：《艺人、文本和语境：文化批评视野下的格萨尔史诗传统》，青海人民出版社 2014 年版。
仁钦道尔吉：《中国少数民族英雄史诗〈江格尔〉》，浙江教育出版社 1990 年版。
仁钦道尔吉：《〈江格尔〉论》，内蒙古大学出版 1999 年版。
仁钦道尔吉：《蒙古英雄史诗源流》，内蒙古大学出版社 2001 年版。
仁钦道尔吉、郎樱编：《阿尔泰语系民族叙事文学与萨满文化》，内蒙古大学出版社 1990 年版。
曼秀·仁青道吉：《〈格萨尔〉版本研究》，甘肃民族出版社 2002 年版。
萨仁格日勒：《蒙古史诗生成论》，中央民族大学出版社 2001 年版。
萨仁格日勒：《史诗〈江格尔〉与蒙古文化》，内蒙古人民出版社 1998 年版。
斯钦巴图：《江格尔与蒙古族宗教文化》，内蒙古大学出版社 1999 年版。
斯钦巴图：《蒙古史诗：从程式到隐喻》，民族出版社 2006 年版。
斯钦巴图：《图瓦格斯尔——蒙译注释与比较研究》，民族出版社 2008 年版。
索代：《藏族〈格萨尔王传〉论略》，甘肃民族出版社 1991 年版。
塔亚：《卫拉特蒙古文化研究》，内蒙古人民出版社 2006 年版。
乌日古木勒：《蒙古突厥史诗人生仪礼原型》，民族出版社 2007 年版。

乌力吉：《蒙藏〈格萨（斯）尔〉的关系》，民族出版社 1991 年版。
王兴先：《〈格萨尔〉论要》（增订本），甘肃民族出版社 2002 年版。
吴伟：《〈格萨尔〉人物研究》，群言出版社 1992 年版。
肖远平：《彝族〈支嘎阿鲁〉史诗研究》，人民出版社 2015 年版。
杨恩洪：《民间诗神——格萨尔艺人研究》，中国藏学出版社 1995 年版。
尹虎彬：《古代经典与口头传统》，中国社会科学出版社 2002 年版。
央吉卓玛：《〈萨格尔王传〉史诗歌手研究》，中国社会科学出版社 2015 年版。
扎格尔：《江格尔史诗研究》，内蒙古教育出版社 1993 年版。
扎西东珠、王兴先：《〈格萨尔〉学史稿》，甘肃民族出版社 2002 年版。
赵秉理：《格学散论》，甘肃民族出版社 1996 年版。
赵秉理：《格萨尔学集成》第 1—5 卷，甘肃民族出版社 1990—1998 年版。

附录二

国内中国少数民族史诗研究重要学术论文目录

安柯钦夫：《格斯尔之谜与宗教考》，《民族文学研究》1987 年第 4 期。

阿尔丁夫：《〈江格尔〉产生和基本形成的时代初探——兼谈〈江格尔〉创作权归属问题》，《内蒙古师大学报（哲学社会科学版）》1986 年第 1 期。

阿地里·居玛吐尔地：《乔坎·瓦利哈诺夫及其记录的〈玛纳斯〉史诗文本》，《民族文学研究》2007 年第 4 期。

阿地里·居玛吐尔地：《玛纳斯奇的表演和史诗的戏剧化特征》，《新疆艺术学院学报》2005 年第 3 期。

阿地里·居玛吐尔地：《玛纳斯奇的萨满“面孔”》，《民族文学研究》2004 年第 2 期。

阿地里·居玛吐尔地：《〈玛纳斯〉史诗的程式以及歌手对程式的运用》，《民族文学研究》2006 年第 3 期。

阿地里·居玛吐尔地：《20 世纪中国新疆阿合奇县玛纳斯奇群体的田野调查分析报告》，《西北民族研究》2006 年第 4 期。

阿地里·居玛吐尔地：《16 世纪波斯文〈史集〉及其与〈玛纳斯〉史诗的关系》，《民族文学研究》2002 年第 3 期。

阿拉德尔吐：《巴·布林贝赫蒙古史诗诗学的宇宙模式论》，《民族文学研究》2013 年第 4 期。

巴·布林贝赫：《蒙古英雄史诗中马文化及马形象的整一性》，《民族文学研究》1992 年第 4 期。

宝音和西格：《谈史诗〈江格尔〉中的洪格尔娶亲》，《内蒙古社会科学（汉文版）》1985年第4期。
巴莫曲布嫫：《叙事语境与演述场域——以诺苏彝族的口头论辩和史诗传统为例》，《文学评论》2004年第1期。
巴莫曲布嫫：《在口头传统与书写文化之间的史诗演述人——基于个案研究的民族志写作》，《北京师范大学学报（社会科学版）》2008年第1期。
巴莫曲布嫫：《“民间叙事传统格式化”之批评——以彝族史诗〈勒俄特依〉的“文本迻录”为例》，《民族艺术》2003年第4期、2004年第1、2期。
巴莫曲布嫫：《叙事型构·文本界限·叙事界域：传统指涉性的发现》，《民俗研究》2004年第3期。
巴莫曲布嫫：《克智与勒俄：口头论辩中的史诗演述》，《民间文化论坛》2005年第1、2、3期。
巴莫曲布嫫：《家谱带我走近史诗演述传统》，《国际博物馆（中文版）》2010年第1期。
廖明君、巴莫曲布嫫：《田野研究的“五个在场”——巴莫曲布嫫访谈录》，《民族艺术》2004年第3期。
白多明、张永海：《从序诗和尾声窥探〈玛纳斯〉的某些艺术特色》，《民族文学研究》1998年第1期。
白多明、张永海：《从官职的一种序列看〈玛纳斯〉形成的年代》，《河北学刊》1997年第4期。
宝音达：《〈江格尔〉所表现的英雄主义及其文化根源》，《民族文学研究》2007年第1期。
巴·苏和：《〈江格尔〉与蒙古族的象征文化》，《中央民族大学学报》1997年第5期。
陈宗祥：《隋唐婢药（附国）历史研究——兼论该国为〈格萨尔王传〉重要史料来源之一》，《中国藏学》2008年第3期。
朝戈金：《从荷马到冉皮勒：反思国际史诗学术的范式转换》，《中国社会科学院文学研究所学刊》，中国社会科学出版社2008年版。
朝戈金、廖明君：《口传史诗的误读——朝戈金访谈录》，《民族艺术》

1999年第1期。

朝戈金：《口传史诗诗学的几个基本概念》，《民族艺术》2000年第4期。

朝戈金：《关于口头传唱诗歌的研究：口头诗学问题》，《文艺研究》2002年第4期。

朝戈金、弗里：《口头诗学五题：四大传统的比较研究》，收入《东方文学：从浪漫主义到神秘主义》，湖南文艺出版社2003年版。

朝戈金、冯文开：《史诗认同功能论析》，《民俗研究》2012年第5期。

朝戈金：《“多长算是长”：论史诗的长度问题》，《中央民族大学学报（哲学社会科学版）》2015年第5期。

朝戈金、尹虎彬、巴莫曲布嫫：《中国史诗传统：文化多样性与民族精神的“博物馆”（代序）》，《国际博物馆》（中文版）2010年第1期。

朝戈金：《口传史诗的田野作业问题——南斯拉夫和蒙古史诗田野作业评述》，《民族文学研究》1999年第3期。

朝戈金：《口传史诗文本的类型——以蒙古史诗为例》，《民族文学研究》2000年第4期。

朝戈金：《国际史诗学若干热点问题评析》，《民族艺术》2013年第1期。

朝戈金：《“回到声音”的口头诗学：以口传史诗的文本研究为起点》，《西北民族研究》2014年第2期。

朝戈金：《约翰·弗里与晚近国际口头传统研究的走势》，《西北民族研究》2013年第2期。

陈岗龙：《蒙古英雄史诗搜集整理的学术史观照》，《西北民族研究》2011年第3期。

陈岗龙：《鄂尔多斯史诗和喀尔喀、巴尔虎史诗的共性》，《民族文学研究》1999年第2期。

陈岗龙：《〈蛮三旺〉与格萨尔史诗》，《西北民族大学学报（哲学社会科学版）》2012年第6期。

陈岗龙：《内格斯尔而外关公——关公信仰在蒙古地区》，《民族艺术》2011年第2期。

段宝林：《〈苗族古歌〉与史诗分类学》，《贵州民族研究》1990年第1期。

葛良高娃、乌云巴图：《论蒙古族英雄史诗〈江格尔〉的文化内涵》，《内蒙古社会科学（文史哲版）》1995 年第 4 期。
嘎玛拉姆：《史诗〈格萨尔〉中的占卜术考略》，《中国藏学》2013 年第 3 期。
格日勒扎布：《〈江格尔〉研究中的文化观与史诗观》，《西北民族研究》1996 年第 1 期。
格日勒扎布：《论蒙古〈格斯尔〉的“天”——腾格里》，《内蒙古社会科学（文史哲版）》1996 年第 1 期。
呼斯勒：《藏族〈江格尔〉与蒙古族〈格斯尔〉宗教内涵之比较》，《内蒙古社会科学》1998 年第 1 期。
贺希格陶克陶：〈江格尔〉所描绘的蒙古人早期国家形式，《民族文学研究》1997 年第 2 期。
韩伟：《〈格萨尔〉史诗原型的独特内涵》，《中国人民大学学报》2005 年第 3 期。
韩伟：《原型与〈格萨尔〉传唱》，《中国藏学》2010 年第 4 期。
胡振华：《〈玛纳斯〉中关于克塔依人的描述》，《青海民族学院学报》1993 年第 1 期。
降边嘉措：《当代荷马——〈格萨尔〉说唱家》，《中国藏学》1994 年第 1 期。
加央平措：《关帝信仰与格萨尔崇拜——以拉萨帕玛日格萨尔拉康为中心的讨论》，《中国社会科学》2010 年第 2 期。
角巴东主：《〈格萨尔〉说唱艺人研究》，《青海社会科学》2006 年第 1 期。
郎樱：《英雄的再生——突厥语族叙事文学中英雄入地母题研究》，《民间文学论坛》1994 年第 3 期。
郎樱：《贵德分章本〈格萨尔王传〉与突厥史诗之比较——一组古老母题的比较研究》，《民族文学研究》1997 年第 2 期。
郎樱：《玛纳斯形象的古老文化内涵——英雄嗜血、好色、酣睡、死而复生母题研究》，《民族文学研究》1993 年第 2 期。
郎樱：《〈玛纳斯〉的悲剧美》，《民族文学研究》1990 年第 3 期。
郎樱：《听众在史诗传承中的地位与作用》，《民族文学研究》1991 年第 3 期。

刘发俊：《史诗〈玛纳斯〉的社会功能》，《民族文学研究》1989年第6期。

刘发俊：《论史诗〈玛纳斯〉》，《民族文学研究》1986年第3期。

刘亚虎：《南方民族叙事形态的欲求因素与人物结构》，《民族文学研究》2004年第4期。

刘亚虎：《布洛陀文化的典型意义与独特价值》，《广西民族研究》2005年第2期。

刘之侠：《从〈苗族古歌〉看苗族先民的审美意识特征》，《民族文学研究》1988年第6期。

李连荣：《〈格萨尔〉拉达克本与贵德分章本情节结构之比较》，《中国藏学》2010年第1期。

李连荣：《神山信仰与神话创造——试论〈格萨尔〉史诗与昆仑山的关系》，《中国藏学》2014年第3期。

李连荣：《论〈格萨尔〉史诗情节基干的形成与发展》，《西藏研究》2008年第1期。

牟钟鉴：《从宗教学看壮族布洛陀信仰》，《广西民族研究》2005年第2期。

潜明兹：《从比较史诗学看中国〈玛纳斯〉的艺术层次》，《民族文学研究》1995年第1期。

齐木道尔吉：《关于蒙文〈格斯尔〉研究中的几个问题》，《内蒙古社会科学（文史哲版）》1994年第1期。

齐木道吉：《蒙文〈岭格斯尔〉及其藏文原文考》，《民族文学研究》1987年第4期。

秋喜：《论〈格斯尔〉史诗的口头叙事传统——以〈圣主格斯尔可汗〉的时间程式为例》，《民族文学研究》2012年第1期。

覃乃昌：《布洛陀文化体系述论》，《广西民族研究》2003年第3期。

农学冠：《〈密洛陀〉与瑶族文化》，《民族文学研究》1988年第5期。

却日勒扎布：《书面〈格斯尔〉的故事情节与结构类型》，《民族文学研究》1996年第1期。

仁钦道尔吉：《蒙古—突厥英雄史诗情节结构类型的形成与发展》，《民族文学研究》2000年第1期。

仁钦道尔吉：《蒙古英雄史诗情节结构的发展》，《民族文学研究》1989 年第 5 期。

仁钦道尔吉：《再论〈江格尔〉的产生时代》，《民族文学研究》1991 年第 2 期。

仁钦道尔吉：《评〈江格尔〉里的洪古尔形象》，《文学评论》1978 年第 2 期。

仁钦道尔吉：《关于蒙古史诗的类型研究》，《民族文学研究》1985 年第 4 期。

仁钦道尔吉：《论巴尔虎英雄史诗的产生、发展和演变》，《文学遗产》1981 年第 1 期。

斯钦巴图：《青海蒙古口传〈格斯尔〉与北京木刻本〈格斯尔〉的异同》，《民族文学研究》2012 年第 5 期。

斯钦巴图：《〈那仁汗克布恩〉史诗隐喻结构分析——蒙古史诗双重结构和意义转换中一些母题的作用》，《民族文学研究》2005 年第 4 期。

斯钦巴图：《江格尔汗宫与萨满教》，《民族文学研究》1999 年第 2 期。

斯钦巴图：《蒙古英雄史诗抢马母题的产生与发展》，《民族文学研究》1996 年第 3 期。

斯钦巴图：《〈那仁汗克布恩〉史诗六个异文中程式的特点》，《民族文学研究》2003 年第 4 期。

斯钦巴图：《北京木刻本〈格斯尔〉与佛传关系论》，《民族艺术》2014 年第 5 期。

萨仁格日勒：《试论史诗〈道里精海巴图尔〉的宗教文化特征》，《中央民族大学学报（哲学社会科学版）》2007 年第 1 期。

萨仁格日勒：《史诗 A1 与 A2 间的差异与史诗的接受过程》，《民族文学研究》1999 年第 3 期。

赭吉思：《试论〈江格尔〉的理想美》，《青海民族学院学报》1982 年第 3 期。

乌力吉：《蒙文〈格斯尔〉中的婚姻家庭略考》，《民族文学研究》1997 年第 1 期。

乌日古木勒：《蒙古史诗英雄死而复生母题与萨满入巫仪式》，《民族文学研究》2005 年第 1 期。

乌日古木勒：《哈萨克英雄史诗〈阿勒帕梅斯〉与蒙古英雄史诗的比较研究》，《中央民族大学学报》2004 年第 2 期。

吴一文：《苗族古歌的演唱方式》，《民族文学研究》2012 年第 2 期。

吴伟：《论〈格萨尔〉的人物性格》，《中国藏学》1991 年第 4 期。

王卫华：《〈江格尔〉与〈荷马史诗〉宇宙结构观比较》，《中央民族大学学报（哲学社会科学版）》2007 年第 3 期。

王国明：《土族〈格萨尔〉中的语言特点及其学术价值》，《西北民族大学学报（哲学社会科学版）》2007 年第 6 期。

王沂暖：《〈格萨尔王传〉中的格萨尔》，《西北民族大学学报（哲学社会科学版）》1979 年第 1 期

徐斌：《格萨尔史诗说唱仪式的文化背景分析》，《西南民族大学学报（人文社科版）》2006 年第 8 期。

徐斌：《格萨尔史诗图像在仪式中的使用及其文化认识》，《中国藏学》2005 年第 2 期。

徐国琼：《论〈格萨尔〉与〈格斯尔〉"同源分流"的关系》，《青海社会科学》1986 年第 3 期。

杨恩洪：《传唱千年的藏族英雄史诗〈格萨尔王传〉》，《国际博物馆（中文版）》2010 年第 1 期。

杨恩洪：《史诗与民间文化传统——果洛藏区〈格萨尔王传〉的实地考察》，《民族文学研究》1997 年第 2 期。

杨恩洪：《史诗〈格萨尔〉说唱艺人的抢救与保护》，《西北民族研究》2005 年第 2 期。

杨恩洪：《〈格萨尔〉说唱艺人的社会地位及贡献》，《西北民族研究》1992 年第 2 期。

杨正伟：《苗族古歌的传承研究》，《贵州民族研究》1990 年第 1 期。

元旦：《论〈格萨尔〉史诗中的过渡礼仪及其仪式原型——以〈赛马称王〉为例》，《民族文学研究》2009 年第 4 期。

尹虎彬：《史诗观念与史诗研究范式转移》，《中央民族大学学报（哲学社会科学版）》2008 年第 1 期。

尹虎彬：《口头诗学关于"歌"的概念——以〈奥德赛〉的多重故事结构为例》，《民族文学研究》1999 年第 4 期。

尹虎彬：《二十世纪口传文学研究的十个误区》，《民族艺术》2005 年第 4 期。
尹虎彬：《中国少数民族史诗研究三十年》，《中国社会科学院研究生院学报》2009 年第 3 期。
张宏超：《〈玛纳斯〉产生的时代与玛纳斯形象》，《民族文学研究》1986 年第 3 期。
张彦平：《变异 · 统一——史诗〈玛纳斯〉著名演唱变体间的对比研究》，《民族文学研究》1995 年第 4 期。
张彦平：《史诗中的循环主题——〈玛纳斯〉中英雄婚姻类型透析》，《民族文学研究》1994 年第 3 期。
张永海：《居素甫 · 玛玛依〈玛纳斯〉变体中的北京、中北京之谜及〈玛纳斯〉产生年代全破译》，《中央民族大学学报（哲学社会科学版）》2006 年第 2 期
扎拉嘎：《〈格斯尔〉与〈格萨尔〉——关于三个文本的比较研究》，《民族文学研究》2003 年第 2 期。
扎格尔：《黑色——史诗〈江格尔〉中力量的象征》，《民族文学研究》1997 年第 1 期。
扎西东珠：《藏族口传文化传统与〈格萨尔〉的口头程式》，《民族文学研究》2009 年第 2 期。
扎西达杰：《蒙藏〈格萨尔〉音乐艺术之比较》，《中国藏学》1996 年第 3 期
钟进文：《藏族〈格萨尔〉在土族和裕固族中的流传与变迁》，《西北民族大学学报（哲学社会科学版）》2013 年第 3 期。
张武江：《递归结构与语言格萨尔研究》，《西藏大学学报（社会科学版）》2008 年第 2 期。
赵秉理：《论藏〈格萨尔〉与蒙〈格斯尔〉的关系》，《内蒙古社会科学》（文史哲版）1993 年第 5 期。
钟敬文、巴莫曲布嫫：《口传史诗诗学的几点思考——兼评朝戈金〈口传史诗诗学〉》，《宝鸡文理学院学报（社会科学版）》2001 年第 3 期。
钟敬文：《南方史诗传统与中国史诗学建设——钟敬文先生访谈录（节选）》，《民族艺术》2002 年第 4 期。

附录三

西方学者史诗观念与史诗研究纵览

史诗学是一门主要的人文科学，把这一学科放在国际文学理论批评史的长河中考察的目的在于从“历时性”的角度阐述迄今为止史诗研究的进程和相关的理论，以及理论之间的相互关系与它们演化的基本规律。

追本溯源，国际史诗学术起码有两千多年的历史，从古希腊罗马时期的古典史诗学，中间经过了漫长的中世纪和文艺复兴的蛰伏期，到18—19世纪之交浪漫民族主义口头史诗的重新发现，再至20世纪口头诗学理论。如何清晰地表述出长达数千年的国际史诗学术的流脉，透射出整个学术嬗替演进的草图，就构成了一个难题。通常的做法是，选择一些见解独特、影响力持久，且具有代表性的学者，通过对他们的史诗研究观念和研究范式的分析勾勒出一种学术的“谱系”，在“谱系”中发现国际史诗研究观念和研究范式演化的规律，发现概念与概念的碰撞和汇合，观念与观念的交融和创新。

20世纪，国外史诗研究呈现一种“多元化”的图景。马克思主义美学观和文艺观、原型—批评理论、母题的理论与方法、接受理论、口头程式理论、民族志诗学、演述理论等都在“史诗”这一平台上，展现各自的阐释力。可以说，20世纪以来，史诗研究的数量和质量要远远大于以往任何时候，乃至它们的相加。但是，柏拉图、亚里士多德、维柯等诸多20世纪以前的学者对史诗的论述蕴藏着当下国际史诗理论形态中的基本“因子”和“元素”。也就是说，某些基本问题和论述范畴一直是国际史诗学术共同关注的，它们具有某种稳定性。这也是能够把国际史诗研究作为一门独立的学科给予历史认识的基础。

事实上，柏拉图对史诗与社会关系的论述与亚里士多德从文类角度对史诗的归纳和总结潜在地构成了一种矛盾和紧张，从而直接为后世史诗研究提供了一种内在的张力。在当下的国际史诗学术研究中，对史诗的内部运作法则和规律的研究与对史诗和社会的关系的外部规律研究也都是史诗研究关注和强调的问题。但是，因为不同学者持有不同的理论，故而对二者强调的侧重点又存在着极大的差异。口头程式理论和民族志诗学等在新的知识语境下把史诗研究的结构和形式研究推向新的高度。同样，马克思主义美学观和文艺观以及接受理论和文化研究特别强调史诗社会功能、受众、历史和文化内涵等各个方面。维柯企图寻找和发现真正的荷马，质疑荷马是一个特定的诗人。这种追索可谓贯穿整个19世纪至20世纪初的“荷马问题”的先声。因此，在国际史诗研究的动态过程中，不变的因子会稳定地存在于不停的变动中。

在文学理论批评史中考察国际史诗研究的史诗观念和研究范式目的在于凸显史诗观念和研究范式演化的历史性和理论性。毋庸置疑，任何一种史诗观念和研究范式都是在一定的历史语境中生成和发展的，它们只能是历史性的存在，而不能超越历史。也就是说，如果一种史诗观念和研究范式要能证明自身存在的合理性和科学性，必须与以前的观念和范式具有一种内在的历史联系，能够处理好与以前的观念和范式有一定关联的材料。“凡一代有一代之文学”，国际史诗学术的形成和发展也是如此。特定的时代或时期，有着能够代表该时代或该时期的史诗观念和研究范式以及取得的学术成绩。它们是该时代的社会思潮、学术思潮、个人和群体、学术演进的内在理路、相邻学科的学术思想等许多因素相互作用的结果。正是因为史诗观念和研究范式是特定时代的理论思想和文化精神的产物，才让我们通过对某些代表性学者的史诗观念和研究范式的把握而描摹出两千多年的国际史诗学术史的大致轮廓和基本面貌成为可能。

一部宏伟的民族史诗是一个民族的圣经，是“一种民族精神标本的展览馆”。虽然，与国际史诗学术研究有着密切关联的《伊利亚特》、《奥德赛》、《贝奥武甫》等已经不再在各自民族的口头传统中传唱。但是它们具有那种恒久的价值，至今仍然对人们产生巨大的美学效应，给予人们以艺术上的享受和思想道德的陶冶，给予后世诗人和作家的创作以启迪和灵感。正是在这种意义上，史诗才足以称得上“一种规范和高不可及的范本”，才能保持永久的魅力。围绕史诗展开的各种学术讨论，虽然观念和范式有所不同，乃至互相冲突，但是，它们之间还是具有一定的联系，可以互相比较和发现，毕竟它们都是对同一种文学样式展开的研究。纵观国际史诗学术史，史诗观念和研究范式演化图景呈现出一种知识性和阐释力逐渐增强的趋势。例如，“荷马问题”中的分辨派以复杂而多相的形态继续发展，而统一派实质上成为历史的陈迹，这一微妙的演化趋势便是史诗研究理论进步的标识。再如，口头诗学的登台褫夺了统一派的立足之地，便具有了理论纠偏的意义，纠正了国际史诗学界长期以来把史诗作为一种书面文学对其进行一般文学研究和社会历史文化阐释的学术路数。

同时，还有《格萨（斯）尔》、《江格尔》、《玛纳斯》、塞尔维亚—克罗地亚史诗等至今仍然在民众中口耳相传，具有一定程度上的历史变异性。这些流动生命体的史诗传统不仅是检验从手稿本形态的史诗抽绎出来的理论的实验场，而且对这些活形态史诗的认识和阐释是史诗理论的新的增长点。显然，20世纪以前的理论不能完全阐释当下活形态而又充满多样性的史诗传统；另外，与20世纪以前的理论和研究相比，20世纪以后，乃至当下，史诗观念和研究范式的演化都呈现出更有阐释力的趋势，知识性、科学性和真理性也逐渐在增强。但是，任何理论都不是“放之四海而皆准”的，它们不可能涵盖以往所有理论和阐释。换句话说，不论是20世纪以前，还是20世纪以后，乃至21世纪的理论，都是对史诗存在的理论总结，都具有无可替代的价值。

在西方文学理论批评史中考察国际史诗研究的史诗观念和研究范式，既要突出国际史诗学术史上各种史诗观念和研究范式演化的历史轨迹，又要揭示其中的演化规律，还要对具有代表性的学者的史诗观念和研究范式进行阐述与评价，挖掘其中具有价值的合理内核，凸显他们史诗观念和研究范式具有的理论品格。也就是说，不同时期的每一位代表性学者持有的史诗观念和研究范式都具有某种持久的生命力和不可替代性，只不过侧重点和所能解决的问题不同。美国学者拉曼·塞尔登在《文学批评理论》一书中也强调这一观点。他说道：“重要的是把这些理论选段及其关注的问题置于它们的历史语境中，而不是让读者产生错误的信念，以为可以对批评史作一扫描，就会发现解决某些永久性问题的普遍真实性答案。问题和答案是随历史环境的改变而改变的。然而，连续性和对立存在的机遇一样多。某些特别的传统生存下来或者获得了加强，而另一些传统却长久地消失了，但却有可能随着新思潮使它们重新获得功用而在未来的什么时候复活。”①

许多在国际史诗学术史上具有代表性的学者都身兼多职，柏拉图、亚里士多德、维柯、黑格尔等莫不如此。② 在对他们的史诗观念和研究范式阐述时，不可避免地要涉及他们的哲学思想或美学思想，要把他们对史诗的相关论述与哲学或美学截然分开是不可能的。因此，较合理的做法是把他们的哲学思想或美学思想作为他们的史诗观念和研究范式的话语背景，而把他们的史诗观念和研究范式作为论述的核心内容，兼及考察他们的哲学思想或美学思想对他们史诗观念和研究范式所产生的作用。

第一节　柏拉图：道德理想主义和政治工具主义的史诗观念

任何一部讲述西方文学史的著作，都把史诗作为西方文学的源头，一律从神话和史诗讲起。荷马史诗作为欧洲文学，乃至整个西方文学的源头，治西方文学史者以讲述荷马史诗开篇也顺理成章地形成了一种定式。讲述国际史诗学，甚至西方文学理论也毫无例外地遵循了这种惯例。毫无疑问，国际史诗学是由古希腊罗马构成的古典诗学世界开始的。凡是接触到国际史诗学理论或从事史诗研究的学者都承认西方古典诗学对当下国际史诗学的建构而言是一个源头，它包孕的思潮、术语和理论对后世国际史诗学产生了深远的影响。

荷马史诗是希腊民族的骄傲，它经历了从口头传承到书面文本的演进过程。公元前 6 世纪中叶以前以活形态的形式在希腊民众中演述，公元前 6 世纪中叶以后，才开始有誊录本式样的潜在文本。荷马史诗是希腊教育的主要教材，流传甚广，对希腊文明产生了深远的影响，被赋予了无上的荣耀。但是，到了公元前 5 世纪左右，希腊文艺逐渐由鼎盛走向衰落，希

① ［美］拉曼·塞尔登：《文学批评理论——从柏拉图到现在·原序》，刘象愚、陈永国等译，北京大学出版社 2003 年版，第 6 页。

② 因为前文已对亚里士多德和黑格尔的史诗观念和研究有了系统的论述，故而此处不赘述。

腊哲学逐渐替代希腊文艺成为话语主流，自由思想和自由辩论的风气日渐兴盛。[①] 在充满哲学氛围的时代里，荷马史诗与其他古老的传统和权威都成为论辩和批判的对象，哲学家们纷纷站在政治社会和哲学论辩的立场对荷马史诗阐述各自的观点和见解。柏拉图便是其中代表性的人物之一，不过，柏拉图是从维护贵族阶级的政教制度和思想基础出发评述荷马史诗，抨击代表着新兴的工商业奴隶主政治经济利益的诡辩学派的。

柏拉图的《大希庇阿斯》、《伊安》、《高吉阿斯》、《普罗塔哥拉斯》、《会饮》、《斐德若》、《理想国》、《斐利布斯》等诸多对话篇都涉及文艺和美学的范畴，其中以《伊安》和《理想国》对荷马史诗谈论的最多，它们较为详细地论述荷马史诗与现实世界的关系、荷马史诗的社会功用、灵感说等。

对荷马的谴责和控诉是柏拉图主要的史诗观念之一。根据柏拉图的理解，宇宙有理式世界、感性的现实世界和艺术世界三种世界的存在。以床为例，他认为床有三种类型：第一是自然的床，是床之所以成为床的理式，即床的本质的形式或理念；第二是工匠根据“床的理式”制作的实物床；第三是画家以工匠手工制成的实物床为摹本，以模仿的手段绘制出一张艺术床。柏拉图把荷马与画家对等，认为荷马演述的史诗和画家描摹的床都与理式世界或真实隔着两层，都只能算是“摹本的摹本”、“影子的影子”。也就是说，荷马只是美德的影像的模仿者，而对真实一无所知。

在许多人眼里，荷马掌握一切技艺，知晓一切人事，甚至神事。聆听他对《伊利亚特》和《奥德赛》的演述，受众既可以获得美的快感，又可以获得真知，学习到各种美德。但是，柏拉图不这么看待荷马的演述，他认为抱着这些想法的受众是上了荷马的当。他运用一系列的反诘论证荷马只不过是掌握摹仿术的骗子而已，如问道：“有哪一个城邦是因为你而被治理好了的，像斯巴达因为有莱库古，别的许多大小不等的城邦因为有别的立法者那样？有哪一个城邦把自己的大治说成是因为你是他们的优秀立法者，是你给他们造福的？意大利和西西里人曾归功于哈朗德斯，我们

---

① 朱光潜：《朱光潜全集·西方美学史》第六卷，安徽教育出版社 1990 年版，第 47—49 页。

归功于梭伦。有谁曾归功于你?"① 又问道:"你曾听说过荷马活着的时候有过什么战争是在他指挥或赞划下打胜了的吗?""你曾听说过荷马在技艺或其它实务方面有过多项精巧的发明,像米利都的泰勒斯和斯库西亚的阿那哈尔息斯那样?"② 荷马在史诗演述中描述了无数的战役,颂扬了许多英雄,歌颂了不少美德,讲述了诸多手工技艺和其他实务。但是,柏拉图认为荷马并没有熟谙这些技艺,仅仅是对这些事象的理式世界的摹仿,他所擅长的是以假乱真的摹仿术和骗术。

由于对荷马演述的内容和事件一无所知,受众只能通过荷马的语词认识事物。因此,当荷马以语词为手段出色地描绘各种技艺,用适宜的韵律、音步和曲调演述战役、宴会、婚姻等社会生活事件,受众便认为荷马描述得再好不过了。换句话说,柏拉图对这个被冠以"全希腊教育者"桂冠的荷马提出质疑,其中之一便认为他不能"帮助自己的同时代人得到美德"。③ 他的立论根据是,如果荷马能够如此,那么人们便不会让他流离颠沛,以卖唱为生。他说道:"人们会依依难舍,把他看得胜过黄金,强留他住在自己家里的。如果挽留不住,那么,无论他到哪里,人们也会随侍到那里,直到充分地得到了他的教育为止的。"④ 柏拉图把荷马视为摹仿者,只知道事物的外表,擅长于摹仿真知和美德的影像。

如果说荷马是摹仿者,甚至是拙劣的摹仿者,那为何他演述的荷马史诗实实在在地给予受众愉悦和美感。柏拉图认为这种效应不仅仅是凭借创作诗歌的技巧所能完成的,而且需要歌手的灵感。他在《伊安篇》中说道:"她首先使一些人产生灵感,然后通过这些有了灵感的人把灵感热情地传递出去,由此形成一条长链。那些创作史诗的诗人都是非常杰出的,他们的才能决不是来自某一门技艺,而是来自灵感;他们在拥有灵感的时候,把那些令人敬佩的诗句全都说了出来。"⑤ 也就是说,荷马演述史诗凭借的是神力,是神让他失去正常的理智而成为神的代言人,史诗不是荷

① [古希腊] 柏拉图:《理想国》,郭斌和、张竹明译,商务印书馆 2010 年版,第 395 页。

② 同上。

③ 同上书,第 396 页。

④ 同上。

⑤ [古希腊] 柏拉图:《柏拉图全集·伊安篇》第一卷,王晓朝译,人民出版社 2002 年版,第 304 页。

马创作的，而是神的作品。

柏拉图的“灵感说”与古希腊神话有着莫大的关联。缪斯是古希腊神话中掌管科学、艺术的女神的总称，她们是主神宙斯与记忆女神谟涅摩叙涅的女儿，分别是欧特碧、卡莉欧碧、克莉奥、埃拉托、墨尔波墨、波莉海妮娅、特尔西科瑞、塔利娅、乌拉妮娅，分管音乐、史诗、历史、抒情诗、悲剧、圣歌、舞蹈、喜剧、天文。柏拉图承认史诗是缪斯的发明，由神传授给荷马和其他吟诵人。这等于肯定了希腊神话中关于诗歌创作的古老传说。他在《斐德罗篇》中把神灵附体或迷狂分为四种形式，其中第三种便是源于缪斯的诗兴的迷狂：“缪斯凭附于一颗温柔、贞洁的灵魂，激励它上升到眉飞色舞的境界，尤其流露在各种抒情诗中，赞颂无数古代的丰功伟绩，为后世垂训。若是没有这种缪斯的迷狂，无论谁去敲诗歌的大门，追求使他能成为一名好诗人的技艺，都是不可能的。”① 显然，柏拉图想告诉我们诗人只是神的传声筒，神依附在诗人的身上，支配着诗人演述诗歌。由此，他推定荷马和荷马史诗的吟诵人都不是凭借技艺和知识完成史诗的演述，而是依凭天命和神灵附身产生的灵感完成史诗的演述。

柏拉图对史诗的艺术感染力和社会功用有着深刻的认识，深知荷马史诗在希腊传统文化教育中的重要地位，深知它与自己的道德理想有着相互抵牾之处，深知它描述出了人类天性中的诸多弱点。正是如此，柏拉图担心荷马史诗会败坏道德和腐蚀杰出人物，进而摧毁了自己建构的“心灵城邦”：“当我们听荷马或某一悲剧诗人模仿某一英雄受苦，长时间地悲叹或吟唱，捶打自己的胸膛，你知道，这时即使是我们中的最优秀人物也会喜欢它，同情地热切地听着，听入了迷的。”② 柏拉图认为诗歌的这种功效会滋养受众的怜悯之情和感伤癖，使得受众在遭遇不幸时会失去平静，不能勇敢面对灾祸，克制愤怒。更有甚者，荷马史诗把神和英雄描述得像凡人一样充满缺点，神的世界和英雄的世界充斥着争吵、欺骗、撒谎、掳掠等一切世俗所具有的“恶”的毛病。因此，柏拉图认为荷马史

① ［古希腊］柏拉图：《柏拉图全集·斐德罗篇》第二卷，王晓朝译，人民出版社 2003 年版，第 158 页。

② ［古希腊］柏拉图：《理想国》，郭斌和、张竹明译，商务印书馆 2010 年版，第 405 页。

诗不能培养城邦的青年学会真诚、勇敢、镇静、节制，乃至不能把城邦的青年培养成为“理想国”的护卫者：“我们是只许可歌颂神明的赞美好人的颂诗进入我们城邦的。如果你越过了这个界限，放进了甜蜜的抒情诗和史诗，那时快乐和痛苦就要代替公认为至善之道的法律和理性原则成为你们的统治者了。”① 可见，柏拉图把史诗驱赶出“理想国”是出于城邦的利益和道德教育，他基于道德理想主义和政治功用的立场选择那些有助于道德教育和培养城邦卫士的诗歌。

柏拉图虽然谴责荷马，但是他也有所保留地肯定荷马。他承认荷马是“最高明的诗人和第一个悲剧家”，是“希腊的教育者”，② 说道：“我从小就对荷马怀有一定的敬爱之心，不愿意说他的不是。因为他看来是所有这些美的悲剧诗人的祖师爷呢。”③ 出于塑造城邦的心灵和道德教育的立场，柏拉图不能不在赞扬荷马中否定荷马，谴责他只是一个摹仿真实或真知的模仿者，指责他在史诗演述中有时把神和英雄描述得缺乏道德感。当柏拉图发现荷马史诗中那些有利于培养城邦心灵和道德理想的描述时，他便毫不犹豫地肯定和推崇它。例如，对荷马史诗中关于英雄在战场的英勇行为和英雄品格以及人们对英雄的礼遇的描述，柏拉图便非常赞赏。他说道：“荷马诗篇中还讲起过，用下述方式敬重年轻人中的勇士也是正当的。荷马告诉我们，阿雅斯打起仗来英勇异常，在宴席上受到全副脊肉的赏赐；这样对于年轻勇士既是荣誉，还可以增强他们的体力。……那么，这里我们至少可以把荷马作为我们的榜样。在祭礼及其它类似场合上，我们表扬那些功勋卓著智勇双全的优秀人物，给他们唱赞美诗，给他们刚才讲过的那些特殊礼遇，给以上座，羊羔美酒，这样对于这些男女勇士，既增强了他们的体质，还给了他们荣誉。”④

实际上，柏拉图并不是完全否定荷马史诗中的道德内容，他只是根据自己的价值判断和言说立场选择那些适合实现和阐发他的道德理想的荷马史诗诗句。他说道：“既然诗的特点是这样，我们当初把诗逐出我们国家

---

① ［古希腊］柏拉图：《理想国》，郭斌和、张竹明译，商务印书馆 2010 年版，第 407 页。
② 同上。
③ 同上书，第 387 页。
④ 同上书，第 207 页。

的确是有充分理由的……我们大概也要许可诗的拥护者——他们自己不是诗人只是诗的爱好者——用无韵的散文申诉理由，说明诗歌不仅是令人愉快的，而且是对有秩序的管理和人们的全部生活有益的。我们也要善意地倾听他们的辩护，因为，如果他们能说明诗歌不仅能令人愉快而且也有益，我们就可以清楚地知道诗于我们是有利的了。……虽然我们受了我们美好制度的教育已养成了对这种诗歌的热爱，因而我们很乐意能听到他们提出尽可能有力的理由来证明诗的善与真。但是，如果他们做不到这一点，我们就要在心里对自己默念一遍自己的理由，作为抵制诗之魅力的咒语真言，以防止自己堕入众人的那种幼稚的爱中去了。”① 可见，只要符合柏拉图心目中的道德和宗教原则，既能给予人们审美的快感和愉悦，又能有益于城邦的管理和人们的生活，还符合至善和至真的原则，那么这种诗歌便能进入城邦。

柏拉图熟谙荷马史诗当无可非议，他的对话集引用荷马史诗的地方多达140余处。一些时候柏拉图对引用的荷马史诗诗句呈否定态度，一些时候持肯定态度。不管是否定和批判，还是肯定和赞赏，柏拉图引用荷马史诗诗句阐发和论证自己观点是无可否认的事实，这足以证明荷马史诗对柏拉图产生的巨大影响。当然，不论在什么场合引用荷马史诗诗句，柏拉图都是站在“理想国”的立场上立论和强化一以贯之的道德理想主义的观点。

第二节　贺拉斯和朗吉弩斯的史诗观念：合式与崇高

公元前4世纪，希腊政治经济开始衰落，政治中心逐渐由雅典转向马其顿，而从亚历山大帝国衰亡至罗马帝国的缔造，政治中心逐渐由希腊转向罗马。虽然在政治上征服了希腊，但是无论在创作上，还是在文艺理论和美学思想上，罗马仍然把希腊奉为圭臬，视为不可逾越的高峰。维吉尔摹仿荷马史诗创作了《埃涅阿斯纪》，贺拉斯、朗吉弩斯、普洛丁等在不同程度上继承和发展了柏拉图和亚里士多德的文艺理论和

① ［古希腊］柏拉图：《理想国》，郭斌和、张竹明译，商务印书馆2010年版，第407—408页。

美学思想。

贺拉斯诗学思想主要集中在《诗艺》这篇书信里。在书信中，贺拉斯以一个具有丰富诗歌创作经验的实践者的身份谈论了诗歌创作的方法，史诗是他论说的一个组成部分。贺拉斯推崇希腊文艺，认为“诗神把天才，把完美的表达能力，赐给了希腊人”,[①] 要求勤学古希腊的文艺典范，“日日夜夜把玩希腊的范例”。[②] 他接受了古希腊的“摹仿说”，主张作家“到生活中到风俗习惯中去寻找模型，从那里汲取活生生的语言”,[③] 提倡从具有典范意义的古希腊文学作品中汲取写作资源。贺拉斯主张摹仿荷马的创作。他说道：“用自己独特的办法处理普通题材是件难事；你与其别出心裁写些人所不知、人所不曾用过的题材，不如把特洛亚的诗篇改编成戏剧。”[④] 显然，贺拉斯在继承古希腊“摹仿说”的基础上，拓展了这一学说，不但把现实生活作为摹仿对象，而且把希腊作品作为摹仿对象。这是贺拉斯的《诗艺》值得肯定的地方之一。

贺拉斯强调史诗、戏剧和抒情诗有着各自的法则，把史诗定格为一种讲述帝王将相的业绩、悲惨战争的文学样式，指出荷马在这方面做得最出色。他说道：“帝王将相的业绩、悲惨的战争，应用什么诗格来写，荷马早已作了示范。……喜剧的主题决不能用悲剧的诗行来表达；同样，堤厄斯忒斯的筵席也不能用日常的适合于喜剧的诗格来叙述。每种体裁都应该遵守规定的用处。”[⑤] 贺拉斯在要求不同的文学样式恪守各自的门户和规则的同时，相对忽视了文学作品的独特性和不同文学样式之间的互通性。贺拉斯提出不论是遵循传统，还是独创，创作的东西要与传统的类型相一致。谈到在舞台上塑造阿喀琉斯形象时，他认为应该与荷马史诗中描写的形象一致。他说道：“譬如说你是个作家，你想在舞台上再现阿喀琉斯受尊崇的故事，你必须把他写得急躁、暴戾、无情、尖刻，写他拒绝受法律的约束，写他处处要诉诸武力。”[⑥] 贺拉斯推崇荷马，称赞荷马是编造故

---

① ［罗马］贺拉斯：《诗艺》，杨周翰译，人民文学出版社 1997 年版，第 154 页。
② 同上书，第 151 页。
③ 同上书，第 154 页。
④ 同上书，第 144 页。
⑤ 同上书，第 141—142 页。
⑥ 同上书，第 143 页。

事的高手，而应该学习荷马选择特洛伊战争全过程的一个插曲来创作史诗，不应该去创作一些大而无当的史诗。

贺拉斯对荷马史诗情节结构的阐述基本上没有超越亚里士多德。他赞同史诗不必从头至尾地把故事一一讲出来，而应该有所舍弃，应该注意故事情节的安排。他说道："他写狄俄墨得斯回家不从墨勒阿革洛斯的死写起；他写特洛亚战争也不从双胞的故事写起。他总是尽快地揭示结局，使听众及早听到故事的紧要关头，好像听众已很熟悉故事那样；凡是他认为不能经他渲染而增光的一切，他都放弃；他的虚构非常巧妙，虚实参差毫无破绽，因此开端和中间，中间和结尾丝毫不相矛盾。"① 这些论述与亚里士多德的诗学观点无二致，也无甚创见。另一个需要提及的是，柏拉图强调诗的教育功能，亚里士多德侧重诗的快感，贺拉斯则综合二者的观点，认为诗具有教益和娱乐双重功能。他说道："诗人的愿望应该是给人益处和乐趣，他写的东西应该给人以快感，同时对生活有帮助。"② 对于荷马史诗的社会功能，他认为聆听荷马史诗能够激发人们的斗志，培养人们在战斗中的勇敢精神。

贺拉斯对史诗的阐述远比不上亚里士多德的系统，只是以只言片语的形式散见于《诗艺》。不过，这些言论对文艺复兴和新古典主义时期，乃至16世纪之后的史诗观念产生了一定的影响。最值得一提的是，对亚里士多德关于史诗论述的重现发现正是通过贺拉斯的《诗艺》，可以说，贺拉斯对史诗的论述一定程度上是对亚里士多德诗学的新的阐释，而后人可能在对亚里士多德诗学思想阐释上更加深刻，或者走着不同的内在理路。

除了《诗艺》以外，罗马时代对后世影响较深远的文艺理论著作当推朗吉弩斯的《论崇高》。该著作首次把崇高纳入审美范畴讨论，往后对崇高的阐发多以此为起点逐步延伸和完善。与贺拉斯一样，朗吉弩斯也是一个古典主义者，推崇古典主义的传统和理想。他的《论崇高》目的之一便是从希腊罗马和其他民族的古典作品中寻找"崇高"的品质，指引人们学习古典理式。但是，朗吉弩斯也与贺拉斯有着不同，"贺拉斯谈到

---

① ［罗马］贺拉斯：《诗艺》，杨周翰译，人民文学出版社1997年版，第145页。

② 同上书，第155页。

摹仿古典时所侧重的是从古典作品中所抽绎出来的‘法则’和教条，朗吉努斯则强调具体作品对于文艺趣味的培养”。[①]

《论崇高》谈荷马史诗主要目的是以荷马史诗为例证分析作品的崇高风格。怎样的作品才称得上“崇高”，朗吉努斯不仅明确地给出了自己的观点，而且首次对这种特殊审美感知作出了较为合理的解释：“真正崇高的文章自然能使我们扬举，襟怀磊落，慷慨激昂，充满了快乐的自豪感，仿佛是我们自己创作了那篇文章。……真正伟大的作品，是百读不厌的，很难甚且不可能抵抗它的魅力，它留给你牢固的、不可磨灭的印象。一般地说，凡是古往今来人人爱读的诗文，你可以认为它是真正美的、真正崇高的。因为若果不同习惯、不同生活、不同嗜好、不同年龄、不同时代的人们，对于同一作品持同一意见，那末，各式各样批评者的一致判断，就使我们对于他们所赞扬的作品深信不疑了。”[②] 朗吉努斯界定的“崇高”既注意到了作品的作者具有的崇高品质和伟大理想，又强调了读者对作品的接受，甚至把读者放在更重要的位置上，而且指出真正“崇高”的作品不论何时、何地、何人都能被接受和被喜爱。也就是说，作品“崇高”的完成和接受是由作者和读者构成的，它能经受得住时间、空间，以及各个阶层的读者的考验。以这种观点为标准，荷马史诗理所当然地被划入到朗吉努斯所谓的“崇高”的作品范畴内。

朗吉努斯认为崇高的风格来源于“庄严伟大的思想”、“慷慨激昂的热情”、“辞格的藻饰”、“高雅的措辞”、“尊严和高雅的结构”五个因素，其中又把“伟大的思想”放在首位，较其他因素更为重要。他援引荷马史诗中的诗句论证“崇高的风格是一颗伟大心灵的回声”。[③] 埃阿斯是荷马史诗中的英雄人物，与奥德修斯争夺阿喀琉斯遗留下来的盔甲，不胜，而后含恨自刎。后来，奥德修斯在回归途中招请埃阿斯的灵魂，埃阿斯含怒不语。朗吉努斯认为这种沉默包孕的悲壮比任何言语都要崇高。在朗吉努斯眼中，只要具备崇高的精神，即使不发一言，也

① 朱光潜：《西方美学史》，人民文学出版社2010年版，第106页。

② ［罗马］朗吉努斯：《论崇高》，缪灵珠译，收入《缪灵珠美学译文集》第一卷，中国人民大学出版社1998年版，第82—83页。

③ 同上书，第84页。

足以让人赞叹。当希腊人的车和马都被笼罩在浓重的迷雾里，埃阿斯向宙斯呼告道："父宙斯啊，给阿开奥斯人拨开这迷雾，让晴空显现，让我们双眼能够看见，如果你想杀死我们，也请在阳光下。"[①] 朗吉弩斯认为埃阿斯不愧为勇士，他并不是害怕死亡，而是恼恨自己英雄无用武之地，他希望能够像一个战士那样为荣誉去战斗，乃至牺牲生命也在所不惜。朗吉弩斯把埃阿斯这种行为视为具备崇高的品格、高尚的心灵和意志。

朗吉弩斯称赞荷马的丰富想象力，指出他具有把所描绘的事物呈现在受众面前和让受众觉得目睹事情在眼前发生的能力，并以描述"神的战斗"的诗行分析了荷马的想象力如何营造出惊心动魄的效果。[②] 因为"神的战斗"的描述亵渎神灵，完全没有顾及得体与否，因此朗吉弩斯认为"神的战斗"远比不上如实地描绘神的神性和伟大。无论是神灵的伟大，还是英雄的高尚，都流自于荷马的唇齿之间。所以，朗吉弩斯认为这些都象征着荷马的伟大，荷马真正把自身置于战争中，以高尚的心灵完成崇高的作品。

在论述荷马史诗的崇高美时，朗吉弩斯对《伊利亚特》和《奥德赛》作了相应的比较。《伊利亚特》以戏剧性的动作为主，而《奥德赛》则以叙事为主；前者崇高风格始终如一，后者却崇高中时有平凡；前者无论是情节，还是政治生活和现实生活的描述都生意盎然，而后者则如退潮的沧海波平如镜，逍遥于野史奇谈。由此，朗吉弩斯推定《伊利亚特》是荷马才华全盛时代创作的，而《奥德赛》则是他暮年的作品，好比落日，"壮观犹存，但光华已逝了"。[③] 朗吉弩斯的推定还有一个理由，那便是《奥德赛》着重性格的刻画。他把这种创作手法视为伟大诗人热情和才华衰退的标志，甚至认为基尔克把奥德修斯同伴变成猪的故事，奥德修斯破船遇难十日不食以及屠杀求婚者等故事都是废话。可见，朗吉弩斯把动作刻画的重要性置于人物刻画之上，这与亚里士多德一致。但是，亚里士多

① ［古希腊］荷马：《伊利亚特》，罗念生、王焕生译，人民文学出版社 2004 年版，第 416 页。

② ［罗马］朗吉弩斯：《论崇高》，缪灵珠译，收入《缪灵珠美学译文集》第一卷，中国人民大学出版社 1998 年版，第 85 页。

③ 同上书，第 87 页。

德强调动作目的在于建构情节的整一性，而朗吉弩斯强调动作的目的在于它最能表现强烈的情感，最能体现崇高的风格。

与亚里士多德和贺拉斯一样，朗吉弩斯也主张艺术要摹仿自然和现实生活。他赞赏荷马美妙的想象力，指出荷马的想象力是以现实生活为原型，因此在描述神灵受伤、争吵、复仇、流泪、囚禁等诸多苦难时把神写成人，把人写成神。另外，朗吉弩斯提倡摹仿古希腊文艺中的典范作品，认为这是通向崇高境界的途径之一。但是，与贺拉斯不同，贺拉斯主张摹仿古典作品侧重于学习技巧，而朗吉弩斯则侧重学习其中的崇高精神，强调要同古人竞赛，超越古人。荷马是朗吉弩斯最钟爱的作家之一，他提倡以荷马史诗为典范，培养表现崇高风格的技巧，指出柏拉图便是学习荷马史诗的经典范例："摹仿古代伟大散文家和诗人们，并且同他们竞赛。……尤以柏拉图为出类拔萃，他引导荷马那源泉的无数小溪流入他自己的文章里。……我觉得，柏拉图决不能在他的哲学芳园里使得百花齐放，也不能同荷马一起踯躅于诗歌和词藻的幽林，要不是他全心全意要与荷马竞夺锦标。"①

朗吉弩斯首次从崇高这一审美范畴对荷马史诗作了相关的论述，呈现出与亚里士多德和贺拉斯不同的理论批评实践。亚里士多德和贺拉斯侧重对荷马史诗的创作法则的阐述，而朗吉弩斯则侧重挖掘荷马史诗的精神实质。亚里士多德和贺拉斯侧重理智，朗吉弩斯则侧重情感。也就是说，朗吉弩斯的《论崇高》标识着对荷马史诗的论述由规范诗学的范畴转向接受审美的范畴，由抽象的理论探讨转向具体作品的崇高风格的分析，直接对后世的浪漫主义文论产生了深远影响。

第三节 文艺复兴时期的史诗观念：斯卡利格、明图尔诺、钦齐奥、塔索

文艺复兴始于14世纪，止于16世纪。它不仅是欧洲从中世纪向近代社会转型的枢纽，也是古希腊罗马和中世纪文艺理论向现代文艺理论转型

① ［罗马］朗吉弩斯：《论崇高》，缪灵珠译，收入《缪灵珠美学译文集》第一卷，中国人民大学出版社1998年版，第92—93页。

的关捩点。文艺复兴在文艺理论和批评实践上主要呈现为对古希腊罗马古典学术的复兴。由于历史的渊源和新兴资产阶级的提倡，意大利率先发起了古典学术的复兴运动，继而成为这一运动的领导者，随后各国的文艺理论和批评实践基本上都是沿着意大利的路子相继展开的。因此，了解和掌握了文艺复兴时期意大利学者对史诗的观点和见解，这一时期其他各国学者的史诗观念亦不难掌握。

对史诗的讨论与意大利学者对古希腊罗马古典诗学的研究同步开展，并在15—16世纪达到高潮，其中柏拉图、亚里士多德、贺拉斯等人的文艺理论和批评实践成为他们主要的学习对象，尤其以亚里士多德的《诗学》最为得到时人的关注。仅16世纪，意大利印行的亚里士多德的《诗学》的译本和注释本便有数十种，贺拉斯的《诗艺》也有意大利文的译文本，摹仿《诗学》和《诗艺》撰写的诗论更是层出不穷，其中便有特里西诺（Giangiorgio Trissino）的《诗学》、斯卡利格（Julius Caesar Scaliger）的《诗学》、明图尔诺（Antonio Sebastian Minturno）的《诗艺》、卡斯特尔韦特罗（Ludovico Castelvetro）的《亚里士多德〈诗学〉的诠释》等。这些诗论著作对古典诗学中的一些基本问题进行了新的探索和思考。

学习亚里士多德和贺拉斯的诗学理论的学术态度之一是虔诚，把二者抽绎出来的法则尊奉为永恒的规则。斯卡利格的《诗学》便是坚守亚里士多德和贺拉斯诗学传统的一个典型范例，坚持认为史诗和悲剧的内容和形式应该遵循古典权威制定的规则和标准。当然，斯卡利格对史诗也有着自己独特的见解，那便是认为史诗是诗歌的原型，其他诗歌都应该以它为规范："我们可以从史诗的优胜地位，根据它的特殊题材和性质，引申出统辖其余各种诗的创作的普遍规律来。"① 这种观点与他主张同一范畴的事物都有一个完满的、能够作为同类其他一切事物的模范或标准的原型的观点有着莫大关联，直接导致他把史诗放在所有其他诗歌之上，而且以史诗为出发点寻找诗歌共同的规律，以及错误地认为史诗决定了各种诗歌的特点。诗歌之间具有相同的因素，这毋庸置疑。

---

① ［意］斯卡利格：《诗学》，缪灵珠译，收入《缪灵珠美学译文集》第一卷，中国人民大学出版社1998年版，第364页。

但是以史诗这一诗歌样式作为所有诗歌的规范和标准，消弭了诗歌之间必然存在的相异性，否定史诗、抒情诗、戏剧诗等不同诗歌样式具有的独特内容和形式。

他指出史诗应该从与主题有着同一渊源且密切相关的大事讲起，特别强调不能再三重复同一事件，指出这种做法会让受众生厌，干扰受众的注意力。他非常注重受众在聆听史诗时的反应，把能够抓住受众的心理和心情视为一部好的史诗作品的标志："你行将采用它作为主题的那件大事，不应该首先在叙述中摆出来，因为听众的心情必须悬宕，处于疑虑之中，期待着将要展开的情节。"① 从这一原则出发，斯卡利格找到了维吉尔的《埃涅阿斯纪》，把它作为忠实遵循这一原则的范例。他认为史诗应该是一个由诸多部分组成的有机整体，每一部分都有着有机的、必然的联系："在分章分节之时，你应该把每一个部分派到适当的地位上，所以全书好像是必然这样形成的，只有非凡的马洛·维吉尔完全实现了这一成就。"② 他不赞同把长度作为区分悲剧和史诗的一个维度，指出并非所有的史诗都是冗长的，而且对史诗和悲剧的适宜长度提出了自己的观点："'相当长度'一语，意即不是太长也不是太短，因为几首诗是不能满足渴望的观众的，他们准备有几小时的娱乐来补偿许多日的单调无聊的生活。然而，冗长也同样是不妥的，你会像普劳图斯那样说：'我的脚坐到发麻，我的眼看到发痛了。'"③

明图尔诺主要阐述了史诗、悲剧、戏剧等文学样式的规律性及其艺术标准的普遍性和永恒性，强调古典文艺的典范性和不可逾越性以及摹仿古典文学作品的必要性。明图尔诺把古希腊罗马史诗尊奉为经典，把亚里士多德和贺拉斯的文艺理论尊奉为权威："是最优秀的希腊和拉丁诗人在他们的作品中表现出史诗的观念，也是最杰出的希腊和拉丁作家根据这观念写出诗学来。"④ 在明图尔诺看来，要超越这些古典的史诗作品而创作出

---

① ［意］斯卡利格：《诗学》，缪灵珠译，见《缪灵珠美学译文集》第一卷，中国人民大学出版社 1998 年版，第 365 页。

② 同上。

③ 同上书，第 362—363 页。

④ 同上书，第 382 页。

一种新型的艺术几乎是在梦中说话，“就好像要在非洲沙漠中寻找绿树青草”。[①] 明图尔诺甚至直截了当地把亚里士多德和贺拉斯以荷马史诗为范例总结出来的诗艺视为真理和一种亘古不变的法则：“如果这两位古人，使用荷马史诗为例证，曾教导我们一种真正的诗艺，我就看不出怎样能够创立另一种诗艺，因为真理只有一种，只要一旦证明是真的，就必然在任何时代总是真的。”[②] 这种史诗观念是一种静止而僵化的形而上学的观念，忽视了史诗的多样性，没有观照史诗在不同时代、不同地域呈现的不同形式，也没有以一种动态的眼光思考史诗的形成、发展，乃至变异。

在论述史诗的结构上，明图尔诺也谨守亚里士多德和贺拉斯的诗学观，认为史诗的情节应该是一件独立完整而具有相当长度的故事，具有包容许多在同一时间而在不同地方发生的事件的能力，能够吸纳诸多丰富多彩的题材以让读者心旷神怡，唤醒读者的注意力，乃至驱除冗长的史诗长度带来的闷气。明图尔诺区分了历史与史诗的异同，指出历史是把一切偶然或必然的事件按照时间顺序一一叙述出来，而史诗却是按照必然律把那些能够达到同一结局的事情编制起来，不必把一个人所有遭遇的事件和属于同一类的所有事件都叙述出来，因为史诗所描述的事件具有普遍性。

文艺复兴运动的另一个表现是新作品的出现。这些新作品突破了亚里士多德和贺拉斯的诗学规范，如果还是固守古典诗学规范来衡量它们，那么它们几乎没有任何价值。于是，围绕应该以古希腊的诗学法则，还是应该根据时下的文学创作、欣赏趣味以及时代生活等诸多因素对新作品的内容和形式进行新的思考和探索展开了讨论。引起这场论争的新作品之一便是16世纪初意大利作家阿里奥斯托（Ludovico Ariosto）创作的传奇体叙事诗《罗兰的疯狂》。作为保守者的明图尔诺强烈谴责《疯狂的罗兰》，指责它“不符合荷马和维吉尔所遵守的、亚里士多德和贺拉斯所认为合适的形式和法则”。[③] 他把史诗看成希腊罗马中最优秀的诗人创作的作品，而把传奇体叙事诗看成是摹仿蛮族的传奇和古典的作品。很明显，明图尔

① ［意］明图尔诺：《诗艺》，缪灵珠译，收入《缪灵珠美学译文集》第一卷，中国人民大学出版社1998年版，第382页。

② 同上。

③ 同上书，第374页。

诺持有的史诗观念是一种极端保守观念的体现，继承古典诗学的史诗观固然重要，但是，如果否定任何创新和新的探索又完全背离了艺术发展的规律。

与明图尔诺针锋相对的是革新派，他们主张文艺创新，反对墨守古典诗学法则，钦齐奥（Girandi Cinthio）便是其中一个代表性人物。当明图尔诺攻击《疯狂的罗兰》时，钦齐奥撰写了《论传奇诗的创作》，为之辩护，热情地肯定了该作品在内容和形式上所作出的创新。钦齐奥提倡文学创作的自由，主张打破前人所制定的条条框框，独辟蹊径，攀登上诗神之山。他讥讽那些盲目迷信古典权威的学者，指出它们毫不考虑到亚里士多德和贺拉斯既不懂得意大利语言，也不懂得意大利人的写作方式，强硬地把传奇体叙事诗放在两人所定的规则约束里的行为是荒唐可笑的。他高度评价了意大利本土的塔斯康尼诗人的作品，指出他们的价值不亚于古希腊罗马史诗："我们塔斯康尼诗人们的作品在我们的语言里的价值，比起希腊拉丁诗人们的作品在他们的语言里的价值也并不减色，尽管塔斯康尼诗人们并没有遵照前人的老路走。说句真话，我们的语言也有它所特有的诗，这种诗不是另一语言或另一民族所能有的。"① 他认为亚里士多德制定的诗学法则只能适用于那些单一情节的作品，不能适用于描写许多英雄事迹的作品："在我看来，如果一个诗人要用传奇体写古时材料，他最好不限于一个人物的单一动作，毋宁使用一个人物的许多动作。我认为这种方法比只写一种动作的方法较适宜于传奇体叙事诗。情节的头绪多，会带来多样化，会增加读者的快感，也使作者有机会多加穿插，运用如果放在写单一情节的诗篇里就难免遭到谴责的那些事件。"② 与单一情节的史诗相较，钦齐奥更倾向选择多线发展的传奇体叙事诗，因为史诗不过是一卷接着一卷讲下去，卷与卷之间在内容上保持着某种关系，而传奇体叙事诗要处理许多英雄的事迹，不可能一个歌接续着另一个歌，必须中断第一个主题去叙述另一个英雄的事迹，处理这种接续处便需要诗人以高明的技巧来完成。

钦齐奥提出要创立符合时代要求、符合新作品内容与形式的新诗艺：

① 伍蠡甫主编：《西方文论选》上卷，上海译文出版社1979年版，第186页。
② 同上书，第185页。

"正如希腊拉丁人是从他们的诗人那里学到了他们的诗艺，我们也应从我们的诗那里学到我们的诗艺，谨守我们的最好的传奇体诗人替传奇体诗所定下来的形式。"[1] 在钦齐奥的眼中，荷马史诗的题材并非都适合他的时代："一个诗人若果想从荷马汲取文学素材，就得审慎从事，只应摘取适合于自己的创作时代的东西，至于有些题材，在荷马由于上述的理由还情有可原，在今日的作家则显然是欠妥，他们要假借古人的权威，而授之于本无权威的事物。……虽则荷马的作品可以给所有诗人提供创作题材（而事实上已经提供了），但并非荷马所写的一切尽适合于各种时代，各种年龄，各种身份。"[2] 所有这些表明，钦齐奥提倡的诗学理论不是盲目地遵从古典诗学规范，而是对诗歌创作经验的理论总结。

塔索（Torquato Tasso）是文艺复兴晚期的意大利诗人和文艺理论家，创作了著名长篇叙事史诗《被解放的耶路撒冷》，撰写了理论著作《论诗的艺术》、《论英雄史诗》。史诗是塔索诗学理论著作阐发的主要文学样式之一。塔索认为英雄史诗是对英雄光辉行为的摹仿，风格壮丽，使用最崇高的诗句描述情节，借助神奇激动人们。他驳斥把史诗放在诡辩家艺术范畴内的做法，因为荷马比其他任何人都更喜欢致力于本身具有必然性的主题："荷马就想以赫克托耳来表示保卫祖国是十分值得赞美的事情，以阿喀琉斯来表示复仇雪恨是可贵的，是高尚的人的行为，从而是公正的，是神灵所嘉许的。这些见解本身当然是或有可能的，因而具有象真性，而且由于荷马的艺术加工，变成了很有可能或者当然如此，从而很像是真实的。"[3] 诡辩家却不同，他们描述的事情是表面或然的事情，目的是运用一些模棱两可的词或误导或迷惑受众。塔索也不赞同把荷马史诗视为对幻象的摹仿，因为史诗摹仿的对象是"今日有之、昔日亦有而且可能有之的事情"。[4] 塔索认为史诗中特洛伊战争、阿喀琉斯的愤怒、埃涅阿斯的虔诚、独目巨人等诸多事件或是摹仿它们真实的样子，或是可能的样子，

---

① 伍蠡甫主编：《西方文论选》上卷，上海译文出版社 1979 年版，第 186 页。

② ［意］钦齐奥：《论传奇诗的创作》，缪灵珠译，收入《缪灵珠美学译文集》第一卷，中国人民大学出版社 1998 年版，第 420 页。

③ ［意］塔索：《论英雄史诗》，缪灵珠译，收入《缪灵珠美学译文集》第一卷，人民大学出版社 1998 年版，第 445 页。

④ 同上书，第 446 页。

或是依照传说所言的样子编织而来的。这些摹仿对象足以给诗人提供适当的且符合真实性要求的题材，而不至于摹仿刻画今日没有而且从来没有过的幻象或事情。也就是说，塔索一方面强调史诗诗人应该描写符合必然律的事件，遵循真实性的原则；另一方面也强调神奇性原则，允许那些充满神力的神祇和精灵出现在史诗中。

史诗创作是一种摹仿的技艺，与历史有着密切的联系。史诗诗人与历史学家不同，历史学家追求信史，执着于细节的真实性，而史诗诗人侧重摹仿和虚构。当然，诗人们创作的史诗应该取材于真实的历史和真实的宗教，但是他们不会拘泥于历史中确切的细节。塔索认为较为适合作英雄史诗主题的历史是离诗人很远的某一个时代或某一民族的历史，因为“那些史迹埋藏于远古，以至微弱模糊的记忆也几不留存，所以诗人就能一再窜改史迹，任意加以叙述”，[①] 一再强调“当代的或不久以前的事迹就不应该成为英雄史诗的题材”。[②]

文艺复兴时期的史诗讨论是在尊崇古典与探索创新的张力中展开的，斯卡利格和明图尔诺遵循着亚里士多德和贺拉斯的诗学规范，主张复古，批评传奇体叙事诗不符合古典诗学法则，而钦齐奥肯定了传奇体叙事诗的创新性，力主打破保守、教条和沉闷的诗学批评。塔索在继承古典诗学史诗观念的基础上，对史诗作了丰富多彩和生动具体的阐发。可以肯定，他们对史诗的相关论述以不同的方式影响着后世的史诗理论。

第四节　新古典主义至启蒙运动时期的史诗观念：布瓦洛、伏尔泰、莱辛、维柯

16—17 世纪之交，文艺复兴运动衰退，新古典主义开始兴起，且一直持续到 18 世纪，同时文艺的中心也逐渐由意大利转移到法国。新古典主义在一定程度上是当时的社会思潮和学术风习的结果，古希腊罗马文化成为新古典主义创作和理论批评的源泉和楷模，以笛卡尔的唯理性主义哲

① ［意］塔索：《论英雄史诗》，缪灵珠译，收入《缪灵珠美学译文集》第一卷，人民大学出版社 1998 年版，第 453 页。

② 同上书，第 454 页。

学思潮为基础追求文学理论的普遍性。布瓦洛（Nicolas Boileau-Despraux）是法国古典主义的代表，他接受了当时的科学精神和理性精神，强调文艺的秩序和理性，进一步强化和发展了亚里士多德和贺拉斯的诗学理论体系。他的《诗的艺术》第三章分析了史诗的特点和创作规律。

布瓦洛着重阐述了虚构和神话在史诗创作的重要角色，认为荷马运用这两种方式把一切事物重新装饰，给予美化、提高和放大，从而营造出华贵和高妙的艺术风格。如果没有了虚构和神话，“诗句便平淡无奇，诗情也死灭无余，或者是奄奄一息，诗人也不是诗人，只是羞怯的文匠，是冰冷的史作者，写的无味而荒唐”。① 布瓦洛批评戴玛来（Saint—Sorlin Desmarets）指责史诗中神话的行为，指出“想从诗里排除掉这些传统的装饰，想叫诗里表演的教圣、先知和上帝行动一如古诗人创造出来的神祇”② 是绝不能产生令人愉快的东西，“神话给人的兴味真乃是气象万千”。③ 肯定神话在史诗中的作用当然没有错，但是把神话看作荷马、维吉尔等大诗人创造出来的，目的是装饰文字，那就不妥当了。神话是初民们创造出来的关于神祇的故事，而非个人所能完成的创举，它的功能不仅仅在于文字，更重要的在于传达社会的宗教价值规范、确立一种世界秩序等诸多方面。

布瓦洛不主张史诗以基督教故事为题材，反对把非基督教的神祇混入基督教题材里，指出“你们胆敢拿虚构来向《圣经》里掺杂，反使《圣经》的真理看起来好像神话”。④ 对史诗描述上帝和伏魔英雄竟然不能战胜和打倒反抗上帝的叛逆之神和魔王，布瓦洛更是深恶痛绝，责问它们的诗人“要人看到的竟是个什么东西”。⑤ 事实上，在布瓦洛撰写《诗的艺术》之前，弥尔顿已经以《圣经》中的故事创作了《失乐园》，歌颂了恶魔撒旦追求自由的崇高精神。可能因为没有见过或阅读过这部著作，布瓦洛没有把该著作作为批评的目标，而把上述责问的矛头直接对准了塔索的《被解放的耶路撒冷》：“我在这里绝不愿挑剔他，和他争讼；然而，如果

① ［法］布瓦洛：《诗的艺术》，任典译，人民文学出版社 2009 年版，第 42 页。
② 同上书，第 43 页。
③ 同上书，第 45 页。
④ 同上书，第 43 页。
⑤ 同上。

他的书只写布荣能说教，说来说去，到头来使恶魔皈依正道，如果雷诺、阿尔干、唐克来及其情侣不在惨烈气氛中穿插着种种欢娱，那么，不论现时代为塔索怎样誉扬，他的书也绝不能算是意大利之光。"① 在布瓦洛看来，《被解放的耶路撒冷》对上帝和恶魔斗法的描绘没有任何打动人心的力量，只是在情节中穿插的人物和故事、描写的生动以及诗句的和谐显示出艺术的威力。这种观点见出布瓦洛是非常看不上那些不符合古典诗学法则的史诗，甚至厌恶那些稍微越出常规而呈现奇特的东西。

布瓦洛主张诗歌要歌颂真正的英雄，反对选取平凡的征服者。他说："那就该选个英雄真正能博得人怜，论勇武天下无敌，论道德众美兼赅；纵然是在弱点上也显得英雄气概；要他的惊人事迹能值得谱成演义，要伟大得像凯撒、亚历山大或路易，不能像波里尼斯和他的无义之兄：一个平凡的征服者，谁都厌他的行动。"② 正是依据此标准，布瓦洛不赞同把中世纪英雄什尔德悲兰（Childebrand）作为史诗的英雄人物来歌颂，认为他的名字足以使得"整个诗篇或可笑或呈蛮气"。③ 对史诗的创作，布瓦洛以荷马的《伊利亚特》为范例，提出不要在一个主题上堆砌过多的琐事，对作品的篇幅应该做出适当的裁剪，剔除那些琐屑不堪的情节，以达到叙事活泼而迅疾、描写丰赡而华丽、诗句雅致而简洁。又以维吉尔的《埃涅阿斯纪》为范例，指出史诗的开篇要简朴，不要装腔作势，开头就夸海口，说大话，用"雷一般的嗓子向读者大言不惭"，④ 而应该像维吉尔那样一点都不高声夸大，只使用"温柔的语调简易和谐地宣布"史诗故事要开始了。⑤

布瓦洛非常推崇荷马摹仿自然和社会世界的技巧，指出荷马令人倾倒的地方是"从大自然学来"的，夸赞他"仿佛向维纳丝盗得了百媚宝带"，⑥ 能够点石成金和化腐朽为神奇，能够使阅读他作品的读者永远不疲惫和充满欣赏的眼光。在《诗的艺术》出版之后，布瓦洛翻译了朗吉

① ［法］布瓦洛：《诗的艺术》，任典译，人民文学出版社 2009 年版，第 44 页。
② 同上书，第 46 页。
③ 同上。
④ 同上书，第 47 页。
⑤ 同上书，第 48 页。
⑥ 同上书，第 49 页。

努斯的《论崇高》，撰写了《朗吉努斯〈论崇高〉读后感》。沿袭了朗吉努斯的观念，他再次强调荷马和维吉尔的史诗是优秀的作品："在这崇高的行列之中我只列入象荷马，柏拉图，维吉尔之类少数奇特的作家，单是他们的姓名就已经是颂词。我尊敬这类作家，并不是因为他们的作品流传得这样长久，而是因为它们在这样长久时期里博得人们的赞赏。……一个作家的古老对他的价值并不是一个准确的标准，但是人们对他的作品所给的长久不断的赞赏却是一个颠扑不破的证据，证明人们对它们的赞赏是应该的。"①

启蒙运动提倡以人为中心，以自由、平等、博爱为价值旨归，以自然规律为人的行为准则。与这种政治思想文化主张相一致，启蒙运动者对文学艺术的基本态度便是反对维护君权的新古典主义，批判布瓦洛的唯理主义。也就是说，启蒙运动者要求突破新古典主义者创建的文学样式、创作规则、文学功能等诸多理论体系，重新建构符合时代要求和现实生活的文艺理论和美学观点。伏尔泰是启蒙运动的代表性人物之一，他创作了以法国16世纪宗教战争为题材的史诗《亨利亚德》，撰写了阐发自己文学观和文学主张的《论史诗》。这里主要围绕《论史诗》阐述伏尔泰的史诗观念。

伏尔泰一方面承认古希腊罗马史诗取得的辉煌成就，另一方面不赞成把它们当作金科玉律，盲目地模仿它们。他说："我们可以赞美古人，但不要让我们的赞赏变成为盲从。为了更好地回顾过去并欣赏那些我们不能加以精确评价的古代作品，让我们不要对自然赋予的美闭上眼睛而使我们自己和自然遭受损失吧。"② 虽然赞美荷马史诗和《埃涅阿斯纪》，但是伏尔泰指出要透彻地了解史诗，仅仅了解这两部史诗是不够的，而应该了解史诗在不同国家呈现的形式："一个研究文学的人考察一下产生于互不联系的各个时代和国家的不同类型的史诗，这不仅能得到很多乐趣，而且也会得到很大的好处。"③ 他特别强调不同民族和国家的史诗所具有的独立性和差异性，在考察这些史诗不同的特点时指出："意大利语的柔和和甜

① 伍蠡甫主编：《西方文论选》（上册），上海译文出版社1979年版，第304—305页。

② 同上书，第324页。

③ 同上。

蜜在不知不觉中渗入到意大利作家的资质中去。在我看来，词藻的华丽、隐喻的运用、风格的庄严，通常标志着西班牙作家的特点。对于英国人来说，他们更加讲究作品的力量，活力和雄浑，他们爱讽喻和明喻甚于一切。法国人则具有明彻、严密和幽雅的风格。他们既没有英国人的力量，也没有意大利人的柔和，前者在他们看来显得凶猛粗暴，后者在他们看来又未免缺乏须眉气概。……要看出各相邻民族鉴赏趣味的差别，你必须考虑到他们不同的风格。”① 显然，伏尔泰已经清楚地认识到不同民族和国家的史诗创作是立足在各自的社会生活和民族特点的基础上，具有各自独特的风格，具有各自的鉴赏趣味和习惯。也正是如此，伏尔泰不赞成以一个民族或国家的史诗的标准去评价另一个民族或国家的史诗。毫无疑问，伏尔泰持有的这种见解具有进步意义和富有启发性。

伏尔泰强烈反对新古典主义的泥古倾向，主张今胜于昔的观点，对布瓦洛那种墨守成规的诗学框架持怀疑态度。布瓦洛非常瞧不上塔索的《被解放了耶路撒冷》，以维吉尔的《埃涅阿斯纪》为参照系对该著作进行了严厉的批评。对塔索的这种看法，布瓦洛直到晚年也没有改变：“他充满着过于华丽的形象，矫揉造作的语法和轻浮佻达的文思，不但不能适合他的‘耶路撒冷’，就连在他的‘阿曼妲’里也不很相宜。所有这一切都与维吉尔的明智、厚重和庄严相反，请问，这不是玻璃珠翠与纯金相反吗?”② 伏尔泰却持不同的观点，认为塔索的《被解放了的耶路撒冷》是意大利文学典范作品中最值得注意的作品，并为之辩护道：“布瓦洛曾诋毁塔索的玻璃珠翠；但是金缕衣上纵然有一百块假金片也是应该原谅的；在荷马建成的那座伟大的云石宫殿里也有不少的粗石料；布瓦洛也知道，也感觉到，却是不说；应该说公道话呀。在威尼斯，如果前一艘船上有人诵一首‘耶路撒冷’里的绝句，后一只船就立刻有人和着念第二首：如果布瓦洛听了这种唱和，就该无话可说了。”③ 很明显，伏尔泰不赞同以古非今，主张用发展的眼光看待史诗，强调不同的民族具有不同的鉴赏趣

① 伍蠡甫主编：《西方文论选》（上册），上海译文出版社1979年版，第323页。

② 转引自［法］布瓦洛《诗的艺术·附录诗选》，任典译，人民文学出版社2009年版，第86—87页。

③ 同上书，第87页。

味和风格。

伏尔泰对以古希腊罗马史诗为范例抽绎出来的法则表示非常的反感，甚至到了要求抛弃一切法则的程度。他说道："几乎一切的艺术都受到法则的束缚，这些法则多半是无益而错误的。……每一门科学和艺术都有自己一套难懂的术语，创造这些术语的目的似乎只是为了使别人难以接近这门学科……即使他们的法则是正确的，那些法则又有多大用处呢？荷马、维吉尔、塔索和弥尔顿几乎全是凭自己的天才创作的。一大堆法则和限制只会束缚这些伟大人物的发展，而对那种缺乏才能的人，也不会有什么帮助。"① 伏尔泰否定"法则"很大程度上是因为找不到那种永恒不变的绝对标准。对他而言，不同民族的生活方式、风尚、习俗等方面的差异性决定了不同民族国家的史诗必然具有各自的独特性，以任何一个民族国家的史诗为范例抽绎一定的法则去衡量和框架其他民族史诗都必然会有所偏差，甚至得出错误的结论。

当然，伏尔泰并非全然否定所谓的"法则"，他也赞同从各民族国家的史诗中探寻出共同的法则和鉴赏标准，但是反对囿于一国，主张应该注意到各个民族国家的语言特征、文学风格和时代风尚："自从文艺复兴以来（当时古代作家被公认为创作的典范），荷马，德谟斯梯尼，维吉尔，西塞罗等在某种程度上已将所有的欧洲人联合起来置于他们的支配之下，并为所有各民族创造了一个统一的文艺共和国。但是在这个共同的领域之中，各个国家引进了各自的特殊的欣赏趣味。"② 伏尔泰一再强调深入考察不同民族国家的史诗的益处和重要性，指出"注意一下对那些优秀人物的栩栩如生的描绘——他们之中有希腊人、罗马人、意大利人和英国人，……他们都是按照自己国家的方式来进行写作的——我们可以从中得到深深的满足"。③ 伏尔泰甚至相信，如果不同民族之间能够在互相尊重的基础上展开交流观察，互相借鉴和补益，那么发展出一种共同的艺术欣赏趣味是有可能的。

一些西方文学批评史家把伏尔泰的这些观点和看法誉为比较文学、真

① 伍蠡甫主编：《西方文论选》（上册），上海译文出版社1979年版，第318—319页。

② 同上书，第322页。

③ 同上书，第324—325页。

正的相对主义批评以及宽容态度的开端，但是韦勒克认为伏尔泰在关于不同民族的史诗或民族趣味上的差别的论述中，几乎谈不上有什么真正像样的比较文学方面的内容，认为《论史诗》不是一部论述史诗的书，而主要为了达到一个直接的目的：为伏尔泰本人的史诗《亨利亚德》辩护。[①] 当然，在看到韦勒克的言论有点偏激的同时，也应该看到伏尔泰过度否定史诗法则的做法影响了他对史诗规律问题的进一步探讨。

莱辛（Gotthold Ephraim Lessing）是德国启蒙运动的杰出代表人物，是德国文学的奠基人，他把德国文学从平庸的戈特舍德所代表的法国新古典主义的统治下解放出来。[②] 莱辛也是文艺理论家和美学家，撰写了《当代文学书简》、《拉奥孔》和《汉堡剧评》等理论专著，对各种文学和文化艺术活动展开了批评，其中《拉奥孔》对荷马史诗做了较为详尽的阐述。以现在的眼光考量，这些阐述对荷马史诗的美学研究仍然具有非常高的参考和借鉴价值。

《拉奥孔》又名《论画与诗的界限》，是美学史上一部重要的历史文献。该著作从古典雕刻和古典史诗对拉奥孔这一题材不同的处理方式谈起，论证了造型艺术与诗歌的区别，并以具体的造型艺术和史诗为例抽绎出画和诗的基本原则及特殊规律。莱辛谈到史诗的美学始于试图纠正温克尔曼所宣扬的“静穆美”的古典主义艺术趣味。温克尔曼的观点是“希腊绘画雕刻杰作的优异的特征一般在于无论在姿势还是在表情上”，“都显出一种高贵的单纯和静穆的伟大”。[③] 同时，温克尔曼指出造型艺术上的拉奥孔的面部表情呈现出来的痛苦没有人们预期中的那么强烈。虽然部分同意温克尔曼的论点，但是莱辛却完全反对把这一通过造型艺术所推演出来的规律运用在诗歌的解释上。莱辛对荷马史诗中英雄的号喊解释道：“尽管荷马在其它方面把他的英雄们描写得远远超出一般人性之上，但每逢涉及痛苦和屈辱的情感时，每逢要用号喊、哭泣或咒骂来表现这种情感时，荷马的英雄们却总是忠实于一般人性的。在行动上他们是超凡的人，

---

① ［美］雷纳·韦勒克：《近代文学批评史》第一卷，杨自伍译，上海译文出版社 2009 年版，第 32 页。

② 同上书，第 206 页。

③ ［德］莱辛：《朱光潜全集·拉奥孔》，朱光潜译，安徽教育出版社 1989 年版，第 9 页。

在情感上他们是真正的人。”[①] 也就是说，荷马与造型艺术家不同，他要有意识地，乃至尽力地让英雄的痛苦和哀号表现出来，英雄的号喊是遭受痛苦时自然而然流露出来的表情，他们并不会因为把痛苦和哀伤表现出来而产生畏惧，而是尽管号哭，却仍可以勇敢。

莱辛对荷马的风格作了较为透彻的分析，点出荷马只描绘持续的动作而不描绘其他事物，如果荷马要描述一件事物，经常抓住这一事物的某一个特点。他对荷马史诗中的船说道：“在他的诗里一条船是黑色的，有时是空空的船，有时是快船，至多也只是划得好的黑色船。他就止于此，不再对船作进一步的描绘。”[②] 荷马描写天后尤诺的马车不是描述已经装配好的马车，而是描述马车装配的过程；荷马描述阿伽门农的装束不是静态地描述阿伽门农穿着的衣物和佩戴的武器，而是描述阿伽门农怎样把这些装束和武器一件一件地穿戴上。由此，莱辛得出一个结论，即荷马“会用许多巧妙的艺术手法，把这个对象摆在一系列先后承续的顷刻里，使它在每一顷刻里都现出不同的样子”。[③] 这个结论揭示了诗与画的不同之处，即诗较适宜描述那些时间上持续的动作，而绘画较适宜描绘那些同时并列于空间的物体。

莱辛不赞同诗人像画家那样去刻画人物的嘴巴如何，鼻子如何，装饰如何，也不赞成诗人在描绘人物的美时故意显露知识，尽力去勾勒人物的外貌如何美。对于莱辛而言，诗人的这种描述不能产生任何和谐美的效果，也是人类想象力所办不到的事情。莱辛赞成诗人从美的效果来写美。在这一方面，莱辛把荷马推崇为典范中的典范。他说：“荷马故意避免对物体美作细节的描绘，从他的诗里我们只偶尔听到说海伦的胳膊白，头发美之类的话。但是尽管如此，正是荷马才会使我们对海伦的美获得一种远远超过艺术所能引起的认识。试回忆一下他写海伦走到特洛伊国元老们的会议场里那一段诗。这些尊贵的老人看见了海伦，就彼此私语道：‘没有人会责备特洛伊人和希腊人，说他们为了这个女人进行了长久的痛苦的战争，她真象一位不朽的女神啊！’能叫冷心肠的老年人承认为她战争，流

---

① ［德］莱辛：《朱光潜全集·拉奥孔》，朱光潜译，安徽教育出版社1989年版，第12页。

② 同上书，第95页。

③ 同上。

了许多血和泪，是值得的，有什么比这段叙述还能引起更生动的美的意象呢?”[①] 换句话说，荷马不侧重从人物的组成部分去描述对象的美，不使用胪列的方法描述美的对象的各个部分，而注重从效果上感觉人物的美，把美所引起的欢欣、快乐、愉悦，乃至迷恋展现出来，以达到美的呈现。这种描述方式可以充分调动读者的想象力，达到一千个读者阅读这一段诗，便会有一千个不同海伦形象的效果。

荷马呈现物体美是通过美的效果展现出来的，但是荷马描述丑却不是如此。他在描述特尔西特斯时，说他“腿向外弯曲，一只脚跛瘸，两边肩膀是驼的，在胸前向下弯曲，肩上的脑袋是尖的，长着稀疏的软头发”。[②] 荷马把构成特尔西特斯极端丑的各个身体部位先后列出来，乃至对特尔西特斯恶意的闲言蜚语和讥讽诽谤都有详尽的描述。这样处理人物丑的方式目的在于把它与完美的英雄对比，显示出特尔西特斯丑得可笑。莱辛说：“就效果说，丑仿佛已失其为丑了，丑才可以成为诗人所利用的题材。诗人不应为丑本身而去利用丑，但他却可以利用丑作为一种组成因素，去产生和加强某种混合的情感。在缺乏纯然愉快的情感时，诗人就须利用这种混合的情感，来供我们娱乐。”[③]

《拉奥孔》的副标题便告知读者该著作使用了比较研究的方法。因为要了解两种不同事物之间的历史性关联，要弄清此物对彼物的影响，比较的方法当是首选。比较方法的运用在该著作中俯拾皆是。该著作既有雕刻、绘画与诗等不同艺术类型之间的比较，也有寓言画与历史画这种相同艺术类型的比较；既有纵的比较，也有横的比较。可以说，《拉奥孔》是比较文学研究的优秀范例。荷马史诗与维吉尔《埃涅阿斯纪》的比较也是《拉奥孔》比较方法运用的一个方面。莱辛指出维吉尔相当成功地继承了荷马对物体美描述的方式，含露不吐，称赞维吉尔描述狄多的美也不过只用了“绝美的狄多”几个字，再详细一点也不过用“身披一件西顿

① ［德］莱辛：《朱光潜全集·拉奥孔》，朱光潜译，安徽教育出版社1989年版，第132—133页。

② ［古希腊］荷马：《伊利亚特》，罗念生、王焕生译，人民文学出版社2004年版，第34页。

③ ［德］莱辛：《朱光潜全集·拉奥孔》，朱光潜译，安徽教育出版社1989年版，第143—144页。

袍，镶着花边，箭筒是纯金，发扣也是纯金，朱红的猎衣也用金扣束起”等诗句描写她珍贵的装饰和华丽的衣裳。[①] 另一方面，莱辛比较荷马和维吉尔的不同，以阿喀琉斯的盾和埃涅阿斯的盾为例阐述二者代表着两个极端。他说道：“伊尼阿斯的盾只是一段穿插，完全是用来投合罗马人的民族自豪感的，它是一种外来的支流，诗人把它引到主流里去，使主流发生一点动荡。阿喀琉斯的盾却不然，它是它自己的丰饶土壤上的产物：要制造出一面盾来，出自神手的必需品既然不能不美，它也就需要雕饰。……荷马让火神在雕饰方面显身手，因为他所要制造的那面盾是应该和他的身分相称的。维吉尔却让火神专为雕饰而去制造那面盾，因为在盾早已制成之后，他还认为雕饰重要，应该特别把它描绘一番。”[②] 两相比较，莱辛更推崇荷马，赞成描写盾的工作过程，不赞同维吉尔专心赏玩盾上的雕饰。莱辛认为阿喀琉斯的盾的描述更生动，而埃涅阿斯的盾的描述相对枯燥。再者，莱辛在分析诗和画的区别时，强调不应该忽视诗和画的界限，也强调荷马比任何绘画杰作都更古老，是摹仿自然的典范，雕刻绘画等古代艺术家都应该向荷马学习，表现崇高形象。[③]

维柯是意大利著名的法学家、历史学家和语言学家，也是欧洲启蒙运动时期杰出的思想家和美学家。虽然没有纯粹的文学理论著作，也称不上纯粹的文艺理论家，但是他的一些文艺见解具有的学术价值和对后世产生的影响并不亚于一些文学理论家，其中尤以《新科学》最为突出。《新科学》全名是《关于各民族的共同性质的新科学的原则》，囊括了历史科学和社会科学，法学、语言学、历史学、诗学、哲学也都得到了不同程度的观照。《新科学》的理论追求是探讨和研究人类历史上各民族的起源和发展，以及他们思维的起源和发展，从而揭示出他们在起源和发展中呈现的某些一致性和普遍规律。他说：“在寻找人类制度的各种本质之中，本科学进行的程序就是严密分析关于社会生活中人类必需或有益的人类思想，这种必需和利益是部落自然法的两条川流不息的泉源。……本科学所描绘

① ［德］莱辛：《朱光潜全集·拉奥孔》，朱光潜译，安徽教育出版社 1989 年版，第 129 页。

② 同上书，第 115 页。

③ 同上书，第 139 页。

的是每个民族在出生、进展、成熟、衰微和灭亡过程中的历史，也就是在时间上经历过的一种理想的永恒的历史。”① 维柯讨论荷马史诗便是在这种理论原则和追求下展开的，另一方面，荷马史诗的研究也是维柯对自己所归纳出来的人类文化的普遍规律的运用。更为重要的是对荷马的研究也是维柯通向人类文化学研究的一种途径：“我们发现各种语言和文字的起源都有一个原则：原始的诸异教民族，由于一种已经证实过的本性上的必然，都是些用诗性文字（poetic characters）来说话的诗人。这个发现就是打开本科学的万能钥匙，它几乎花费了我的全部文学生涯的坚持不懈的钻研。”②

维柯在《新科学》的第三卷《发现真正的荷马》中对荷马及其史诗发表了一些与前人不同的观点和见解。首先，维柯主张还荷马的本来面目，把确实是荷马的东西还给荷马，不赞成把荷马视为一个赋有玄奥智慧的哲学家。阿伽门农与阿喀琉斯的对骂、狄俄墨得斯用巨石击中战神、阿喀琉斯用战车拖着赫克托耳的尸体绕着特洛伊城走了三圈、奥德修斯往埃费瑞寻找致命的毒药毒箭等，荷马巧妙地把这些情感和习俗编织到荷马史诗中，使得那个时代的受众从中感受到乐趣。这些情感和习俗在现代人的眼中显得极为不人道和不文明，但是荷马只能遵从并使用这些情感和习俗，因为荷马所处的那个时代只提供给荷马这方面的材料，而且只有恰当地使用这些材料，受众才能从中得到乐趣。这是荷马作为一个成功诗人必须完成的职责，这决定了荷马不是一个哲学家，一个哲学家不应该让受众从这些凶恶的感情和习俗以及“神和英雄们的丑恶行为感到乐趣”。③ 由此，维柯否认荷马具有任何哲学家才具有的那种崇高的玄奥智慧，把诗人和哲学家列为两种不同的性质范畴，提出了任何人不可能既是高明的诗人，又是高明的哲学家。

通过对荷马史诗的分析，维柯抽绎出“想象的共性”的概念，认为荷马使用诗性谎言创造出的人物形象具有共相，能够代表某一类的人物普遍性格特征，而且这种诗性人物性格具有贺拉斯所称赞的无比崇高而妥帖

① ［意］维柯：《新科学》，朱光潜译，人民文学出版社1986年版，第144—145页。

② 同上书，第28页。

③ 同上书，第412页。

的特征。他说道："他们都是些想象性的共性，……希腊各族人民把凡是属于同一类的各种不同的个别具体事物都归到这类想象性的共性上去。例如阿喀琉斯原是《伊利亚特》这部史诗的主角，希腊人把英雄所有的一切勇敢属性以及这些属性所产生的一切情感和习俗，例如暴躁，拘泥繁文细节，易恼怒，顽强到底不饶人，狂暴，凭武力僭夺一切权力这些特征都归到阿喀琉斯一人身上。"[①] 也就是说，不管是阿喀琉斯，还是奥德修斯，他们都是荷马按照当时希腊民族的思维方式创造出来的，把个别具体事物的形象放大使之成为一个范例，以致能够囊括同一类的一切以及与这一范例相似的所有其他具体事物的各种行动和情节。维柯较为明确地提出了荷马史诗中的人物性格具有"典型性"的观点，肯定了这些诗性人物能够给希腊民众带来愉悦，并形成一种神话故事才具有的魔力和美。

亚里士多德在《诗学》里区分了历史和诗歌的关系，卡斯特尔维特罗（Lodovico Castelvetro）在继承亚里士多德观点的基础上，指出历史先于诗，前者是真实事物的简单叙述，后者不但具有这种功能，而且还是一种摹仿。维柯更侧重诗与历史的相通之处，以求能依此发现真正的荷马。维柯认为最初的历史是诗性的历史，最早的历史学家是诗人，在希罗多德以前，希腊各族人民的历史都是由他们的诗人们写的："在共同的书写文字还未发明以前，就安排好各族人民用诗律来说话，使他们的记忆借音步和节奏的帮助能较容易地把他们的家族和城市的历史保存下来。"[②] 维柯认为荷马接受的神话故事已经经过了窜改和歪曲，神话和历史已承载着截然不同的职责和功能。他说："神话故事在起源时都是些真实而严肃的叙述，因此 mythos（神话故事）的定义就是'真实的叙述'。但是由于神话故事本来大部分都很粗疏，它们后来就逐渐失去原意，遭到了窜改，因而变得不大可能，暧昧不明，惹笑话，以至于不可信。"[③] 在诗性的范畴下，维柯对神话、历史和诗的这些阐述虽然新鲜而且具有价值，但是他把历史、神话和史诗混淆在一起，没有明确地把三者区分开来。

荷马的出生年代是《新科学》讨论的话题之一。因为缺乏足够翔实

① ［意］维柯：《新科学》，朱光潜译，人民文学出版社 1986 年版，第 423 页。
② 同上书，第 432 页。
③ 同上书，第 425 页。

而可靠的文字证据，要确切地说出荷马究竟属于哪个年代是一件非常困难的事情。虽然如此，维柯还是从荷马史诗的内容入手，推测荷马出生在"英雄法律在希腊已废弛而平民自由政体已开始起来的时期"，[①] 或者说大约出生在特洛伊战争的四百六十年之后。对荷马史诗的创作年代，朗吉弩斯认为《伊利亚特》是荷马少年时期的作品，《奥德赛》是荷马晚年的作品。维柯接受朗吉弩斯的观点，从美学的角度分析了两部作品的美学风格："荷马作出《伊利亚特》是在少年时代，当时希腊还年轻，因而胸中沸腾着崇高的热情，例如骄傲，狂怒，报仇雪恨，这类热情不容许弄虚作伪而爱好弘大气派。因此，这样的希腊喜爱阿喀琉斯那样的狂暴的英雄。但是他写《奥德赛》是在暮年，当时希腊的血气仿佛已为反思所冷却，而反思是审慎之母，因此这样老成的希腊爱慕攸里赛斯那样以智慧擅长的英雄。"[②] 同时，根据两部史诗的内容，维柯推测《伊利亚特》的作者来自希腊东部偏北，《奥德赛》的作者来自希腊西部偏西。显然，维柯不再像朗吉弩斯那样推测两部史诗是同一诗人不同时期创作的，而是假定《伊利亚特》和《奥德赛》先后由两个不同时代的不同类型的两位诗人创作出来或编织在一起的。这对贯穿 19 世纪的"荷马问题"研究并非毫无影响。

维柯赞同约瑟夫斯（Josephus Flavius）所给出的在荷马时代甚至更晚的时期还没有文字出现的证据，坚持荷马是使用惊人持久的记忆力把荷马史诗保存住。他认为在庇西斯特拉图王朝（Pisistratids）以前荷马史诗是通过史诗吟诵人（rhapsodes）演述和流布，这些吟诵人依凭各自的记忆力保存荷马史诗的某些部分，然后到希腊各个城市的集市或宴会上演唱各自擅长的段落。对荷马史诗结集成书的年代，维柯倾向把它确定在庇西斯特拉图王朝时期，认为这一时期庇西斯特拉图王朝对荷马史诗进行了划分和编排，并规定了演唱的时间和场所。但是，维柯说荷马史诗用文字书写下了就不再需要吟诵人凭记忆来演唱史诗的不同段落是不合理的。史诗的口头创编、演述和流布与书面语并无甚大的关系，即使荷马史诗已经有了书面文本，但是吟诵人依然可以凭借记忆以口头的方式演唱荷马史诗。

① ［意］维柯：《新科学》，朱光潜译，人民文学出版社 1986 年版，第 420 页。

② 同上书，第 444 页。

《格萨尔》、《江格尔》、《玛纳斯》等诸多民族史诗都有书面文本，但依然在民间传唱着。因此，说史诗写定之后，吟诵人便不再需要依凭记忆演唱史诗是不科学的，难道一个吟诵人能拿着一个写定的史诗文本演唱史诗吗？

寻找和发现真正的荷马是维柯《新科学》关注的主要话题之一。自亚里士多德起，许多学者便将荷马作为一个特定的诗人，断定荷马是《伊利亚特》和《奥德赛》的创作者。但是，维柯倾向把荷马视为两部史诗的编织者，而不是创作者。他从语源学的角度分析道："rhapsodes（说书人）这个词的字源是由两个词合成的，意思是把一些歌编织在一起，而这些歌是从他们本族人民中搜集来的。与此类似的普通词 homēros 据说也是由 homou（在一起）和 eirein（联系）合成的；这样就指一个保证人，把债主和债户联系在一起。这种派生过程（应用在一个保证人身上）就有些牵强附会，而应用在荷马身上作为神话故事的编织者，却是很自然的顺当的。"① 更值得注意的是，维柯消弭了荷马的个性，指出希腊各族人民自己便是荷马，而且这些荷马们确实一直活在希腊各族人民的口头和记忆中，而荷马只是其中一个较为突出的代表："他们都盲目，所以都叫做荷马（homéros 这个词义就是盲人）。他们有特别持久的记忆力。由于贫穷，他们要流浪到希腊全境各城市里歌唱荷马诗篇来糊口。他们就是这些诗篇的作者，因为他们就是这些人民中用诗编制历史故事的那一部分人。"② 维柯还质疑荷马的真实性，把荷马视为一个非实在的诗人，而是希腊人民想象出来的一个纯粹的理想诗人："荷马纯粹是一位仅存于理想中的诗人，并不曾作为具体的个人在自然界存在过。……单就希腊人民在诗歌中叙述了他们的历史来说，荷马是希腊人民中的一个理想或英雄人物性格。"③

从新古典主义到启蒙运动，从布瓦洛到伏尔泰、莱辛和维柯，史诗的讨论一方面继承古希腊罗马以来的诗学理论，另一方面突破古希腊罗马诗学规范的意识愈来愈强烈，视野也愈来愈开阔。可以说，新古典主义到启

① ［意］维柯：《新科学》，朱光潜译，人民文学出版社 1986 年版，第 436 页。

② 同上书，第 443—444 页。

③ 同上书，第 442 页。

蒙运动时期的史诗讨论不但为浪漫主义时期至整个19世纪的史诗讨论提供了一定的理论依据，而且在整个国际史诗理论发展史上具有重要的地位。

第五节　浪漫主义时期至19世纪末的史诗研究：赫尔德、歌德、席勒等

18—19世纪之交的浪漫民族主义时期，学者开始重新认识民间文化，希望通过民间文化来拯救失落的民族精神。他们认为民歌是最能表述民族精神的一种方式，既是民族感情的一面镜子，又是对民族希望的最好的表达。他们把民间诗歌称为民族的档案馆，视为一个民族灵魂留下的烙印和活态的声音。与此同时，19世纪中期欧洲民俗学兴起，欧洲民俗学者开始投入大量的时间和精力对遗留物进行研究，以求重建历史或追溯现代民俗知识的原初形式。民俗学者把口头史诗作为民间遗留物的一种样式，口头史诗也顺理成章地进入了现代学者的研究视野。

赫尔德（Johann Gottfried Herder）是欧洲浪漫民族主义的理论先驱和主将，主张全面复兴民间诗歌，把民间诗歌看成一个民族国魂最充分和最珍贵的体现。在所有的民间诗歌中，赫尔德最推崇《莪相诗集》。赫尔德接触到的《莪相诗集》是由苏格兰诗人麦克菲森（James Macpherson）翻译汇编而成的莪相演述的歌。赫尔德坚持麦克菲森不是创作者，而是采集者和修改者。赫尔德甚至把莪相（Ossian）放在荷马之上，他说："将会出现这样的时代，它将会宣告：让我们合上荷马史诗，维吉尔和弥尔顿的诗作吧，只根据莪相诗篇进行评价。"① 显然，赫尔德对莪相的评价过高，甚至也没有注意到原作与派生作品，乃至赝作的区别，而是把它们混淆在一起。

赫尔德非常重视史诗与其他民间诗歌的口头性，即语言与语言的音响。他说："一首具有优美旋律的歌，即使有个别显著的缺点——这些缺点会消失，不好的诗节不会被一齐唱出来的；但是歌的精神，本身就能深

① ［美］雷纳·韦勒克：《近代文学批评史》第一卷，杨自伍译，上海译文出版社2009年版，第268页。

入人们的灵魂，而且能激起人们合唱的情绪，这种精神是不朽的，而且继续发生影响。歌必须被听，而不是被看，必须用心灵的耳朵去听，这耳朵不是去计算、测量和衡量个别的音节，而是去倾听持续的声调，并继续沉浸于其中。”[①] 另外，赫尔德接受了生物演化的观点，说道：“树木从根部生长的道理，要推究一门艺术的发展和繁荣，也必须从它的起源谈起。它的起源，包含着产品的全部生命，正如一种植物的整体，连同各个部分，全都蕴藏在一颗种子里。”[②] 赫尔德把这种生物平行类比说运用在史诗的阐述上。他说：“哪里出现一种后成质变，即正常形式或机能和分枝中，又出现一个活的增生物，哪里就一定会产生正如大自然所显示的那样一种活的胚胎，一种自然和艺术的雏形，它的生长，自然界的一切，为之欢欣鼓舞。荷马种植了这样一颗胚胎，即史诗这门艺术形式。他的家族，即荷马氏族派，把它抚育成材。”[③]

赫尔德主张包括口头史诗在内的民间诗歌是民族的灵魂，他在《论鄂西安和古代民族歌谣》一文中指出：“歌谣具备了全部的魅力，鼓舞着人民，是他们的动力，是他们永远继承的歌声和欢乐的歌声。这就是粗犷的阿波罗发射出来的箭，他用这些箭洞穿了人们的心，而他在箭上系上了心灵和回忆。要让一篇歌谣流传得越持久，（那么）这些唤醒心灵的人们就必须创作得越具体，他们要抵挡得住时间的力量和时代的变化。”[④] 正是认识到口头史诗和民间诗歌保留着民族语言，承载着民族精神和民族传统，赫尔德强调搜集和出版现存的口头史诗和民间诗歌，不但要求德意志民族行动起来，而且要求诸多的欧洲民族都行动起来。他说：“伟大的帝国，拥有十个种族（Peoples）的帝国，德国！你们没有莎士比亚。你们也没有赞颂你们祖先的歌吗？瑞士人、斯瓦比亚人、弗兰克斯人、巴伐利亚人、威斯特伐利亚人、撒克逊人、文德人、普鲁士人，你们都一无所有吗？你们祖父的声音已经在消逝，被默默的尘封着。英雄的习俗，高贵的品质和语言，这是你们民族的所有，你们对历史的灵魂没有了一丝印痕。

① 伍蠡甫主编：《西方文论选》，上海译文出版社1979年版，第442页。

② ［美］雷纳·韦勒克：《近代文学批评史》第一卷，杨自伍译，上海译文出版社2009年版，第259页。

③ 同上书，第260页。

④ 伍蠡甫主编：《西方文论选》，上海译文出版社1979年版，第441页。

毫无疑问，它们曾经存在过，现在也可能存在，但是，它们躺在泥淖里，不能被认出，它们遭人鄙视……帮助它们，兄弟们，证明我们民族是什么，而不是什么，展示我们民族过去是如何思考和体验的，现在又是如何思考和体验的。”[①] 当然，赫尔德不仅仅停留在口头上倡导搜集整理口头诗歌，而且亲身实践。他搜集和出版了《民歌集》，该书不仅收入德国的民歌，还收入了欧洲其他民族的民间诗歌，其中包括《莪相》。1803 年，赫尔德准备出版一套根据民族类别分类的民间诗歌集，可惜天不假年，该项计划因为赫尔德的逝世而未能完成。但是，赫尔德的搜集工作点燃了学者们对口头史诗和民间诗歌搜集的热情，《埃达》、《希尔德布拉特之歌》、《卡勒瓦拉》等都得到了搜集和出版。应该提及的是，赫尔德丝毫没有注意到当时在德国影响非常巨大的史诗《尼伯龙根之歌》，而把《列那狐》视为德国的荷马史诗。这不可不谓赫尔德的偏颇之处。当然，他的功绩也是不可磨灭的，他亲身致力于搜集、记录、整理、翻译和出版民间诗歌，推动了口头史诗的重新发现，对西方古典主义诗学的荷马史诗范例提出了新的挑战，促进人们对口头史诗的关注，为 19 世纪的史诗理论注入了新的元素。

歌德（G. W. Goethe）是德国浪漫主义时期的大诗人，他既具有丰富的创作经验，又具有较为深厚的理论素养。在长期诗歌创作过程中，歌德不断地积累和总结经验，把对诗歌的感性认识上升为理论认识，形成自己特有的审美情趣和美学原则，并把它们与长期获得的理论积累相结合对诗歌艺术进行了较为深入的研究。不过，歌德没有专门系统的文艺理论著作，他的文艺批评常常散见于卷帙浩繁的著作中，以及零星片段的感想、谈话和书信中。史诗便是歌德文艺批评的对象之一，他主要从文类理论的角度思考和探讨史诗。他明确指出诗歌的自然形式有史诗、抒情诗和戏剧诗。根据有机体生长的原理，歌德推定这三种文类最初是融为一体的，经过了一段时间后，三者才开始分离而各自独立。歌德试图从纵向或横向把史诗、抒情诗和戏剧诗排列出一种秩序，评出高低等级。虽然没有完全按照这种思路思考三种诗歌类型，但是歌德提出了另一个想法：“把这三个

---

① 转引自威尔森（Willian A. Wilson）《赫尔德：民俗学与浪漫民族主义》，冯文开译，《民族文学研究》2008 年第 3 期，第 174 页。

主要因素放在一个圈子里相互对照，并寻找每个因素单独起作用的样品。然后就收集倾向于这一方面或那一方面的例证，一直到出现所有这三者的统一，从而整个圆圈自成一体。”[①] 这种观点不无偏颇，预设史诗、抒情诗、戏剧诗有一个共同的本原，而本原是否存在尚须证明，而且史诗、抒情诗、戏剧诗的发展演化未必能形成一种环形圆圈。

歌德还与席勒通信讨论史诗这一文类问题。这一讨论始于 1797 年 4 月，歌德于同年的 12 月 13 日把讨论的结果撰写成一篇短文，寄送给席勒征求意见，并于 1827 年联合署名发表，题名为《关于史诗与戏剧诗》。[②] 他们尝试从发生学的角度区别史诗和戏剧：“叙事文学作家把事件当作完全过去的事情来讲述，而戏剧文学作家则把事件当作完全是眼前发生的事情来表现。如果人们想要从人的天性中推导出这两类作家所遵循的行动规则的细节的话，那么他们必须设想，始终有一个吟游诗人和一个伶人，这两个人都可以看作是作家，前者周围是静静地仔细听他述说的听众，后者周围则是焦急地观看和倾听他说话的观众。”[③] 随后，歌德又将史诗和悲剧并置，指出史诗描述的是像战争和旅行那样具有一定感性广度的外界活动，而悲剧则描述个人的苦难，是一种内心的活动，需要的空间非常小。

毋庸置疑，歌德是德国浪漫主义的推动者和主要干将。但是，他也不是全然否定古典主义，他仍然推崇包括荷马史诗在内的古希腊文学，把它们当成学习的典范。他说道：“不过我们一方面这样重视外国文学，另一方面也不应拘守某一种特殊的文学，奉它为模范。我们不应该认为中国人或塞尔维亚人，卡尔德隆或尼伯龙根就可以作为模范。如果需要模范，我们就要经常回到古希腊人那里去找，他们的作品描绘的总是美好的人。对其它一切文学我们都应只用历史的眼光去看。碰到好的作品，只要它还有可取之处，就把它吸收过来。”[④] 更有甚至，歌德在讨论古典诗和浪漫诗

---

① ［德］歌德：《歌德文集》第十卷，范大灿、安书祉、黄燎宇等译，人民文学出版社 1999 年版，第 250 页。

② 范大灿、安书祉、黄燎宇等把这一篇短文汉译为《论叙事文学与戏剧文学》。参见［德］歌德《歌德文集》第十卷，范大灿、安书祉、黄燎宇等译，人民文学出版社 1999 年版。

③ ［德］歌德：《歌德文集》第十卷，范大灿、安书祉、黄燎宇等译，人民文学出版社 1999 年版，第 23 页。

④ ［德］爱克曼（Eckermann）辑录：《朱光潜全集·歌德谈话录》第十七卷，朱光潜译，安徽教育出版社 1989 年版，第 364—365 页。

时，斥责了浪漫诗的病态，赞美了古典诗的健康，其中便把史诗作为古典诗的典范进行了阐述。他说道："《尼伯龙根之歌》就和荷马史诗一样是古典的，因为这两部诗都是健康的、有生命力的。最近一些作品之所以是浪漫的，并不是因为新，而是因为病态、软弱；古代作品之所以是古典的，也并不是因为古老，而是因为强壮、新鲜、愉快、健康。"① 当然，歌德也不是完全否定当时的浪漫主义和浪漫诗，他的这段话主要是针对当时浪漫诗创作的颓风有感而发，希冀以古典主义纠正浪漫诗的偏颇，达到古典诗和浪漫诗的和谐结合。

与赫尔德不同，歌德开始关注德国民族史诗《尼伯龙根之歌》。1827年，西姆罗克把用中古德语写成的《尼伯龙根之歌》翻译成现代德语，并把它寄给歌德。歌德阅读西姆罗克的译本后，撰写了《尼伯龙根之歌》一文。他指出这部史诗是德意志民族修养发展到一定阶段的产物，每一个德国人都应该阅读这一史诗，并从中得到益处。他说："它提高了想象力，激发起感情，引起了好奇，而为了满足好奇又要求我们进行判断。每个人都应该读这部作品，以便能按照自己的能力接受它的作用。"② 同时，歌德对《尼伯龙根之歌》的翻译提出了自己的观点，主张把这部民族史诗翻译成散文体。因为在他看来，"任何一部意义重大的文学作品，尤其是叙事体作品，都必须译成散文"。他说："这样一种尝试对《尼贝龙根之歌》也大有好处，也就是说，如果把许多现在听起来像钟声一样悦耳的但并无实际意义的格律去掉，直接有力地向清醒的听众以及他们的想象力诉说，从而使意蕴以其全部力量出现在心灵面前，从一个新的方面呈现给精神，那对《尼贝龙根之歌》会大有益处。"③

与歌德相似，席勒也比较重视史诗，在《悲剧艺术》一文中再次强调了《论史诗和戏剧诗》中的观点，指出史诗"把人物的行动移到远方，因为在读者和进行行动的人物之间，横插进来一个叙述者"，即史诗"使

① ［德］爱克曼（Eckermann）辑录：《朱光潜全集·歌德谈话录》第十七卷，朱光潜译，安徽教育出版社 1989 年版，第 439 页。

② ［德］歌德：《歌德文集》第十卷，范大灿、安书祉、黄燎宇等译，人民文学出版社 1999 年版，第 391 页。

③ 同上书，第 392 页。

眼前的事情成为往事”，而戏剧“使往事成为现在的事情”。[①] 透过席勒对史诗和戏剧差异的阐述，席勒赞同文类之间存在着各自的属性和种类，反对把不同文类混合在一起的观点已是非常明显。他甚至提倡文类的纯净说：“任何一种文艺种类都遵循一种特殊的目的，正因为如此，它才通过一种特殊的形式，和其他文艺种类有所区分，因为形式是文艺种类用以达到自己目的的手段。文艺种类必须凭着自身特有的本质，进行那些别的文艺种类不能做的事情。”[②]

席勒指出荷马对格劳科斯和狄俄墨得斯在战斗中相遇情景的描述是“社会品德对激情的光辉胜利”，以其思想的天真和素朴感动着读者，没有表露出任何主观的感情，乃至喜悦：“仿佛他只报道了一些平平常常的事情，甚至可以说，仿佛他胸膛里根本就没有心脏，他以其干瘪的写实手法继续写。”[③] 席勒把这种描述划入素朴的诗的范畴，认为像荷马这样素朴的诗的诗人处理故事的方式是纯粹客观的，作为主体的人和自然与现实结成一体，没有形成分裂与对立。也就是说，荷马关注的只是他的对象，自己隐藏在作品背后，作品即他，他即作品。

席勒还在《论激情》中把史诗英雄流露出来的痛苦视为表现激情的方式之一。席勒虽然不赞成把表现痛苦看成史诗的目的，但是赞成把它作为实现史诗目的的手段。他说：“荷马和古希腊悲剧家的作品里，受苦中的天性直诉我们的心灵，真实诚恳，感人至深：各种激情自由奔放，礼仪的法则并不阻止任何一种感情。英雄们对于人类的一切苦难就和别人同样敏感，正因为他们深切强烈地感受到痛苦，但是又不为痛苦所压倒，所以他们才成了英雄。”[④] 另一方面，席勒把对苦难进行的道德的反抗作为史诗表现出激情的另一种方式，将维吉尔的《埃涅阿斯纪》中的拉奥孔作为道德人物，赞扬拉奥孔没有因为希图活命而放弃自己的孩子：“单单这一点就使他值得我们同情。巨蟒无论在什么时候袭击他，我们都会受到感动和震撼。可是巨蟒恰恰在他作为父亲引起我们敬佩的当儿向他袭击，他

---

① ［德］席勒：《席勒文集》第六卷，张佳钰、张玉书、孙凤城等译，人民文学出版社2005年版，第47页。

② 同上书，第50页。

③ 同上书，第100页。

④ 同上书，第54页。

的毁灭就像是尽了父亲的天职之后，温柔地关怀了儿子之后的直接后果，于是我们对他的同情便升到顶点。他现在便仿佛是一个自己选择死亡的人，他的死便成了一种意志的行动。”[①] 显然，席勒把维吉尔这一段描述体现出的激情境界归结于伦理基础，认为拉奥孔表现的痛苦显露出了独立的精神，被赋予了崇高的美。

弗利德里希·施莱格尔是德国浪漫主义文艺理论家，对史诗有着浓厚的兴趣。弗利德里希·施莱格尔把欧洲文艺的源头放在希腊，而把希腊文艺的源头放在荷马和荷马史诗身上，赞美那些以荷马史诗为典范进行创作的诗人和那些吟唱荷马史诗的吟诵艺人。他把荷马史诗视为诗歌创作的永不枯竭的源泉，甚至认为希腊的全部传说和歌唱艺术都是围绕着《伊利亚特》和《奥德赛》这两个中心而形成一个有机的整体。他对《伊利亚特》和《奥德赛》的内容有过如下的分析和评价：“一方面，人们齐心协力，全力共襄大举，到处是力量和冲突的挤压冲撞，到处是最勇敢者的千秋功绩；在另一方则充满了感性的、新鲜的、陌生的和诱人的东西，围绕着一个家庭的幸福，呈现出一幅最机敏的智慧景象，讲述了这个家庭和回乡之旅如何终于成功。我们称为《伊利亚特》和《奥德赛》的作品，正是通过这种原始的分离得以铺垫和最终成形，在两个中心的分离之中，两部作品也找到了各自坚实的支点，由是方能超越同时代的其他歌唱作品而流传后世。”[②] 言下之意，弗利德里希·施莱格尔赞成荷马史诗是逐步构成的说法，既承认荷马，也承认其他游吟诗人对《伊利亚特》和《奥德赛》传唱的贡献。这可能与他接受了沃尔夫（Friedrich August Wolf）的观点有关。当然，弗利德里希·施莱格尔更强调《伊利亚特》和《奥德赛》两部史诗各自具有的有机整体性，它们各自的每个部分，乃至细节都围绕着各自的支点而形成了充满生命力和内在统一性的整体。奥古斯特·施莱格尔（August Wilhelm Schlegel）也曾对史诗作过相关的论述，不过他更多的是关注德国民族史诗《尼伯龙根之歌》，甚至可以说他是这

---

① ［德］席勒：《席勒文集》第六卷，张佳钰、张玉书、孙凤城等译，人民文学出版社2005年版，第67页。

② ［德］施勒格尔：《浪漫派风格——施勒格尔批评文集》，李伯杰译，华夏出版社2005年版，第175页。

部民族史诗研究的开拓者。他高度评价了这部德意志民族史诗，分析了这部史诗的结构特点和英雄的人物性格。与他兄弟弗利德里希·施莱格尔（Friedrich von Schlegel）相似，他也接受了沃尔夫的观点，提倡探寻《尼伯龙根之歌》的起源，假定这部史诗原初形式是集体创作并口耳相传的，而后由搜集者汇集成篇。

弗利德里希·约瑟夫·谢林（Friedrich Wilhelm Joseph von Schelling）站在哲学的高度对史诗的形态、特征和艺术规律进行了一定的探讨。他把荷马史诗与抒情诗和悲剧比较，指出史诗不存在对无限者的斗争，不存在命运，而抒情诗存在自由与必然的争衡，悲剧则既呈现争执，又存在命运。在谢林看来，《伊利亚特》中的神和英雄都无法超脱劫运，但是这些劫运都没有呈现为命运。他以宙斯希望救护萨尔佩冬的失败为例阐明史诗中所囊括的神和英雄，乃至整个世界都被表现在自由和必然的同一中，皆没有对命运的抗争，即使有也是微乎其微的。谢林视史诗外在于任何时间，而把一切属于时间的事物都包容其中，即史诗不存在时间，漠视时间："将整个时间、整个连续性完全纳入被描述的对象，它本身因而成为静止的，并居于所描述的对象之上，而不跻于持续的更迭之流中。"① 谢林认为诗人创作史诗时"既不回忆往事，又不畅想未来"，② 把诗人这种创作状态解释为"即使在运动中，他也在静止中，将运动则赋予对象"。③ 当然，这种观点不免过于绝对化，刻板。

谢林对荷马的创作方式的阐述值得重视。他把荷马看成一个绝对的客观的人，对所要描述的事件、人物保持纯粹的超脱，不受任何羁绊和牵挂："他并不预示事态的进程，因为他并未被事件所左右；他泰然自若地俯视一切，因为所发生的一切中没有任何东西使他不能自拔。"④ 也就是说，荷马是一切之上的任何情感不可企及的至高的实体，任何情感都是属于对象本身。依此，当荷马描述阿喀琉斯为好友帕特罗克洛斯阵亡哭泣和哀伤时，谢林认为荷马既没有表现出为之所动，也没有表现出未为之所

---

① ［德］谢林：《艺术哲学》，魏庆征译，中国社会出版社 1996 年版，第 322 页。

② 同上书，第 326 页。

③ 同上。

④ 同上。

动，而是根本没有把自身置于描述对象中。

欧洲浪漫民族主义席卷欧洲大陆，口头史诗被重新发掘。但是歌德、席勒、谢林、黑格尔等人对史诗的探讨都没有突破古典诗学的范畴，都侧重根据经典史诗的范例推导史诗理论和创作方法，他们的见解和观点在根本上属于美学范畴。

第六节　俄苏学者的史诗研究：维谢洛夫斯基、普罗普、梅列金斯基、涅克留多夫等

英雄史诗是在漫长的发展过程中吸纳了神话、传说、祝词、赞词和挽歌等其他许多相对独立的口头文类，经由世世代代的史诗歌手的加工和创作而形成的经典作品。它既是各个民族文化遗产中引以为傲的瑰宝，也是人类和世界文化的奇葩。几乎所有民族的文学史都发轫于史诗，故而考察各个民族英雄史诗的起源和演进过程中的特殊规律以及共有规律成为20世纪国际史诗学界，特别是俄苏史诗学界讨论的一个重要话题，不论是普罗普，还是梅列金斯基和涅克留多夫，他们都试图通过对这一问题的解答寻找建构民族文学史，乃至世界文学史的钥匙。以英雄史诗的起源这一话题为主线，勾勒20世纪俄苏学者史诗研究的大致轮廓是一个不错的选择。

英雄史诗融合了多种文学样式，形成了一种复杂而具有综合性的文学样式，从而决定了其起源和形成发展过程也极其复杂。因此，要弄清英雄史诗的源流确是一个不易解决的问题，但它又是20世纪国际史诗学讨论得比较多的一个话题，许多著名的国际史诗学学者都参与了这个话题的讨论。若说对英雄史诗起源理论的建构贡献最大的是俄苏学者，这当然不是夸饰之词。在这一批俄苏学者中以历史—比较学理论和方法研究这一个话题的学者尤为突出，普罗普、梅列金斯基、涅克留多夫等便是杰出代表，他们继承和发展了维谢洛夫斯基的历史比较法，对英雄史诗的演化及其规律给予充分的关注，称得上薪火相传的范例。依据口头史诗的文献资料以及对活形态史诗演述的观察，这些学者分析了史诗如何在原始萨满教世界观、民间口头创作、社会生活和风俗，以及史诗歌手等诸多因素的基础上形成和发展起来的。俄苏学者对英雄史诗起源的探讨主要是对历史研究方法的继承和发挥，他们不再纯粹地在英雄史诗中寻找历史事实，不再把史

诗中的历史因素作为一种独立的因素进行研究，逐渐由试图在真实的历史现实中寻找英雄史诗产生和发展的历史条件转向在真实的历史中探寻史诗形成与发展过程。同时，他们由主张英雄史诗起源于贵族时期以及反映社会上层人物社会生活和精神世界的观点转向主张英雄史诗反映广大民众社会生活、精神追求以及对历史现实的理解。

俄国比较文艺学家亚·尼·维谢洛夫斯基质疑亚里士多德以来的那种以史诗、抒情诗、戏剧序列建构的规范诗学，不满对这种明晰性作出的哲学阐述，主张对史诗、抒情诗、戏剧的起源和演变作出历史的考察和评价，力图拨正那种依据古典文学范本推导出一系列文学创作所应该遵循的法则和评价标准："这一切的演化不可能没有相互之间的影响和彼此渗透，在旧的形式之中不自觉地创造出新的事物；就像在希腊和罗马发生过的一样，当在每一个独立品种中创造出艺术的叙事诗、抒情诗、戏剧的典范的时候，也出现了仿效之作。它们的形式成为了必须遵循的一定之规，亚理斯多德和贺拉斯的诗学把它们概括为经典之作，而我们长期以来就依仗他们的概括为生，一切都用荷马与维吉尔，品达罗斯与塞涅卡，以及希腊悲剧作家来衡量。亚理斯多德所未曾预见到的艺术发现，便难以纳入他的框架；……以致需要有新的建构，未来的诗学。这种诗学不会用片面的条条框框来规范我们的趣味，而将把我们信奉的那些老朽陈腐的诸神遗弃在奥林波斯山上，却在广泛的历史综合中使高乃依同莎士比亚和解。"①正是基于这种学术目的，亚·尼·维谢洛夫斯基运用人类学、民俗学、民间文学以及考古学等方面积累和发现的资料构建了以阐明诗的意识及其形式的演变为中心的历史诗学，指出"在我们所继承的诗歌形式之中，有某种合乎规律的，由社会心理过程所形成的东西，语言的诗歌并不取决于抽象的美的概念，它是在这些形式的顺序结合中，随着合乎规律地不断变化的社会理想而永恒地推陈出新"，② 从而开辟了阐明艺术的本质和各种诗学范畴内涵的广阔道路。亚·尼·维谢洛夫斯基的历史诗学关注的基本内容之一是叙事诗、抒情诗和戏剧的起源问题。通过对多种学科的史料的

① ［俄］维谢洛夫斯基：《历史诗学》，刘宁译，百花文艺出版社 2003 年版，第 406—407 页。

② 同上书，第 407 页。

比较分析，亚·尼·维谢洛夫斯基系统深入地研究这些文类的起源和发展规律，指出人类原始文化初期的“混合艺术（仪式歌舞）”是它们共同的起源，分析了叙事诗、抒情诗和戏剧如何随着历史文化的发展逐渐从仪式歌舞中演化独立发展的。依照亚·尼·维谢洛夫斯基的看法，史诗是按照下列的顺序演化而来的：仪式合唱——具有抒情叙事性质的领唱——具有某种内在完整性的，可以没有歌队歌舞配合和可独唱的叙事歌——从仪式歌舞中分离而独立的“抒情叙事的短歌”——失去抒情性的真正的叙事的独唱歌——把这些歌按照年代顺序或根据故事的内在结构串连编织在一起使它们系列化。这样一些内容丰富的大型叙事诗作品——口头长篇史诗形成了，它的叙事方式和风格也固定下来了，叙事诗（史诗）这一文类也就出现了。

自亚里士多德起，诗歌种类演化进程的主要观点是先史诗，后抒情诗，然后二者结合出现了戏剧。19 世纪，黑格尔再次确认了这种演化进程是合乎规范的文学现象，并在哲学思想的经验基础上把这一顺序加以法则化。由此，这种公式化体系和顺序在诗歌种类和起源论上长期占据着主流地位。当然，也有持反对意见的，代表人物之一便是让·保尔·李赫特（Johnn Paul Friedrich Richter），他按时间顺序把抒情诗的产生放在首位，以心理学为前提，论证抒情诗是最古老的和最普遍的诗歌形式：“诗兴先于一切诗歌形式，因为情感是母亲，是点燃任何诗歌的火花，就像缺乏形象的普罗米修斯之火使得一切形象都焕发出光彩一样。”[①] 亚·尼·维谢洛夫斯基对这两种见解都持不赞同的态度，认为黑格尔是对希腊文学发展的事实材料的片面概括，让·保尔·李赫特是对抒情诗的现代理解。因此，亚·尼·维谢洛夫斯基主张摆脱对希腊文学发展模式的迷恋，也主张摆脱把抒情诗视为心灵的自然呼唤的见解，赞成历史民俗学派主张的不同诗歌类型是在混合艺术中生成和发展的观点，并在此基础上探讨了不同诗歌类型的起源问题。在阐述史诗、抒情诗、戏剧的演进过程中值得一提的是，他特别强调对民俗学资料的运用：“在民俗学作为一门学科分化出来之前出现的一些旧记录，没有注意到这门学科的要求，可能对这样一些方

① ［俄］维谢洛夫斯基：《历史诗学》，刘宁译，百花文艺出版社 2003 年版，第 322 页。

面的现象不予重视而加以忽略，但如今这些现象却成为了学科关注的中心。”① 亚·尼·维谢洛夫斯基正是在充分利用诸多民俗学资料的基础上阐明未开化民族和开化民族的混合艺术形式，探讨史诗、抒情诗和戏剧如何从其中独立出来，使其得出的结论具有了一定的可靠性。

亚·尼·维谢洛夫斯基在对史诗出现的阐述上并非完全不赞同黑格尔，也指出个人意识和民族自我意识与群体没有分离开来而融合在一起是史诗产生的条件之一：“缺乏个人创作意识的个人诗歌活动，要求在诗歌中得到表现的民间诗意的自我意识的高昂；以往诗歌传统以及类型形象的延续性，这些类型能够按照社会发展的要求而在内容上发生变化。无论什么原因，只要这些条件不相符，民间史诗的产生就是不可思议的。”② 虽然赞同黑格尔所谓史诗没有体现诗人个人意识的观点，但是整体而言，亚·尼·维谢洛夫斯基的观点不同于黑格尔，他运用实证而非抽象，类型学而非哲学和美学的研究范式考察史诗。当然，任何观点和见解都并非十全十美的，亚·尼·维谢洛夫斯基侧重分析史诗、抒情诗、戏剧的结构和风格如何从仪式歌舞这种混合艺术中产生和独立，而较少注意史诗、抒情诗、戏剧各自呈现的思想内容。不过，亚·尼·维谢洛夫斯基的观点突破了古希腊的范例，运用口头传统的视野考察史诗、抒情诗和戏剧的起源，其间使用实证主义方法和历史学方法得出的一些很有意思的见解直接促进了史诗理论的发展。

普罗普是维谢洛夫斯基学术思想的继承者之一，撰写了《故事形态学》、《神奇故事的历史根源》、《俄罗斯英雄史诗》等，其中《俄罗斯英雄史诗》探讨了英雄史诗的叙事结构模式，阐述了英雄史诗的叙事规律、结构框架及其形成与发展的历史根源。普罗普主张在对英雄史诗起源展开探讨之前，必须先要弄清“何谓史诗”，要对其作一个初步系统的描述。这一学术理路在《故事形态学》中有着清晰的阐述：“我们周围的现象和对象可以或者从其构成与结构方面、或者从起源方面、或者从其所经历的变化和过程方面进行研究。无论什么现象，只有在对其进行描述之后才可

① ［俄］维谢洛夫斯基：《历史诗学》，刘宁译，百花文艺出版社 2003 年版，第 266 页。
② 同上书，第 36 页。

以去谈论它的起源，这也是无须任何证明就十分清楚的事。”①

史诗是一个复杂的文学样式，史诗之所以成其为史诗是由多种本质性的、决定性的因素组成，远非一两个要素便能决定其本质。普罗普认为俄罗斯英雄史诗最一般和最重要的要素是英雄人物，他眼中的史诗主要描述英雄人物及其业绩。不同的史诗时期，乃至不同的民族，英雄人物各不相同，极其丰富多样，英雄主义的内涵也不尽相同。普罗普从海量的材料中归纳出不同英雄人物具有一种共性：“不同的历史时期史诗中斗争的内容是不一样的。但就斗争的所有阶段来说，在史诗中有一件事是特殊的、稳定不变的，这就是它的目标是宏大的而不是渺小的；斗争不是为了个人的兴趣，也不是为了英雄个体的幸福，而是为了人民最高的理想，斗争是艰难的，需要英雄集中所有的力量和能力去奉献自己。但在史诗里面，英雄最终获得成功。斗争不是个人的而是大众的和民族的，并且在最后阶段也清楚地宣布了斗争的阶级特征。”②

与以往许多史诗研究者不同，普罗普注意到了活生生的史诗风格，提出音乐和演述是成就史诗品格不可或缺的要素，认为没有演述就没有史诗的品质。他强调音韵和音律在史诗中的重要性：“去掉‘勇士歌’中的音律（melody），把它当作散文故事来看待，它就转变成了另一种与原来完全不同的表现形式。”③ 普罗普还指出与音韵密切相关的韵律结构不仅仅是一种结构，而且是一幅幅“映射图像”，起到提示和引导受众的作用：“俄罗斯的‘勇士歌’拥有如此特别的韵律结构（metric structure），以至于甚至是一个还不熟悉它的听众，也会立刻通过它的韵律辨认出来，尽管这个要素不是唯一的决定条件。”④

普罗普强烈驳斥那种把所有使用“勇士歌”韵律演唱的作品都划入史诗范畴的错误做法，因为英雄史诗总是由“勇士歌”韵律形式构成，但是并非所有具有“勇士歌”韵律形式的歌都是史诗。一些宗教诗虽然具有“勇士歌”的韵律，但是它们的主题不是激发人们去斗争而是宣扬

---

① ［俄］普罗普：《故事形态学》，贾放译，中华书局2006年版，第3页。

② ［俄］普罗普：《英雄史诗的一般定义》，李连荣译，《民族文学研究》2000年第2期，第91页。

③ 同上。

④ 同上书，第92页。

屈服与顺从；一些歌谣虽然具有“勇士歌”的韵律，但是它们的主题比史诗更狭小，缺乏积极斗争这一史诗基本要素；诙谐歌同样如此，可以划入叙事诗的范畴，但是不属于英雄史诗。普罗普非常不满那种认为史诗兴起于历史歌的观点，阐述了历史歌与史诗及“勇士歌”的相异之处：“史诗描绘了理想的现实，刻画了理想的英雄。它用极具感染力的艺术形象概括了人民巨大的历史经验，这种概括是它的最精粹的部分。史诗拥有某种崇高和庄重，在其典范作品中，还结合着简洁和不矫揉造作。英雄史诗通常根植于只有学者能够觉察到的历史视觉（historical bias）的虚构中。在历史歌中，主题和情节直接取自现实。历史歌中的事件不能编造（见‘围攻喀山 Kazan’和其他许多歌），只有细节可以用幻想的方式处理。历史歌产生较晚，它是一种比‘勇士歌’更具有意识形式的产物。历史歌不能被列为历史叙事诗；它不同于‘勇士歌’，不仅因为它是不用‘勇士歌’的韵律演唱（尽管‘可怕的伊凡’Ivan the terrible 歌仍然非常接近这种韵律），而且还与‘勇士歌’不同的是，它的态度倾向于现实。”[①]

普罗普坚决摒弃19世纪以来俄罗斯神话学派研究英雄史诗起源的理论主张。费多尔·伊凡诺维奇·布斯拉耶夫是19世纪俄国神话学派最著名的学者之一。他追随雅各·格林的学说，企图在英雄史诗，乃至每一个传说、故事以及英雄歌谣中寻找神话的根源。费多尔·伊凡诺维奇·布斯拉耶夫《俄国民间文学和艺术史纲》提出要在神话中找寻英雄史诗源头的观点。[②] 该著作阐述了民间诗歌各种文学样式的公式化体系和顺序：首先是诸神世系的叙事诗；随后关于人们的生活和活动范围内的事件的传说出现；再者便是在传说和故事基础上形成的英雄史诗，它与诸神世系的叙事诗并存；接下来是英雄史诗隔断与民族神话的联系，历史故事出现；最后英雄史诗衰落，演化出童话、故事和寓言等。[③] 亚历山大·尼古拉耶维奇·阿方纳西耶夫重复费多尔·伊凡诺维奇·布斯拉耶夫的观点，也将神话看作英雄史诗与所有其他民间诗歌创作的根源和基础，力求在英雄史诗

① ［俄］普罗普：《英雄史诗的一般定义》，李连荣译，《民族文学研究》2000年第2期，第93页。

② ［俄］尼古拉耶夫、库里洛夫、格利舒宁：《俄国文艺学史》，刘保端译，生活·读书·新知三联书店1987年版，第110页。

③ 同上书，第110—111页。

中找出神话的根源，不同之处在于亚历山大·尼古拉耶维奇·阿方纳西耶夫指出神话和历史融合在一起便产生了英雄和英雄史诗，他说道："历史生活在斯拉夫人和所有其他民族的神话性的古代传说中打下了自己的烙印。保留在民族记忆之中世代相传的史诗性传说，一定要从现实生活中汲取局部的、个别的特征，把它们和远古的内容溶合在一起；幻想代替了习惯的神灵，让自己的勇士们去同鞑靼人和其他游牧民族的大军鏖战；让代表春天雷雨的勇士变成某个著名的骑士或哥萨克自由民中的英雄。"① 普罗普指责他们是在将现代的民间口头创作改装成初民的神话，指出这种将英雄史诗改装为神话的做法仅仅是在玩学术上的游戏。神话在英雄史诗的源流中所起到的作用当是毋庸置疑的，《伊利亚特》、《奥德赛》、《卡勒瓦拉》、《罗摩衍那》、《摩诃婆罗多》等许多英雄史诗都证明了神话在史诗形成与发展中的重要性。但是，过于沉迷于用神话学理论解释英雄史诗的一切，就不免要受到其他学派学者们的严厉批评。公允地说，任何一种理论和方法都有一定的适用性，都以牺牲其他方面为代价，神话学派也是如此。不过，它首次将英雄史诗与神话等民间口头创作紧密联系起来，对英雄史诗进行积极、有益的研究的贡献当不可抹杀。

普罗普斥责将俄罗斯英雄史诗视为由其他民族流传而来的观点，不赞同用"转借"、"移植"等观点解释同一民族，乃至不同民族的英雄史诗之间的相似性。"外来说"在俄罗斯兴起于19世纪50年代末期，盛于19世纪60—70年代中期。A. H. 丕平和B. B. 斯塔索夫是"外来学说"最有代表性的学者，后者更是主张俄罗斯英雄史诗的出现是在外来的影响下发生的，而不是独立生成的。② 普罗普指出这种观点会给读者带来一种错觉，即"好像俄罗斯人民自己什么也没有创造，什么也不能创造，他在文化上完全听命于其他民族似的"。③ 普罗普批评他们没有注意到俄罗斯英雄史诗具有的民族的独特性，不满他们企图将英雄史诗的起源脱离民族

① ［俄］尼古拉耶夫、库里洛夫、格利舒宁：《俄国文艺学史》，刘保端译，生活·读书·新知三联书店1987年版，第118—119页。

② ［俄］Ю. Н. 西道洛娃：《俄罗斯民间文艺学中资产阶级诸学派和对这些学派的斗争》，余荪译，《民间文学》1955年第6期，第63—67页。

③ ［俄］В. Я. 普罗普：《英雄叙事诗研究中的一些方法论问题》，王智量译，《民间文学》1956年第1期，第92页。

土壤的做法。普罗普无情地批判英雄史诗的贵族起源说。这种理论出现在20世纪最初的十年，断言英雄史诗不是在民众中产生，而是在上层统治阶级中产生的。换句话说，贵族起源说肯定英雄史诗的创造者是贵族，否定英雄史诗的创造者是民众，否认民众的创造力。B. A. 凯图耶拉和Д. 奥夫祥尼科·库列可夫斯基都持这种论调。[①] 显然，这种理论完全忽视了人民的作用，将人民完全从历史上剔除出来了。因此，这种理论引起了普罗普严厉的反驳："它们就似乎不是由人民，而是由统治阶级，由封建军事上层分子创作的。这些'历史'歌谣后来'下传于'人民之中，在村夫俗子环境里被不断歪曲而变成英雄诗歌。好像叙事诗就是如此产生的。"[②] 普罗普持有的这种观点与别林斯基、杜勃洛留波夫、车尔尼雪夫斯基、高尔基等一脉相承，[③] 指出了英雄史诗的研究首要关注的对象是英雄史诗的人民性，反对将英雄史诗的起源归结于为了歌颂那些率兵作战的贵族王爷们，主张英雄史诗是人民创作的结果，是人民力量的一种体现。

普罗普强调树立英雄史诗研究的历史原则，提出将人类一切文化现象置于历史发展中研究的观点，[④] 这与历史学派有着很深的渊源。历史学派在俄苏有着深厚的根基，始于19世纪60年代初期，与神话学派和外来说同时出现。与俄苏神话学派不同，俄苏历史学派将英雄史诗放在较为客观的历史的基础上展开研究，不是侧重对英雄史诗作神话的解释，而是侧重考证英雄史诗与历史的关系。Д. Н. 迈科夫、Н. 达希凯维奇等曾将俄罗斯英雄史诗与20世纪俄罗斯游牧民族的斗争以及跟鞑靼人的斗争等历史事实联系起来，试图从历史生活中找出英雄史诗的源流。[⑤] 历史学派的另一位代表人物B. Ф. 米列尔非常不满神话学派、外来学说对英雄史诗起源的解释，说道："无论是史诗的假想的神话基础，无论是史前的印度欧罗巴及全斯拉夫的遗产说，无论是俄国英雄歌谣的情节产生于东方的假

---

① ［俄］И. Н. 西道洛娃：《俄罗斯民间文艺学中资产阶级诸学派和对这些学派的斗争》，余荪译，《民间文学》1955年第6期，第69—70页。

② ［俄］В. Я. 普罗普：《英雄叙事诗研究中的一些方法论问题》，王智量译，《民间文学》1956年第1期，第93页。

③ 同上书，第95—97页。

④ 同上书，第91页。

⑤ ［俄］И. Н. 西道洛娃：《俄罗斯民间文艺学中资产阶级诸学派和对这些学派的斗争》，余荪译，《民间文学》1955年第6期，第67页。

设……都不能解释英雄歌谣发展中的最古老的时期。”[①] B. Φ. 米列尔感兴趣的是英雄史诗接受了何种历史事实的影响，具有何种历史因素。他说道：“为了搞清楚英雄歌谣的历史，我努力从各种异文的对比中弄出最古的本子来，并且，在研究这个本子的历史生活的材料时，尽可能地确定这个本子形成的时期和产生的地域。”[②] B. Φ. 米列尔撰写的《俄罗斯民间史诗研究》便是这种学术思想的具体运用。随后，A. B. 马尔科夫、B. M. 索柯洛夫等一些学者使用 B. Φ. 米列尔的方法阐述英雄史诗的起源。[③] 普罗普较为中肯地总结了以 B. Φ. 米列尔为首的历史学派的研究方法：“叙事诗被看作是一种特殊的口头历史记载，和书面记载——编年史相似。不过编年史是一种较为可靠的记载而英雄诗歌则是不可靠的记载而已。这种学派的把研究英雄诗歌归结为通过编年史或其他历史文件来检验英雄诗歌的方法就是由此而来的。”[④] 在普罗普看来，B. Φ. 米列尔们将英雄史诗与历史的关系看得太简单了，容易陷入任意比附的陷阱。

普罗普不赞成将英雄史诗的产生归结为某一个具体的年代、某一个具体地方以及某个具体的历史事件，认为英雄史诗反映的不是历史上的个别事件，而是数世纪以来人民理想和愿望的沉淀和结晶：“任何一篇英雄诗歌都不属于某一年或某十年，而是属于由古到今的，它在其中创造出来、活下去、琢磨精炼、日渐完善或是归于消亡的许多世代的。因此每一篇歌谣都带有过去许多世代的印记。”[⑤] 当然，普罗普并非不赞同围绕英雄史诗展开历史研究，甚至承认将英雄史诗归结于某个时代具有一定程度的可靠性。但是，他主张将俄罗斯英雄史诗置于整个俄国的历史进程中进行考察，强调对英雄史诗的研究应该“揭示叙事诗和俄国历史发展进程的联

① ［俄］И. Н. 西道洛娃：《俄罗斯民间文艺学中资产阶级诸学派和对这些学派的斗争》，余荪译，《民间文学》1955 年第 6 期，第 68 页。

② 同上。

③ 同上。

④ ［俄］B. Я. 普罗普：《英雄叙事诗研究中的一些方法论问题》，王智量译，《民间文学》1956 年第 1 期，第 93 页。

⑤ ［俄］B. Я. 普罗普：《英雄叙事诗研究中的一些方法论问题》，王智量译，《民间文学》1956 年第 2 期，第 97 页。

系以及确定这种联系的性质”。① 换句话说，普罗普不是固执地寻找英雄史诗产生的具体年代，而是按照史诗的生成规律探寻英雄史诗的形成和发展；他关注的不是英雄史诗形成的历史基础与英雄史诗中的历史事实，而是关注英雄史诗形成的过程，将英雄史诗的起源作为一个过程加以考察，揭示哪些历史事件与民间口头创作在何种程度上决定并促使英雄史诗的产生。

普罗普致力于解释英雄史诗与神话、民间故事，以及英雄歌谣等在故事情节、叙事结构上呈现的一致性，重视社会政治生活对英雄史诗产生和发展的作用，但又断然否定英雄史诗起源于上层社会的观点："随着封建文化的产生，民间文学的因素成为统治阶级的财产，在这种民间文学的基础上创作出了一系列英雄传奇，如《特里斯丹与伊索尔达》、《尼伯龙根之歌》等等。换句话说，运动自下而上，而非像某些理论家断言的自上而下。"② 普罗普还注意到英雄史诗产生和发展的研究离不开对英雄史诗思想的找寻和判定，肯定了别林斯基通过英雄史诗的内在结构探寻英雄史诗思想的做法。③ 他说道："在这种意义上，地域的和个人的差别可能是对思想构思的各种个别的不同解释。揭示思想是历史地研究英雄诗歌的首要条件。人民的思想永远表现着它在其中形成和发生作用的那个时代的理想。"④

普罗普认为，"在建立和巩固的国家"的英雄史诗中的英雄不再是为种族建功立业，而是为国家创建的功勋和伟业，而英雄求婚的题材在这种类型的史诗里不再展现主人公的英雄主义，故而这种题材在这种类型史诗中不再成为歌颂的对象。日尔蒙斯基却持不同的观点，认为英雄求婚的题材在"国家建立前时代"的史诗与"在建立和巩固的国家"的史诗里都占据着显要的位置，也即"个人的（家庭的）主题，作为婚姻和家庭的

① ［俄］В. Я. 普罗普：《英雄叙事诗研究中的一些方法论问题》，王智量译，《民间文学》1956年第1期，第98页。

② ［俄］普罗普：《神奇故事的历史根源》，贾放译，中华书局2006年版，第476页。

③ ［俄］В. Я. 普罗普：《英雄叙事诗研究中的一些方法论问题》，王智量译，《民间文学》1956年第1期，第96页。

④ ［俄］В. Я. 普罗普：《英雄叙事诗研究中的一些方法论问题》，王智量译，《民间文学》1956年第2期，第96页。

这个最重要的社会单位的基础的求婚，同民族—国家的主题（保卫祖国免受敌人的侵略压迫）决不是互相矛盾的。像现实生活中的情形一样，这些主题融为一体，并且在英雄史诗中成为英雄史诗的对象”。[①] 日尔蒙斯基将历史—比较文艺学理论运用到英雄史诗研究，成就了他在这一领域的显赫名声。《阿尔帕梅什》是日尔蒙斯基用力比较多的一部英雄史诗。日尔蒙斯基搜集了各个不同时期的《阿尔帕梅什》版本，比较它们的异同，阐述它们的相互关系，将它们放在突厥—蒙古英雄史诗传统的情境下讨论《阿尔帕梅什》的形成与发展。同时，日尔蒙斯基将《阿尔帕梅什》与其他许多中亚英雄史诗比较，推断《阿尔帕梅什》是随着突厥部落的迁徙而传播于中亚地区的，是中亚英雄史诗的源头。依据英雄故事演化为英雄史诗具有的连续性规律，日尔蒙斯基认为英雄史诗演述的内容主要属于家族、氏族和部族的范畴。这种观点不无偏颇，梅列金斯基便对日尔蒙斯基这种观点提出了质疑。[②] 其实，一些英雄史诗便是民族史诗，《卡勒瓦拉》、《罗兰之歌》、《格萨尔》、《玛纳斯》等便是鲜明的例子；还有一些英雄史诗由部族史诗逐渐演化成民族史诗，《伊利亚特》、《奥德赛》、《罗摩衍那》、《摩诃婆罗多》、《江格尔》等便是如此。

日尔蒙斯基认为南部斯拉夫史诗是在起源、语言和文化方面有亲属关系的塞尔维亚、克罗地亚、门的内哥罗、达尔马齐雅、波斯尼亚、黑塞哥维那、马其顿以及保加利亚等南部斯拉夫各民族共同参与创作的。随着土耳其的入侵和对南部斯拉夫各民族的奴役，南部斯拉夫各民族都参与到以摆脱土耳其奴役而共同斗争的这个主题为中心的史诗创作。南部斯拉夫的某些国际性情节在罗马尼亚人、希腊人、阿尔巴尼亚人、西斯拉夫人、东斯拉夫人以及拉丁语系民族的史诗中都存在且流行。[③] 日尔蒙斯基认为这种文学现象属于历史—类型的范畴。而且在特别比较研究了南部斯拉夫歌谣与俄罗斯勇士歌之后，日尔蒙斯基得出结论：“类型的性质是在战斗

① ［苏联］符·M. 瑞尔蒙斯基：《斯拉夫各民族的史诗创作和史诗的比较研究问题》，草天译，《民间文学参考资料》第九辑，1964 年，第 45 页。

② ［俄］E. M. 梅列金斯基：《英雄史诗的起源》，王亚民、张淑明、刘玉琴译，商务印书馆 2007 年版，第 329 页。

③ ［苏联］符·M. 瑞尔蒙斯基：《斯拉夫各民族的史诗创作和史诗的比较研究问题》，草天译，《民间文学参考资料》第九辑，1964 年，第 72 页。

的、英雄的、爱国主义的性质方面，这些或那些歌谣之间无可置疑的相似；为民族独立而反对压迫者的奴役威胁进行自我牺牲的英雄行为，是俄罗斯和南部斯拉夫英雄史诗的中心的民族—历史主题。”[①] 日尔蒙斯基认为英雄求婚、与蛇妖搏斗、英雄的骏马等古代史诗中的情节和母题，以及中世纪史诗中那些将英雄送进牢狱、放出牢狱拯救国家等新情节都是以历史—类型的相似为基础。但是，日尔蒙斯基也不排除南部斯拉夫各民族的英雄史诗母题起源于古代勇士故事的可能，指出南部斯拉夫民族和俄罗斯的英雄史诗使用了某些相似的母题是因为它们以斯拉夫民族的共同信仰为基础，而且对它们的关系作了明确的说明：“俄罗斯和南部斯拉夫史诗之间的起源性质有着历史的联系；即使存在着这种历史联系，这种联系也不带有直接的互相作用，从这一方面或另一方面相互‘借用’的性质。由于歌谣、故事、叙事诗或神话特点的情节在国际间的流传，这种历史联系在大多数情况下（上面提及的‘巴尔干的共同性’）是在较晚的时期产生的。正是在这些情况下，可以指出，南部斯拉夫史诗的故事情节是有无可争议的俄罗斯的相似体的。”[②]

梅列金斯基对英雄史诗的历史研究不是简单任意的比附，而是注意到英雄史诗作为艺术作品的生成规律，[③] 反对英雄史诗的贵族起源说，主张英雄史诗是人民的创造物，表现了人民的历史愿望和民族性格。[④] 与普罗普一样，梅列金斯基不赞同颂词、宗教传说，乃至编年史是英雄史诗的根本源头，而是将英雄史诗的源头落实在阶级出现之前的人民史诗上。正是基于这一学术理念，梅列金斯基着力从民间口头创作寻找英雄史诗的起源。梅列金斯基在《英雄史诗的起源》里便指出应该“从民间文学发展的最初阶段去探寻史诗创作的根源”，“史诗的情节、思想以及使之独具魅力的和谐性，均与原始公社时期广泛流传的民间故事有关”。[⑤]

① ［苏联］符·M. 瑞尔蒙斯基：《斯拉夫各民族的史诗创作和史诗的比较研究问题》，草天译，《民间文学参考资料》第九辑，1964 年，第 73 页。

② 同上书，1964 年，第 73—74 页。

③ ［俄］E. M. 梅列金斯基：《英雄史诗的起源》，王亚民、张淑明、刘玉琴译，商务印书馆 2007 年版，第 9 页。

④ 同上。

⑤ 同上书，第 14 页。

梅列金斯基涉及的英雄史诗非常广泛，主要讨论《吉尔伽美什》、《卡勒瓦拉》、高加索各民族的古代英雄史诗，以及西伯利亚地区突厥—蒙古诸族的英雄史诗，旁及《伊利亚特》、《奥德赛》、《摩诃婆罗多》、《罗摩衍那》、《熙德之歌》、《罗兰之歌》、《尼伯龙根之歌》、《贝奥武甫》、《格萨尔》等英雄史诗。普罗普侧重从英雄史诗与神话的比较以探讨英雄史诗的起源，梅列金斯基则比较和分析了英雄史诗与神话及民间故事的相互关系，以求弄清英雄史诗的起源及这一文学样式的演进过程，认为英雄史诗与神话关系的探讨是当时学术界的当务之急，历史的方法是解决这一迫切问题的有效利器。[①] 梅列金斯基对普罗普有所批评和继承。梅列金斯基肯定普罗普将英雄与妖魔鬼怪的斗争看成英雄行为的主动性和人类驾驭自然能力的增强，否定普罗普将西伯利亚突厥各民族的民间叙事诗和英雄史诗归入"国家出现前"的史诗范畴。[②]

梅列金斯基强调研究那些包含有历史概念的英雄史诗的形成过程时应该充分考虑古代神话关于自然界起源和"人类部落"起源的概念，[③] 认为这一类神话的主人公与英雄史诗的英雄有着一脉相承的关系，都体现了集体主义精神和集体的命运。他考察了神话中文明使者演进成英雄史诗中英雄形象的过程，指出神话中"集部族成员和从事创造性活动的神的特征为一体的文明使者才是民间文学中最古老的英雄形象"，[④] 而且也是民间故事，家族传说，乃至英雄史诗塑造的主要人物形象。"文明使者是真正的英雄，他们有着积极的主观能动性。在民间创作之初只有这种远古时代的被神化了的英雄才会成为客观上带有集体主义者性质的个体的化身，因为他们身上体现的是整个部落的伟力，但他的行为只是发生在严格的世界秩序建立之前的史诗时期。"[⑤] 文明使者具有英雄主义倾向，但是他作为行为主体的人还不具有个体意识，仅是部落的化身，因而很难称得上真正意义上的英雄。随着人类征服自然能力的增强，原始公社制度的逐渐解

① ［俄］E. M. 梅列金斯基：《英雄史诗的起源》，王亚民、张淑明、刘玉琴译，商务印书馆 2007 年版，第 9 页。

② 同上书，第 13 页。

③ 同上书，第 20 页。

④ 同上书，第 25 页。

⑤ 同上书，第 82 页。

体，以及集体中个性的日益突出与主观能动性日益增强，文明使者逐渐演进为民间故事中的英雄。“原始社会民间口头创作中个性的空白反映了这种社会中个体与集体是不可分的现实。如果说始祖文明使者传说所体现的是部落的共同憧憬，那么早期民间故事中的个人要让平安幸福的愿望变为现实则是以氏族的团结一致为前提的。随着叙述性民间口头创作主要人物的演变，这两种典型化的形象便相互影响，于是便出现了真正的史诗式英雄。”①

梅列金斯基以英雄史诗中最重要的主人公与题材为分析对象阐述英雄史诗起源。《卡勒瓦拉》的万奈摩宁是一个非常复杂、充满多样性的人物形象，叶夫谢耶夫（B. Я. Ebceeb）、卡尔·科隆（Kaarle Krohn）、塞德莱（S. M. Satala）、哈维奥（M. Haavio）、多梅尼科·科姆帕列季（D. Comparetti）、隆洛特（Elias Lönnrot）等诸多学者都参与了这一形象的讨论。梅列金斯基对这些观点进行了一一的梳理和辨析。他否定哈维奥和多梅尼科·科姆帕列季将万奈摩宁说成是理想化萨满歌手的观点，认为有关海盗的历史传说与萨满传说可能会对万奈摩宁形象的形成产生一定的影响，但是它们绝不可能是万奈摩宁形象形成的基础。他批评卡尔·科隆说万奈摩宁是一位武士海盗和部落酋长的观点，指出科隆将《卡勒瓦拉》的源头坐实在西部芬兰毫无根据。梅列金斯基不赞同叶夫谢耶夫说万奈摩宁是古斯拉夫人的始祖的论断，指出叶夫谢耶夫的观点是建立在任意将两个相近的名字混为一谈的基础之上。梅列金斯基将万奈摩宁放在芬兰乌戈尔语系的口头传统大背景下考察，同时参照卡累利阿的历史，推断万奈摩宁这一形象追根溯源是来自民间口头创作中最古老的文明使者形象。② 同时，梅列金斯基从情节演变的角度着重分析万奈摩宁形象的演进过程，阐述《卡勒瓦拉》在形成过程中处理万奈摩宁作为文明使者所做出的各种具有神话性质活动的方式。

在探讨西伯利亚突厥—蒙古诸族英雄史诗的起源时，梅列金斯基认为如果要准确地认定民间口头诗歌创作在英雄史诗的形成和发展中起到的作

① ［俄］E. M. 梅列金斯基：《英雄史诗的起源》，王亚民、张淑明、刘玉琴译，商务印书馆 2007 年版，第 63 页。

② 同上书，第 117 页。

用，应该仔细分析这些民间口头诗歌创作的具体内容、反映历史的方式、结构特点及所描写事件的性质、英雄业绩的特点等，勾连出它们与叙事风格成熟的英雄史诗之间的关联。他以阿尔泰人、布里亚特人和亚库梯人的口头传统材料为研究对象，分析“英雄史诗这一体裁及其作为西伯利亚地区突厥—蒙古诸族民间文学的一种样式所经历的文化、历史、民族和道德观念形成的道路”,[①] 深入阐述西伯利亚地区突厥—蒙古诸族英雄史诗的“畜牧的伟业”、“与恶魔进行的斗争”、“英雄求婚”、“报氏族之仇”等题材和内容，注意到这些民族的英雄史诗将不同时期的社会内容扩充到各自的传统题材里，出现了使用传统形式表达新内容和新题材的倾向。[②]

另外，通过对突厥—蒙古诸族英雄史诗中的英雄以及保留着的传统观念的分析，梅列金斯基将史诗英雄归纳出由古代神话中的人类始祖演进而来的史诗英雄和突厥—蒙古诸族宗法制观念下形成的史诗英雄。前者演化为后者的原因在于突厥—蒙古诸族宗法制的建立，部落军事政治同盟的形成以及连年的征战，而这种历史条件也是英雄主义精神形成最重要的前提，即“个人从原始公社的氏族和家族集体中分离和史诗创作者对个人行为和史诗传说的独立自主的认识”。[③]

涅克留多夫（Nekljudov. S. J）撰写了具有较高学术价值的《蒙古人民的英雄史诗》。《蒙古人民的英雄史诗》中译本一出版，便在中国学界，特别是在中国史诗学界产生了重大的反响，成为中国学者从事蒙古英雄史诗研究的必备参考书。涅克留多夫在《中文版序》说：“科学信息的交流（不论是有关当前的现状，还是涉及历史的情况）、全面地掌握有关的事实以及各种各样的学术观点，这是顺利探求科学真理的最重要的前提。本书的作者坚信，国际性学科的诞生和不同国度的学者在工作中打破封闭状态，在当今世界是富有成效的。史诗格萨尔（格斯尔）在西藏、蒙古、布里亚特，在中亚和东亚的许多民族中，广泛流传。各民族在这方面的传统在历史上就是相互联系的，他们彼此开放，从这个意义上说，这些传统

---

① ［俄］E. M. 梅列金斯基：《英雄史诗的起源》，王亚民、张淑明、刘玉琴译，商务印书馆 2007 年版，第 232—233 页。

② 同上书，第 259 页。

③ 同上书，第 308 页。

具有国际性，当然，同时也在极大程度上保留了各自的民族独特性。”[①] 这已见涅克留多夫既重视前人的学术研究成果，又具有国际学术的眼光。

蒙古英雄史诗的搜集史已有二百年左右，它始于德国旅行家别尔格曼在 1804—1805 年以德文转述的《江格尔》的两个故事和对《格斯尔》的介绍及评价。[②] 至 20 世纪 80 年代，蒙古史诗研究取得了显著的成绩，涌现了一批很有学术价值的论文和专著。但是，研究中具有一个显著的弊端，这便是涅克留多夫在《蒙古人民的英雄史诗》中使用了超过四分之一的篇幅介绍蒙古史诗搜集和研究情况的原因：“不少研究工作缺乏相互联系，往往对前人和同行们的经验重视不够，对之完全缺乏整理和总结。”[③] 涅克留多夫对西蒙古、南蒙古、东蒙古、布里亚特以及卡尔梅克地区的史诗搜集情况分门别类地作了详细的介绍，特别指出西蒙古的搜集情况远胜于南蒙古和东蒙古。当然，这种结论是建立在没有全面掌握中国在蒙古史诗搜集方面的有关情况，这也是作者深感遗憾的地方。[④] 涅克留多夫也不是仅仅停留在对蒙古史诗搜集、记录和整理的成果的介绍上，而且对这些工作做出了学理性的反思，这些观点对我们现在的田野作业由非科学走向科学和学术规范化有着借鉴和参考作用。重要的例证是涅克留多夫对波塔宁和汉嘎洛夫在 19 世纪末就蒙古英雄史诗展开的有目的、有计划的专门搜集进行的评述，指出他们的田野作业有待改进和往后学者应该注意的地方：“其价值由于搜集者发表的不是史诗作品的原文而是俄文转述，从而降低了价值。在这些转述中，民族学与口头文学方面的探索同语言学方面的探索完全脱节，这对口头文学研究的发展产生了不良影响。他们的材料难以在史诗文学研究中加以运用，尤其是在艺术特点和修辞学的研究方面。……值得指出的是史诗创作的代表作《格斯尔》和《江格尔》在前一阶段虽已被学者们所掌握，但他们却并不了解这些作品还有大量的

---

① ［苏］谢·尤·涅克留多夫：《蒙古人民的英雄史诗·中文版序》，徐昌汉、高文风、张积智译，内蒙古大学出版社 1991 年版，第 2 页。

② ［苏］谢·尤·涅克留多夫：《蒙古人民的英雄史诗》，徐昌汉、高文风、张积智译，呼和浩特：内蒙古大学出版社 1991 年版，第 1 页。

③ ［苏］谢·尤·涅克留多夫：《蒙古人民的英雄史诗·前言》，徐昌汉、高文风、张积智译，内蒙古大学出版社 1991 年版，第 4 页。

④ ［苏］谢·尤·涅克留多夫：《蒙古人民的英雄史诗·中文版序》，徐昌汉、高文风、张积智译，内蒙古大学出版社 1991 年版，第 1 页。

异文本。至于波塔宁，他所接触到的虽正是有如万花筒一般的各种异文抄本，但对这些变化差异却并未从艺术表现意义上给予重视。”[①]

蒙古英雄史诗的研究是伴随着蒙古史诗的搜集、记录、整理和出版展开的，至20世纪80年代已有二百余年的历史。涅克留多夫在《蒙古人民的英雄史诗》里以致密的思虑和宏伟的手笔将这一段研究史忠实地叙述出来，使得读者能够较为全面地了解百年来国际蒙古史诗研究的历史概况以及种种内在和外在的关系。首先，涅克留多夫评述性地介绍了扎姆察拉诺、符拉基米尔佐夫、巴姆巴耶夫、桑热耶夫、波佩、科津、A. 科契科夫、米哈伊洛夫、李福清等俄苏学者的研究成果。[②] 其次，涅克留多夫详细介绍了策仁索德那木、策・达木丁苏伦、扎格德苏伦等蒙古学者的蒙古史诗研究情况，指出他们的研究优势在于能够直接观察和采集到现存活形态的蒙古史诗，能够使用大量过去为人所不知的材料进行史诗研究，从而提出一些新的观点，尤其表现在对史诗歌手、演唱活动、演唱音乐等相关方面的研究上。[③] 再次，涅克留多夫讨论了劳仁兹、海西希、鲍顿等欧洲学者对蒙古史诗的研究问题，特别指出了由海西希主持的在波恩大学举办的五次专题学术讨论会（1978，1979，1980，1981，1983）对蒙古史诗研究起到的巨大作用：“这些讨论会显然不仅推动了蒙古学家对这一问题的研究，而且还吸引了相近学科的学者们，促进了比较口头文学领域的探讨。”[④] 另外，涅克留多夫还专门介绍了南蒙古和东蒙古史诗的研究情况，着重谈论布里亚特和卡尔梅克地区蒙古史诗的研究现状。对波塔宁等第一批蒙古史诗研究者，涅克留多夫也给予了较为中肯的评价：“蒙古族人民的英雄史诗的第一批研究者也是它的采集者，这是不言而喻的。他们面对刚刚采集到的资料，不受任何框框的约束，写出了自己的新鲜感受，而刚刚完成的考察又尚未形成稳定的、带有难以避免的先入之见的科学立场。还有一点也很重要，那就是在十九世纪末和二十世纪的头几十年，学者们有可能看到的史诗作品要远比今天保存得完好，因为今天它们在有些地方

① ［苏］谢・尤・涅克留多夫：《蒙古人民的英雄史诗》，徐昌汉、高文风、张积智译，内蒙古大学出版社 1991 年版，第 1—2 页。

② 同上书，第 25—39 页。

③ 同上书，第 39—45 页。

④ 同上书，第 57 页。

已经完全湮没，或者变得面目全非，所以当年注意到的一些现象对我们至今仍有着可贵的价值。”①

涅克留多夫在《蒙古人民的英雄史诗》的《中文版序》中指出撰写该著作的目的之一在于“全面回顾蒙古史诗研究的历史发展和史料情况并列出有关这一课题的尽可能详尽的书目”。② 的确如此，该著作“相当全面地阐述了直至八十年代初以前为止的有关蒙古史诗搜集和研究的历史，特别是西欧和俄国学术界的情况”。③ 若说尚有可以完善的余地，其中之一便是对中国学者的蒙古史诗研究情况尚待补充。虽然认识到 20 世纪 50 年代以来中国学者对蒙古史诗研究的探讨日益深入，且详细介绍了仁钦道尔吉的研究成果，但是缺乏对中国蒙古史诗研究情况的整体考察。不过，要完全彻底地将所有资料网罗殆尽是不可能的，涅克留多夫对此也有深刻的认识，他在《前言》中便说明了自己在撰写蒙古史诗研究史中不够尽善尽美的地方：“一是由于布里亚特研究和卡尔梅克研究具有其特殊性，内容相当丰富，对他们的史诗作品和研究著作的概述远难详尽；二是史诗文学的晚期变体形态如历史歌谣、南部蒙古的‘说书’（本子—乌利格尔），由于超出了本书所讨论的范围，故均略而不论。”④ 涅克留多夫一再重申该著作的一个较大的缺陷是不全面，然细览涅克留多夫撰写的搜集史与研究史，虽有让读者感到遗憾的地方，但是在诸多的史诗学著作中称得上佼佼者。

引证丰富是涅克留多夫蒙古史诗研究的一个突出特点。无论是讨论蒙古口头史诗这一文学样式的起源和演化，还是题材与中心人物的分析，涅克留多夫都使用一定的笔墨对前人和同行作出的相应研究给予综述性的描述和评价，然后了然地运用相关资料，自成机杼。对一些显然错误的观点，涅克留多夫鲜明地提出自己的观点。依据欧洲英雄史诗的概念和范

① ［苏］谢·尤·涅克留多夫：《蒙古人民的英雄史诗》，徐昌汉、高文风、张积智译，内蒙古大学出版社 1991 年版，第 25 页。

② ［苏］谢·尤·涅克留多夫：《蒙古人民的英雄史诗·中文版序》，徐昌汉、高文风、张积智译，内蒙古大学出版社 1991 年版，第 1 页。

③ 同上书，第 2 页。

④ ［苏］谢·尤·涅克留多夫：《蒙古人民的英雄史诗·前言》，徐昌汉、高文风、张积智译，内蒙古大学出版社 1991 年版，第 4 页。

例，劳仁兹认为蒙古英雄故事不能被称为“史诗”，因为它们缺乏集体社会意识，产生于阶级形成之前。[①] 鲍顿（R. Bawden）和日尔蒙斯基对这一类口头文学作品的观点在许多方面与劳仁兹相似，后者甚至提出了“勇士民间故事”的概念。涅克留多夫沿用了日尔蒙斯基使用的“勇士神话”这个概念，不过指称对象有所不同，专指“一种短小的夹有少量诗体段落的散文体形式”，且产生于韵文史诗衰变时期的口头史诗。[②] 涅克留多夫将英雄故事纳入史诗的范畴是因为他认为这些故事既具有英雄主义的情调，也具有集体主义的社会意识，虽然这两种情调在这些故事中不是特别显著。对蒙古英雄史诗在篇幅上由“小”演化为“大”的过程，涅克留多夫认为这是一个组合过程，而且以《江格尔》和《格斯尔》为例分析了组合的规律与特点，即史诗的细节化，单一情节结构的展开和题材的重复，使故事更加复杂，其长度得到进一步的延伸。与大多数的蒙古英雄史诗研究者相同，涅克留多夫将蒙古英雄史诗的题材归纳为英雄的求婚，英雄与恶魔或异族敌人的战斗。在对蒙古英雄史诗体裁与题材分析的基础上，涅克留多夫归纳出蒙古英雄史诗演化的序列：从森林人的氏族部落史诗走向歌颂草原游牧民族理想王国的战争史诗组。[③] 这种结论显然考虑到了蒙古英雄史诗形成的社会历史条件，涅克留多夫根据这种标准将蒙古英雄史诗划分为两种基本类型：一种是以西布里亚特地区为代表的森林狩猎型史诗；另一种是以卡尔梅克地区为代表的草原游牧型史诗。卫拉特史诗则处于两者之间，主要内容是古老神话和氏族—部族关系。蒙古英雄史诗虽然类型和形式不一，但是，涅克留多夫指出它们之间存在一种亲缘关系，甚至推断它们具有共同的源头，存在着一个史诗共同体：“蒙古史诗共同体的核心地带是在南西伯利亚森林中的某地，可能就是阿尔泰地区。”[④]

涅克留多夫认为人物类型具有静态和动态两种特征，而对人物形象进行较为合理分析的做法是“根本不把部分此类特征作为一定的文化意识

① ［苏］谢·尤·涅克留多夫：《蒙古人民的英雄史诗》，徐昌汉、高文风、张积智译，内蒙古大学出版社 1991 年版，第 90 页。

② 同上书，第 92 页。

③ 同上书，第 105 页。

④ 同上书，第 89 页。

形态规定和现象来看待，而是作为口头文学的审美发展本身的结果来看待”。[①] 蒙古英雄史诗的人物形象是不同阶段的民众情感和历史愿望的积淀，与蒙古民族的迁徙、冲突、融合，乃至战争等历史发展特点密切相关。但是，涅克留多夫没有过多地从这些方面分析史诗人物形象，更多的是阐述人物形象同古老神话、萨满以及佛教的关系。涅克留多夫发现英雄与蟒古思的斗争，特别是英雄消灭蟒古思灵魂使用的手段具有萨满教性质，而在喇嘛教影响下的蟒古思的“身外灵魂”的形式更加多样，情节也更加复杂。另外，他继承了梅列金斯基的观点，认为“叙事作品中勇士占主导地位的品质表达得愈丰满、愈集中，他就愈迅速地被赋予魔鬼的特征”，[②] 而这种特征便不可避免地使英雄具有了神话中“文明使者”的特征，特别是他的反魔鬼化身更是原始形象的继承。可见，涅克留多夫正是将蒙古英雄史诗的人物形象放在宏观的历史背景下从美学的角度探讨其形成的结构基础及其特征。

蒙古英雄史诗的演唱和形式呈现出多样化，史诗流传的区域、史诗的内容、史诗的歌手所属的部落、演唱的地点，乃至演唱的时间以及面向的受众的不同都可能使得史诗演唱活动和呈现的形式不尽相同。对蒙古英雄史诗演唱的探讨一直是蒙古英雄史诗研究的薄弱环节，符拉基米尔佐夫、海西希等学者的蒙古英雄史诗研究都涉及这一个话题，但都没有进行更为深入的探讨。涅克留多夫比较关注这个问题，作出了积极有益的探索。他在多样化的演唱中发现了一些最有特点的与具有共性的因素：人物的独白、程式化的语言、静态的描写以及开篇使用韵文，讲述故事与表达情节发展的部分则使用散文。涅克留多夫关注音乐在演唱中的作用，指出音乐以独特的方式推动故事讲述的进程，而且具有增强记忆的功能，并以符拉基米尔佐夫的调查证实自己的观点：“如果演唱者没有音乐伴奏，仅凭口讲故事就很难讲得下去，如果哪个情节突然忘记了，演唱者拿起乐器，在它的伴奏下，重复几段前面讲过的诗句，讲唱就可以继续进行下去。”[③]

---

① ［苏］谢·尤·涅克留多夫：《蒙古人民的英雄史诗》，徐昌汉、高文风、张积智译，内蒙古大学出版社1991年版，第107页。

② 同上书，第125页。

③ ［苏］谢·尤·涅克留多夫：《蒙古人民的英雄史诗》，徐昌汉、高文风、张积智译，内蒙古大学出版社1991年版，第148页。

涅克留多夫还分析了霍里布里亚特说唱中的主调体系，指出其说唱中的主人公及其妻子、双亲与敌人都有着各自的音乐诗歌模式，强调虽然人物组合的原则极其相似和稳定，但是“体现原则的曲调源泉却是多样的”。①

涅克留多夫将蒙古英雄史诗划分成三种类型：一是产生于口头又存活于口头的古老口头史诗；二是直接源于口头史诗而以书面形式发展的书面史诗；三是虽以口头文学作品为依据而在书面文献范围内直接形成的史诗。②《蒙古人民的英雄史诗》的第三章探讨了《格斯尔》的口头作品和书面作品，重点分析了《格斯尔》书面作品的形成过程。在介绍流播于中央亚细亚的格斯尔传说及其相关的内容与情节结构的同时，涅克留多夫严厉批判了劳仁兹和科津将《格斯尔》剔除出史诗范畴的观点，指出“格斯尔作品占主导地位的主题——是英雄叙事诗性质的对抗恶魔，是铲除大地上的妖魔鬼怪”。③ 涅克留多夫赞成它起源于西藏的观点，推测《格斯尔》英雄史诗先由西藏渗入蒙古，然后又由蒙古传播到布里亚特，并对黑斑虎、主人公变驴等完全没有西藏原型的情节和在蒙古族口头传统土生土长的阿珠莫尔根作了详尽的分析。④

蒙古族《格斯尔》的书面汇编本主要有北京木刻本、诺木其—哈敦本、咱雅本、海西希本、科津本、扎姆察拉诺本、布里亚特社会科学研究所手稿部藏本、苏联科学院东方研究所列宁格勒分所手稿部藏本等，涅克留多夫以这些版本为基础，分析各个版本的异同以及它们汇编形成的过程与途径。与此相应，他以彼特罗夫记录的温戈版、德米特里耶夫记录的温戈版、汉嘎诺夫记录的温戈本、托罗耶夫记录的布汗版、埃麦盖诺夫记录的埃希里特—布拉嘎特版、金萨玛耶夫记录的阿金版、绍宝诺夫记录的奥布辛版等各种布里亚特口头版本的《格斯尔》为研究对象，考察它们之间的异同以及相互关系。

普罗普、日尔蒙斯基、梅列金斯基、涅克留多夫等是 20 世纪俄苏

① 同上书，第 156 页。

② ［苏］谢·尤·涅克留多夫：《蒙古人民的英雄史诗·前言》，徐昌汉、高文风、张积智译，内蒙古大学出版社 1991 年版，第 1 页。

③ ［苏］谢·尤·涅克留多夫：《蒙古人民的英雄史诗》，徐昌汉、高文风、张积智译，内蒙古大学出版社 1991 年版，第 179 页。

④ 同上书，第 214—237 页。

史诗学界的翘楚，对俄苏、中国，乃至国际史诗研究都产生过深远而持久的影响。除了讨论过的这些俄苏史诗学者外，还有符拉基米尔佐夫（B. Ya · Vladimirtsov）、米哈伊洛夫（Mikhailov，G. I）、科津（Kozin）、李福清等，他们都是20世纪俄苏史诗学界的一时之选，皆有经得起时间考验，且为后世学者认同和称赞的史诗学著作流传于世。① 不同的学者定然会有不同的思路、不同的视点，乃至不同的兴趣，对不同史诗，乃至同一首史诗的研究得出相同的结论固然存在，而根据各自的言说立场和价值判断得出不同的结论也在情理之中。俄苏学者对史诗研究虽然各有专攻，各有优势，但是以历史的和世界的眼光考察史诗则是他们的共同之处，即以历史的眼光关注史诗的体裁、类型、题材、中心人物、演唱等诸多与史诗相关方面，以世界的眼光将史诗放在世界史诗，乃至世界文学的背景下加以综合而系统的考察。

第七节　石泰安的《格萨尔》研究

《格萨（斯）尔》是享誉世界的英雄史诗，许多中外学者都参与了对它的介绍和研究。俄国旅行家帕拉斯在1776年《蒙古历史文献的收集》（圣彼得堡）一书中简要介绍和评述了《格萨（斯）尔》，国际学界由此

① 例如Г. 桑热耶夫曾阐述过蒙古英雄史诗的起源和形成，将蒙古英雄史诗的起源年限界定在12—13世纪，其基础是萨满口头文学。他认识到蒙古英雄史诗是一种综合性的文学样式，在形成过程中消化了神话、传说、巫术等诸多口头文学样式，而以蒙古史诗为导向将这些文学样式融合在一起的过程则是由史诗演述人完成的。他假定蒙古英雄史诗存在着“蒙古共同体时代史诗”，而埃希里特—布拉嘎特史诗则是这一共同体最古老的类型阶段、是由“神话史诗”转向“英雄史诗”的过渡，接下来便是温戈史诗，再次便是卫拉特史诗。更值得一提的是他详尽地分析了包括埃希里特—布拉嘎特史诗、温戈史诗在内的布里亚特史诗。（详细论述参见［苏］谢·尤·涅克留多夫《蒙古人民的英雄史诗》，徐昌汉、高文风、张积智译，内蒙古大学出版社1991年版，第28—69页。）再如，米哈伊洛夫（Mikhailov，G. I）认为蒙古英雄史诗是在神话的基础上发展起来的，较少历史因素。他将蒙古英雄史诗演化分为四个阶段：神话阶段、英雄阶段、长篇说部阶段，以及史化阶段，且对各个阶段进行了全面的分析。另外，他专门研究《蒙古秘史》与《江格尔》。（详细论述参见［苏］谢·尤·涅克留多夫《蒙古人民的英雄史诗》，徐昌汉、高文风、张积智译，内蒙古大学出版社1991年版，第35—38页。）至于科津（Kozin）、李福清、科契克夫（A. Kichkov）等俄苏学者的蒙古英雄史诗研究概况，可参见［苏］谢·尤·涅克留多夫《蒙古人民的英雄史诗》，徐昌汉、高文风、张积智译，内蒙古大学出版社1991年版，第25—85页。

开始对蒙文本的《格斯尔》进行搜集、翻译和研究，而藏文本《格萨尔》直到19世纪末期才开始得到波塔宁等一批国外学者的注意。不过，19世纪以前，乃至19世纪的国外学者主要还是对《格萨（斯）尔》作一般的介绍和评论。只有到了20世纪，真正学术意义上的《格萨（斯）尔》搜集和研究才开始。弗兰克、兰司铁、白玛次仁、瓦·海西希、科津、波佩、涅克留多夫、策·达木丁苏伦、石泰安等诸多学者加入了《格萨（斯）尔》的搜集和研究的队伍，为《格萨（斯）尔》研究成为一个专门性的研究学科和具有国际性的"格萨（斯）尔学"作出了巨大的学术贡献。[①] 石泰安的《西藏史诗和说唱艺人》在国际"格萨（斯）尔学"的学术史上是一部非常有分量的学术著作。自1959年以来，国际学者对《格萨（斯）尔》的研究已经非常充分，对某些具体问题的研究已经远远超过了石泰安的《西藏史诗和说唱艺人》，但是整体而言，仍然没有出现在广度和深度上超过该著作的论著。[②]

1957年，策·达木丁苏伦的《格萨尔传的历史源流》出版。该著作是"格萨（斯）尔学"的奠基性著作，提出了格萨尔便是唃斯啰的观点。这种观点可以追溯到波塔宁，他在1893年便提出了格萨尔与唃斯罗有着密切关系的见解。20世纪30—40年代，任乃强依据藏汉文献典籍，结合其在康藏地区的田野调查，指出格萨尔是林葱土司的先祖，即《宋史·吐蕃传》的唃斯罗。石泰安在《西藏史诗与说唱艺人》里明确表示不赞成波塔宁、策·达木丁苏伦、任乃强的说法，提出格萨尔是宗教口头文学的人物，不能对格萨尔这一人物作出历史学解释："'唃斯罗'意为'佛子'（rGyal-Sras）而不是格萨尔（Gesar）。格萨尔是一种宗教民间故事中的形象。格萨尔史诗沿用了一种笼统的、史诗性的和宗教的内容，并不代

---

① 详细论述可参见杨恩洪《国外〈格萨尔〉研究综述》、降边嘉措《国外〈格萨尔〉研究述评》、肖崇素《国外〈格萨尔〉研究述略》，罗列赫《岭格萨尔王史诗》，霍莫洛夫《布里亚特英雄史诗〈格斯尔〉（埃黑利特—布拉嘎特版本）序言》，这五篇文章见于赵秉理主编的《格萨尔学集成》第一卷，甘肃民族出版社1990年版，第213—286页。还有《国外部分〈格萨尔〉研究论著目录》和《我国汉文翻译的部分国外〈格萨尔〉研究论著目录》，这两篇目录可参见《格萨尔学集成》第一卷，第472—493页。

② 耿昇曾对该著作作出过如此的评价（［法］石泰安：《西藏史诗和说唱艺人·译者的话》，耿昇译，中国藏学出版社2005年版）；陈岗龙也有过类似的评价，参见陈岗龙《评〈格萨尔史诗和说唱艺人〉》，《中国藏学》1996年第2期，第109页。

表对一个特定人物的回忆。”①

石泰安提出“恺撒说”，认为《格萨尔》是西藏本土文明与外来文明结合的产物：“大家在到处都会面对一些名为纯西藏的，而事实上同样也与外来因素相联系的事件。英雄人物和说唱艺人的形象具有一种跨国或跨地区的特征，我们敢于希望这一部已超越了纯西藏问题的著作的意义恰恰正在于此。……西藏史诗、其英雄人物及其说唱艺人都具有双重意义。了解和理解这一切就已经能使尚未能最终确定的西藏文明之形象更加明显地变得充实和浑厚起来。但在西藏之外，它们却高度地涉及了从伊朗到中国中原和从西伯利亚到印度的整个亚洲文明史。”② 石泰安从语言学角度指出东罗马或拂菻中的恺撒（Kaisar）与格萨尔有着密切的联系，而且论证了恺撒这一尊号在西藏的民间故事和历史中一再出现过。石泰安利用诸多文献和流传的民间故事阐述了冲木·格萨尔、岭·格萨尔、四天子、世界国王等概念，以及毗沙门、于阗、白哈尔、弭药的相互关系及它们与《格萨尔》的关系，指出四天子长诗中的格萨尔与西藏东北部的土著故事和传说结合使得冲木·格萨尔变成岭·格萨尔。也就是说，史诗中的岭·格萨尔直接派生于四天子理论中的冲木·格萨尔，而冲木·格萨尔又是拂菻的恺撒的对音和代表。③ 韩儒林对这种根据格萨尔和恺撒语音相近而提出的“凯撒说”展开了较为严谨的批评。④

藏族《格萨尔》与蒙古族《格斯尔》的关系直接触及史诗《格萨（斯）尔》的族源和归属问题，因此它成为《格萨（斯）尔》研究中一个比较引人关注的课题。国际学术界开始对《格萨尔》和《格斯尔》二者的关系热烈讨论主要产生了多种不同的意见：一是认为《格萨尔》先产生于西藏，而后流传到蒙古；二是《格斯尔》中既有翻译又有流传；三是《格萨尔》和《格斯尔》二者或许有一个共同的起源，即同

---

① ［法］石泰安：《西藏史诗和说唱艺人》，耿昇译，中国藏学出版社 2005 年版，第 257 页。

② ［法］石泰安：《西藏史诗和说唱艺人·序言》，耿昇译，中国藏学出版社 2005 年版，第 5 页。

③ ［法］石泰安：《西藏史诗和说唱艺人》，耿昇译，中国藏学出版社 1994 年版，第 276—329 页。

④ 韩儒林：《韩儒林文集》，江苏古籍出版社 1985 年版，第 664 页。

源异流说。石泰安认为蒙文本来自藏文本，编制了藏文本与各种外来文本的对照比较表。它列出了蒙文本中的22个人物名单，2个动物名称和3个地名，推断出它们的西藏来源。石泰安给布鲁萨斯克（勃律）语文本也编制了类似的统计表，涉及的人物和地名共19个，试图说明了布鲁萨斯克（勃律）语—拉达克语的派生关系。石泰安还观察了雷布查语文本的9个人物和地名的西藏来源。依凭这些分析，石泰安得出所有外地语言的文本都来自藏文本的结论，但是不赞成将蒙文本、布鲁萨斯克（勃律）语文本、雷布查语文本视为藏文本的译本，因为这些文本“出自操不同语言的个人或民族的长期接触而形成的”，或者“由流浪的说唱艺人、朝山进香的信徒和商贾贩客带来的”经历了一个逐步演化过程而形成的，它们可能渗透了当地的地方色彩或增添了新的内容或有经改编的内容。①

说唱艺人不仅是《格萨尔》史诗的说唱者，也是西藏史诗传统的积极携带者和传承者。正是他们的存在，才使得《格萨尔》至今依然在辽阔广袤的西藏高原上传唱。具有神通的说唱艺人不仅是《格萨尔》存活的主要载体，也是西藏史诗说唱艺人里最杰出的艺人。石泰安在《西藏史诗和说唱艺人》里重点讨论了具有神通的说唱艺人。这种类型的说唱艺人在西藏史诗传统里声望非常高，受众对他们非常尊重，而对那些不会在兴奋状态下阅读和演述西藏史诗的说唱艺人就不是那么的尊重，甚至认为前者才是真正的说唱艺人。这是因为神通艺人说唱部数多，语言丰富，而且还有自己特殊的说唱方法，故而得到受众极大的认同。在受众看来，神通艺人如此精湛的说唱功能和技艺非神灵授予是不可能达到的。神通艺人也一再宣称自己是在神授中学会说唱《格萨尔》，这种“神授说”使神通艺人与《格萨尔》史诗传统的渊源神圣化，使神通艺人的史诗说唱具有了神圣性，也更加神秘化，进而抬高自己说唱的地位，增强自己说唱的话语权。

石泰安认为神通艺人通晓部族的世系谱、传说和宇宙志，他说唱史诗能够招来神祇或史诗中英雄的出现。石泰安指出神通艺人在兴奋狂舞的状

---

① ［法］石泰安：《西藏史诗和说唱艺人》，耿昇译，中国藏学出版社2005年版，第167页。

态下说唱史诗，既具有萨满跳神的特征，又有喇嘛教“现观”或“观证”的特点，即使用喇嘛教的方式招请神灵或史诗中的一个人物附在他的身上，让他进入神灵附身的兴奋状态，直至说唱活动的完成。石泰安指出神通艺人神灵附身的启示和兴奋狂舞的技巧实质在于：“从表面上看，‘现观’是对人物肖像的描述。但从其内部来看，这就是其思想上的创造，并随着圣像一一形成而与人物等同。说唱艺人能看到和听到他表现的那个人物。在说唱时，他事实上是在思想中想象‘现观’的，他作了昌巴桑塔当时用喇嘛教术语称之为‘我生’的事，也就是从思想上创造与神相同的本身，这种等同之后便是在自己面前造神（对生）。”① 神通艺人的说唱技能是否真如他们所说的是梦中神授？石泰安对此有着较为科学合理的解释：“当说唱艺人进入兴奋狂舞状态并且有幻觉时，这些幻觉化现明显都是由其记忆的内容、由他于其不停的长途跋涉的生活中学习到和掌握到的一切而向他提供的。大家会充分想象到，如果这种内容肯定是大部分均派生自已经形成和可以说是一劳永逸地定本的格萨尔史诗，那么这种内容也可以变化，并以说唱艺人的经验、其诞生地、旅行、拜会者或其师傅提供的不同内容所丰富。”② 石泰安虽然没有完全摆脱神通艺人的神灵附体的说法，但是他提出要把史诗说唱与艺人的记忆和经历结合起来考虑的观点是值得肯定的。

帽子是《格萨尔》说唱艺人特有的一种道具。石泰安对说唱艺人的帽子进行了专门研究，指出帽子是说唱艺人说唱《格萨尔》最为关键的服装道具，是说唱艺人得到神的启示与进入兴奋狂舞的说唱状态不可或缺的服装。也就是说，“说唱艺人的帽子使他得以在兴奋中演唱和准确地叙述。没有帽子就不会受神的启示，也无法学会阅读或说唱史诗，也只能产生一些残缺不全的片断”。③ 说唱艺人的帽子具有这种功能在于帽子具有萨满的神力，联结着史诗中的英雄，是史诗中格萨尔王和其他英雄的标识，能够将英雄、世界国王和说唱艺人结合在一起。说唱艺人的帽子具有

---

① ［法］石泰安：《西藏史诗和说唱艺人》，耿昇译，中国藏学出版社 2005 年版，第 376—377 页。

② 同上书，第 638 页。

③ 同上书，第 369 页。

丰富的象征意义，石泰安详尽描述这一服装道具的形状、特征及其装饰物，而且对它作出了较为符合西藏史诗传统的象征性解释。他编制了两幅服装道具表，分析和比较了想象中的说唱艺人、觉如、杂耍艺人、莲花生、米拉日巴、苯教徒、萨满教徒、通灵人等人帽子，指出它们之间的相似性与内在的逻辑联系，一再强调说唱艺人的帽子便是觉如—格萨尔戴的帽子，说唱艺人在说唱史诗中借助帽子使自己成为英雄的代表和代言人，从而具有了双重性格。石泰安认为说唱艺人虽然代表着英雄，但是也具有自己的特征，一是兴奋狂舞的说唱状态，接近萨满、巫师和占卜师的通灵人；二是类似于在庙会和节日活动中出现的流浪说唱艺人、杂耍表演者、江湖艺人或街头卖艺者。换句话说，说唱艺人将代表神祇的通灵人的特征和能为人群逗乐的街头卖艺人或杂耍表演者的特征融合于一身。[①] 而且说唱艺人的服装与觉如—格萨尔的服装并不一致，石泰安观察到在同一体系内部，觉如的帽子也并非始终一致，在打箭炉的绘画里有时帽子上只有一个尖顶圆锥，有时又有更多的圆锥。[②]

《格萨尔》是一种极其复杂的文类，它在长期的发展和演变过程中以自身为导向吸纳了神话、传说、民间叙事诗等各自独立存在的文类。狂欢性的节日庆典是《格萨尔》体裁和题材的重要来源，其中的仪式活动、岭地的故事、创世传说、先祖的故事等无一不被吸纳入《格萨尔》。石泰安特别强调祭祀神山上举行的庆典活动以及向石堆举行仪轨的背景是《格萨尔》的基础，认为英雄诞生和赛马称王等诸多内容都与这种社会背景密切联系。在现实社会中，赛马是在圣地、神山上为了祭祀它们习惯性法令的日子而举行的活动，《格萨尔》中的赛马活动符合风俗习惯的实际情况，但是赛马者通过一次取胜而获得王位却非常罕见，而且也无法使用某一特定时代的一种社会制度来解释这一现象。不过，赛马称王这一主题普遍存在于民俗传说中，而且十分有名，史诗中的觉如对这一个主题的解释是赛马是仪轨，它是一种节会所具有的特征。[③]

---

① ［法］石泰安：《西藏史诗和说唱艺人》，耿昇译，中国藏学出版社 2005 年版，第 406 页。

② 同上。

③ 同上书，第 669 页。

石泰安认为《格萨尔》的题材和体裁来源处于喇嘛教和民间宗教背景的连接点上。《格萨尔》消化了佛教的宇宙起源论、藏族的祖先传说以及神山崇拜，将它们有机地融合在一起。《神香圣者之酬》记载一个佛家传说，帝释（因陀罗）居住在须弥山的顶峰，阿修罗主神居住在基部，二者为了宝树上的果子发生了争斗，阿修罗下午胜利，因陀罗上午胜利，后来因陀罗向金刚菩萨求援，得到一尊战神和兵器的帮助，最终取得了胜利，而战神便是神山。《格萨尔》中也有对两座山斗争的描述，白色的神山是因陀罗或白梵天神，即格萨尔的父亲，黑色的山是魔鬼，长者贝勒果保参与了这场战争，帮助了白梵天神。天神履行自己的诺言，将自己的儿子派遣来到岭地当一位首领。显然，佛教的传说与民间宗教的结合已经在《格萨尔》中得到了继承与延续，而且这种结合已经成为《格萨尔》形成和发展的宗教文化基础。在讨论《格萨尔》的体裁和题材起源时，石泰安还将古代的对歌、带有譬喻辞汇的谜语歌、夹杂着苯教概念的说唱故事、祭祀神山和庆贺新年而举行的歌咏以及与之有关的传说等诸多与口头传统有关的要素考虑在内。

石泰安非常强调喇嘛教在《格萨尔》形成中的作用，假定这部史诗是在以土著和佛教概念意识的结合为标志的古老时代之后产生的，肯定《格萨尔》带有苯教的烙印，但否定它是苯教的产物："格萨尔史诗绝不是派生自古代苯教徒，除非是它通过整个喇嘛教的文明而保留了非常古老的内容和主题。苯教肯定于其中扮演了一种重要的角色，尤其是在格萨尔的伯父身上和在霍尔人中更为如此。但这里是指与一种喇嘛教派别结合起来的苯教，它多少有一点像外道，但更接近宁玛巴。"[①] 他认为宁玛巴促进了《格萨尔》的形成、为这部史诗及其说唱艺人的服饰提供了许多新内容，而噶举巴对《格萨尔》的贡献更大，它赋予这部史诗以神秘的特征，使《格萨尔》与民间关系更加密切，诗歌和舞蹈的特性更加突出。[②]

石泰安分析了"疯子"上师与觉如及说唱艺人在姿态和服装上的相似之处，以及"疯子"上师的创作与《格萨尔》在文笔风格、使用的修

① ［法］石泰安：《西藏史诗和说唱艺人》，耿昇译，中国藏学出版社 2005 年版，第 632 页。

② 同上书，第 530 页。

饰譬喻、措辞用语与韵律上的相同之处。通过这些比较与分析，石泰安肯定了喇嘛教对《格萨尔》的形成产生的影响，指出《格萨尔》形成之后喇嘛教徒利用它来宣扬佛理，而《格萨尔》确实为喇嘛教的万神殿提供了一些人物，格萨尔正是以这种方式变成战神之一，接受教徒和民众的崇拜。[①] 但是他并不十分赞同《格萨尔》的作者是密教喇嘛的传说："现在作为一个已形成的整体而存在的史诗《格萨尔王传》在很大程度上要归功于神通教徒和诗人界。有关可能编纂了这部史诗的密教喇嘛的传说很精彩，至少在有关这个社会阶层的问题上如此。但也很明显，这些宗教人士并非完全是他们在土著居民中凭空和有意地杜撰了这些内容和民歌。他们有意地采纳和传播了这一切，其中至少有一部分是出于兴趣癖好。因为他们自己毕竟就是西藏人，但主要是由于他们将此视为在民间传播佛教基本概念的最佳手段，……他们没有创造，而是作了汇集和传播。"[②] 《格萨尔》是民众共同创造的，源自于民众，佛教徒不是创作者，但可以是记录者和传播者。通过对"疯子"上师的研究，石泰安指出创作一部完整《格萨尔》的作者或是流浪教徒，或是有学问的出家人，或是"疯子"上师，但是他们都应该更为接近民众，并属于民间阶层。[③] 而且石泰安一再强调《格萨尔》的民间起源："各种文本都是民间口头流传的。但一旦当其中的 1、2 种文本是由有学问的作家以文学的形式搜集到时，一旦当它被撰写成文并获得一名作者的烙印，这种新的文本就倾向于取代或影响口传本。西藏史诗的历史也可能是走了一条相似的道路。出自节会斋供活动和先祖故事的口头传说从未停止过生存，但它很早就被宗教出家人独占了。"[④]

石泰安认为格萨尔具有双重面貌，一方面他是英雄和具有神性的荣耀国王；另一方面他是具有妖魔外表的小丑和淘气者。[⑤] 格萨尔在赛马称王前是以丑陋、披戴着牲畜和魔鬼之皮的形象出现，而后则以威武、披甲戴盔的国王面貌出现。一些学者依据这些具有对立性的描述，推断《格萨尔》

① ［法］石泰安：《西藏史诗和说唱艺人》，耿昇译，中国藏学出版社 2005 年版，第 525—551 页。

② 同上书，第 548—549 页。

③ 同上书，第 632 页。

④ 同上书，第 569 页。

⑤ 同上书，第 620 页。

史诗是由两部互相独立的长诗组合而成。石泰安不赞同这种观点，认为这两个部分是一个统一的整体，而格萨尔的双重面貌确保了史诗故事的统一性，它是英雄性格中常有和固有的，存在于英雄的人生历程和事业发展中。也就是说，英雄在登上王位之前必须经历考验，必须过着受人鄙视的生活。

英雄一诞生，便与母亲一起被放逐到三条道路或三条江河的“交叉点”，这个地方是放逐魔鬼的典型地点，也是魔鬼生活的地方。青年时期的格萨尔便在这个地方与魔鬼生活在一起，镇服了魔鬼，成为魔域的主人。也就是说，青年时期的格萨尔以一种隐蔽的方式苦修，成为了该地区之主。在这一个时期，格萨尔的行为既有密教喇嘛“疯子”上师的特征，又具有“白鬼”（魔）的丑角人物的性格。石泰安将格萨尔遭驱逐至称王即位之前的生活阶段称为英雄的落难期。在这一个时期里，英雄所受的屈辱是以后获得荣耀的保证，而且英雄遭放逐，遭灰烬和粑糌粉驱赶与喇嘛教仪轨、节日庆典活动背景有关：“灰烬与糌粑粉之间的反复变化与驱逐仪轨的双重面貌相吻合。这种仪轨包含一种吉祥幸运保证。驱逐觉如明显是根据任何一种仪轨性驱魔和驱灾的模式构思出来的。于年末除旧岁本身就包含有在新年时迎新的萌芽。”① 觉如与魔鬼赌掷骰子和做其他比赛游戏与年末和新年间的习惯作法非常相似，具有了节日庆典的典型特征。也就是说，石泰安认为英雄的双重面貌以及所遭受的一切磨难都具有民俗和宗教背景的特征。

石泰安的《西藏史诗和说唱艺人》涉及面非常宽广，还较为详尽地阐述口传本与成文本的关系、史诗故事发生的地理范围、喇嘛教徒传播的外来内容在史诗形成中的作用等诸多问题。该著作列举了许多文献和参考书籍，对《格萨尔》研究有着很好的参考价值，其中一些论断和观点在现在看来已经过时了，乃至得到学界客观而严肃的批评。但是石泰安突破了当时将《格萨尔》当作纯粹文学作品进行研究的学术观念，将《格萨尔》的形成、发展与流布放在西藏文明，甚至亚洲文明的范畴里探讨，这无疑应该得到肯定。而且，《西藏史诗和说唱艺人》对一些问题有着深刻而具有创见的研究，已对国际史诗学界产生深远的影响。

---

① ［法］石泰安：《西藏史诗和说唱艺人》，耿昇译，中国藏学出版社 2005 年版，第 609 页。

第八节　伦敦史诗讲习班与亚瑟·哈托

1963 年 10 月 29 日，在伦敦大学的玛丽皇后学院（Queen Mary College）与东方和非洲研究学院（the School of Oriental and African Studies）举行了一个题为“历史与史诗：其相互关系”（History and epic：their mutual relationship）的研讨会，会上高度评价了鲍勒的《英雄诗歌》，有感于世界各地的史诗传统陆续发掘，以及加强国际间合作的必要，与会学者倡议建立一个史诗研讨的系列讲座的机制。1964 年 6 月 22 日，A. T. 哈托（A. T. Hatto）、B. 路易斯（B. Lewis）和 E. H. 西蒙兹（E. H. Simmonds）邀请许多史诗学者参加讲习班开展的考察调研会议。与会成员一致同意建立“伦敦史诗讲习班”（London Seminar on Epic），推举哈托担任“伦敦史诗讲习班”的主席。讲习班的主旨是填补史诗研究中的空白，关注史诗研究的新方法。“伦敦史诗讲习班”的成员共 23 人，都是讲席职成员：R. 奥蒂（R. Auty，Serbo-Croat 塞尔维亚－克罗地亚），哈罗德·贝利（SiR. Harold·Bailey，属于伊朗语系的奥塞梯人 Ossetic），C. R. 鲍顿（C. R. Bawden，蒙古），R. 勃朗宁（R. Browning，现代希腊），J. P. 卡洛斯（J. P. Callos，古法兰西），罗斯玛丽·坎布里奇（Rosemary·Cambridge，中世纪德国），G. F. 库欣（G. F. Cushing，沃古尔人 Vogul 和奥斯蒂亚克人 Ostyak），C. J. 邓恩（C. J. Dunn，阿伊努人 Ainu），T. O. 格莱德耶（T. O. Gandjei，波斯和土耳其），J. B. 海恩斯沃思（J. B. Hainsworth，古希腊），L. P. 哈维（L. P. Harvey，中世纪西班牙），A. T. 哈托（A. T. Hatto，中世纪德国和吉尔吉斯），欧也妮·亨德森（EugéniE. Henderson，语言学），D. M. 朗（D. M. Lang，格鲁吉亚），B. 路易斯（B. Lewis，阿拉伯和土耳其），W. R. 米德（W. R. Mead，芬兰），H. F. 莫里斯（H. F. Morris，乌干达 Uganda），D. J. A. 罗斯（D. J. A. Ross，古法兰西），H. W. F. 萨基斯（H. W. F. Saggs，闪族人 Sumerian 和阿卡得人 Akkadian），E. H. S. 西蒙兹（E. H. S. Simmonds，泰国），E. G. 史丹利（E. G. Stanley，日耳曼和古英语口头传统），D. J. 怀斯曼（D. J. Wiseman，阿卡得人和希伯来口头传统），J. C. 莱特（J. C. Wright，梵语口头传统）。R. 奥蒂，J. P. 卡洛斯，G. F. 库欣，

L. P. 哈维，A. T. 哈托，B. 路易斯，H. F. 莫里斯，E. H. S. 西蒙兹是创始人员。①

从1964年6月22日至1972年3月21日，讲习班的活动历时八年，先后在东方和非洲研究学院与日耳曼语研究学院（the Institute of Germanic Studies）召开。讲习班成员来往于牛津、剑桥和伦敦这个三角区域之间，来自其他国家或地区的研究不同口头传统的史诗学者也纷纷参与这次学术活动，宣读他们的研究成果，与同行进行交流和沟通，自此史诗研讨机制建立起来了。这次学术活动共宣读了31篇学术论文：

1. 1964. 11. 2　A. T. 哈托和 E. G. 史丹利：日耳曼人的英雄短歌（*The Germanic heroic lay*）

2. 1965. 2. 15　R. 奥蒂：塞尔维亚—克罗地亚的英雄歌（*The heroic poems of the Serbs and Croats*）

3. 1965. 3. 15　K. H. 杰克逊（K. H. Jackson）：操威尔士语的安奈林人的诗歌（*The Poem of Aneirin*）

4. 1965. 5. 13　C. M. 鲍勒（C. M. Bowra）：古希腊的英雄短歌（*The shorter heroic poem in Greek*）

5. 1965. 10. 25　C. 史蒂夫（C. Stief）：英雄诗歌的一种类型——俄罗斯壮士歌（*The Russian byliny as evidence for heroic poetry*）

6. 1965. 11. 29　L. P. 哈维：西班牙的英雄短歌（*The shorter heroic poem in Spanish*）

7. 1966. 2. 7　E. H. S. 西蒙兹：泰国叙事诗的特征（*Characteristics of Thai narrative poetry*）

8. 1966. 3. 14　H. W. F. 萨基斯：阿卡得人史诗的闪语源流（*Sumerian precursor of Akkadian epic*）

9. 1966. 5. 2　V. M. 日尔蒙斯基：中亚史诗传统的丈夫回归歌：《阿尔帕梅什》和《奥德赛》（*Alpamysh and Odyssey: the Return of the Husband in the epic tradition of central Asia*）

10. 1966. 5. 9　W. R. 米德：《卡勒瓦拉》的勒明盖宁主题（*The*

① 参见 A. T. Hatto (General Editor), *Traditions of Heroic and Epic Poetry*, Modern Humanities Research Association, 1980, Volume 1, ix。

Lemminkäinen theme in Kalevala）

11. 1966. 6. 6　G. F. 库欣：沃古尔人和奥斯蒂亚克人的英雄史诗（*Vogul and Ostyak heroic epic*）

12. 1966. 11. 28　H. F. 莫里斯：英雄品格与巴希马人（Bahima）炫耀性格的关系（*Bahima vaunts with particular reference to the attributes of the hero*）

13. 1967. 1. 13　J. P. 卡洛斯：英雄史诗与封建社会现实——以《罗兰之歌》为例（*Heroic poetry and realities of feudalism*）

14. 1967. 2. 20　S. 皮戈特（S. Piggott）：史前史的史诗产生的条件（*Conditions for epic in pre-history*）

15. 1967. 5. 8　J. B. 海恩斯沃思：荷马理想、荷马史诗中的天神以及荷马社会（*Homeric ideals, gods, and societies*）

16. 1967. 6. 5　C. R. 鲍顿：蒙古史诗的衰落（*The decline of the Mongol epic*）

17. 1967. 11. 6　A. L. 洛伊德（A. L. Lloyd）：东北欧史诗的演述技能（*Techniques of epic performance in South-East Europe*）。

18. 1968. 2. 26　D. M. 朗：穿着豹皮的骑士（*The Knight in the Panther-skin*）

19. 1968. 3. 18　D. J. A. 罗斯：古法兰西史诗（*The Old French Epic*）

20. 1968. 5. 6　A. L. 洛伊德：在罗马尼亚演述的英雄故事（*The sung hero-tale in Rumania*）

21. 1968. 11. 11　A. T. 哈托：19 世纪中期的吉尔吉斯英雄史诗（*Kirghiz heroic poetry of Mid-Nineteenth Century*）

22. 1968. 11. 25　J. 克纳坡特（J. Knappert）：（非洲）斯华西里人的史诗（*The Epic in Swahili*）

23. 1969. 3. 18　J. C. 莱特：古印度史诗（*The Ancient Indian epic*）

24. 1969. 5. 19　R. 勃朗宁：阿克里塔斯的迪加尼斯地区的中世纪希腊史诗（*The Medieval Greek Epic of Digenis Akritas*）

25. 1969. 6. 10　欧也妮·亨德森：对各种口头传播中身体和听觉关系的探讨（*In search of the physical and acoustic correlates of various types of vocal delivery*）

26. 1969. 6. 20　哈罗德·贝利：奥塞梯人的纳塔故事（*Ossetic Nartä tales*）

27. 1969. 12. 4　S. M. 潘迪（S. M. Pandey）：罗迪克和卡纳达的故事（*The tale of Lorīk and Candā*）

28. 1970. 3. 9　C. J. 邓恩：阿伊努人的史诗（*The Ainu Epic*）

29. 1970. 3. 16　C. S. 伯德（C. S. Bird）：曼丁哥人的英雄史诗（*Heroic and epic poetry in the Mande*）

30. 1970. 6. 1　F. 加百利（F. Gabrieli）：古阿拉伯诗歌里的史诗要素（*Epic elements in ancient Arabic poetry*）

31. 1972. 3. 21　汤姆斯·博伊斯（Le Rév. Père Thomas Bois）：库尔德城堡之歌（*La forteresse Dim-Dim*）①

其中鲍勒、日尔蒙斯基、S. 皮戈特、A. L. 洛伊德、K. H. 杰克逊、C. 史蒂夫、J. 克坡特、S. M. 潘迪、汤姆斯·博伊斯、C. S. 伯德、F. 加百利是特邀的客座教授。在八年期间，宣读的论文涉及塞尔维亚—克罗地亚、古希腊、俄罗斯、西班牙、泰国、苏美尔、芬兰、古代法兰西、蒙古、东南欧、罗马尼亚、斯瓦希里（非洲）、古印度、日本、古代阿拉伯、中东等大约35种英雄及史诗诗歌的传统，但是重点还是在于欧亚大陆，地域涵盖“冰岛—乌干达—泰国—蒙古”。面对着如此不同的英雄及史诗诗歌的传统，讲习班的成员都认为不应该以荷马史诗为范例评价其他传统的史诗，而应该摒弃偏见，以一种不同于亚里士多德的眼光看待史诗，应该再晚一点给出史诗的定义，对史诗的英雄精神特质也应作出进一步的解释。

1980年，哈托主编的《英雄及史诗诗歌的传统》（*Traditions of Heroic and Epic Poetry*）第一卷出版，收入了讲习班上宣读的12篇学术论文，介绍了12种不同的英雄及史诗诗歌传统。

J. B. 海恩斯沃思介绍了自帕里以来的50年内荷马史诗研究中得到普遍认同和接受的观点，评述了荷马史诗研究中一些具有论争性的学术观点，涉及希腊史诗传统的生存环境、希腊史诗传统所处的书面语境、希腊

① 参见A. T. Hatto（General Editor），*Traditions of Heroic and Epic Poetry*，Modern Humanities Research Association，1980，Volume 1，x－xi。

史诗传统的演进、希腊史诗的性质等。约翰·史密斯（John D. Smith）对印度史诗，特别是拉其普特人（Rājpūt）的活形态史诗传统有着深入的研究，阐述了《摩诃婆罗多》和《罗摩衍那》从神话英雄到英雄的神化、从口头传统到书面经典的过程。D. J. A. 罗斯专门介绍了古法兰西的英雄及史诗传统中的术语，阐述了王室史诗（the royal epic）、封建史诗（the feudal epic）、家族和民族史诗的特征，分析了古法兰西史诗里出现的各种各样的程式、口头性以及口头传播的特点。L. P. 哈维讨论了《熙德之歌》不规则的韵律、西班牙史诗的类型、西班牙史诗传统的地理和历史背景，以及史诗在西班牙文学传统里的地位。R. 奥蒂探讨了塞尔维亚—克罗地亚英雄短歌的精神气质和形式特征、对历史的个性化处理以及叙事戏剧化特点。G. F. 库欣对乌戈尔人英雄史诗的程式、具有神性的英雄以及歌手的萨满能力与演述能力进行了较为系统的论述。哈罗德·贝利解读了英雄纳尔特（Nartä）和奥塞梯人史诗里女英雄名字的传统含义，以及她们在行动中发挥的功能。鲍顿详尽地描述了蒙古史诗多种多样的演述风格。亚瑟·韦利介绍了日本阿伊努人的史诗，而且编制了一个非常有价值的检索目录。H. F. 莫里斯考察了安科累（Ankole）的巴希马人史诗的演述特点、语言句法，以及颂词、挽歌与英雄史诗的联系。哈托宣读的两篇学术论文——《中世纪德国英雄及史诗诗歌》与《19 世纪中期吉尔吉斯人的史诗》也收入了第一卷，而在讲习班上宣讲的关于古苏美尔、古巴比伦、芬兰等诸多史诗传统的论文没有收入其中。

1989 年，哈托主编的《英雄及史诗诗歌的传统》第二卷出版，收入 J. B. 海恩斯沃思的《荷马史诗的语言与句法》（*The Language and Diction of Homeric Greek*）、约翰·史密斯的《如何演述一个故事：帕布耶传统里的史诗演述》（*How to sing a tale: Epic Performance in the Pābūjī Tradition*）、卡尔·赖歇尔的《古英语史诗的程式句法》（*Formulaic Diction in Old English Epic Poetry*）和《乌兹别克人（Uzbek）的史诗：传统与诗学句法》（*Uzbek Epic Poetry: Tradition and Poetic Diction*）、杰夫·欧普兰德（Jeff Opland）的《科萨人（Xhosa）颂词的结构及其与史诗的关系》（*The Structure of Xhosa Eulogy and Relation of Eulogy to Epic*）、以及哈托的《吉尔吉斯人史诗（1856—1869）的特性形容词》（*Epithets in Kirghiz Epic Poetry* 1856 - 1869）和《对英雄诗歌和史诗的阐述》（*Towards an A-*

natomy of Heroic and Epic poetry）。[①]

哈托主持了长达八年的伦敦史诗讲习班的学术工作，而且在日耳曼人和吉尔吉斯史诗传统研究上有着精深的造诣。他主张要将中世纪德国史诗与德国远古的英雄短歌联系起来进行研究，在将英雄短歌作为一种文类对其英雄的个性和精神特质及其在时间和空间上呈现出连续性进行阐述的同时，探究《尼伯龙根之歌》与英雄短歌的联系及其异同。他推测《狄奥多里克萨迦之歌》（þð rekssaga）是《尼伯龙根之歌》的基础，认为口头诗人在将业已存在的英雄短歌组合起来时，在保留它们主要故事情节的基础上会有所创新，乃至增添服从于主题的新的事件和新的人物。哈托考察了远古诗歌《希尔德布莱德里德之歌》（*Jüngeres Hildebrandlied*）和代表新的审美情趣的诗歌《罗塞盖特之歌》（*Der Rosengarten*）的背景、母题、主题等，将德国史诗的衰落归因于书面诗歌进入了乡村和城市的统治阶层、高度个性化成为诗人创作追求的主旨等，指出文人的文学情趣已经在远古诗歌《古德伦之歌》中哈根带着一头狮身鹫首的怪兽开始旅程就初露端倪了，魔法要素在中世纪德国史诗里持淡化的发展态势也是史诗衰落的一个标志。

《英雄及史诗诗歌的传统》第二卷收入了哈托的《对英雄诗歌和史诗的阐述》，它不仅涉及日耳曼人和吉尔吉斯史诗传统，还涉及了西伯利亚人、南印度人、西非人的史诗传统以及一些较为少见包括北美叙事诗在内的史诗传统。哈托主要从十个方面阐述英雄及史诗诗歌的传统：1. 一些基本的要素（some fundamentals），涉及歌手、受众、赞助者、演述、特性形容词、英雄及史诗里的萨满要素等；2. 英雄及史诗的内容和特有的外部形式（the specificity of outer from to heroic/Epic content）；3. 英雄及史诗的某些结构（on some structures in heroic/Epic poetry），包括经常出现的主题、“史诗片刻”（epic moment）、已经传承了三代的结构；4. 英雄及史诗的功能；5. 时间与时代；6. 空间与地理位置；7. 英雄的精神特质；8. 英雄和女英雄；9. 传播；10. 史诗中的文类。他还从篇幅的扩展、文类的转换、集群化（cyclization）、社会变化等方面讨论英雄及史诗

① 可参见 A. T. Hatto（General Editor），*Traditions of Heroic and Epic Poetry*，Modern Humanities Research Association，1989，Volume 2。

的演化和转换。①

自乔坎·瓦利哈诺夫（Chokan Chingisovich Valikhanov）和拉德洛夫（V·V·Radlov）起，许多国际学者从历史学、语言学、文学、民族学、美学等不同学科的角度或多学科角度研究吉尔吉斯史诗，也有许多国际学者对吉尔吉斯史诗展开母题、类型、情节单元等的研究，还有不少学者对歌手的学艺过程、师承关系、演唱流派、演唱活动等进行专门的论述，或者将活形态史诗传统的调查与文本研究相结合，借助语言学、民族学等手段，从口头传统的内部规律去探讨史诗的结构法则、史诗的演唱和史诗的文本及其语境的关系等问题。由此，吉尔吉斯史诗的研究在20世纪发展成为一个世界性的学术课题。值得提出的是拉德洛夫，他的搜集、记录、整理翻译和出版吉尔吉斯史诗，以及他对吉尔吉斯史诗的歌手演唱活动的研究成为了20世纪国际"玛纳斯学"的基础。拉德洛夫之后是N·K. 查德威克（Nora K. Chadwick），她在她与丈夫（H. Munro Chadwick）一起撰写的《文学的发展》（*Growth of Literature*）的第一部分讨论了拉德洛夫记录的吉尔吉斯史诗，题目为"鞑靼人的口头文学"（*The Oral literature of the Tatars*）。这篇文章被一字不改地收入1969年出版的《中亚口头史诗》（*Oral epics of Central Asia*），同时被收入这部著作中的有日尔蒙斯基的《中亚的史诗及其歌手》（*Epic song and singers in Central Asia*）。俄罗斯学者是20世纪国际"玛纳斯"学的一支重要力量，主要关注吉尔吉斯歌手的演唱活动，其中最有代表性的日尔蒙斯基，他是20世纪吉尔吉斯史诗研究中成就较高的学者，是俄罗斯，乃至国际《玛纳斯》研究的学术权威。哈托是继日尔蒙斯基之后国际"玛纳斯学"的领军人物。

哈托在讲习班上介绍了乔坎·瓦里汗诺夫和拉德洛夫的搜集成果，对两位学者搜集的阔阔台依主题进行了比较，认为他们都不是一流的文本搜集、记录、整理和翻译的专家，对吉尔吉斯史诗的文本处理上都有缺陷，拉德洛夫手头没有可靠的词典，乔坎·瓦里汗诺夫则弄乱和损坏演述的文

① A. T. Hatto（General Editor）, *Traditions of Heroic and Epic Poetry*, Modern Humanities Research Association, 1989, Volume 2. pp. 145－294.

本。[①] 哈托主张吉尔吉斯史诗的叙事融合了萨满传统的第一人称叙事与已经固定下来的第三人称叙事，[②] 发现《玛纳斯》中存在许多日常生活中不使用的与字典上没有的特性形容词和程式以及一些蒙古语汇和波斯语汇，进而推定史诗歌手的语言句法是古旧和新出的混合体，既有来自古代的，又有来自外民族的语言。[③]

哈托介绍了歌手的各种演述场合、歌手和受众之间的互动，肯定了歌手是运用由程式构成的传统主题在即兴创编中完成史诗的演述，关注歌手在演述中那种充满戏剧性的身体姿势。谈论吉尔吉斯史诗的演述必然要谈到歌手的谱系和类型。吉尔吉斯史诗歌手经常是男性，来自较低的社会阶层，而且家族传承非常明显，优秀歌手的儿子或侄儿经常成为歌手。哈托介绍了“交毛克奇”、“玛纳斯奇”、“阿肯”等吉尔吉斯诗歌的说唱艺人的特点，注意到在吉尔吉斯斯坦的东部便至少存在着五种不同的《玛纳斯》史诗演述传统谱系，而且还有中国新疆柯尔克孜族史诗演述传统。

哈托对玛纳斯、阿勒曼别特、阔阔台依、阔克确汗、包克木龙、阔孜卡曼、托西吐克、卡妮凯、娜克莱依等史诗人物的性格和精神品质进行了阐释，分析了吉尔吉斯史诗的精神特质（ethos）。这种精神特质坦白直率而又自由率性，君主希望他的追随者能够对他忠诚，又具有勇气和胆量，而追随者希望君主具有领导才能，具有勇气和胆量，一旦君主缺乏这些精神特质，追随者便会指责和非难他。在哈托看来，这种精神特质将尚武的君主与他的同伴和臣属联系在一起，而君王和臣属的这种关系在《玛纳斯》史诗传统中呈现多种多样的形式，既有微妙的，也有强烈的。哈托还将吉尔吉斯史诗的特性形容词划分为“传统的”（traditional）、“传统的，而又富有变化的”（traditional, yet varied）、“被转移了的特性形容词”（transferred）、“被重新解释的特性形容词”（reinterpreted）、“表示赞美和诽谤的特性形容词”（laudatory and defamatory）、“集群的”（cyclic）、“构拟的集群式特性形容词”（Pseudo-cyclic）、“简单的”（sim-

① A·T·Hatto (General Editor), *Traditions of Heroic and Epic Poetry*, Modern Humanities Research Association, 1980, Volume 1, p. 304.

② Ibid., pp. 305 – 306.

③ Ibid., p. 306.

ple)、“多重的”(multiple)、“简短或较为简短的描述”(short or shorter versions)、“特定的”(specific)、“表示类属范畴的特性形容词”(generic-epithet)等，对它们进行了系统的阐释。①

随哈托之后研究吉尔吉斯史诗的权威学者是晚近的卡尔·赖歇尔。赖歇尔将帕里和洛德在20世纪30—40年代创立了跨传统的、具有比较学科意义的口头诗学理论运用到《玛纳斯》研究中，他的学术成果标识着《玛纳斯》史诗研究开始由书面范式转换成口头范式。在讲习班上，卡尔·赖歇尔阐述乌兹别克人史诗的韵律图式、英雄旅行前的准备、英雄作战前的准备、英雄的装备、英雄的马匹、英雄父亲的祭奠仪式等典型场景，以及史诗中的平行式和程式。② 卡尔·赖歇尔注意到乌兹别克人的史诗与哈萨克和吉尔吉斯史诗不仅在主题，而且在诗学的语言和句法上都存在着相似性，比较了它们共有的英雄挥舞鞭子的母题和英雄骑马的典型场景，将这种相似性归因于这些史诗传统之间的互相交流和互相影响，而且它们都拥有一个共同的史诗源头，至少可以追溯到11世纪鄂尔浑文字(Orkhon)献词的年代。③

从讲习班上宣读的论文以及出版的两大卷成果《英雄及史诗诗歌传统》可以看出国际学术界的史诗观念和研究范式开始由书写转向口头，帕里和洛德的口头诗学理论已经得到国际学者的普遍认同，而且已将它作为一种有效的理论和方法运用到史诗的田野作业和学术研究上。当然，以往传统的史诗观念和研究范式在讲习班活动中也得到了继承和进一步阐发。伦敦史诗讲习班强调他们的学术工作联系着拉德洛夫、查德威克夫妇、鲍勒、帕里、洛德、维谢洛夫斯基、维克托·日尔蒙斯基、梅列金斯基等诸多史诗学界的前辈们。同时，讲习班对海西希、波佩、克劳斯·萨噶斯特(Klaus Sagaster)等一些当时没有参与到讲习班的杰出史诗学者作出的学术贡献给予高度的评价，对约翰·史密斯、卡尔·赖歇尔、杰夫·欧普兰德等年轻一代学者寄予厚望。值得一提的是《英雄及史诗诗

---

① A. T. Hatto (General Editor), *Traditions of Heroic and Epic Poetry*, Modern Humanities Research Association, 1989, Volume 2. pp. 74 - 75.

② Ibid., pp. 100 - 111.

③ Ibid., pp. 112 - 113.

歌传统》第二卷的编者在回顾伦敦史诗讲习班的历史时，希望在 1986 年创刊的《口头传统》能够接过讲习班的学术火炬，成为国际史诗研究中的一个重要阵地。《口头传统》也没有辜负前辈学者们的厚望，这份刊物现在已经成为口头传统（包括口头史诗在内的诸多口头文类）研究领域最重要的学术阵地。伦敦讲习班也因为对当时与未来国际史诗研究趋势的导向性，以及学术范式的建立和对热点问题的密切追踪而成为国际史诗学术史上重要的学术事件。

余　论

20 世纪后期，国际史诗研究开始由书面研究范式走向口头研究范式，劳里·杭柯（Lauri Honko）、弗里（John Mile Foley）、格雷戈里·纳吉（Gregory Nagy）继帕里和洛德之后扛起了口头传统视域下史诗研究的大旗，引领着国际史诗学术研究的走向。[①] 在史诗与口头传统的关系，以及如何以史诗自身的传统语言解读史诗的研究上用力最勤，成绩最显著的学者当推约翰．弗里（John Miles Foley）。弗里学识广博，熟谙口头程式理论、民族志诗学、演述理论等，涉及语言学、人类学、民俗学、文艺学等多学科。

在继承口头程式理论的基础上，弗里借鉴和参考民族志诗学（Ethnopoetic）和演述理论（Performance Theory），提出以文本为导向、以传统为导向、以文类为导向研究史诗，以及以口头传统自身原有的术语解读史诗的学术主张，开辟了口头诗学研究的一个新境地，成为这一领域的巨擘。

他的《演述中的故事歌手》（*The Singer of Tales in Performance*）是

---

① 对米尔曼·帕里、阿尔伯特·洛德、劳里·杭柯、弗里、格雷戈里·纳吉等学者的史诗研究及其学术成就的详细介绍和评述可参见朝戈金的《口传史诗诗学：冉皮勒〈江格尔〉程式句法研究》（广西人民出版社 2000 年版）、《从荷马到冉皮勒：反思国际史诗学术的范式转换》（收入《多元文化格局中的民族文学研究》，中国社会科学出版社 2010 年版）、《国际史诗学术史谫论》（《世界文学》2008 年第 5 期）、《从“荷马问题”到“荷马诸问题”》（《中华读书报》2009 年 3 月 11 日第 009 版）、《约翰·弗里与晚近国际口头传统研究的走势》（《西北民族研究》2013 年第 3 期）等以及《故事的歌手》（阿尔伯特·洛德著，尹虎彬译，中华书局 2004 年版）、《口头诗学：帕里—洛德理论》（约翰·弗里著，朝戈金译，社会科学文献出版社 2000 年版）、《荷马诸问题》（格雷戈里·纳吉著，巴莫曲布嫫译，广西师范大学出版社 2008 年版）等。

关于“语词力”（word-power）研究的力著。弗里所谓的“词”（word）不同于当下语言学家所说的“词”，而是塞尔维亚—克罗地亚史诗歌手口中所说的“reč”。“词”（word）或“reč”是在演述中的一个话语单元（a unit of utterance），而不是字典或辞典上的所说的词汇单位（lexeme）。塞尔维亚—克罗地亚的史诗歌手使用十音节诗行演述史诗，可能将一个由十音节构成的诗行视为一个“词”，也可能将多个诗行，或一个场景，乃至一整首歌视为一个“词”。在以演述为导向，以传统为导向的前提条件下，弗里寻找到了口头程式理论、民族志诗学、演述理论共通的学术旨趣，熟练顺畅地将构成史诗的“词”放在传统语域里解读其结构与传统含义。

塞尔维亚—克罗地亚口头史诗的诗行通常是以歌手为导向建构的，弗里考察歌手及其史诗传统所共有且经常重复出现的诗学结构单元，以及某个特定歌手及其某一次特定演述的独特特征。他认为，不论程式、典型场景或主题、故事范型，还是诗行（line）、小诗（versicle）、诗节（verse）、诗段（stanza）、场景（scene）、行为（act）、诗章（part），这些结构单元都是传统固有的，存在于各种不同的层面上，即使演述事件已转换成誊写本，它们依然会以结构单元的形式存留在文本里。同时，以塞尔维亚—克罗地亚的活形态口头史诗与荷马史诗为范例，弗里对鲍曼提出的“特殊的符码”、“形象的语言”、“平行式”、“特殊的辅助语言特征”、“特殊的程式”、“求助于传统”、“表演之否定”进行了学术阐发，认为它们都具有编码功能，设定演述事件的话语方式，直接关涉演述的方向与进度，乃至确立演述事件的演述场域。

对弗里而言，民族志诗学和演述理论都注重揭示当一个演述事件变成一个书面文本时丢失的一些不可恢复的要素，共同的旨趣在于将口头语言艺术作品当作一个演述事件放在其丰富的传统语境中解读。当史诗演述转换成书面文本，演述语域中的一些要素必然会丢失，特别是辅助语言、歌手与受众互动的情况等，而演述的主题、内容，以及语篇的结构单元等仍然存留在书面文本里。也就是说，在演述事件转换成书面文本时，真实的演述事件变成文本里的结构，事件的现场性与即时性已经失去了，各种各样的音声变成无声，乃至消逝。但是，某些结构单元在演述转换成书面文本过程中保持了一种连续性。一个真实演述事件里设定演述的手段在誊写本里以一种语言结构单元存在，设定演述的功能也保留下来，如特殊的符码、平行式、形象的语言等。要准确理解这些设定演述事件的手段，必须将它们放在演述语域里，它们编码的传统意义才能得以阐发。一旦演述事件被誊录在书面文本上，程式很容易被解读为陈词滥调，人们可能不会将它们理解为演述的本质特征，而将它们视为韵律的填充物，认为它们是为了缓解现场创编的压力而使用的构筑部件。弗里驳斥这种观点，认为誊写本的结构单元与相应的演述事件所呈现的结构单元毫无二致，遵守着同样的传统法则，有着内在固有的传统含义，兼指涉某些更加广阔的传统含义。

总而言之，20 世纪中后期，世界各地史诗传统不断得到发现，国际史诗学术研究不断走向深化和细化，史诗观念和研究范式出现了新的转向。

参考文献

A. T. Hatto（General Editor）：*Traditions of Heroic and Epic Poetry*，Modern Humanities Research Association，1980，Volume 1.

A. T. Hatto（General Editor）：*Traditions of Heroic and Epic Poetry*，Modern Humanities Research Association，1989，Volume 2.

John Miles Foley：*The Singer of Tales in Performance.* Bloomington：Indiana University Press，1995.

［古希腊］柏拉图：《理想国》，郭斌和、张竹明译，商务印书馆 2010 年版。

［古希腊］柏拉图：《柏拉图全集》，王晓朝译，人民出版社 2002 年版。

［德］恩斯特·卡西尔：《人论》，甘阳译，上海译文出版社 1986 年版。

［美］约翰·迈尔斯·弗里：《口头诗学：帕里—洛德理论》，朝戈金译，社会科学文献出版社 2000 年版。

［德］歌德：《歌德文集》第十卷，范大灿、安书祉、黄燎宇等译，人民文学出版社 1999 年版。

［古希腊］荷马：《伊利亚特》，罗念生、王焕生译，人民文学出版社 2004 年版。

［罗马］贺拉斯：《诗艺》，杨周翰译，人民文学出版社 1997 年版。

［德］黑格尔：《美学》下册，商务印书馆 1997 年版。

［瑞士］沃尔夫冈·凯塞尔：《语言的艺术作品——文艺学引论》，上海译文出版社 1984 年版。

［俄］E. M. 梅列金斯基：《英雄史诗的起源》，王亚民、张淑明、刘玉琴译，商务印书馆 2007 年版。

［美］阿尔伯特·洛德：《故事的歌手》，尹虎彬译，中华书局 2004 年版。
［俄］普罗普：《故事形态学》，贾放译，中华书局 2006 年版。
［俄］尼古拉耶夫、库里洛夫、格利舒宁：《俄国文艺学史》，刘保端译，生活·读书·新知三联书店 1987 年版。
［美］拉曼·塞尔登：《文学批评理论——从柏拉图到现在》，刘象愚、陈永国等译，北京大学出版社 2003 年版。
［法］石泰安：《西藏史诗和说唱艺人·译者的话》，耿昇译，中国藏学出版社 2005 年版。
［德］施勒格尔：《浪漫派风格——施勒格尔批评文集》，李伯杰译，华夏出版社 2005 年版。
［美］雷纳·韦勒克：《近代文学批评史》第一卷，杨自伍译，上海译文出版社 2009 年版。
［意］维柯：《新科学》，朱光潜译，人民文学出版社 1987 年版。
［德］席勒：《席勒文集》第六卷，张佳钰、张玉书、孙凤城等译，人民文学出版社 2005 年版。
［德］谢林：《艺术哲学》，魏庆征译，中国社会出版社 1996 年版。
［苏］谢·尤·涅克留多夫：《蒙古人民的英雄史诗》，徐昌汉、高文风、张积智译，内蒙古大学出版社 1991 年版。
［古希腊］亚里士多德：《诗学》，陈中梅译，商务印书馆 2005 年版。
巴莫曲布嫫：《叙事语境与演述场域——以诺苏彝族的口头论辩和史诗传统为例》，《文学评论》2004 年第 1 期。
博特乐图、哈斯巴特尔：《蒙古族英雄史诗音乐研究》，中国社会科学出版社 2012 年版。
陈寅恪：《金明馆丛稿二编》，生活·读书·新知三联书店 2001 年版。
冯文开：《19 世纪后期至 21 世纪初中国史诗学与外来文化的影响》，《民俗研究》2011 年第 2 期。
冯文开：《多重标识：史诗演述中歌手的身体语言》，《民族文学研究》2010 年第 1 期。
冯文开：《20 世纪中国史诗学研究的诠释与思考》，《民族艺术》2011 年第 3 期。
冯文开：《口头传统诗性智慧的探索者——朝戈金的口头诗学研究》，《民族艺术》2012 年第 1 期。
冯文开：《论国外史诗及其理论译介与中国史诗学的建构》，《江西社会科学》2011 年第 12 期。
冯文开：《政治变革与 20 世纪中国史诗学术》，《求索》2010 年第 2 期。
冯文开：《西方文论语境中史诗观念和研究范式的演进与转换》，《江西社会科学》2010 年第 12 期。
冯文开、白存良：《19 世纪后期至 21 世纪初中国史诗学与研究者的知识构成之关系》，《民俗研究》2014 年第 6 期。
冯文开：《20 世纪中国少数民族史诗的搜集整理与出版》，《中国出版》2005 年第 22 期。
韩儒林：《韩儒林文集》，江苏古籍出版社 1985 年版。
姜彬主编：《中国民间文学大辞典》，上海文艺出版社 1992 年版。
缪灵珠：《缪灵珠美学译文集》第一卷，中国人民大学出版社 1998 年版。
任乃强：《川大史学·任乃强卷》，四川大学出版社 2006 年版。
施爱东：《史诗叠加单元的结构及其功能——以〈罗摩衍那·战斗篇〉（季羡林译本）为中心的虚拟模型》，《民族文学研究》2003 年第 2 期。
佟锦华：《藏族文学研究》，中国藏学出版社 1992 年版。
伍蠡甫主编：《西方文论选》（上卷），上海译文出版社 1979 年版。
袁家骅：《阿细民歌及其语言》，科学出版社 1953 年版。
钟敬文主编：《民间文学概论》，上海文艺出版社 1980 年版。
钟敬文：《钟敬文民间文学论集》（上），上海文艺出版社 1982 年版。
马名超、王彩云主编：《中国民间文学大辞典》，黑龙江人民出版社 1996 年版。
钟敬文：《钟敬文文集》，安徽教育出版社 2002 年版。

后　　记

本书是我申请的2013年度教育部项目成果，是对新时期中国少数民族史诗研究历史的一些归纳与总结。2007年，我考入中国社会科学院研究生院少数民族文学系，在朝戈金先生门下攻读民俗学博士学位。在朝老师的悉心指导和谆谆教诲下，我将中国史诗学术史的研究作为自己的研究方向。中国史诗学是一个庞大而复杂的学科，其中吸纳许多具有相对独立的分支学科，如“江格尔学”、“格萨（斯）尔学”、“玛纳斯学”，还有南方诸多少数民族史诗的研究，域外史诗的研究等等，其中任何一个方面都足可撰写出一部完整的学术史。本课题对史诗的概念、中国少数民族史诗的搜集与出版、史诗歌手与史诗研究的关系以及仁钦道尔吉、郎樱、朝戈金等诸多国内少数民族史诗研究者的研究方法和研究成果进行了归纳，勾勒出新时期中国少数民族史诗研究史的某一个侧面。课题已经完成了，文稿也成形了，但是我对中国史诗研究的反思并没有由此止步，中国史诗学术史的研究对我而言是一个值得继续挖掘和关注的一个课题。由于我自身的学术修养和理论水平等各方面都有限，书中的错误和不足在所难免，恳请专家学者和读者们给予批评指正！

在书稿即将出版时，感谢朝老师对我的鼓励、信任和宽容，对我的学习和生活的帮助和支持。感谢爱人周春兰对我无私的照顾和支持。感谢内蒙古人学文学与新闻传播学院出版基金资助。感谢所有支持和帮助过我的老师、同事和朋友。